To 임의정 작가님 ♡

작가님의 필력으로 유쾌하고 따뜻한
"법대로 사랑하라"를 만들어 주셔서
감사했습니다!! ♡

☺ 이세영
22·10·17

「법대로 사랑하라」를 사랑해주신 시청자분들께!
또 김유리를 사랑해주신 여러분께 감사드립니다.
힘든 여름날 여러분을 떠올리며 힘내서 촬영했어요.
만족스러운 부분도 아쉬운 부분도 있지만 여러분과 함께하는 여정이라
더 의미있었습니다. 끝까지 지켜봐주세요. 감사합니다! ♡
항상 건강하고 행복한 일들만 가득하시기 바랍니다.

법대로 사랑하라

1

임의정 대본집

법대로 사랑하라 1

초판 1쇄 인쇄 2022년 10월 25일
초판 1쇄 발행 2022년 11월 15일

지은이 | 임의정
펴낸이 | 金湞珉
펴낸곳 | 북로그컴퍼니
책임편집 | 김나정
디자인 | 김승은
주소 | 서울시 마포구 와우산로 44(상수동), 3층
전화 | 02-738-0214
팩스 | 02-738-1030
등록 | 제2010-000174호

ISBN 979-11-6803-041-1 04810
Copyright ⓒ 임의정, 2022

· 이 드라마는 노승아 작가의 《법대로 사랑하라》(와이엠북스)를 원작으로 하였습니다.
· 표지 및 내지에 수록된 대본 이외의 자료 저작권은 KBS에 있습니다.
· 표지 및 내지에 수록된 캘리그래피는 캘리애 배정애 작가가 썼습니다. (@jeju_callilove)

· 블로그: blog.naver.com/blc2009
· 인스타그램: @booklogcompany
· 페이스북: facebook.com/blc2009
· 유튜브: 북로그컴퍼니

커피 한 잔 값에…
고민을 들어드립니다

임의정 대본집

법대로 사랑하라 1

북로그컴퍼니

저는 '그럼에도 불구하고'라는 말을 좋아합니다. 이 말이 들어가면 문장은 무조건 멋있어지거든요. '그는 아팠다. 그럼에도 불구하고 일하러 나갔다.' '너는 나를 배신했다. 그럼에도 불구하고 나는 너를 용서한다.'

저는 삶의 이런 순간들을 좋아합니다. 그러지 않아야 할 이유가 충분히 있음에도 그 무언가를 이겨내는 힘을, 그것을 넘어서는 순간들을 좋아합니다. 사람들은 그럴 때 반짝이니까요. 그래서 저는 정호와 유리가, 좌절하여 멈춰 서 있을 이유가 충분함에도 불구하고 나아가는 순간을, 서로를 사랑하지 않을 이유가, 서로를 포기해야 할 이유가 더 많음에도 불구하고 사랑하는 순간들을 쓰고 싶었습니다.

원작 《법대로 사랑하라》를 처음 접했을 때, 정의에 대해 말하고 '사랑하라'는 메시지를 주는 작품도 참 오랜만이다라는 생각을 했던 기억이 납니다. 모두가 모두에게 화가 나 있는 시대를 살고 있다고 느꼈기 때문일까요. 혐오와 화로 가득한 이 세상에, 유리의 '로 카페'가 엉뚱히 동네 어귀를 차지하고 있다고 생각하니 대체 어쩔 작정이냐며 정호처럼 뭔가 타박을 하고 싶어지기도 하고, 한번 찾아가서 긴 상담 줄에 서보고 싶어지기도 하더라고요. 그리고 힘든 날 그 줄에 서 있다 마침내 유리의 동그란 눈을 만나면, 그녀가 내미는 따뜻한 차 한 잔에 그냥 덜컥 울음을 터트려버릴지도 모르겠다는 생각이 들었습니다. 그래서 저는 그것이 설령 판타지일지언정, 유리의 로 카페가 우리 곁에 있어주었으면 좋겠다고 생각했습니다.

저의 부족함으로 인해 원작의 따스함과 이런 의도들이 온전히 전해졌는지 모르겠습니다. 하지만 단 한 순간이라도 여러분께 닿았다면, 저는 그래야 하는 수많은 이유에도 불구하고 글쓰기를 놓지 않으려고 합니다.

드라마 하나가 만들어지는 데도, 정말 수많은 '그럼에도 불구하고'가 있었습니다. 부족한 대본이 첫째요, 무더위와 폭우가 있었지요. 그 모든 난관과 역경을 이겨내고 훌륭한 드라마를 만들어주신 모든 배우분들과 스탭분들, 그리고 감독님들께 감사 인사를 올립니다. 정말 너무 멋지셨습니다. 작품을 사랑으로 지켜봐주신 분들께도 감사 인사를 전하고 싶습니다.

연애와 결혼과 출산을 하지 말아야 할 이유가, 이웃을 사랑하기보다 미워해야 할 이유가 더 많은 시대입니다. 그럼에도 부디 누군가를 사랑하시고, 나아가시고, 또 자주 행복하시기를 바라겠습니다.

일러두기

1. 이 책의 편집은 임의정 작가의 드라마 대본 집필 방식을 따랐습니다.

2. 드라마 대사는 글말이 아닌 입말임을 감안하여, 한글맞춤법과 다른 부분이라 해도 그 표현을 살렸습니다. 지문의 경우 한글맞춤법을 최대한 따르되, 어감을 살리기 위해 고치지 않고 그대로 둔 경우도 있습니다.

3. 대사와 지문에 등장하는 말줄임표나 쉼표, 느낌표와 마침표 등의 문장부호 역시 작가의 집필 의도를 살리기 위해 그대로 실었습니다.

4. 드라마에서 장면을 나타내는 'Scene'의 경우, 표준국어대사전에는 '신'으로 등록되어 있지만 작가의 집필 형식과 현장에서 쓰이는 방식에 따라 '씬'으로 표기했습니다.

5. 이 책은 작가의 최종 대본으로, 방송된 부분과 다를 수 있습니다.

6. 대본에 등장하는 인물, 단체, 기업, 사건, 기관, 지명 등은 실제와 관련이 없습니다.

차례

마음이 괴로워서 용하다는 점집도 찾아가보고
상담 잘한다는 정신과도 찾아가보았지만,
우연히 만난 변호사의 한마디에 광명을 찾은 적이 있다.
아니 세상에 나에게 그런 권리가 있었던가!
딱히 무엇을 해볼 건 아니었지만,
나의 권리를 아는 것만으로도 가슴이 뻥 뚫리는 기분이었다.

그래서 생각했다.
집에 있는 동안에도 끊임없이 정신수양 하게 만드는 층간소음!
계약 만기일 직전 갑자기 전셋값을 올리겠다고 찾아온 집주인!
당근나라에 헐값에 잘못 팔아넘긴 아버지의 최애 낚싯대!
인터넷에 솔직 리뷰를 올렸다가 받은 고소장!
아무리 거절해도 알아 처먹지 못하고 계~속 들이대는 직장 상사!
이렇듯 작고 사소해 보이지만 너무나도 절박한
우리네 사정에 귀 기울여주는 변호사가 한 명쯤 있다면 얼마나 좋을까!

마침 여기, 억대 연봉의 대형 로펌을 박차고 나와
한적한 주택가에 로(Law) 카페를 개업한 프로 오지랖er 변호사가 있다.
근데 하필 검찰청을 박차고 나와 추리닝 입고 백수로 사는 검사가 건물주란다.
이들에게 커피 한 잔 값에,
굿을 해도 소용없고, 우울증약으로도 해결 안 되는 고민을 한번 털어놓아보자.
꼬우면 법대로 해~ 하고 소리치던 그 인간이 떠오르는가,
의외로 법대로 하면 유쾌하고 상쾌하고 통쾌한 해결법이 있을지도 모른다.

아 참, 그들이 파는 커피는 좀 달달할지도 모르겠다.

인물관계도

이회장
정호(외조부)
도한그룹 회장

이편웅
도한건설 대표

정호 가족

김정호
은하빌딩 옥탑
전직 검사, 현 웹소설 작가

김승운
정호(부)
서울중앙지검장

부부

이연주
정호(모)

적대/소송
사람들

절친

짝사랑하는 친구

연인으로

박우진
은하빌딩 2층
바른정신건강의학과 원장

도진기
셰프

부부

한세연
경찰(육아휴직 중)

관심

황대표
로펌 황앤구 대표

절친

가족

김유리
은하빌딩 1층
'로 카페' 변호사

송옥자
유리(모)

유리 사람들

Law cafe

동네 사람들
(의뢰인)

단골손님/의뢰

서은강
'로 카페' 바리스타

배준
'로 카페' 아르바이트생

#또라이추리닝
#갓물주
#전직 검사
#팩트폭력배

천재와 바보는 한길로 통하는 법.

김정호 (남/34)

사시사철 똑같은 청록색 추리닝을 입은 채 옥탑 선베드에 만화책과 무협지를 펼쳐놓고 낮잠을 때리거나, 자기 소유의 건물을 순회하며 세입자들과 고스톱을 치거나, 밤새 영화나 드라마를 보며 팩트 체크 리뷰를 올리는 것이 그의 유일한 일상이다.

이렇게 보면 팔자 좋은 동네 백수가 따로 없어 보이지만, 사실 그는 한국대 법대 수석 입학 + 재학 중 사시 패스 + 사법 연수원 수석 수료생에 빛나는... 전직 검사다! 게다가 무릎 나온 추리닝에 가려져 있다 뿐이지, 미모 역시 어디 가서 빠지지 않는다. 그런 그가 17년간 한 여자만 외곬으로 짝사랑해왔으니... 은근 디즈니 남자 주인공 재질이랄지. 왕자와 거지가 한 몸에 공존하는 듯한 매력이 있다고 할지...

어린 시절부터 대쪽 같은 원칙주의자였던 검사 아버지 밑에서 성장해 자연히 옳고 그름을 따져 묻는 습관을 들인 데다, 한 번 본 서류는 오자 하나까지 기억해내는 천재적인 기억 능력이 더해져 정호는 '팩트'를 좋아한다. 시와 때는 물론 상대 역시 가리지 않는 맞는 말 머신으로... 사람들이 사실과 다른 말을 얼버무리는 것을 가장~ 싫어한다. 그러니 실체적 진실을 찾아 원칙에 따라 일을 처리하며 법정에서 조목조목 상대 논지의 허점을 지적해 청산유수 맞는 말 파티를 벌일 수 있는 검사란 직업은, 그에게 그야말로 천직일 수밖에.

그런 그가 1년 전 돌연 검사를 관두었다.

그를 모셔 가려고 난리 난 로펌이 한둘이 아닌데... 정호는 한적한 주택가 옥탑에 자리를 잡고 그야말로 탱자탱자 놀며 엄한 팩폭으로 동네 사람들만 빡치게 하고 돌아다니니, 의아하지 않을 수가. 사람들은 필시 이것이 아버지인 김승운 검사장과 어떤 관련이 있으리라 추측할 뿐이다.

이렇게 팩트 좋아하는 그로 하여금 "나 너 안 좋아해." 거짓말을 하게 하는 유일한 사람이 있으니, 17년간 바라봐온 김유리 되시겠다. 그녀로 말할 것 같으면, 고2 때 전학 온 정호에게 전교 1등 자리를 빼앗기고도 그에게 다가와 모르는 문제를 물어보던 그릇이 큰 여인이었고, 자신의 아버지를 죽인 이들을 제대로 처벌하지 못한 검사가 정호의 아버지인 걸 알면서도, 결코 정호를 버리지 않았던... 그런 강한 사람이었다. 정호가 아는 한, 유리는 세상에서 가장 멋진 여자다.

17년간 이루지 못한 사랑을 가슴에 품고 사는 일이 힘들지 않냐고. 글쎄, 정호는 오랜 짝사랑에 안착하여 이젠 내면적 평화를 이루었다. 그 비결이 무언가하면... 그녀를 자주 안 보면 된다. 커피 한잔하며 눈을 감으면, 환하게 웃으며 저를 보고 있는 그녀가 보이는데, 굳이 실물을 만나 마음 다칠 일을 만들 필요는 없다. 근데 네가 왜 여기서 나와?!

정호의 감미로운 환상과 평온한 일상을 깨부수며, 실물 김유리가 대차게 등장해 그의 건물 1층에 똬리를 튼다.

#호피마니아
#패소의 여왕
#의지의 또라이
#투머치 오지랖er

실한 변호사 하나 열 무당 안 부럽다!

김유리 (여/34)

법원, 회사 가리지 않고 당당히(?) 호피 무늬 치맛자락을 휘날리며 돌아다니는 그녀로 말할 것 같으면... 고3 때 아버지를 잃고도 한국대 법대에 차석으로 합격한 강철 멘탈의 소유자요, 자본의 논리로 움직이는 대형 로펌에서 돈이 안 되다 못해 패소 시 거액의 소송 비용까지 물어내야 하는 공익소송만 죽어라 파대는, 쌈 마이웨이요. 그 와중에 자기 회사를 상대로 52시간 법정 근로 시간을 준수해달라며 소장까지 날려대는 의지의 또라이다!

이런 그녀가 아직도 회사에서 쫓겨나지 않은 이유는, [직장 내 괴롭힘 산재 신청], [소방공무원 위험직무 순직 인정], [장애인 시외 이동권 소송] 등 굵직한 소송들을 주도하며 로펌의 이미지 향상에 크게 기여했기 때문이다. 물론 기존의 시스템에 도전하는 공익소송의 성격상 승소는 쉽지 않았고... 그 덕에 '패소의 여왕'이라는 별명으로 불리게 되었으나 그녀는 개의치 않는다. 사람들에게 나댄다는 비아냥을 좀 듣더라도, 커피 한잔 뚝딱하고 며칠 밤을 새고 나면 그녀의 힘으로도 만들 수 있는 변화가 얼마든지 있었기 때문이다.

강인한 멘탈과 선명한 정의감, 생각한 바를 바로 행동으로 옮기는 실행력까지! 그녀를 보고 있으면, 문득 이런 말이 떠오른다. Too Much..... 정의감도 오지랖도 의욕도, 투머치한 그녀...

그런 그녀가 마치 때가 되었다는 듯 억대 연봉을 보장해주는 로펌에 사직서를 날린다. 그렇다, 그녀의 포부를 담기엔 대형 로펌 공익재단은 너무 작았던 것이다! 드디어 정치를 하려는 것인가! 아님 희대의 인권변호사로서의 시작을 알릴 텐가! 모두의 기대를 모으던 그녀는, 느닷없이, 생뚱맞게, 모교 후문인 벚나무만 무성한 주택가에 '카페'를 개업한다.

원래 타로 카페였던 그곳에서, '실한 변호사 하나 열 무당 안 부럽다!'를 모토로... 점집 인테리어 그대로 '타'자만 떼어내더니 커피 한 잔 값에도 법률 상담을 해주는 '로(Law)' 카페를 하겠다고 선언한다. 그런데 하필 그곳이 고등학교 때부터 함께 몰려 다니던 4인방 중 한 명이자 저와는 완전 '앙숙'인 김정호가 건물주로 있는 빌딩이라고! 유리는 오랜만에 보는 정호가 반갑고 옥탑에 그가 있다니 든든하기만 한데, 정호는 그렇지 않은가 보다. 몇 년씩 저를 피해 다니다 못해 이젠 저를 쫓아내지 못해 안달인 그를 보며 유리는 오기가 샘솟는다.

동네 '아는 변호사'가 되어 법의 문턱을 낮추겠다는 그녀의 신념은 제법 오래 되었다. 아버지가 일하던 건설 현장에서 사고로 돌아가시고, 억울하게 그 책임까지 떠안게 되자 유리의 어머니는 법전을 펼쳐가며 공룡 같은 건설사와 긴 싸움을 시작했다. 사망 보험금까지 쏟아 부으며 몇 년간 민형사를 오가는 법정 공방이 계속되었다. 명징한 증거에도 불구, 1심에서 건설사 대표에게 '무죄' 판결이 떨어지던 날, 유리는 사건의 담당 검사를 찾아가 따져 물었다. 법이 왜 이따위냐고. 그 많은 사람들이 죽었는데 어떻게 그 사람이 무죄일 수 있냐고. 검사는 유리가 퍼붓는 모든 질문에 답을 가지고 있었고, 유리가 펼치는 모든 논리를 깨부수었다. 그 검사는 정호의 아버지였다.

그때는 그에게 반박할 말을 찾지 못했으나, 이젠 그 말을 안다. 법을 공부하며 가장 아픈 깨달음은 그거였다. 그때 법의 문턱이 조금만 더 낮았더라면, 충분히 아버지의 억울함을 풀어줄 수 있었다는 거. 법의 문턱이 조금만 더 낮았더라면, 아버지를 잃고 난 엄마와 제가 두 번, 세 번 가슴이 찢어질 일은 없었을 거라는 거.

그리하여 오늘도 누군가의 가슴을 찢고 있을 그 높은 턱을, 유리는 허물어보려고 한다.

박우진 (남/37)

#은하빌딩 2층 바른정신건강의학과 원장 #심신미약 #동네 짠한 형

정신과 닥터지만 고라니 멘탈을 가진 이 남자. 우울증, 디스크, 족저근막염, 척추측만증 등 현대인의 모든 질병을 다 달고 사는 유약한 사내다. 특유의 보호 본능을 자극하는 매력(?) 때문인지 동네 사람들이 그의 진료실을 사랑방 삼아 드나들며, 고스톱도 치고 수다도 떨고, 상담도 하고, 약도 받아간다.

정호와 함께 남들 다 일하는 시간에 동네 슈퍼에 앉아 만화책을 보거나, 문방구 앞 게임기에서 주말을 보내는 등의 행보를 보이며, 동네 공식 바보 형제로 우애를 자랑하던 게 바로 어제인데.. 1층 타로 카페를 인수해 로 카페를 한다는 유리가 나타난 이후... 그런 유리에게 마치 로드킬과 같은 강렬한 딕통사고를 당한 이후! 정호와의 관계는 조금 미묘해진다.

서은강 (남/28)

#로 카페의 바리스타 #이 구역의 냉미남 #방화범

냉랭한 눈빛과 말투. 그러나 그가 만드는 커피는 항상 뜨겁다. 커피는 차게 먹는 것이 아니라는 철학으로, 아이스 아메리카노를 먹겠다는 손님과 기 싸움을 벌이는 그는, 확실히 별난 구석이 있다. 바리스타 자격증은 교도소에서 5년간 복역하는 동안 획득한 것으로, 그 히스토리 때문인지 커피 만드는 스킬 외에도 상당한 법 지식이 있다. 몇 년 전 유리가 무료 변론을 해줬던 방화 사건의 피고인으로, 유리에겐 큰 빚이 있다.

배준 (남/27)

#로 카페의 알바생 #이 구역의 도련님

느릿느릿 여유만만. 일을 시키지 않으면 절대 찾아 하지 않는 도련님과의 아르바이트생이다. 부모님 종용에 어쩔 수 없이 다니던 로스쿨을 휴학하고, 요즘 무엇을 하며 살아야 하나 고민 중이다. 그러던 중 두 갈래 길을 만난다. 매일매일이 뜨거운 유리와, 돛단배를 타고 유람 중인 정호. 어떻게 사는 것이 맞는 것일까. 준이는 오늘도 카페 앞 테라스에서 정호와 함께 일광욕을 즐기며.. 고민 중이다.

김천댁 (여/50대)

로 카페가 있는 은하빌딩 건너편, 낡은 건물 1층에 자리한 해피슈퍼의 주인.
입은 험하지만 행동으로는 정호와 우진을 살뜰하게 챙기는 이중 면모를 지닌 아줌마다. 명색이 소설가라는 정호에게 '돈을 벌어야 직업'이라고 일갈하는 등 아주 현실적인 보통의 아줌마로, 온갖 소문이 모이는 슈퍼마켓이라는 장소를 이용해 동네 소리통 역할에 충실하다.

최여사 (여/50대)

김천댁과 더불어 밥상머리 멤버 중 하나. 김천댁은 정호와 우진을 귀찮아하는 반면에, 오지랖이 광대한 최여사는 정호, 우진의 일 하나하나에 관심이 지대하다. 밥상머리 멤버는 핑계일 뿐, 사실 이들 네 명은 계를 붓고 있다. 동네 상권이 죽어서 한가하기도 하고, 목돈도 굴리면 좋으니 일석이조. 식사가 끝나면 다음 코스는 고스톱이다.

이편웅 (남/40대 중반) / 도한건설의 대표이사

도한그룹 이회장의 혼외자, 즉 정호 엄마의 이복동생. 어린 시절부터 도한그룹 안주인의 눈길을 피해 생모와 이곳저곳을 전전하며 자랐다. 나서부터 모든 걸 가진 그들과는 달리, 그는 늘 칼날과 같은 경계에 서서 항상 불안과 공포에 떨며 살아야 했다.

편웅은 아버지인 도한그룹 이회장의 기대에 부응하고자, 도한가의 충실한 개가 되어 그가 시키는 모든 짓을 했다. 그렇게 긴 세월 헌신했음에도, 편웅이 이회장에게 아들이었던 적은 없었다. 이 늙은이를 밟고 올라가, 그 너머를 보고 싶다는 생각이 든다.

김승운 (남/60대) / 서울중앙지검장

서울중앙지검장. 정호에게는 태산처럼 높기만 했던 아버지다.

평생 최전선에서 검찰개혁을 위해 싸워온 줄 알았던 아버지가 검찰 내 지위를 이용해 처가인 도한그룹의 각종 비리를 묵인해왔다는 것을 알게 된 정호는 충격에 검사 옷을 벗는다. 하지만 돈이 절대 권력인 처가의 그늘 아래 억눌린 삶을 살아온 승운은 자신과는 달리 의협심과 정의감을 잃지 않은 채 성장한 아들 정호를 보면서 모종의 결심을 하고, 자신과 처가의 은밀한 관계에 대한 결정적인 증거를 아들에게 넘긴다. 자신의 인생이 망가질 것을 알면서도.

한세연 (여/34)

　　정호와 유리를 포함한 서연고교 4인방 중 리더(?)를 맡고 있는 그녀. 임신 중 호르몬 변화로 인해 상당히 날카로워져 있어, 유리도 정호도 몸을 사리는 중이다. 유리에게는 친구라기보다도 친언니 같은 느낌으로, 도시락을 싸도 유리 몫을 하나 더 싸고, 아직까지도 유리의 오피스텔로 반찬을 날라 오는 그녀. 현재는 육아휴직 중이지만, 사실 그녀는 경찰대 출신의 재원이다.

도진기 (남/34)

　　4인방 중 눈치와 중재와 유머를 맡고 있다. 나머지 세 사람에게는 그것이 전무하기에. 이탈리안 레스토랑 [뇨끼]의 셰프이자, 세연의 팔불출 남편이기도 하다. 유리, 세연 이 두 여인네들과는 한동네서 자란 소꿉친구로, 고등학교 때 전학 온 정호가 합류하기 전까지는 원래 3인방이었다. 정호의 마음이 유리를 향해 있다는 걸 아주 옛날에 눈치채고, 두 사람이 잘되기를 내심 바라고 있다.

황대표 (남/50대)

　　유리가 한때 몸담았던 법무법인 [황앤구]의 대표. 철저하게 돈의 논리에 순응하는 현실주의자에 실리주의자다. 그러니 돈은 쥐뿔도 안 되는 공익소송만 쫓아다니는 후배 유리와는 깊은 애증의 관계일 수밖에. 유리가 회사를 떠난 후 도한건설 이편웅의 법률고문이 되는데, 이 남자, 어울리면 어울릴수록 거리를 두고 싶어진다!

용어정리

S#   장면(Scene). 같은 장소, 같은 시간 내에서 이루어지는 일련의 행동이나 대사가 한 씬을 구성한다.

E   효과음(Effect). 보통 등장인물은 보이지 않고 소리만 나는 경우에 사용한다.

F   필터(Filter). 필터를 거쳐 들려오는 전화기 너머의 목소리 등을 표현할 때 쓴다.

INS   인서트(Insert). 화면의 특정 동작이나 상황을 강조하기 위해 삽입한 화면. 인서트 화면이 없어도 장면을 이해하는 데에는 별다른 지장이 없으나 인서트를 삽입함으로써 상황이 명확해지는 한편 스토리가 강조된다.

cut to   한 공간 안에서의 시간 경과나 각도 전환을 의미한다.

FLASH BACK   회상을 나타내는 장면. 지금 일어나고 있는 사건의 인과를 설명할 때 쓰이기도 하고, 인물의 성격을 설명하기 위해 쓰이기도 한다.

FLASH CUT   화면과 화면 사이에 들어가는 순간적인 장면. 극적인 인상이나 충격 효과를 주기 위해 삽입되는 매우 짧은 화면을 지칭한다.

몽타주   따로 편집된 장면들을 짧게 끊어서 붙인 화면을 말한다.

OL   오버랩(Over Lap). 현재의 화면이 사라지면서 뒤의 화면으로 바뀌는 기법이다. 대사에서 OL은 앞사람 말을 끊고 틈 없이 말할 때 쓰인다.

SLOW   화면의 움직임이 느리게 표현되는 기법이다.

1화

로(Law) 카페

S#1. 법정, 낮.

민사소송이 한창인 합의부 법정 안.
원고석, 화려한 호피 무늬 블라우스와 새빨간 매니큐어의 **유리(여/34)**,
팔짱을 끼고 삐딱한 자세로 앉아 못마땅히 피고 측을 노려보고 있고.
피고석에선 **맹주헌 변호사(남/30대/강우모터스 측 대리인)**,
사무적인 톤으로 변론을 이어가고 있다.
유리 뒤 방청석에 앉은 **조사무장(남/40대/유리네 로펌 소속)**,
삐딱한 자세의 유리를 보며 어쩔 줄 몰라 엉덩이만 들썩거리고 있고,

맹변   재판장님, 해당 공정은 출입문에 안전플러그가 설치돼 있어 정상 출입한
다면 설비가 자동으로 중단이 되게 되어 있습니다. 당일 사고는 고 김인수
씨가 규정을 어기고 출입문이 아닌 곳을 통해 들어와 작동 중인 설비를
점검하며 생긴-

그때 유리 저도 모르게, 커다란 코웃음이 터져 나오고.

유리   어우, 콧물 나왔어. (닦곤) 변호사님. 고인이 청소하고 계셨던 베일러 머신
이 어떻게 생긴 줄은 아십니까?

맹변, 어이없다는 표정으로 유리 보는데.
맹변을 향해 몸을 돌리더니 갑자기 위아래로 박수를 세게 쫙 치는 유리!
올 게 왔구나 싶어 눈을 질끈 감는 조사무장.
판사와 방청객들 모두 어이없어 유리를 보는데,

유리 차를 만들고 남은 철판 찌꺼기들을 모아서 (박수 친 손을 뭉개듯) 네모반
   듯하게 압착하는 설비거든요. 상식적으로 그걸 청소해야 한다면 누구라
   도, 그걸 멈추고 작업하고 싶지 않을까요?
재판장 (유리 향해) 원고 대리인, 본인 순서에 발언하세요. (한심한 듯 보며) 게다
   가 복장은 그게 뭡니까.

이에 유리, 머쓱한 듯 의자에 걸쳐 두었던 검정 정장 재킷을 입는데,
왼쪽 어깨에선 변호사 배지가 반짝인다.

맹변 (비웃듯 보곤) 원고 대리인께서 잘 짚어주신 대로 이번 재해는 작업자가
   아주 상식적인 안전 지침을 어겼기에 발생한 사고로-
유리 (참아보려 하지만 답답함에) 재판장님, 하청업체 노동자들에겐, 공장의 생
   산 라인을 멈출 수 있는 권한 같은 건 없습니다. 그 권한은 원청인 강우모
   터스에만 있죠.

재판장, 유리의 발언 막으려 입을 여는데
유리, '감히' 그를 향해 기다리라는 듯 손가락 하나를 척 들어 보이더니 말
을 이어간다. 다시금 눈을 질끈 감는 조사무장. 환장하겠다.

유리 (랩하듯 더 빨리) 당일 원청의 중역들이 현장에 방문한단 이유로 예정에
   도 없던 청소 작업 지시가 내려와, 위험한 걸 알면서도 작동 중인 설비를
   청소하다 변을 당한 이 사고는, 철저히 울진 공장의 고질적인 구조적 문제
   로 이를 노동자 개인의 과실로 몰아간다는 것은 그야말로-
재판장 원고 대리이인~!!
유리 예.

재판장   (지친) 그 해당 설비의 작동 권한과 관련한 증거는 제출했나요.

유리   (씨익 웃으며) 그럼요오~ 갑 제35호 증으로 제출한 강우모터스와 애니시스템 간의 업무협약서를 보시면 되겠습니다.

S#2.   (인터뷰) 유리의 사무실, 낮.

로펌 사무실 책상에 앉아 카메라를 바라보며 인터뷰하듯 말하는 유리.
(호피나 지브라 따위의 애니멀 프린트와 컬러풀한 옷을 즐겨 입는다.)
서류와 기록들이 한가득 쌓여 있어 어지러운 책상,
앞에는 [변호사 김유리]라 쓰인 명패가 놓여 있고
뒤로는 먼지 앉은 [우수 변호사상]이 보인다.
유리, 과로로 퀭한 얼굴이지만 애써 명랑하게

유리   저는 변호사 김유리라고 합니다. 저는 로펌 내 공익재단에 소속돼서, 사회적 약자들을 위한 무료 변론이나 법률 상담, 공익소송 등을 전담하고 있어요.

S#3.   법원 복도 – 엘리베이터, 낮.

힐을 신고도 빠르게 걷는 유리고. 그녀를 따라오며 잔소리 중인 조사무장.

조사무장   변호사님 제발, 제발, 법정에서 재판장님 말 좀 잘라먹지 마시구요, 앉는 것도 무슨 빵 뜯는 일진도 아니고 그렇게 삐딱하게 앉으시면,

유리   사무장님, 그건 내가 척추측만증이 있어서 그런 거라니까요.

조사무장   (애원조) 그리고 옷도 제발~ 제발 좀 더 얌전한 걸로오-

유리   격식만 갖춤 됐지 얌전하기까지 해야 돼요?

유리, 엘리베이터 버튼을 누르려는데 난데없이 코피가 흐르기 시작하고,

익숙한 듯 호피 무늬 손수건을 꺼내 흔들어 펼치더니, 코를 막는다.

조사무장   (잔소리) 또또..!! 일 좀 고만하고 밤엔 제발 좀 주무시라니까요.
유리   (괜히 버럭) 누가 일한대, 저도 밤에 바빠요! 사생활이 있다고요 저도.

이때 두 사람 옆에 와서 서는 맹변, 그런 유리를 보더니

맹변   산재 사건 쫓아다니다 니가 먼저 과로사 하겠다?
유리   (웃는) 있는 놈들 뒤나 닦아주다 과로사 하는 것보다야 낫겠죠.
맹변   (욱하는) 너 뭐라 했냐.
유리   못 들으셨어요? 대따 크게 말했는데. 있는. 놈들. 뒤. 닦아주다-
맹변   (빡쳐선/OL) 너 같은 또라이를 황앤구가 계속 데리고 있는 이유를 모르겠다, 나는! (그러다) 하긴 덕분에 강우모터스가 니네 펌에서 우리 펌으로 넘어왔지?

유리, 열받지만 꾹 참는데...
마침 엘리베이터가 도착하고. 올라타는 유리, 맹변, 조사무장.

맹변   아니 얼마나 또라이면 돈 한 푼 안 되는 프로보노(자막: 사회적 약자를 위하여 제공하는 법률서비스) 산재 사건을 맡아서 지네 회사 주요 고객을 상대로 소송까지 하냐고. 안 그래요 사무장님?
조사무장   (끄덕) 예, 그건 회사에서도 김변호사님이 김변호사님 했다고- (유리가 째려보자 멈추는)
맹변   피해자들 꼬드겨서 공익소송이다 뭐다 요란하게 일 벌이고 뉴스 나오고 하니까 니가 무슨 정의의 사도라도 된 것 같지? (비웃곤) 근데 매번 지기나 하고- 참, 니 별명 또 바뀌었더라. 법조계의 돌아이에서 패소의 여왕으로.
유리   (호피 무늬 손수건을 콧구멍에 쑤셔 넣은 채 씩씩 콧김만)
맹변   이번에도 백전백패의 신화, 이어 가셔야지?

땡~ 엘리베이터가 1층에 도착해 문이 열리자 얄밉게 내려버리는 맹변.

유리   (알미운 뒤통수 보며) 저 조카 십*색 크레파스 같은 새끼.

S#4.   법무법인 황앤구, 낮.

[법무법인 Whang & Koo]라 적힌 로펌 건물 안으로 들어오는 유리와 조사무장.
또각또각 멋진 워킹으로 통유리로 된 휘황찬란한 인테리어의 사무실들을 지나쳐, 저~~~ 구석에 위치한 [공익재단 곧은]의 사무실 쪽으로 향한다.

S#5.   공익재단 곧은 사무실, 낮.

휘황찬란한 황앤구의 인테리어와는 달리 상당히 낡은 [공익재단 곧은]의 사무실 문을 열고 들어오는 유리와 조사무장인데...
들어오자마자 유리의 머리 위로 폭죽이 터진다!
유리 깜짝 놀라 보면, [사직을 축하합니다!]라 대문짝만하게 적혀 있고.
케이크를 들고 다가오는 **황대표(남/50대/황앤구의 대표)**.
사무장들과 동료 변호사들, 끌려온 듯 심드렁한 얼굴로 박수를 치고 있다.

유리   (어이없어) 대표님...
황대표   (웅장하게) 직장 내 괴롭힘 산재 인정 소송! 소방공무원 위험직무 순직 인정! 또 뭐 있니,
조사무장 얼마 전 승소한 지리산 도롱뇽 통행료 관련 공익소송도 있습니다.
황대표   응 그거, 우리 김유리 변호사가 열 일 제쳐두고 세 달간 매진한 그거. (입만 웃는 섬뜩한 미소로) 덕분에 등산객들이 1200원씩 아끼게 됐지.
유리   (움찔, 작게) 부당한 통행료였으니까...
황대표   (우렁찬) 공익과 소수, 또 약자를 위하여 힘써온 우리 김유리 변호사가 드

디어 이번 사건을 마지막으로, 우리 로펌을 떠나게 됐습니다! 박쑤우~!!

진심으로 벅차게 기뻐하는 황대표, 사무장들 박수 치고.
동료 변호사들 피곤에 절은 얼굴로 대충 떨떠름히 박수 친다.
억지로 하하 웃으며, 케이크의 초를 부는 유리.

S#6. 어느 일식집, 낮.

황대표를 따라 일식집 복도를 지나는 유리.
'아니 누굴 만나는 건데요?' 물으면 '있어봐~' 하는 황대표고,
황대표가 문을 열면, 먼저 와 기다리고 있던 **윤의원(남/60대)**이 보인다.

황대표 아이고 의원님, 벌써 와 계셨어요? 인사해. 여기 민국당 윤주한 의원님.

윤의원 황대표님은 어떻게 볼 때마다 더 젊어지는 것 같아? 아이고 김변호사! (악수 청하며) 기사에서 본 것보다도 훨씬 더 미인이시네.

유리 (억지웃음) 하하 예, 보기 드문 미인인 제가 왜 이곳에 있는지 모르겠네요.

황대표 (툭 치곤) 아이고 의원님, 요즘은 칭찬도 함부로 하면 안 돼, 얼평 한다고 혼나요.

'아이고 칭찬도 어렵네.' 하며 허허허 웃는 윤의원이고
cut to 》대화 중인 황대표와 윤의원 사이에서 먹는 데만 열중인 유리.

황대표 공익소송이란 게, 제도 개선이다 사회 변혁이다 말만 좋지 사실 일만 키워 놓고 승소도 어렵고 준비도 아주 골치가 아파요.

윤의원 사실 그런 훌륭한 일은 로펌 차원에서만 해결될 문제는 아닌데 말이지. 안 그래도 다음 총선도 있고, 우리 당에서도 당 대변인으로 새로운 (강조)'얼굴'을 찾고 있긴 했거든, 그래서 김변호사는 이제 회사 나가면 뭘 할 예정이에요?

황대표 (궁시렁) 나가서 뭐 자기 사무실 열고 회사서 못다 한 한풀이나 할 생각이

었겠죠. 아님 민변이나 시민단체로 가거나.

황대표/윤의원 (동시에) 구체적인 계획이 뭐야? / 뭐 그런 구체적인 계획이 있어요?

마침 거대한 마끼를 한입에 털어 넣고 있던 유리.

유리 (우물우물) 아... 전...
황대표/윤의원 (끄덕이며 유리가 씹기를 기다리는데)
유리 전... (한참 씹고, 삼키더니) 카페 하려구요.
황대표 (어이없어) 카페에?

S#7. 한국대 후문 벚꽃거리 - 은하빌딩, 낮.

부동산중개인 **금자(여/50대)**를 따라 벚꽃이 흩날리는 거리를 걷고 있는 유리,
허름한 빵집, 오래된 슈퍼가 보이는 대학 후문 주택가의 풍경이 펼쳐진다.

금자 후문 쪽이 차라리 나아, 정문 쪽엔 무슨 멀티플렉스 들어선다고 임대료가
아주 수직 상승을 했어요~ 아가씨도 여기 한국대 출신인가?
유리 네, 제 모교예요. (기분 좋은) 하나도 안 변했네요 여기는!

금자를 따라 골목을 꺾어들면 아담한 2층짜리 붉은 벽돌 건물이 보인다.
오래된 듯 보이지만, 꽃나무와 어우러져 정감 가는 모습이다.
1층엔 타로 카페가 2층엔 [바른정신건강의학과의원]이 보이고...

금자 여기 괜찮아. 조용하고 한적하고, (하다 멈칫) 근데 또 은근히 대학생들도
다니고 카페 하긴 괜찮지. (호호 웃곤) 관리도 잘돼, 건물주가 저기 옥탑
에 살 거든.

유리, 옥탑을 보지만 별 특이점은 없어 보인다.

카페 안을 보는 금자, 뭔가 꺼림칙한 얼굴이지만 이를 숨기며 문을 연다.

S#8. 타로 카페, 낮.

어두컴컴하고 먼지로 뒤덮여 있지만
골동품숍을 연상하게 하는 빈티지 가구와 각종 소품들로 가득한 내부.
정면으론 커피 머신이 놓인 바(Bar)가 보이고.
왼쪽 벽면으론 커튼이 드리워진 두 평 남짓의 상담 공간이 보이는데...
어쩐지 으스스한 느낌도 있다. 그러나 유리는 제법 마음에 드는 눈치고.
유리를 따라 들어오는 금자, 뭔가 꺼림칙한 듯 카페 안을 둘러보는데...
어디선가 끼릭, 쿵쿵! 하는 소리가 들려오자 금자가 쿵! 제 발을 구른다.
유리가 보면, 금자 어색하게 웃으며

금자 내 걸음 소리가 좀 커지고, (무섭고 켕기지만) 봐봐, 그냥 몸만 들어오면
     된다니까. 이거 다 인테리어 한 지 얼마 안 된 거야, 여기서 원래 타로 카페
     하던 양반이- (거짓말) 급하게 외국에 나가게 돼가지고,
유리 (마음에 드는 얼굴로 쭉 둘러보다, 결심한 듯 돌아보며) 저, 여기로 할게요.
금자 (놀라) 정말? (양심이 찔려선) 더 안 생각해봐도 되겠어?
유리 (웃으며) 네.
금자 (불안) 왜 더 생각해보지!

S#9. 타로 카페 앞, 낮.

[타로 카페] 간판을 뚫어져라 보고 섰던 유리,
손을 들어 간판의 '타' 자를 가려본다. [로 카페]로 보이자 씨익 웃는 유리.

유리 (E/S#6에서 이어지는) 네. (싱긋) 로 카페요.

S#10. 일식집, 낮.

황대표 (어이없어) 뭐, 뭐, 뭔 카페?

유리 로우(Law) 카페요. 법 다방! 법률 상담도 하고 커피도 팔구요!

기분 좋아 웃는 유리와는 달리, 기가 막혀 보는 황대표와 윤의원인데.

S#11. (인터뷰) 유리의 사무실, 낮.

이전 인터뷰와는 다른 날인지 더 화사해진 복장의 유리,

유리 (확신에 찬 얼굴로) 송사 3년이면 집안이 망한다는 말이 있죠. 제가 법조계에 몸담아보니까, 좋은 변호사는 법정에 가기 전에 문제를 해결해주는 변호사더라구요. 커피 한 잔 값에 당신의 문제를 해결하는 '법정 밖의' 변호사.. 어때요, 장사 좀 될 것 같나요?

씨익 웃으며 카메라 보는 유리에서 타이틀 올라온다.
[제1화 로(Law) 카페]

S#12. 신부 대기실, 낮.

INS 》하객들이 들어오고 있는 어느 예식장 로비.
세연(여/34), 웨딩드레스를 입은 채 만삭의 배를 끌어안고 있다.
화려한 차림의 유리, 세연의 가방을 든 채 서서 자꾸 문 쪽을 보는데,

세연 왜 이렇게 똥 마려운 개새끼마냥 안절부절이야.

유리 아니... (짐짓 아무렇지 않은 척) 아직 김정호가 안 보이네?

세연	아까 왔던데 못 봤어?
유리	뭐?? (화난) 걘 왔으면 인사를 해야지, 이따 만나기만 해봐라, 내가-
세연	(배가 불편한지) 아우 애 이거... 설마 오늘 나오려는 건 아니겠지?
유리	(달려와 걱정) 그러게 왜 날은 자꾸 미뤄! 막달까지 미루는 인간이 세상에 어딨냐고!
세연	(힘겨운 한숨) 계속 미루면 도진기가 식은 포기할 줄 알았지.
유리	걔가 잘도 그러겠다.

그때 신부 대기실로 손님들이 왁자지껄 떠들며 들이닥치고,
세연이 인사를 하는 사이 유리, 문밖을 보며 눈으로 누군가를 찾는다.

S#13. 결혼식장, 낮.

사회자가 나오며 결혼식이 진행되기 시작한다.
유리, 자리에 앉으면서도 계속 두리번거리는데,
원하는 이를 찾지 못했는지 조금 서운한 얼굴이 된다.
cut to 》위풍당당 신랑 입장 중인 **진기(남/34)**가 보인다.
유리, 미소와 함께 그 모습 지켜보는데.

사회자	그럼 다음으로 신부 입장이 있겠습니다.

잠시 후, 신부 세연이 입장하는데...
감동한 듯 울컥하더니 이내 오열하기 시작하는 진기, 팔불출이다.

S#14. (인터뷰) 유리의 오피스텔, 낮.

소파에 앉아 웃음을 머금은 채 인터뷰하는 유리.

유리	세연이랑 진기랑은 어렸을 때부터 한동네서 자란 소꿉친구예요. (웃으며) 그렇게 둘이 결혼할 줄은 진짜 몰랐죠. 도진기 걔는, 애가 너어무 감성이 풍부해가지고 (절레절레) 결혼식 날 신랑이 그렇게 울 줄 누가 알았겠어요.

S#15. 결혼식장, 낮.

그런데 유리, 진기만큼이나 오열하며 축사를 하고 있다.

유리	(시작부터 울컥해 삑사리 내는) 세연아, 진기 ↗ 야. 기억도 안 나는 유치원부터 시작해서 거의 30년을 함께 했는데.. (서럽게 히끅) 나만 혼자 두고 (히끅) 너희끼리 (히끅) 결혼을... 한다니까학 ↗

사연 있는 사람처럼 울어버리는 유리에, 하객들 분위기 좀 어색해지고.
진기도 오열하는데, 세연은 창피함에 눈을 질끈 감는다.

유리	(계속 오열) 너희 결혼해서도, 나랑 계속 놀아줄 거지?

식장 한편에 기대서 유리를 바라보고 있는 한 남자, 피식 웃는 입가만 보인다.
유리의 시선이 그쪽으로 향하자 훤칠한 키의 남자(정호),
돌아서더니 식장을 나가버리고,
유리, 축사를 이어가면서도 시선으로 잠시 그를 쫓는다.

S#16. 예식장 로비, 낮.

축사를 끝냈는지 눈물을 닦으며 로비로 나온 유리.
예식 중이라 제법 한산한 로비인데, 두리번거리며 누군가를 찾는다.

그때 저만치 복도를 향해 가고 있는 남자가 보이자

유리   야! 김정호!!

남자, 듣지 못하고 계속 가자 쫓아가는 유리.
엘리베이터 앞까지 가보지만, 남자는 어디로 갔는지 감쪽같이 사라져 보이지 않는다.

S#17. (인터뷰) 유리의 오피스텔, 낮.

유리, 소파에 앉아 네 사람이 함께한 사진 보여주며

유리   세연이, 진기, 그리고 얘는 김정호라고. 얘가 고등학교 때 전학 온 후로는
       쭉 이렇게 넷이 같이 다녔거든요. 근데 김정호 이 새끼- 얘가, 몇 년 전부
       터 완전히 잠수를 타는 거예요. (생각에 잠겨) 특히 저를 피하는 것 같아
       요. 얘 왜 이럴까요?

S#18. 정호의 옥탑, 낮.

느른한 오후, 색 바랜 파라솔이 우뚝 보이는 어느 다세대주택의 옥상.
선베드와 평상, 운동 기구 등이 늘어서 있고,
누렁이 한 마리가 아무렇게나 늘어져 쿨쿨 잠들어 있다.
파라솔 아래선 **정호(남/34)**가 튜브형 키즈풀 안에 몸을 담근 채로,
선글라스를 쓴 채 낮잠을 자고 있고...
이때 힘들게 계단을 올라온 **김천댁(여/50대)**,

김천댁   (정호를 세상 한심히 바라보며) 아주 염병을 하고 있네...
정호   (늘어지게 하품을 하며) 오셨어요.

김천댁   (괜히 누렁이 향해 버럭) 누렁이 너 이 새끼! 밥 안 먹을 거야? 주인총각도 내려와. (내려가며 궁시렁) 아니 저놈 개새끼는 밥때 되면 내려오라니까 말을 안 들어!

누렁이가 기지개를 켜더니 김천댁을 따라 어슬렁 내려가고.
풀에서 나와 수건으로 몸을 슥슥 닦는 정호.
한편에 두었던 초록 추리닝을 공중에 탈탈 털어 펼치더니,
순식간에 바지허리 고무줄을 팡-! 상의 지퍼를 착-! 하며 입는 정호.

S#19. (인터뷰) 정호의 방, 낮.

만화방인 듯 엄청난 양의 만화책과 장르소설책들이 쌓여 있는 정호의 방.
방 한복판에 있는 소파에 앉아 인터뷰 중인 정호.

정호   (긁적) 이름은 김정호구요, 소설을 쓰고 있습니다.

정호 뒤로 보이는, 화려한 일러스트의 그의 웹소설 작품 표지들.
[K검사, 무림지존이 되다], [검찰청 쇠창살의 비밀], [SSS급 악덕기업처단자]

정호   (자랑스런) 리디피아 일일 조회수 평균 817회. 6주 연속 주간 베스트 50위권을 유지 중이구요, 수익은... 유료 연재로 전환한 지 얼마 안 돼 아직 의미 있는 숫자는 아니지만.. 이번 작품은 기대가 큽니다. (사이) 동네 분들이 자꾸 절 보고 백수백수 하시는데... 엄밀히 말하면 백수는 빈손, 즉 아무것도 가지고 있지 않다는 뜻이거든요.

S#20. 해피슈퍼 앞 평상, 낮.

슈퍼 앞 평상 위에 밥상을 펼치고 있는 정호고,
김천댁, 밥상 앞에 자리를 잡으며 부지런히 잔소리를 이어간다.

김천댁 소설 나부랭이가 무슨 돈이 된다고, 젊은 사람이 기술을 익혀서 부지런히
       살 생각을 해야지 말이야,

       이때 거대한 냄비를 가지고 들어오는 **최여사(여/50대).**

최여사 아유, 형님은 걱정도 팔자지~~ 돈은 형님이랑 내가 벌어서 주인총각한테
       월세로 따박따박 내고 있구만, 건물이 두 개씩이나 있는 양반인데 누가 누
       굴 걱정하고 있어!

       우쭐한 웃음을 삼키는 정호.
       할 말이 없어지는 김천댁, 그런 정호를 얄미운 듯 째려볼 뿐이다.
       밥상을 보며 뭔가 맘에 들지 않는지 고개를 절레절레 젓는 정호.

최여사 왜애~ 이번엔 짜게 안 했어.
정호   세계보건기구 WHO의 1일 나트륨 섭취 권장량이 2000mg이에요. 이걸
       소금으로 환산하면 5g, 즉 티스푼에 납작하게 깐 정도의 양인데, 우린 김
       치, 장아찌 등 염장식품도 섭취하기 때문에 엄밀히 따지면, 일일 권장량의
       2배가량을 먹고 있단 얘기죠.
김천댁 저놈의 '엄밀히 따지면' 염불 또 시작이네. (익숙한 듯 정호 앞에 있던 밥그
       릇 치워버리며) 아유, 먹지 마 그럼. 아이고 지겨워.
정호   (아무렇지 않은 듯 다시 밥그릇 가져와 식사를 시작하며) 다 도움이 되는
       얘기니 드리는 거죠. 이렇게 과다한 나트륨 섭취가 계속되면, 50세 이상의
       중장년층에선 고혈압은 물론 뇌졸중, 심근경색뿐 아니라, 치매를 유발할
       가능성도-
최여사 (눈 동그래져) 치매까지? 진짜?
김천댁 뭘 저걸 또 듣고 있어!
최여사 왜~ 난 우리 주인총각이 이렇게 똑똑한 소리 할 때가 젤 멋있었는데.

김천댁   하여튼 그 좋은 머리로 쓸데없는 거나 외우고 다니고, 나한테 그 머리가 있었으면 벌써 판검사를 했을 것이다~!

정호, 아랑곳 않고 밥술을 뜨는데,
'아이고 우리 의사 선생님 왔어~~' 하고 외치는 최여사.
정호와 똑같은 수저통을 든 **우진(남/37)**이 슈퍼 안으로 들어오고 있다.
깡마른 데다 셔츠 단추도 잘못 꿴 모습이 어쩐지 챙겨주고 싶은 기분이 드는 남자다.
우진을 보고 화색이 된 김천댁과 최여사에 어쩐지 입이 나오는 정호.

최여사   (정호가 가져가려던 햄 뺏어와 우진 밥 위에 놔주며) 오늘은 병원에 손님 좀 왔대?

우진   (수줍은 미소로) 예, 그래도 갈수록 환자들이 느네요.

우진, 민망한 듯 반찬 통을 여는데 예쁜 계란프라이 4개가 들어 있다.
우진을 예뻐 죽겠다는 듯 보는 최여사.

김천댁   봐봐, 반찬 한 가지씩 가지고 오기로 했음 의사 양반처럼 척이라도 해야지, 저 혼자 맨날 빈손으로 와서는 입만 살아가지고,

S#21. (인터뷰) 정호의 방, 낮.

정호   계모임이에요. 계주는 저구요, 계 이름은 빌딩 이름을 따서 은하계라고. 이 동네 상권이 많이 죽어서 한가하기도 하고, 목돈도 굴리면 좋구요. 세입자들을 위한 일종의 사회사업이라고도 할 수 있겠죠.

S#22. 해피슈퍼 앞 평상, 낮.

고스톱 패를 내리치며 생기 넘치는 표정의 우진.

정호, 우진, 김천댁, 최여사가 둘러앉아 고스톱을 치는 중이다.

최여사 참, 그 1층에 카페 하겠다고 온 그 젊은 아가씨 봤어? 아까 아침부터 줄자
       들고 와서 난리던데. 엄청 미인이대~

김천댁 쯧쯧쯧... 다들 1년도 못 버티고 일 나서 나가는 자린데 불쌍해서 어뜩하
       나.

정호   그런 혹세무민하는 유언비어 좀 퍼트리지 마세요. 그러다 공실 나면 다달
       이 나가는 대출 이자 못 갚아서 저 길거리에 나앉습니다~

S#23. 타로 카페 안, 낮.

유리, 노래를 흥얼거리며 줄자로 벽도 재보고 가구도 옮겨보고 있다.

어두컴컴한 카페 안에서 어쩐지 약간 음산한 기운이 감돈다.

이때 천장에서 들려오는 쿵쿵쿵, 소리에 유리도 멈칫하는데

최여사 (E) 근데 나도 거기 좀 꺼림칙하더라니까, 천장에서 이상한 소리도 나고.

이때 전화가 울리자 화들짝 놀라는 유리, 부동산에서 걸려온 전화다.

유리   (받으며) 네 사장님, 저 지금 카페에 와 있어요. 아 네, 오늘 계약서 쓰면서
       나머지 계약금 입금하려구요. 네네, 곧 봬요~~

통화를 끊은 유리의 눈에, 카페 한쪽에 쌓여 있는 쓰레기들이 보인다.

이에 유리, 지갑을 들곤 카페를 나서는데

S#24. 해피슈퍼 앞, 낮.

우진, 슈퍼에서 나오는데 마침 유리도 카페에서 나와 슈퍼로 향하던 차다.
바람이 불어와 유리의 머리칼이 흩날리고...
유리를 보곤 완전히 굳은 듯 멈춰 선 우진.
첫눈에 반하기라도 한 듯 우진의 얼굴 위로 멜로 영화의 주제가가 울려 퍼진다!
뒤이어 슈퍼 문을 열고 슬리퍼를 끌며 나온 정호, 코 파며 우진을 보곤,
별생각 없이 우진의 시선을 따라갔다 다가오는 유리를 보는데,
흩날리는 호피 무늬 치맛자락...!!
우진보다 더 얼음이 된 정호의 얼굴 위로. 주제가가 뚝 끊기며-

유리   (다가오며 놀라) ...김정호?

우진, 역시 놀라 정호를 보는데, 그때 마침 반대편에서 나타난 금자.

금자   어 주인총각~ (유리와 정호 보곤) 이 아가씨가 오늘 계약하기로 한 세입자야~

정호, 기겁해 금자를 보고, 유리를 본다. 어이없다는 듯 웃는 유리.

S#25. 황금부동산, 밤.

정호, 소파에 정좌를 하고 앉아 있고,
유리, 맞은편 소파에 앉아 팔짱을 낀 채 빤히 정호를 보고 있다.

유리   (정호의 머리를 잡아당기며) 머린 이게 또 뭐야.
정호   (이 악물고) 놔라아.
유리   (손가락 냄새 맡더니) 뭐야, 이거 왜 참기름 냄새가 나. 야 너 머리 언제 감았어. (추리닝 보고 찡그리며) 게다가 이 무릎 나온 추리닝은 또 모야...?
정호   ...어디서 맨날 킬리만자로의 표범 같은 옷만 구해 입고 다니는 게, 남의 빈

티지 캐주얼에스닉 하이패션을 지적질이야.

유리   빈티지 에스닉, 뭐?

그때 부동산 안에서 커피와 계약서 등을 내오는 금자.
테이블에 놓인 땅콩을 까먹으며 호기심 가득히 두 사람을 본다.

금자   아니 어떻게 주인총각이랑 아가씨랑 아는 사이였대?

유리   그러게요. 고딩 때부터 대학까지 해서 거의 20년 지긴데, (살벌히) 그
20년 지기가 나의 건물주가 되실 줄은 왜 꿈에도 몰랐을까.

정호   정확히는 17년-

유리   (OL) 너 세연이랑 진기 결혼식 날 왜 나한테 인사도 안 하고 갔냐?

정호   ...그야 바쁜 일이 있어서...

금자   (땅콩을 오도독오도독 씹으며 재밌다는 듯 두 사람 보) 주인총각이 바
쁘긴 뭐가 바빠~ 맨날천날 소설 쓴다고 집에서 빈둥거리기만 하는데.

유리   소설? 야, 니가 무슨 소설이야-

정호   너야말로 무슨 카페야. 니가 진짜 여기서 카펠 하겠다고?

유리   (당당히) 어.

정호   회사는?

유리   그만뒀지.

정호   ...미쳤냐, 너?

유리   잘나가던 직장 먼저 때려치우고 나와서 (정호 위아래로 보며) 백수 짓이나
하고 있는 니가 할 말은 아닌 것 같은데?

정호   (유릴 빤히 보다.. 갑자기 단호해져선) 사장님, 이 계약 없던 걸로 하시죠.

유리   (놀라) 야!!

금자   (땅콩이 목에 걸려 퀙퀙!! 겨우 진정하곤) 아니, 주인총각 그게 무슨 말이
야?

정호   최근에 이 인근에 임대료가 얼마나 올랐는데, 애초에 이 가격은 말도 안
되는 거고.

금자   저번엔 이대로 하라며 상관없다고!

유리   (놀라) 너! 계약금도 받았으면서 지금 그딴 말 하면 안 되지, 가계약도 계

약이야!

금자 (눈치) 그래애, 아직 계약서에 도장은 안 찍었어두 가계약금 받은 이상 그 렇게 손바닥 뒤집듯이 계약 해지는 못 하지~

유리 (정호를 보는데 얘가 지금 장난이 아니구나 싶자 랩 하듯 다다다) 목적물 과 매매 대금이 확정되고 중도금 지급 방법 등의 합의가 있었다면 정식 계 약서가 쓰여지지 않았더라도 매매계약은 성립한 걸로 본다고!

금자 (놀라 유리를 보는데)

정호 민법 제565조 제1항. 계약금의 배액을 상환하면 계약을 해제할 수 있다.

금자 (이번엔 놀라 정호를 보고)

유리 여기서 말하는 계약금의 배액이, 내가 지불한 가계약금 삼백의 두 배가 아 니라 여기 이 계약서에 명시된 계약금의 두 배란 건 알지?

정호 니가 원한다면 그렇게 줄게. (일어서며) 그럼 이번 주 내로 입금할 테니 계 약은 해제된 걸로. (가는)

유리 (기가 막혀 잠시 벙쪘다가) ...야!!! 야 김정호!!! 너 어디가!! (따라 나가면)

홀로 남겨진 금자, 멍하니 땅콩 까먹으며

금자 하여튼 요즘 젊은 것들은 모르는 게 없어...

S#26. 은하빌딩 옥외계단, 밤.

정호를 쫓아 옥상으로 향하는 계단을 오르고 있는 유리.

유리 야 김정호!!! 너 어디가 내 말 아직 안 끝났어!!

무시하고 가는 정호인데, 갑자기 아악!! 비명을 지르는 유리.
정호 돌아보면, 철제 계단에 힐이 낀 유리, 빼려고 안간힘을 쓰는 중이다.
정호, 하늘 보며 깊은 한숨을 내쉬더니 유리 앞으로 내려와 정호　그런다고 빠지냐, 있어봐.

유리　(속사포처럼) 니가 무슨 초딩이냐? 부동산 계약이 맘에 들면 하고 아니면
　　　말고 무슨 애들 장난인 줄 아냐고!

　　　유리의 발목을 잡아 신발을 벗기고, 구두를 빼내는 정호.
　　　정호, 다시 몸을 일으키면 폭이 좁은 계단에 두 사람 몸이 가깝다.
　　　정호, 뜻 모를 표정으로 유리를 내려다보는데,
　　　괜히 긴장되고 불편해진 유리, 크으흠.. 헛기침을 한다.

정호　가래엔 배도라지즙이 좋아.

　　　유리에게 구두를 안기더니 먼저 계단을 올라가버리는 정호.
　　　우이씨! 유리, 나머지 구두도 벗더니 뒤따라 올라간다.

S#27. 정호의 옥탑, 밤.

　　　옥상에 올라와 정호가 사는 모습을 보곤 말을 잃는 유리.

유리　전에 살던 오피스텔은 어쩌고... 여기 완전 자릴 잡았네? (조금 진지해져
　　　선) 너... 대체 회사는 왜 그만둔 건데.

정호　그러는 너는. 남들 못 들어가 안달인 로펌은 왜 그만뒀는데.

유리　아까 못 들었어? 카페. 하려고 그만뒀다고.

정호　그니까 니가 카페는 무슨 카페야! 라테랑 카푸치노 차이도 모르는 주제
　　　에. 니가 아라비카를 알아, 로부스타를 알아!

유리　(멈칫, 목소리 작아져선) 그거야.. 차차 알아가면..

정호　거봐 거봐 내 이럴 줄 알았어. 시장 조사도 하나도 안 되어 있고, 넌 자영
　　　업이 우습냐? 이 동네를 봐봐 한갓지게 커피 마시러 올 사람이 얼마나 있
　　　을지. 있다 쳐도 백 미터에 하나씩 널린 게 카펜데 원두 종류도 구분 못
　　　하는 너한테 대체 무슨 경쟁력이 있을 거라 생각하는 거지?

유리	(자신 없이) 법률 상담도 할 거야. 그냥이 아니고 법률 상담 카페라고.
정호	(헛웃음) 법률 상담 카페? 커피 팔고 상담하고 뭐 그러게?
유리	(왠지 부끄러운) 그래!
정호	그런 비즈니스 모델이 지금까지 없었던 거는, 그럴 만하니까 그런 거라고 생각은 안 하냐? 정 친근하게 상담해주고 싶음 그냥 변호사 사무실을 차리고 커피 머신을 들여!
유리	...
정호	너는 예나 지금이나 생각하는 걸 너무 바로 행동으로 옮기는 버릇이 있어. 숙성, 어? 사람이 좀 생각을 담갔다가 꺼낼 줄도 알아야지. 너 혹시 경솔함을 진취적인 거라고 착각하고 있는 거 아냐?
유리	(이 악물고) 다 했냐?
정호	(빤히 보다) ...해봤자 망하기 딱 좋다고.
유리	(폭발하는) 그니까 그게 너랑 무슨 상관인데!
정호	(저도 모르게 버럭) 어떻게 상관이 없어! 또 힘들게 일할 거면서!!
유리	(버럭) 내가 힘든데 왜 니가 화를 내!

이에 정호 잠시 멈칫하고, 유리 곧은 시선으로 정호를 본다.
정호, 뭔가 밀리는 기분인데...

유리	그니까 정리하자면, 너는 지금 내가 걱정돼서 계약을 못 하겠단 거네?
정호	(멈칫) 그게 왜 그렇게 되지?
유리	근데 내 걱정은 안 해도 돼. 나도 이 동네 너만큼이나 잘 알고, 나 이거 정말 오랫동안 계획해온 거야.
정호	오래 계획했다고 좋은 계획이 되진 않지. 하여튼 다시 생각해.
유리	(가만 노려보다) 너 있잖아, 내가 없어 보일까 봐 이것까진 안 물어볼라 그랬는데... 너 혹시, 촌스럽게 막, 옛날에 우리... (머뭇) 사귀고 그런 거 때문에 이러는 건 아니지?
정호	(어이없어) 그게 대체 언제 적 일인데-
유리	(당황) 그래! 그게 대체 언제 적 일인데 우리가 아직도 그거 갖고 어색하고 그러겠어!

정호   (조금 재밌다는 듯 보면)

유리   (창피하고 짜증 나서) 니가 뭐라든 우리 계약은 이미 성사된 거고! 난 이
       자리 몹시 맘에 들고 계약 해지할 생각 조금도 없으니까, 니가 정히 나를
       내쫓아야겠다면 법대로 하자고.

       유리, 쌩하니 돌아서더니 가버리고.
       가는 유리를 보며 깊은 한숨을 내쉬는 정호.
       유리, 자존심도 상하고 창피하지만 아무렇지 않은 척 계단을 내려간다.

S#28. (인터뷰) 유리의 오피스텔, 낮.

       제 집 거실 소파에 다리를 꼬고 앉아 인터뷰 중인 유리.

유리   제가 걜 좋아했냐구요? (한참을 히스테리컬하게 웃더니 정색하곤) 그럴
       리가요. (사이) 그냥 어쩌다 대학까지 같이 가는 바람에 한동안은 껌딱지
       처럼 붙어 다녔거든요. 그러다 서로 자연히 멀어졌다고 생각했는데... 어느
       순간 보니까 이게 멀어진 게 아니라 걔가 절 피하는 거였드라구요.

S#29. 운동장, 낮. (과거)

       매미가 우는 한여름의 학교 운동장.
       교복 치마 아래 추리닝 바지를 입은 유리(18),
       땡볕 아래 서서 구슬땀을 흘리며 어딘가를 비장히 응시 중이고...
       등나무 벤치에 누워 눈을 감은 채 무협지의 내용을 읊고 있는 정호다.

정호   소단은 어둠 속에서도 저를 둘러싼 오십 명의 사내의 기척을 느낄 수 있었
       다. 말로만 듣던 대천공의 흑사단이 분명했다. 소단이 검을 뽑아들자, 숨어
       있던 놈들이 하나둘씩 모습을 드러냈다.

유리, 무협영화의 한 장면처럼 가상의 검을 절도 있게 뽑아든다.

정호   (덥고 짜증 나는) 날카로운 소리와 함께 다섯 개의 철침이 소단을 향해 날아왔다.

유리   (저를 향해 날아오는 가상의 철침을 마구 튕겨내는)

정호   (일어나 앉더니, 그런 유리 보며 작게 한숨) 나 이거 언제까지 해.

유리   (무도에 집중한 채) 너 두 번 읽어서 다 외웠다며.

정호   그래서 나보고 통째로 다 낭송하라고? [천뢰도] 스물아홉 권인 건 알지?

유리   (너무했나 싶은) 근데 맨날 봐도 맨날 신기하단 말야.

유리, 장난기 어린 미소를 지으며 턱! 정호의 머리통을 잡는다.

유리   한 번 읽으면 무협지가 스물아홉 권이나 외워지는 이 머리통!! (머리 막 헝클면)

정호   (벗어나려 하며) 놔라아..

유리   싫은데~~ (한참 괴롭히며 웃다 잦아들면, 갑자기 훅 허리 숙여 눈 맞추며) 근데 넌 이 머리로 뭐 할 거야?

정호   ...

유리   (놔주며) 소설가가 돼도 되고, 의사가 돼도 되고.. 검사 변호사, 뭐든 될 수 있잖아. 뭐 할 거야?

정호   (잠시 생각하는 듯하다, 유리와 시선 마주치며) 너는 뭐 할 건데.

그 말에 쿵 하고 설레버리는 유리.

S#30. 운동장 수돗가, 낮. (과거)

서로 물을 뿌리며 물싸움을 하는 유리, 정호, 세연, 진기.
진기는 아예 호스를 가지고 와서 세 사람에게 마구 뿌려대고,

세연은 '넌 죽었어' 외치며 진기를 쫓는다.

얼마지 않아 세연에게 붙잡혀 처절하게 응징당하는 진기고.

그 모습 지켜보며 하하하 웃던 유리,

유리가 고개를 돌리면 저를 보고 있던 정호와 눈이 마주친다.

둘이 잠시 미묘한데... 세연이 호스로 두 사람에게 흠뻑 물을 뿌려댄다.

S#31. 한국대 후문 벚꽃거리, 낮. (과거)

막 대학생이 된 유리와 정호인지, 유리의 꾸민 모습 좀 어설프고.

전공책을 들고 있는 정호.

유리 아니 과 애들도 우리가 다 사귀는 줄 알고. 나도 연애 생각 없고, 너도 그
런 거 귀찮다며.

정호 (답답) 아까부터 자꾸 빙빙 돌리는데, 대체 하고 싶은 말이 뭐야. 설마 너
랑 나랑...

유리/정호 (동시에) 사귀자고. / 사귀자고?

두 사람 사이에 잠시 정적이 흐른다.

유리 정확히는 사귀는 걸로 하자고. (눈치) 싫음 말고.

정호 ...누가 싫대?

더 미묘해져선 또 정적이 흐른다.

벚꽃이 흩날리자 이를 올려다보는 두 사람에서.

S#32. 몽타주 (과거)

대학 도서관에서, 식당에서, 법학과 강의실에서, 캠퍼스에서

계속 함께 붙어 다니는 유리와 정호의 모습.
주로 도서관에서 전공책을 보며 이렇게 저렇게 토론을 하는 듯하다.
도서관 창밖으론 벚꽃이 피었다 지고, 푸른 여름 풍경이 펼쳐지더니,
이내 낙엽이 지고, 눈이 온다.

S#33. 어느 카페, 낮. (과거)

한겨울 햇살이 들이치고 있는 대학가의 카페.
스물한 살의 유리, 법대 전공책을 펼쳐놓고 정신없이 공부 중인데.
정호가 커피 한 잔을 들고 와 유리의 건너편에 앉는다.
유리, 정호에게 인사할 새도 없이 공부 중이고.
아무 말 없이 그런 유리를 보며 한 모금 커피를 들이키는 정호. 어쩐지 굳은 얼굴인데.

유리   (고개도 들지 않고) 잠깐만, 나 이것만 끝내고.
정호   (대답 않자)
유리   (계속 공부하며) 너야 이거 한 번에 다 외워버릴 수 있겠지만, 이게 일반인의 비애야, 비애. 아무리 보고 또 봐도 머리에 넣어지지 않는...

정호가 계속 대답이 없자 그제야 고개를 들어 정호를 보는 유리.
정호, 그저 유리를 보고 있을 뿐이고... 뭔가 이상함을 감지한 유리.

유리   왜... 뭐... (걱정) 너 무슨 일 있어?
정호   (담담히) ...우리 그만하자.
유리   ...뭘 그만해?
정호   우리가 하는 거, 이거. (쓸쓸히 웃는) 이게 뭐든.
유리   (한참을 정호를 보다가) ...왜?
정호   그냥. 하기 싫어졌어.

병쪘던 유리가 알았다는 듯 천천히 끄덕이자, 정호 일어나 가버린다.

정호가 마시다 만 커피에서 아직도 김이 모락모락 올라오는 걸 멍하니 보는 유리...

S#34. 은하빌딩 앞, 밤.

옥상과 이어진 계단을 내려오는 유리, 코너를 돌자 벽에 머리를 박으며

유리   하, 그 얘긴 왜 꺼내가지고... 흑역사를 굳이 굳이 되새기는구나. 아우씨 쪽 팔려.

S#35. 유리의 오피스텔 / 세연과 진기의 집 안방, 밤.

유리, 씻고 나와 화장품을 바르며 스피커폰으로 세연과 통화 중이다.

만삭의 몸을 침대에 누인 채 과자를 씹고 있는 세연과 화면 분할.

유리   김정호한테 간만에 팩트로 뚜들겨 맞으니까 온몸이 다 아프더라고.

세연   (과자 마구 먹으며) 나도 온몸이 아파. 먹을 때만 고통을 잊을 수 있어.

유리   아니 김정호 개는 나 피해 다니는 것도 모자라서 어떻게 그렇게 사람 싫은 걸 대놓고 티를 내.

세연   개가 왜 널 싫어해.

유리   그게 아님 이게 뭔데! 세입자가 난 걸 확인하자마자 보증금이 어떻고 세가 어떻고 그러면서 계약을 안 하겠다는데, 나 진짜 웬만하면 상처 안 받는데 오늘 쫌 찌르르 했다 진짜. (사이) 듣고 있어?

세연   (와작와작와작 감자칩 먹는 소리만 요란하고) 어 계속해.

유리   그리고 그것도 그래, 우리한테 건물 산 것도 말 안 하고. 말하면 우리가 뭐 좀비처럼 뜯어먹을 줄 아나. 나만 서운해?

세연   ...개가 뭐 언제는 자기 얘기 하는 앤가.

유리   (좀 누그러진) 나한텐 안 해도 너네한텐 하지 않아?

S#36. 세연과 진기의 집 거실 / 정호의 방, 밤.

부엌에서 정호와 통화 중인 진기, 정호의 방과 화면 분할.
진기, 분주히 딸기를 씻고는 꼭지를 따 예술적으로 플레이팅을 하고 있고,
정호, 제 방 소파 끝에 드러누워 얼굴을 거꾸로 한 채 통화 중이다.

진기   야, 전화했음 말을 해.
정호   ...게임할래?
진기   아니, 우리 세연이 야식 먹고 잘 시간이야.
정호   ...그럼 걔 재우고 게임할래?
진기   아니. 우리 세연이 잘 때 나도 자야 우리 세연이 깰 때 나도 깰 수 있어.
정호   (픽 웃는) 니 인생엔 한세연 밖에 없냐.
진기   (웃곤) 니가 할 말은 아니지. 무슨 일 있냐, 유리한테도 전화 와서 니 얘기
          하는 것 같던데.
정호   ...일은 무슨. 자라.

진기가 무어라 말하려는데 뚝 끊어버리는 정호고.
안쓰러운 듯 한숨 쉬며 끊어진 전화를 보는 진기. 그러나 그것도 잠시,

진기   (안방 향해 가며) 댜기야~ 딸기 다 딸랴또요~

S#37. 정호의 방, 밤.

전화를 끊은 정호의 시선, 책상 위 코르크보드로 향한다.

벽에 붙은 코르크보드엔, 도한그룹 지분도와 각종 신문 기사*, 사진 등이 붙어 있다.
솜씨 없는 남학생의 미술 시간 작품 같지만, 내용은 깨알같이 자세하다.
일어나 이를 벽에서 떼더니 옷장 안에 처박아버리는 정호.

S#38. (인터뷰) 정호의 옥탑, 낮.

선베드에 걸터앉아 누렁이를 쓰다듬으며 인터뷰하는 정호.
눈이 부신지 찡그리고 있어 표정을 읽기 어렵다.

정호   사람 사이에 적당한 거리라는 게 있잖아요. 근데 김유리랑 저는... (씁쓸히 웃으며) 조금 떨어져 있는 게 좋아요. (사이) 근데 걜 이길 수 있을지 모르겠어요. 김유리는... 진짜 또라이거든요.

S#39. 정호의 방, 낮.

정호, 만화책을 배 위에 펼쳐놓고 휴대폰을 보는 중인데,
문밖에서 '계세요~ 등깁니다~' 하는 소리 들려온다.
영문 몰라 일어나는 정호, 문을 열면,

우체부   (등기 건네며) 김정호 씨 맞으시죠? 여기 사인해주세요.

우체부가 가자 정호 우편물을 뜯어 보는데.
서류 맨 위에 [내 용 증 명]이라 써 있고 발신인엔 유리의 이름이 보인다.

---

*   [150억 원대 비자금 조성 혐의 도한건설 이편웅 대표 구속(이편웅 사진 포함)], [팔라시오 호텔 불법 다단계 하도급으로 도한그룹 먹칠], [도한家 경영권 다툼 어디까지 가나] 등의 기사와 [도한그룹 이병옥 회장] 등 도한가 사람들의 사진들 붙어 있다.

[제목: 홍산동 임대차계약 무단 해지에 관한 건]
기가 차 헛웃음 나오는 정호.

S#40. 정호의 옥탑 / 유리의 차 안, 낮.

옥상 위를 서성이며 유리와 통화 중인 정호.
낡은 소형차로 도로를 달리며 통화 중인 유리와 화면 분할.

유리   (정호의 전화가 내심 반가운) 아니, 그게 벌써 갔어?

정호   진짜 해보자는 거냐?

유리   건물주가 일방적 계약 해지라는 갑질을 하는데, 법대로 해야지.

정호   법대로 해도 내가 너한테 계약금의 배액만 주면 해지 가능하다니까.

유리   손해배상도 해야지, 정당한 이유 없이 계약을 일방적으로 파기하셨으니.

정호   이 경운, 민법 제565조 2항이 적용되어 손해배상을 주장할 수 없어.

유리   그건 법정 가서 다퉈보자고~ 복잡하게 만들 거야. 귀찮게 만들 거야. 이러느니 그냥 들이는 게 쉽겠다 생각하게 만들 거야. 너 나 집요한 거 알지?

정호   (답답) 여기 그렇게 좋은 자리도 아니라니까! 다른 데랑 계약하면 되잖아!

유리   (서운하다) ...그니까 다른 데 알아보는 나의 시간 비용, 그거 다 보상해줄 준비하고 있으라고!

유리, 정호와의 전화를 끊고는 씩씩대며 앞을 보면,
[강우모터스]의 간판이 크게 걸려 있는 공장 입구가 보인다.
심호흡하고는 근처 주차장에 차를 세우는 유리.

S#41. 강우모터스 울진 공장, 낮.

공장 앞 흡연 공간에서 강우모터스 협력업체의 곽반장, 한씨 등과
대화 중인 유리.

유리	(간절히 설득 중인) 그냥 기계가 돌아가는 중에 청소를 하는 일이 비일비
	재했다, 법정에서 그것만 사실대로 증언해주시면 되는 거거든요.
곽반장	(침 탁 뱉고, 담배를 비벼 끄며) 우리가 그렇게 말하면, 회사에서 계속 우
	릴 쓰겠소? 노조에서도 우리 하청업체들은 외면하는 마당에.
한씨	그리고 그런다고 뭐 죽은 사람이 돌아오는 것도 아니고, 손해배상인지 뭔
	지 돈이나 더 받아먹을라고 그러는 거에 우리가 왜 모가지를 걸어!

가만히 곽반장과 한씨 등을 보는 유리.

유리	이거 그냥 손해배상 소송 아니에요. 잘 아시잖아요.
일동	(각자 멀리 볼 뿐...)
유리	우리나라에선 일하다가 한 해에 2000명씩 죽어나가요. 떨어져 죽고, 껴서
	죽고, 잘려서 죽고... 제가 산업재해 사건들을 맡을 때마다 제일 화나는 점
	은, 그냥 십만 원짜리 안전 펜스만 설치했어도 사람이 용광로에 떨어져 죽
	는 일은 없었을 거고... 간단한 보호구만 착용했어도 철심이 눈에 박히는
	일은 없었을 거라는 거예요.
일동	...
유리	위험한 일이니 어쩔 수 없다구요? 세상에는 일하다 사람들이 죽지 않는
	나라도 많아요. 일이 위험한 건 당연한 게 아니에요.
곽반장	...
유리	이번에도 그냥 상식만 지켜졌어도 일어나지 않았을 일이잖아요.

유리, 간절하지만 전혀 통하지 않은 느낌이다.

S#42. 유리의 사무실, 밤.

INS 》[법무법인 황앤구] 외경.
지친 얼굴의 유리, 제 사무실로 들어오는데

황대표가 유리의 자리에 앉아 있다.

황대표　너는 사표까지 써놓고 왜 이렇게 열심히냐.

유리　（다른 의자에 널브러지며) 이번 건은 제발 이기고 나가고 싶어서요.

황대표　소용없어. 강우모터스 그것들이 너보다 느릴까 봐. 노동자 개인 과실로 이미 각 다 나왔어. 괜히 대기업이야?

유리　일 생기고 나서 그렇게 돈 쓰고 힘쓰느니, 애초에 그런 일이 안 생기게, 어? 원칙대로 안전하게 하면 안 되는 거예요?

황대표　원칙대로 안전하게 하는 것보다 수습하는 게 싸니까 그러겠지.

유리　（멍하니 천장 보고) 후지다, 진짜...

황대표　그 후진 놈들을 수호 중인 우리 로펌에 왜 너 같은 게 굴러 들어왔냐.

유리　대표님이 직접 뽑으셨거든요.

황대표　（한숨) 그래서 내가 내 업보 지고 가잖냐. 아니 대체 공익재단까지 따로 만들어줬는데 나가겠다는 이유가 뭐야. 로 카펜지 뭔지 진짜 하게?

유리　그럼 가짜로 할까요.

황대표　야, 발에 채이는 게 변호사인 시대에 커피 타는 변호사가 무슨 경쟁력이나 될 것 같애. 법률사무소 어딜 가도 커피는 기본으로 내와, 어차피!

S#43. (인터뷰) 유리의 오피스텔, 낮.

유리　굳이 왜 카페냐구요? 음... 왜 사람들은 일이 잘 안 풀리고 마음이 힘들 때 점을 보러가거나, 정신과에 가서 고민을 털어놓잖아요. 그래서 그런 사소하고 시시콜콜한 고민들을 편하게 털어놓을 수 있는, 변호사도 동네에 한 명 있으면 어떨까... 생각한 거거든요.

무슨 생각에 잠겼는지 잠시 씁쓸히 웃곤.

유리　제가 살아보니까, 삶은 되게 쉽게 무너지더라구요.

S#44. 영어 학원, 낮. (과거)

교복을 입은 유리, 세연과 팔짱을 끼며 나오다
학원 로비의 TV에서 나오는 뉴스를 보곤 저도 모르게 멈춰 선다.

앵커   화천시의 한 물류창고 공사 현장입니다. 폭발과 함께 지하에서 시작된 불
        길이 치솟으며 건물 전체를 뒤덮기 시작합니다. 진화 작업을 마친 소방당
        국은 본격적으로 인명수색을 시작해, 현재까지 사망자는 12명...

S#45. 대학병원 응급실, 낮. (과거)

공사장 인부들과 울부짖는 유족들이 뒤섞여 엉망진창인 응급실 안,
그을린 옷을 입은 **로샨(남/20대/유리부의 조수/스리랑카인)**이 보이고...
유리, 천천히 다가가는데 모든 게 좀 비현실적으로 느껴진다.
그때 커튼이 열리며 **송옥자(여/당시 40대/유리모)**가 나온다.
깊은 충격을 받은 사람처럼 얼굴에 핏기가 하나 없이 멍하다.

유리   엄마.
옥자   (유리를 보자 뭔가 우르르 무너지려는데... 애써 붙잡는) 유리 왔니?
유리   아빠는?

유리의 손을 꼭 붙잡는 유리모...
커튼 너머에서 다른 유족들의 곡소리가 들려오고.
도무지 믿어지지 않는 유리, 안으로 들어가려 한다.

옥자   (놀라 유리 붙잡으며) 유리야, 안 돼.
유리   왜. 나도 아빠 볼래.
옥자   (필사적인) 안 돼, 안 돼, 유리야.

유리   왜애, 아빠... 나 아빠한테... 할 말도 있고...

옥자   (오열을 꾹꾹 누르며) 아빠가... 너무 많이 다쳐서... 너한테 마지막으로 저런 모습... 보여주기 싫어할 것 같아.

유리   ...그래도 볼래. 아빠잖아. 인사는 해야 하잖아.

유리모 버텨보려 하지만, 결국 오열이 터져 나오며 무너지고 만다.
끊어질 듯한 슬픔으로 울기 시작하는 유리모를 멍하니 바라보는 유리.

S#46. (인터뷰) 유리의 오피스텔, 낮.

유리   (쓸쓸한 미소로) 그리고 무너지고 나면, 정신을 차릴 새도 없이.. 갑자기 관심도 없이 살아오던 법이 필요해지죠. 되게 간절하게.

S#47. 법정, 낮. (과거)

합의부 형사 재판이 이루어지고 있는 법정.
유리와 유리모 방청석에 손을 잡은 채 앉아 있고,
김승운 검사(남/당시 40대)가 검사석에
이편웅(남/당시 30대)과 그 변호인이 피고석에 앉아 있다.

재판장   사건번호 2006고합1657 피고인 이편웅의 업무상과실치사 및 업무상 횡령, 배임 사건의 공판을 시작하겠습니다.

cut to 》검사가 공소 사실을 낭독 중이다.

승운   피고인 이편웅은 지하 냉동창고의 우레탄 폼 작업이 끝나지 않은 시점에 김씨 등에게 용단 작업을 강행토록 하여 현장 노동자 12명을 사망에 이르게 하였으므로, 형법 제268조 업무상과실치사...

cut to 》이편웅 측 변호인이 일어나 변론 중이다.

변호사 설사 원청에서 작업을 서둘러달라는 요청이 있었다 하더라도, 우레탄 폼 작업 중 용접 불티가 튈 경우 화재가 일어날 수 있다는 건 현장에선 그야 말로 상식 중의 상식인데, 실무자 선에서 판단했어야 하는 게 맞고.

cut to 》로샨이 증인석에 앉아, 미친 듯이 식은땀을 흘리고 있다.
그런 로샨을 불안한 듯 지켜보는 검사 김승운과 유리 모녀.
이때 법정 문이 살짝 열리며, 정호가 들어오더니 맨 뒤에 자리를 잡는다.
검사석에 앉아 있는 제 아버지를 발견하고는 깜짝 놀라 굳는 정호.

변호사 로샨 씨, 반장님은 평소에 술을 좀 좋아하셨나요? 뭐 식사하실 때마다 반 주로 한 잔씩 하신다거나.
로샨 (어눌한 한국어) ...네.. 일이 끝나면 삼..삼겹살 먹고...
변호사 아, 일 끝나면 삼겹살 먹고 하면서 자주 드셨단 말씀이시죠? 그럼 혹시 사 건 날에도 점심에 식사하시면서, 한잔하셨을까요?
로샨 (거의 울 듯한 얼굴로) .....네.
변호사 그럼 사고가 나기 전에 반장님 컨디션은 좀 어떠셨을까요.

유리와 유리모, 뭔가 대단히 잘못되어가고 있음을 느낀다.

S#48. (인터뷰) 유리의 오피스텔. 낮.

유리 평소에 술을 입에도 대지 않는 아버지가 증언 한 번에 술꾼이 되더니, 순 식간에 피해자에서 같이 일하는 동료들까지 죽인 파렴치범이 되더라구요. (쓰게 웃곤) 물론 그날 그 법정에선 아무것도 바꾸지 못했겠지만... 나중에 법을 공부하고 알았어요. 그 법정에 가기 전에, 그 법정 밖에... 수많은 기 회들이 있었다는 걸. 그래서 저는... (웃으며) 커피를 타고 싶어요.

S#49. 정호의 어린 시절 집, 낮. (정호의 꿈)

햇살이 들이치는 정호가 살던 집 거실. 정호의 기억처럼 흐리고 희뿌옇다.
다섯 살의 정호, 승운에게 장난감을 돌려 달라며 떼를 쓰는 중이다.

승운   (나지막이) 정호야, 아빠랑 정한 규칙이 뭐였지.

정호   (엉엉 우는 사이로) ...장난감은, 던지면 안 돼요..

승운   그렇지. 근데 정호는 규칙을 어긴 거야. 우리가 규칙을 지키지 않으면 어떻
          게 된다고 했지?

정호   규칙을 어기면... 다른 사람이 다칠 수도 있어요...

승운   그래. 우리가 규칙을 지키지 않으면 꼭 누군가 다치게 돼.

S#50. 법원 앞, 낮. (정호의 꿈)

교복을 입은 열여덟의 정호, 울분에 차 법원 앞을 서성이고 있는데,
법원을 나오던 법복을 입은 승운과 맞닥뜨린다.

승운   (놀라) 정호야... 니가 아빠 일하는 덴 무슨 일이야?

아무 말도 하지 못하고 제 아버지를 실망과 분노로 노려보는 정호에서.

S#51. 정호의 방, 밤.

정호, 악몽을 꾼 듯 깨어나 머리를 붙잡고 있는데,
끼익끼익 현관문을 긁는 소리 같은 게 들려온다! 놀라 보면,

유리　(E/기괴한 소리로) 김정호오...
정호　김유리?

정호, 어이없는 얼굴로 문 열면,
정호를 밀치더니 무작정 방 안으로 달려 들어오는 유리!

정호　뭐야, 야!!! 이게 어디 오밤중에 남의 방을!

유리, 멋대로 아무 문이나 열어보더니 화장실 안으로 튕겨지듯 들어간다.
정호, 세상 어이없는 얼굴이 되어 화장실 향해 다가가는데.

유리　(화장실 안에서 다급) 야 너 오지 마!
정호　...너 설마 지금...
유리　너 나가!!!!!
정호　(어이없어) 내가 내 방에서 왜 나가냐?

cut to 》정호의 방 가득 울려 퍼지는 록음악 소리.
소파에 앉아 팔짱을 낀 채, 화난 듯 만화책을 넘기고 있는 정호인데...
화장실에서 물 내리는 소리가 들려오더니 지친 얼굴의 유리가 나온다.

유리　여긴 왜 화장실마다 비번이 있니...
정호　(음악을 끄며) 그러게 그 과민한 대장으로 여기가 어디라고 와.
유리　(힘없이 스르르 정호 옆 소파에 널브러지듯 앉는데)
정호　여기가 어디라고 드러누워 드러눕긴! 이게 세상 무서운 줄 모르고 오밤중
　　에 술 먹고 남자 집에 와서-
유리　(힘없이) 이 험한 세상에 내가 너까지 무서워해야 돼?
정호　(깊은 한숨) ...아니. (하곤 만화책 뒤적이는데 읽힐 리 없고) 너 안 가냐?
유리　상가 화장실 비번이나 알려줘, 담번엔 이 인권 유린의 불상사를 피해야겠
　　어.
정호　세입자들만 쓰는 덴데 불특정다수에게 알려줄 순 없지.

유리   너 진짜 이럴래? (정호 향해 돌아누우며) 이유나 좀 알자 왜 그렇게 나를 못 쫓아내 안달인지.

정호   (눈 피하며) 말했잖아, 망할 게 뻔하고, 너 여기 오면 나도 귀찮아질 게 뻔한데-

유리   그딴 말 말고. 진심을 말해보라고. 너 내가 그렇게 싫어?

정호   (잠시 멈칫하지만 이내 쓰게 웃으며) 내가 너를... 왜 싫어해.

유리   (머쓱해 몸 일으키며) 그럼 말해봐. 날 이렇게 내쫓으려는 이유. 그 좋아하던 일 갑자기 그만두고 이러고 사는 이유. 오늘은 그 속 얘기 좀 들어보자!

그러며 주섬주섬 바닥에 둔 제 가방을 뒤지는 유리,
노란 서류 봉투를 꺼내 바닥에 놓고, 안에 들어 있던 소주병을 꺼낸다.

유리   자, 진실게임~~~~!

정호   (픽 웃지만, 곧 정색) 진실게임 좋아하고 앉아 있네.

S#52. 정호의 옥탑, 밤.

유리의 어깨를 잡고 끌고 나오려 하는 정호인데.
유리, 안 나오려고 문을 잡고 바락바락 애를 쓴다.
그러다 정호, 실수로 세게 유리의 손목을 잡아끌고 만다.

유리   (아픈) 아! (씩씩대며 보다가) 너 이거 폭행죄야.

정호   그럼 넌 주거 침입에 퇴거불응죄나! (손목 보며) ...괜찮아?

유리   (끄덕끄덕 하곤) 나 진짜 집에 가?

정호   (미치겠는 한숨) 그럼 뭐 여기서 자고 갈래!

유리   (오기) 응, 간만에 대학 때처럼 한잔하고 자고 가지 뭐.

정호   (버럭) 이 또라이가 진짜!

유리   왜 이렇게 못 내쫓아 안달이야, 나 진짜 내가 티를 안 내서 그렇지 (울컥) 너 나한테 이렇게 구는 거 엄청 서운하거든.

정호   (좀 누그러져선) ...남녀가 유별하니까.. 밤에는 서로 조심하자는 거지.

유리   그럼 내가 남자면 지금 술 먹고 자고 간다 그러면 그러라고 했을 거야?

정호   ... (끄덕)

유리   나라서 싫은 게 아니고 그냥 남녀가 유별하니까 내쫓은 거 맞지, 확실하지?

정호   그래.

유리   그럼 지금은 가고, 낮에 올게. 그땐 진실게임 하는 거야.

정호   진실게임엔 동의한 적 없다.

구두를 든 채 손 흔들며 가는 유리를 보며 끙... 머리를 감싸는 정호인데.
유리, 계단을 내려가다 뭘 두고 왔는지 가방을 뒤적이며 멈춰 선다.
돌아가려다, 흠... 무슨 생각이 들었는지 그대로 내려간다.

S#53. 정호의 방, 다음 날 낮.

정호, 노트북을 두드리며 글을 써보려 하지만 영 집중이 되질 않는다.
한숨을 쉬곤 소파로 와 앉는데, 제 엉덩이 밑에서 울리는 휴대폰.
확인해보면 [받지 맙시다]라 쓰여 있는 번호다. 고민 끝에 받으면,

유리   (F/어색한 연기 톤으로) 야 김정호!! 너 왜 전화를 안 받아?

정호   울리는지 몰랐어, 왜?

유리   (F) 나 오늘 재판인데, 너네 집에 두고 왔단 말이야.

정호   (벌떡 일어나 앉으며) 뭘 두고 가.

유리   (F) 산재 피해자 공장 동료들 진술선데, 그거 없음 진짜 안 되거든..

아니나 다를까, 소파 밑에 유리가 놓고 간 노란 서류 봉투가 빼꼼 보인다.

정호   그러게 술을 왜 마시냐고 재판 전날에! 몇 시 재판인데!

유리   (F) 두 시 반..?

정호   (시계 보면 벌써 두 시고, 버럭) 그걸 왜 이제 말해!!!!!

S#54. 대로변, 낮.

정신없이 달려 나온 정호, 택시를 잡아 올라탄다.

S#55. 법원 입구, 낮.

정호, 헉헉대며 법원으로 들어서면 시선이 저에게 쏠리는 것을 느낀다.
그제야 저가 추리닝 차림임을 깨닫는 정호,
민망함 속에 검색대를 통과하는데...
법원에 온 게 여러모로 불편한 정호, 서둘러 안쪽으로 향한다.
법복을 입은 **오검사(남/40대)**와 **정계장(남/40대)**이 정호를 스쳐 가고.
정계장, 정호를 알아보고는 고개가 돌아간다.

정계장   (제 눈을 의심하며 바라보다, 반가움에 크게) 검사님!
정호   (돌아보면)
정계장   (한달음에 달려와) 아유 검사님~~ 이게 대체 얼마 만이래요?
정호   (씁쓰레한 미소로) 잘 지내셨어요, 계장님?
정계장   아유 저야 뭐 늘 똑같죠, 검사님 가시고 나서 머리숱이 좀 더 풍성해지긴
          했는데 이유야 모르죠 뭐 하하핫!
오검사   (기가 막힌 듯 다가와) 아니 이게 누구야? 독야청청 홀로 푸르신 김정호
          아니야? 옷 벗을 땐 법조계를 완전히 떠날 기세더니 여긴 웬일이래.
정호   (대충 꾸벅) 볼일이 좀 있어서요.
오검사   근데 니가 아무리 이 나라 사법부를 개무시해도 그렇지, (추리닝 보며) 전
          직 검사였다는 놈이 신성한 법정에서 이건 아니지 않냐?
정호   글쎄요, 제가 본 법정은 그다지 신성하질 않았어서.

기가 차 보는 오검사. 눈치 빠른 정계장, '검사님 가시죠~' 오검사를 끌고
가며 정호에겐 담에 술 먹자는 듯이 손짓해 보인다.
쓸쓸히 웃어 보이는 정호. 법원을 올려다보면 무거운 한숨이 나온다.

S#56. 법정, 낮.

[개정 중]인 법정 앞에서 머뭇거리던 정호,
결국 문을 열고 안으로 들어간다.
이미 재판이 진행 중인 법정, 원고석에 앉은 유리의 뒤통수가 보이고,
정호, 곧장 유리를 향해 가는데...

재판장 원고 측, 공장 협력업체 노동자들 진술서 대신 증인 신청을 했던데? 증인
        출석했나요?
유리   (일어서며 우렁차게) 넵! 그럼요~

진술서를 들고 다가오던 정호 멈칫하고, 피고석의 맹변 역시 멈칫한다.
싱긋 웃으며 방청석 쪽을 바라보는 유리, 그 시선을 따라가보면...
증인석을 향해 걸어오고 있는 곽반장이 보인다.
이에 어이없는 얼굴로 유리에게 다가가 던지듯 진술서를 건네는 정호.

정호   무슨 장난질이냐?
유리   (미안한) 보러 오라 그럼 안 올 거잖아...
정호   (싸늘히 보곤 가려는데)
유리   (가려는 정호의 손목을 탁 잡으며) ...보고 가.

유리, 간절한 눈빛으로 보면, 정호 맘이 흔들리고.
유리의 손을 뿌리치며 가는가 싶더니 방청석 저 구석으로 가 앉는 정호.
미소 짓던 유리, 곽반장과 눈 마주치면 걱정 말라는 듯 끄덕해 보인다.
그러나 여전히 무거운 얼굴의 곽반장이고...

S#57. 주택가, 밤. (회상)

곽반장, 지친 얼굴로 집을 향해 가고 있는데,
저만치 낡은 빌라 앞에 주저앉아 저를 기다리고 있는 유리가 보인다.
cut to 》편의점 테이블에서 곽반장과 소주를 한잔하고 있는 유리.

유리   저희 아버지도 반장님이셨는데, 작업반장...

곽반장   (힘없이 소주 들이키며) 추억팔이 한다고 내 맘 바뀔 일 없으니까, 변호사
            양반도 너무 애쓰지 말고 얼른 집에나 가요.

유리   반장님. 사람이 생계가 막막해도 살기 힘들지만 또 없이 못 사는 게 뭔지
            아세요?

곽반장   ...

유리   나아질 거란 희망요. 지금 뭐 같지만, 그래도 언젠가는 변하겠지 하는
            믿음요.

곽반장   (소주 들이키는)

유리   첨에 저희 로펌 사무실에 돌아가신 김인수 씨 어머님이 오셨을 때... 이거
            100% 못 이길 싸움이다! 란 생각이 들면서도, 만약에 이걸 이기면 강우
            모터스에서 일하는 만 명이 넘는 사람들의 삶이 조금은 바뀌겠다... 그런
            생각도 들더라구요.

곽반장   ...

유리   그러고 나니까, 제가 이 재판을 안 한다고 하면 꼭 제 스스로 어떤 변화의
            시작을 걷어차버리는 게 되는 것 같더라구요. 그리고 나서도 이 지랄 같은
            세상을 기분 좋게 살아갈 수 있을까 생각해보니까, 너무 엿 같을 것 같은
            거예요.

곽반장   ...하고 싶은 말이 뭐요.

유리   그래서 너무 죄송하지만, (곽반장 잔에 소주 따르며) 반장님께 폭탄 좀 돌
            릴게요. 변할 수 있는 기회를, 스스로 져버리고도 괜찮으실 수 있는지 딱
            한 번만 더 생각해주세요.

S#58. 법정, 낮.

무거운 얼굴로 증인석에 앉아 있는 곽반장.

곽반장   저는 강우모터스 울진 제2공장 내 설비들을 점검, 청소하는... 하청업체 애니씨스템의 작업반장입니다.

cut to 》 맹변이 곽반장을 신문 중이다.

맹변   당일 고 김인수 씨게 스크랩 청소를 지시한 사람은 누굽니까?

곽반장   ...접니다. 본부에서 임원들이 내려온다는 연락을 받아서, 제가 김씨에게 청소를 지시했습니다.

맹변   급하게 청소에 투입되었기 때문에 어쩔 수 없이 규정을 어길 수밖에 없었던 거군요.

곽반장   그렇죠.

맹변   그럼 반장님게 그렇게 급하게 비정규적 청소를 지시한 건 원청입니까?

곽반장   ......아니요, 으레 윗분들이 방문하실 때는–

맹변   그럼 반장님의 판단으로 청소를 지시하신 거네요? 생산 라인을 멈출 권한이 없다는 걸 잘 아시면서.

곽반장   (당황스러운) ...예.

맹변   김인수 씨 역시 본인 판단으로, 라인을 멈춰선 안 되니까 지침을 어기고 출입문이 아닌 곳으로 들어가서 청소 작업을 하신 거구요. 맞습니까.

곽반장   ...예, 그렇지만–

맹변   존경하는 재판장님. 원청 측 안전 가이드라인은 명확했습니다. 상황이야 안타깝지만 이렇게 노동자 개개인이 본인의 판단으로 지침을 어겨 발생한 사고까지 원청이 배상해야 할까요. (흐뭇하게 유리 보며) 이상입니다.

재판장   (유리 보며) 원고 측 추가 신문하시겠습니까?

곽반장, 자기가 지금 뭘 한 건가 싶은데... 유리가 곽반장 앞에 와서 선다.
밝고 따뜻한 미소로 곽반장을 보고 있는 유리고.

유리　　　반장님, 원청 측 안전작업허가서에 의하면, 베일러 머신은 위험등급 A급으
　　　　　로 신체가 닿으면 작동을 멈추는 안전센서가 설치되어 있어야 하죠?

곽반장　　(끄덕)

유리　　　설치되어 있었나요?

곽반장　　...아니요.

유리　　　(침 묻혀 안전작업허가서 문서 넘기며) 그리고 또, 끼임 사고 방지를 위해
　　　　　방호 울타리가 있어야 한다고 하는데, 그건 있었나요?

곽반장　　...아니요, 없었습니다.

유리　　　아이고, 가이드라인은 명확한데 지켜진 게 없네요? 그럼 그날 만약 반장님
　　　　　께서 청소를 지시하지 않아서 기계 근처에 스크랩이 막 굴러다니는 걸 윗
　　　　　분들이 보셨다면 어떻게 됐을까요?

곽반장　　저희는 1차도 아니고 2차 하청업쳅니다, 언제든 갈아 치웠겠죠.

유리　　　(끄덕끄덕) 평소에도 설비가 돌아가는 채로 정비나 청소 작업을 자주 하
　　　　　시나요, 원청이 시키지 않아도?

곽반장　　예. 노상 있는 일입니다. 시간 내에 작업을 마치려면 그렇게 할 수밖에 없
　　　　　습니다.

유리　　　(재판장 보며) 노동자들은 멋대로 판단한 게 아니고 그렇게 하도록 내몰
　　　　　린 겁니다. 차이는 제법 크죠. (맹변 똑바로 보며) 왜냐면 위험한 짓을 하
　　　　　도록 시키는 것보다 할 수밖에 없게 만드는 게 훨씬 더 악질이니까.

맹변　　　(표정 썩어 보는)

유리　　　(곽반장 향해 진심으로) 오늘 이렇게 오시기까지 마음먹기 쉽지 않으셨을
　　　　　텐데, 정말 수고 많으셨습니다. (들어가려는데)

곽반장　　(재판장 향해 작고 떨리는 목소리로) ...저희도 사람이 일할 때는 기계를
　　　　　끄고 일하고 싶습니다.

유리　　　...!

곽반장　　배운 게 없으니까... 언제 누가 깔려 죽어도 이상하지 않은 데서 일하는 건
　　　　　줄 알았는데, 이게 바뀔 수가 없는 건 줄 알았는데... (유리 보며) 누가 그러

는데 세상에는 일하다 사람이 죽는 게 당연하지 않은 나라도 많다고 하더
라고요.

정호   (지켜보다 엷게 웃는, 유리가 한 말이란 걸 알겠고)
곽반장   뭐 내 말 한마디로 뭐가 바뀌겠냐만은... 제발 좀 부탁드리겠습니다.

머리를 푹 숙이는 곽반장이고.
그런 곽반장을 보다, 재판장 향해 저도 꾸벅 고개 숙여 보이는 유리다.
정호, 그런 유리를 보는데... 멋있기도, 귀엽기도, 대견하기도 하다.
그러나 이내 법정을 돌아보며 한없이 복잡한 기분이 되고.

S#59. 법원 앞 벤치, 낮.

벤치 앞에서 팔짱을 낀 채 서 있는 정호.
저만치 유리가 원고 측 김인수 씨 어머니, 곽반장과 인사를 나누고 있다.
곧 뭔가 잘못한 아이 같은 얼굴로 정호를 향해 걸어오는 유리,

정호   설명을 좀 해야겠지?
유리   (끄덕끄덕) 그게... 요 몇 년 동안 내가 어떻게 지냈는지, 뭘 하고 살았는지,
         뭘 하고 싶어 하는지... 니가 직접 봐야 날 좀 이해해주지 않을까 해서.
정호   ... (한숨만 나올 뿐이고)
유리   (약간 망설이다) 니가 검사 옷을 왜 벗었는지는 모르겠지만... 니가 대충
         이쪽 일 꼴도 보기 싫어한다는 건 알아. 이쪽 일이 싫으니까 내가 니네 집
         1층에서 법률 상담이니 뭐니 왔다 갔다 하는 꼴도 보기 싫은 거고.
정호   (기가 차) 잘 아네! 근데 여기까지 불러냈냐?
유리   (선포하듯) 내가 너 귀찮게 안 할게. 계약해주면 눈에 띄지도 않고 아주
         쥐 죽은 듯이 조용히 커피 팔고 상담만 할게!
정호   야 김유리 내가 널 17년을 알았어. 넌 눈에 안 띄고 쥐 죽은 듯 이런 게 안
         되는 애야.
유리   (할 말 없고, 답답함에) 그럼 규칙을 정해!

정호   (규칙이란 말에 멈칫)

유리   너랑 나랑 함께할 수 있는 규칙을 만들어보자고! 우리가 또, 법조인 아니
         야! (싱긋)

         뭔가 멈칫한 얼굴로 유리를 바라보는 정호.

S#60. 정호의 방, 밤 → 낮.

         소파에 누운 채 화면이 꺼진 컴퓨터를 한참이고 노려보던 정호.
         결국 일어나 컴퓨터 앞에 와 앉더니 한글창을 켜고 제목에 [임대차 계약
         서 특약사항]을 타이핑해 넣는다.
         [제1조]를 써놓고는 잠시 고민하더니, [건물 이용에 관한 정의]
         cut to 》정호, 소법전을 가져와 펼쳐놓고 고민하며 타이핑을 이어간다.
         화면은 이미 온갖 계약 사항들로 빼곡하다.
         cut to 》[제125조]를 타이핑하고 기지개를 켜는 정호,
         어느새 동이 터 있다.

S#61. 황금부동산, 낮.

         유리, 소파에 앉아 땅콩을 까먹으며 금자와 수다를 떨고 있는데,
         추리닝에 선글라스를 쓴 정호가 거의 책 한 권 분량의 두꺼운 서류를 가
         지고 들어온다.
         건너편에 앉더니, 유리 앞에 [임대차 계약서 특약사항]을 턱 내려놓는 정
         호.

유리   이게 뭐야?
정호   규칙. 만들자며 어제.

유리, 그 두께에 혀를 내두르며 계약서를 가져와 휘리릭 넘겨보는데...

유리   (눈으로 훑다) 제2조 1항. 을은 갑이 자주 사용하는 산책로와 공원, 슈퍼
            등의 사용을 지양하며, 제3조 1항 을은 갑과 약속을 잡고 따로 만나지 않
            는 한 건물 내에서 마주칠 시 먼저 말을 걸 수 없고... (갈수록 가관) 을은
            갑에게 용건이 있을 시 먼저 문자로 연락한다. 이때 문자 시간은 일몰을
            기준으로 하절기 19시 30분 동절기 18시를 넘기는 일이 없도록... 야 장난
            하냐?
정호   범죄 및 재난, 재해로 인한 의료적 응급 상황은 예외로 두었어.
유리   (어이없어 보다 획획 넘기더니) 제112조 2항 을이 카페 운영 목적에 위배
            되는 활동을 위해 30인 이상 참가하는 행사를 개최할 시 갑의 승인을 얻
            어야 한다. (기가 막혀) 야, 니가 뭔데 내 집회의 자유까지 침해해!

그러며 화난 유리가 계약서를 던지면, 계약서들이 차르르 흩어지는 데서-

S#62. (인터뷰) 유리의 오피스텔, 낮.

카메라를 보며 격양된 톤의 유리,

유리   원래부터 걔가 그래요. 미친 새끼라니까요!

S#63. (인터뷰) 정호의 옥탑, 낮.

누렁이를 쓰다듬으며 옥상 선베드에 걸터앉아 인터뷰 중인 정호.
햇살이 눈부신지 찡그린 채라 표정을 읽기 힘들다.

정호   왜 이렇게까지 하냐구요? (옅은 미소로 질문을 곱씹다 쓸쓸히) 제가, 걔
            를, 좋아해서요.

쓸쓸한 미소로 카메라를 보는 정호에서, **1화 엔딩.**

S#64. 에필로그 : 예식장 로비, 낮. (S#16/정호의 시점)

텅 빈 예식장 로비를 걷고 있던 정호.
저만치 뒤에서 유리가 '야! 김정호' 하는 소리가 들려오자 멈칫한다.
이에 걸음을 빨리하던 정호, 저도 모르게 계단 옆 기둥 뒤로 숨어버린다.
가까이 다가온 유리의 살랑거리는 치맛자락이 정호의 시야에 보이고...
정호를 찾아 두리번거리던 유리가 가고 나면,
벽에 머리를 쿵 기대는 정호. 대체 뭘 하고 있는 건지 모르겠다.

2화

17년간 한 여자를
사랑하는 법

S#1.　(인터뷰) 정호의 방, 낮.

정호, 제 방 소파에 앉아 카메라를 보며 인터뷰 중이다.

정호　처음으로 빠진 계기라… 저는 다른 아이들보다 모든 게 좀 쉬웠거든요. (웃으며) 재수가 없으니, 친구가 없었죠. 전학 가서 유릴 만나긴 전까진요.

S#2.　버스 안, 낮. (과거)

흔들리는 버스 안, 하굣길인지 맨 뒷좌석에 앉아 있는 정호.
저 앞쪽에 선 채 영단어를 외우며 가고 있는 유리를 보고 있다.
후덥지근한 버스 안에서 땀을 흘리면서도 노트에서 눈을 떼지 않고
중얼중얼거리는 유리가 못내 신기한 정호.

S#3.　교실, 낮. (과거)

아이들이 막 등교를 마친 듯 왁자지껄한 교실.
정호, 한가로이 무협지를 읽고 있는데 아이들이 다가와 말을 건다.

학생1	야 김정호. 너 요번 시험 올백 맞았다며. 너 수학 학원은 어디 다니냐.
정호	...안 다녀.
학생1	뭐?
정호	(재수 없게 들릴 걸 알고 한숨) 안 다닌다고.
학생1	(빤히 보다) 헐 대박.
학생2	와씨... 개쩐다! 학원도 안 다니는데 전학 오자마자 전교 1등 재패하는 클 라스... (감탄) 그래, 이런 새끼가 진짜 천재지.
학생3	(킥킥 웃곤) 근데 어제 김유리 얼굴 봤냐. 존나 통쾌하드라. 맨날 전교 1등 독차지하다가 뺏기니까 (놀란 유리 얼굴 따라하는) 요래서는!
학생1	(킥킥) 내가 김유리 걔 유난 떨다 언젠간 망할 줄 알았지.

그런데 학생2와 3의 놀란 시선, 학생1 뒤로 향해 있고...
학생1, 돌아보면, 유리가 감자칩을 씹으며 서 있다.
반 아이들 너나 할 것 없이 조용해져 유리와 학생1을 주목하는데,
과자를 먹던 유리, 대뜸 학생1의 입에 과자 하나를 물려준다.
학생1, 당황해 받아먹는데,

유리	고소하지?
학생1	...
유리	원래 남 잘 안 되는 일만큼 고소한 게 없거든. (옆에 학생3에게도 한입 주 며) 그래도 너무 티 내는 거 아니다? 없어 보이거든. (학생1 어깨 툭툭 치 더니 가는)

그러고는 유리, 아무렇지 않게 자기 자리로 가 앉으면
아이들도 다시 웅성웅성 떠들기 시작하는데,
그것도 잠시, 유리 무슨 생각이 들었는지 다시 자리에서 벌떡 일어서더니
학생1과 정호 쪽을 향해 성큼성큼 걸어온다.
그러고는 정호 앞에 앉아 있는 학생1을 향해 나오라는 듯 손짓을 해 보이
는데,

이제껏 포커페이스였던 정호도 눈빛이 흔들린다. 저 애 뭘 하려는 걸까.
학생1 무리가 어이없어 하며 나오자 유리, 정호의 앞으로 와 앉더니
빤히 바라본다.
그러다 주머니에서 몽쉘을 꺼내 스윽- 건네며,
한 문제 틀린 저의 수학 시험지를 꺼낸다.

유리   나 이거 아무리 봐도 답이 왜 5번인지 모르겠어. 가르쳐줘.

그런 유리를 보다 기가 막힌 듯 웃는 정호.

정호   (E) 그때부터였던 것 같기도 하구요.

S#4.   운동장 수돗가, 낮. (1화 S#30 연결)

유리, 정호, 세연, 진기, 수돗가 앞에서 물장난을 치고 있다.
세연, 아예 호스를 들고 와 진기를 응징하고 있고,
이를 보며 하하하 웃는 유리를 넋 놓고 바라보는 정호.
유리 주변으로 물방울들이 튀어 올라 반짝이며, 그야말로 눈이 부신데...
유리, 고개를 돌리다 저를 빤히 보고 있는 정호와 눈이 마주친다.

정호   (E) 이때부터였던 것 같기도 하구요.

cut to 》홀딱 젖은 유리와 세연이 장난을 치며 앞서가고 있고,
정호와 진기가 따라가는데, 정호 유리를 보며 저도 모르게 웃고 있다.
그런 정호를 지켜보던 진기.

진기   쯧쯧쯧, 이 중생을 어쩌면 좋을꼬. 답 없는 길을 가려 하는구나.
정호   ?
진기   김유리는 특히 그쪽으론 눈치가 젬병이라 고백을 해도 못 알아먹을 위인

인데...

정호   (들킨 게 당황스러운) 뭐라는 거야-

진기   (어깨 툭 치며) 걱정 마라, 이 형님이 도와줄게. 어차피 김유리 솔로 탈출
은 이 형님의 백년지대계였거든.

이에 진기 보며 웃어버리는 정호고.

S#5.   (인터뷰) 정호의 방, 낮.

정호, 소파에 기대앉아 담백히 카메라를 바라보며,

정호   언제부턴진 너무 오래돼서 모르겠어요. (질문 들은 양) 어떻게 한 사람을
17년 동안 짝사랑하냐구요? (쓰게 웃으며) 그냥..... 안 만나면 돼요.

S#6.   정호의 방, 낮. (정호의 상상)

아침 햇살이 들이치자 침대 위에 잠들어 있던 정호가 깨어나는데,
옆에서 유리가 기지개를 켜며 일어난다.
정호를 보며 빙긋 웃는 유리고,
슬픈 듯 씁쓸히 웃으며 그런 유리를 보는 정호.

S#7.   정호의 화장실, 낮. (정호의 상상)

정호, 열심히 양치 중인데 옆에서 유리가 나타나 양치를 시작한다.
거울을 통해 정호와 눈 마주치면 유리가 웃는다.
씁쓸히 보던 정호가 얼굴에 물을 던져 세수를 하면 사라지는 유리.

정호   (E) 만나지 않아도 어차피 그 얼굴은 자꾸만 나타나거든요. (거울 속 홀로
        남은 자신을 보는 모습 위로) 그렇게 유리를 생각하는 건, 조금 괴롭고 아
        픈 일이기도 하지만...

S#8. 정호의 옥탑, 낮. (정호의 상상 → 현실)

        커피를 내려 온 정호가 선베드에 기대어 앉으면
        옆에 같은 잔을 든 유리가 나타나 정호를 사랑스럽게 본다.

정호   (E) 대신 서로를 다치게 할 일이 없으니, 지극히 평화롭고, 안전하죠.

        정호, 작은 한숨을 쉬고는 나른한 듯 눈을 감는데...
        갑자기 들려오는 요란한 드릴 소리!!!
        정호, 벌떡 일어나 앉으면,
        - 이하 현실 -
        호랑이 패턴의 치맛자락을 휘날리며 '현실' 유리가 위풍당당히 서 있다.
        정호를 향해 성큼성큼 다가오는 유리.
        다가와선 두꺼운 [임대차 계약서 특약사항]을 던지듯 건네며

유리   검토했고, 도장 찍었어.
정호   (얼빠져 보는데)
유리   그럼 앞으로 대화는 중요한 게 아닌 이상 니가 3조에 명시한 대로 문자로
        진행하고. 마주쳐도 인사와 안부는 생략하고, 옥상 공간이나 옥외계단 등
        을 사용하는 일이 없도록 주의할게. 그밖에 125조에 달하는 사항들을 전
        부 유념해 지킬 테니, 앞으로 원만한 임대차 관계를 꾸려가보자고.
정호   이 조건을 다 받아들이겠다고?
유리   건물주의 말도 안 되는 갑질이긴 하지만 어떡해. 을은 그저 따를 수밖에.

        또다시 아래층에서 엄청난 굉음이 들려오고.

유리 　　　아, 저건 간판 다는 소리. 아마 오전 중엔 끝날 거야.

'그럼.' 하며 기가 막힌 얼굴의 정호를 뒤로하고 멀어지는 유리.

S#9.　(인터뷰) 정호의 방, 낮.

정호, 참담한 얼굴로 카메라를 보고 있다.
차마 말을 잇지 못하는 정호의 얼굴에서 타이틀 올라온다.
[제2화 17년간 한 여자를 사랑하는 법]

S#10.　로 카페, 낮.

INS 》 [Law Cafe 법률 상담 & 커피] 간판이 올라가고 있는 로 카페 외경.
귀여운 얼굴에 독특한 스타일의 **배준(남/27)**이 카페 중앙 테이블에 꼼지
락대며 앉아 유리를 기다리고 있다.

유리 　　　(들어오며) 아, 준이 씨? 벌써 와 있었네요? (앞으로 와 앉아 이력서 꺼내
　　　　　며) 이력서는 잘 봤어요, 로스쿨 다닌다고.
준 　　　　(해맑) 휴학 중입니다.
유리 　　　근데 우린 법률사무소라기보단 그냥 카펜데, 괜찮겠어요?

이에 준, 무어라 답하려는데 문을 박차고 들어오는 정호!

유리 　　　준이 씨, 저기 늘어난 추리닝 입은 건물주님께, 서로 특별한 일 아니면 서
　　　　　로 마주치지 않기로 계약서의 규칙을 좀 지켜달라고, 전해줄래요?
준 　　　　(어리둥절) 네?
정호 　　　엄밀히 말하면, 갑은 용건이 있으면 언제든 을을 찾아올 수 있어. 이거 봐

제대로 읽어보지도 않았네.

유리   뭐 그런 불공정 계약이 있어, 나한텐 말도 걸지 말라더니!!

정호   (준을 위아래로 보더니) ...설마 이 말도 안 되는 카페에서 알바하려고?

준   (해맑게) 네! 뽑아만 주시면요!

정호   (준의 이력서 뺏어와 훑어보더니) 로스쿨 휴학이면, 한창 변시 공부할 때 아닌가? 아님 로펌 인턴을 해도 모자란 시간에, 여긴 왜?

준   (당황) 아... 그게...

유리   야 니가 건물주면 건물주, 뭔데 채용에까지 간섭을 해!

정호   계약서 제63조, 1항 갑은 을이 채용하고자 하는 모든 고용인에 대하여 이력서 및 범죄 기록 등을 검토할 권리를 가진다. 확인해봐, (준 보며) 그래서 대답은?

준   (긁적) 그냥 재밌을 것 같아서요!

유리   (테이블 탕 내리치며) 합격! 마인드가 아주 희망차고 좋네! (정호 노려보며) 우리 카페엔 그런 게 좀 필요하거든.

정호   (답답함 삼키며 애써 침착하게) 야, 김유리. 나도 지겨워서 이제 하지 말란 말은 안 해. 근데 사업을 시작할 거면 준비는 똑바로 하고 들어가야지, 이건 자영업에 대한 모독이야. 커피 한 잔이 쉬워 보여? 어떤 원두를 어떻게 갈아서, 얼만큼 넣고 얼마나 고르게 추출해야 하는지 다 공부하고-

한바탕 쏟아내던 정호, 코를 킁- 하더니 갑자기 말을 멈춘다.
고소하고 향기로운 커피 향이 그의 코를 때리듯 습격해왔기 때문이다!
카운터에서 보란 듯이 핸드드립 커피를 내리고 있는 **서은강(남/28)**이 보인다.
차갑고 날카로운 인상이지만 엄청난 미남이다.
커피를 내리는 자태, 가히 아름답다!

정호   (홀린 듯) 누구...

유리   응, 앞으로 우리 카페에서 어떤 원두를 어떻게 갈아서 얼마나 고르게 추출할지 고민해주실, 바리스타 은강 씨.

정호   (은강이 내리는 커피를 보며 홀린 듯 다가가) 융 드립이네요..?

은강	(건조한 말투) 부드럽고 진한 건 이걸로 내리는 걸 따라갈 수 없어서요. 게다가 유분이 있는 편을 선호하기도 해서.
정호	(반한 듯 은강 보며) 유분 때문에 풍미도 맛도 독창적이 되니까요... 원두는.. (깊이 향을 맡곤) 블루마운틴인가요?
은강	블루마운틴에 코나를 블렌딩한 겁니다.
정호	(감동한 듯 끄덕이곤) 커피는 어디서 공부하셨어요? 혹시 핸드드립의 거장이라는 백선생님... 아님 이탈리안 스타일로만 가르친다는 타짜도르 스쿨?
은강	(무심히) 청강 교도소요.
정호	아, 청강~ (하다) ?!!
은강	김변호사님이랑 인연이 좀 깊죠.
정호	(뜨악해 유리 보면)
유리	(코 파며 딴청)
준	(그 와중에 감탄하며 다가가) 우와아 진짜 교도소요?
은강	(커피만 내리는)
준	뭘로, 뭘로 다녀오셨어요?
은강	(시크하게) ..방화.
준	헐~!! 저 깜빵 다녀온 사람 첨 봐요!! 몇 년이나 사셨어요?

관자놀이를 누르는 정호, 정말 해보자는 거냐는 듯 유리를 본다.

정호	너 진짜 사고 안 치고 그 계약서 조항 다 지킬 자신 있어? 그거 어김 바로 쫓아낼 거야.
유리	(흥 비웃는) 민법 제103조, 선량한 풍속 및 기타 사회질서에 위반한 사항을 내용으로 하는 법률행위는 무효로 한다. 니 그 말도 안 되는 계약은 애초에 무효야.
정호	(훗) 거기 선량한 풍속 및 사회질서를 위반하는 내용이 없거든요. 민법 제105조, 당사자가 법령 중의 선량한 풍속 및 기타 사회질서에 관계없는 규정과 다른 의사를 표시한 때에는 그 의사에 의한다.
유리	(분한) 받고, 104조! 현저하게 공정을 잃은 법률행위는 무효로 한다!!!

정호   (얄밉게) 그럼 무효니 우리의 계약은 없었던 거네. 나가 지금~
유리   (사자후) 야!!!!!!!!!!

고양이처럼 놀라는 정호와 준!

S#11. (인터뷰) 정호의 방, 낮.

정호, 차고 있던 스마트워치에 뜬 심장박동수를 카메라 향해 보여주며

정호   (떨리는 목소리) 이게 지난 1년 동안 100 이상 올라간 적이 한 번도 없었
        던 거거든요. 근데 이거 봐요 이거 봐. 김유리가 여기 나타나자마자...

S#12. 로 카페, 낮.

한껏 열이 오른 유리, 정호 향해 다가서며,

유리   이런 조* 십*색 크레파스 같은- 친구라고 오냐오냐해줬더니 너 이게 장
        난 같아? 내가 우스워? 왜 다 맞춰준대도 자꾸 깐족깐족 지*이야!!!
정호   (쫄아선 저도 모르게 뒷걸음질)
유리   (버럭) 적당히 해, 적당히! 알았어?
정호   (저도 모르게 끄덕이고)

정호만큼이나 바짝 쫄아 있는 준과는 달리,
은강, 물 한 잔을 가지고 와 유리의 손에 쥐어준다.

유리   (아직 흥분 가시지 않고) 이게 뭐예요?
은강   냉수. 열 좀 식히시라고.
유리   (냉수를 마시곤 자비로운 웃음으로 표정을 바꾸며) 준이 씨?

준	(놀라) 넥 ↗ (삑사리) 네... 사장님.
유리	우리의 친애하는 건물주님께, 이제 그만 위층으로 올라가시라고 전해줄래요?
준	(끄덕끄덕) 네네. (정호에게 다가가) 가시죠, 형님.

아직 충격에 잠겨 있는 정호를 끌고 나가는 준이고...

S#13. 정호의 옥탑, 낮.

정호, 선베드에서 무릎을 끌어안고 웅크린 채 누워 있는데
준이 테이크아웃 컵에 든 커피과 이사 떡을 가지고 올라온다.
그 소리에 (유리인 줄 알고) 미어캣처럼 놀라는 정호.

준	사장님이 이거 드시래요. (옆에 앉아 이사 떡 포장 풀어 하나 건네고)
정호	(멍하니 떡을 받는데)
준	(짠하게 보며) ...힘내세요. 저희 아버지도 저희 어머니가 한 번 화내고 나면 며칠씩 경기하시거든요. 근데 또 얼마 안 돼서 금방 화해하세요.

얘는 또 뭐지 싶어 바라보는 정호. 골치가 아프다.
떡을 먹으며 일어나 한숨 크게 쉬더니, 무심코 아래를 보는데...
로 카페 앞에서 꽃 화분을 든 우진과 유리가 만나고 있는 것이 보인다.
표정이 굳는 정호.

S#14. 로 카페 앞, 낮.

서로 명함을 주고받고 있는 유리와 우진.

우진	(수줍게 꽃 화분을 건네며) 이거... 변호사님 카페에 어울릴 것 같아 샀는

데...

유리 (좋아하는) 어머 너무 예뻐요!! 안 그래도 제가 먼저 병원에 올라가서 인사드리려고 했는데, 그러지 말고 선생님, 잠깐 들어와서 커피 한잔하고 가세요!

INS 》옥상 위, 이 모습을 타는 듯한 질투로 지켜보던 정호,
떡이 목에 걸리고!!
당황한 준이 하임리히법을 시도하는데,
정호, 캑캑대다 겨우 팥시루를 뿜고 만다!
옥상에서 들려오는 소란에 유리, 위를 올려다보는데,
유리의 시야에서는 허리 숙여 기침하는 옥상의 정호가 보이지 않는다.
다시 우진 보면, 우진, 저를 뚫어져라 보고 있다. 유리 의아해 보면,

우진 아, 잠시.. 잠시만요..

머뭇거리다 조심스레 유리의 앞머리에 붙은 팥고물을 떼어내는 우진.
살짝 굳는 유리지만 이내 팥고물을 보고는 웃는다.

유리 (헤헤) 이게 왜 거깄을까요?

S#15. 정호의 방, 낮.

문을 쾅 닫고 방에 들어와 씩씩대며 웅크려 눕는 정호.
떡이 얹혔는지 불편한 듯 가슴을 쿵쿵 친다.

S#16. 로 카페, 밤.

INS 》저녁이 된 로 카페 전경. 새로 달린 간판이 깜빡 반짝이는데.

카페 안은 이제 얼추 영업장처럼 보인다.
중앙에 커다란 우드슬랩 테이블이 있는 홀을 중심으로,
왼쪽엔 가벽으로 방처럼 분리된 두 평 남짓의 사무실이 보이고.
사무실 안에는 테이블과 책장, 소파 등 간단한 가구가 놓여 있다.
유리, 노래를 흥얼거리며 사무실 안 창문에 커튼을 달고 있는데,
그때 저만치 커피 머신이 있는 바 쪽 천장에서 쿵쿵쿵. 소리가 들려온다.
유리, 잠시 바라보지만 으쓱하고는 커튼에 집중하는데,
또다시 들려오는 쿵쿵쿵. 소리....
꼭 위에서 뭔가 천천히 유리 쪽으로 다가오는 느낌이다.
커튼을 든 채 소리가 난 곳을 바라보며 얼음이 되어 있는 유리.

S#17. 황금부동산, 밤. (회상)

금자가 유리에게 딱 달라붙어 긴히 얘기를 하고 있다.

금자   자기한테 말 안 하고는 내가 밤에 잠을 못 잘 것 같아서... (속삭이는) 사실
      전에 타로 카페 주인이 거기서 귀신 보고, 도망치듯 나간 거거든... 그래서
      주인총각도 저렇게 말리는 거야.
유리   (훗 웃는) 사장님, 제가 다른 거 다 무서워해도 귀신 이런 건 일도 안 무서
      워해요~ 산 사람이 무섭지 죽은 사람이 뭐 무서워.

S#18. 로 카페, 밤.

유리, 완전히 공포에 질린 채 소리가 난 쪽을 바라보고 있는데,
이번엔 쿵쿵쿵 소리가 뛰다시피 빠르게 유리를 향해 다가온다!
꺅!! 소리치며 주저앉는 유리.

바른정신건강의학과, 밤.

유리, 우진의 병원 안으로 들어오면,
클래식 음악이 흐르고 있는 한적한 병원 안, 너무도 고요한데...
그때 진료실 문이 열리며 우진과 함께 눈이 퀭한 **조씨(남/50대)**가 나온다.
유리를 보자마자 화색이 도는 우진,

우진   변호사님! 여긴 어쩐 일로,
유리   아, 선생님... 아니 밑에 카페 천장에서 계속 이상한 쿵쿵쿵.. 소리가 들려서
      요.
조씨   (이 말에 고개를 들어 유릴 보고)
우진   (흠..) 저희 병원은 늘 조용한 편이고, 카페 바로 위는 공실일 텐데... 그 소
      리가 어디서 나는 걸까요?
유리   공실이요?! (갑자기 확 무서운, 혼자 중얼) 그럴 리가 없는데... 분명히 소리
      가...
우진   (머리를 긁적이다) 변호사님, 그럼 오신 김에 커피라도 한잔,
유리   (멍하니 돌아서며) 커피는 제 카페에도 많아서요...

수납을 기다리는 퀭한 눈의 조씨, 유리를 무서울 정도로 뚫어져라 본다.

S#20. 은하빌딩 2층, 밤.

병원에서 나온 유리, 우진의 말대로 병원 옆 점포는 공실이다.
시커먼 공실을 들여다보던 유리, 어쩐지 스산한 느낌에 소름이 돋는다.
계단을 향해 거의 도망치듯 내려가는 유리.

S#21. 정호의 방, 밤.

하얗게 질린 얼굴의 정호, 식은땀을 뻘뻘 흘리며 약통을 찾고 있다.
원하는 걸 찾지 못했는지 가슴께를 쿵쿵 치며 괴로워하는데,
딱 봐도 체한 모양새다.
결국 지척지척 일어나 어디론가 전화를 거는데,

정호   형 아직 병원에 있지. 나 잠깐 내려갈게.

S#22. 로 카페, 밤.

카페로 돌아온 유리, 애써 노래를 흥얼거리며 다시 커튼을 달려는데,
다시 뭔가 쿵.쿵.쿵.쿵. 유리를 향해서 다가오는 듯하다.
울상이 되는 유리, 결국 커튼을 포기하고 내려와 외투와 가방을 챙긴다.
불을 끄려면 소리가 난 주방 쪽으로 가야 하는데...
한참을 노려보며 망설이던 유리, 달리듯이 해서 가 불을 탁! 끄는데,
그 순간 소름 끼치는 끼이익- 소리와 함께
스산한 바람이 불어와 유리의 머리칼을 흔든다.
뒤에서 느껴지는 뭔가 쎄-한 느낌에 완전히 얼어붙은 유리.
천천히 돌아서는데,
다음 순간 천둥이 치며 번쩍이듯 망치를 든 남자의 실루엣이 나타난다!
꺄악~~~~~!!!!!!!!! 비명을 지르는 유리.

S#23. 은하빌딩 옥외계단, 밤.

곧 쓰러질 듯 휘청이며 계단을 내려오던 정호.
유리의 비명 소리에 잠시 멈칫하더니, 미친 듯이 계단을 달려 내려간다!
슬리퍼를 대충 꿴 채로 달리던 정호,
하필 거의 다 내려와서 넘어지며 계단을 뒹구는데,
아파할 새도 없이 다시 벌떡 일어나 달린다.

S#24. 로 카페, 밤.

숨조차 쉬지 못하고 공포에 질려 뒷걸음질하는 유리.
남자의 실루엣이 유리를 향해 다가오고 있다.
남자(조씨)의 손엔 망치가 들려 있고, 이를 본 유리 벌벌 떨기 시작한다.

유리   (겨우) ..누누누누 누구세요..?
조씨   (텅 빈 듯 멍한 눈빛으로) ..병원에서 들었습니다. 쿵쿵 소리가 난다구요.
유리   (무슨 말인지 몰라 보는데)
조씨   가끔은... 그냥 다 죽여버리고 싶지 않습니까?
유리   (무서운) ...그게 무슨...
조씨   선생은 제 마음을 알 거라 생각하는데.

혼란스러운 유리인데, 그 순간 문이 벌컥 열리며 정호가 뛰쳐 들어온다!
정호, 어둠 속에서 떨고 있는 유리를 발견하고는 눈빛이 돌더니,
누가 뭐라 하기도 전에 무작정 조씨를 향해 달려든다!

정호   (조씨의 멱살을 잡아 올리더니 주먹을 날리곤) 너 뭐 하는 새끼야!!!

맞고 휘청이던 조씨, 정호가 다시 다가오자 들고 있던 망치를 휘두르는데
이에 거의 맞을 뻔하는 정호!! 헉 놀라 숨을 들이키는 유리인데,
정호가 조씨의 망치를 빼앗으려 하며 두 사람이 엎치락뒤치락하는 사이,
정신을 추스른 유리, 벽을 마구 더듬어 불을 켜는 스위치를 찾는다!
마침내 탁! 유리가 겨우 스위치를 찾아 불을 켜고 나면-
조씨의 멱살을 붙들어 벽에 밀어붙이고 있는 정호가 보인다.

정호   (유리 보며 외치는) 야 김유리 괜찮아?!

대답도 않고 조씨를 물끄러미 보는 유리, 어쩐지 낯이 익다.
FLASH CUT 》조금 전 우진의 병원에서 스치듯 조씨를 보는 유리.
아아! 조씨를 기억해내는 유리인데,
그사이 전세가 역전돼 이번엔 조씨가 정호를 밀어붙이고 있다!
정호, 다시 조씨에게 주먹을 날리려 하는데,

유리   야 김정호 그만해! 선생님도 그만하세요!!

유리, 말려보려 하지만 들은 체도 않는 두 사람이고.
이에 잠시 보던 유리, 주방으로 가 철제냄비를 가지고 나온다!

유리   (순가락으로 냄비 마구 두들기며) 동작 그마안!!!!!!!!!!!!!!!!!!!!!!!!!

cut to 》아이스 팩을 가져와 조씨와 정호에게 건네는 유리.

유리   얼굴은 좀 괜찮으세요? 병원 가보셔야 하는 거 아니에요?
조씨   ...사내들끼리 한 대씩 주고받은 걸로 유난 떨 필요 없습니다.
유리   (미안한) 죄송합니다, 제가 괜한 오해를 해가지고.
정호   (이 상황이 미치게 마음에 안 들고)
조씨   ...아까 의사 선생한테 들었습니다, 변호산데 상담을 해준다고.
유리   아~ 그러셨구나! 아, 그럼 혹시 저한테 뭐가 궁금해서 오셨을까요?

한참을 뜸을 들이던 조씨.

조씨   ...층간소음은... 살인입니다. 아주 천천히 진행되는 살인이지요.
유리   (조씨의 망치 보며) 아아... 층간소음 때문에 맘고생이 심하신가 봐요.
조씨   3일 동안 한숨도 자지 못했습니다.
유리   아이고... 제가 법률적으로 도와드릴 수 있는 부분이 있으면 얼마든지 도
           와드릴게요. 층간소음이란 게 해결 방법이 없는 것 같아도, 피해 사실만
           잘 수집하면 의외로 다 방법이 있거든요.

그러며 유리 슬쩍 정호의 눈치를 보는데, 정호의 안색이 몹시 좋지 않다.
하얗게 질린 얼굴로 식은땀을 흘리고 있고... 놀라 보던 유리.

유리　(조씨 향해) 근데 오늘은... 시간이 너무 늦기도 했고, 저도 자료도 조금 봐
　　　두면 좋을 것 같구요. 혹시 내일 더 자세히 얘기 나눠보면 어떨까요?

　　　cut to 》문을 열어 조씨를 배웅하고 서둘러 돌아오는 유리.
　　　싸늘한 얼굴로 서 있는 정호 향해 다가와 얼굴을 잡아보려 하며

유리　(걱정스러운) 너 뭐야, 왜 그래? 어디 아파? 아까 어디 잘못 맞았어??
정호　(유리의 손 뿌리치며, 어이없다는 듯) 내일 다시 이야길 나눠봐?
유리　니 상태가 이러니까 내일 제대로 상담해드리려고 그러지.
정호　(힘도 없지만) 망치 든 인간을 다시 오라고 하는 게 제정신이냐!! 그리고
　　　뭐 죄송해?
유리　일 커져서 너 곤란할까 봐 그러지!!! 쌍방폭행이어도 엄연히 선빵은 넌데,
정호　니가 날 걱정하냐 지금? 날 제일 곤란하게 하는 게 누군데.
유리　(서운하지만 애써 참으며) 오늘은 너도 놀라고 해서 이러는 것 같으니까
　　　내가 그냥 넘어가줄게. 일단 올라가자, 누워서 얘기해.
정호　(놀라, 물러서며) 뭘 누워서 얘기해. (휘청)
유리　너 제대로 서 있지도 못하잖아!! 어디 아픈 거 맞네, 안 되겠다, 너 병원부
　　　터 가자. (정호의 팔을 제 어깨의 두르고 부축하려는데)
정호　(화들짝 놀라 뿌리치며) 이게 어딜 만져!!!
유리　(당황) 만지긴 뭘 만져!!!
정호　방금 내 가슴 만졌잖아!!! 오른손으로!!!
유리　이게 씨! 넌 이 와중에도 장난이 나오냐?
정호　장난 아니거든, 형법 제298조 강제추행은-
유리　(결국 폭발) 아 그렇게 억울하면 너도 만지든가!!!!!

　　　잠시 정적 흐르고... 살짝 어색해지는 두 사람인데.

S#25. 정호의 방, 밤.

정호를 부축해 들어와 소파에 던지듯 앉히는 유리.

정호   19시 이후 소란부터, 옥상에 멋대로 출입하고, 방에 들어오고... 오늘만 대
       체 계약 사항 몇 개를 어긴 거냐.
유리   아유, 다 죽어가는 게 입은 또 살아서는!! (테이블 위 정호가 먹다 만 시루
       떡 보곤 놀라며) 너.. 너 또 체했지! 너 떡만 먹음 체하잖아.
정호   준 사람이 누군데.
유리   아니 그걸 왜 준다고 먹지도 못하는 걸 주워 먹어 주워 먹길!
정호   세계 최고 과민한 대장을 가진 김유리한테 이런 소릴 듣다니 나도 이제 끝
       인가 보다.
유리   손부터 따야겠다. 바늘 어딨어!
정호   (무심코) 장롱에. (하다 아차 싶고) 야야! 어딜 열어!!!

       그러나 유리, 이미 정호의 장롱 문을 열고 있고
       황급히 달려온 정호, 장롱 문을 쾅!! 닫아버리는데,
       찰나의 순간 보이는 도한건설 관련 기사들이 붙어 있는 코르크보드와
       각종 자료들...!!
       유리는 전혀 보지 못한 듯해 정호 살짝 안심하는데,
       정호의 포즈, 꼭 장롱을 뒤에 두고 유리를 가둬놓은 꼴이다.
       유리, 정호와 가까이서 눈 마주치는데...
       저를 보는 정호의 눈빛, 깊고 차분하다.
       그때 정호, 다리의 힘이 풀리며 휘청! 몸을 조금 더 기울여오고,
       뭔가를 착각해 당황한 유리... 눈을 꾹 감고 만다!
       정호, 정신을 차리고는 눈 감은 유리를 보는데...
       홀린 듯 보는 것도 잠시, 쿡- 하고 웃음이 터져 나온다.
       이에 눈을 번쩍 뜨는 유리!! 어험어험!! 엄청 크게 헛기침하더니

유리	(눈을 막 비비며) 아니 눈에 뭐가 맨날 이렇게 들어가, 미세먼진가, 초미세먼진가...
정호	(작게 웃곤, 누우며) 집에 가라.
유리	응, 가려고 했어, 피곤하네. 너도... 약 먹고 푹 쉬렴.

최선을 다해 안 어색한 척 웃어 보이곤 나가는 유리다.
유리가 가고 나면, 다시금 작게 픽 웃는 정호. 그러나 곧 쓸쓸해진다.

S#26. 진기의 레스토랑 [뇨끼], 밤.

마감 시간인지 한적한 진기의 이탈리안 레스토랑 안.
유리, 넋을 완전히 놓은 채 바 테이블에 앉아 파스타를 뒤적거리고 있다.
셰프 복장의 진기, 다가와 유리의 잔을 채워주며 한숨.

진기	평소 사흘 굶은 댕댕이처럼 달려들던 파스타를 이렇게 뒤적거리는 모양새를 보아하니 분명 무슨 일이 있는 것 같은데... 별로 관심은 없지만 들어줄게.
유리	(대뜸) 이게 사람이 다가오면, 반사적으로 눈을, 어? 감을 수도 있는 거잖아. 그치?
진기	뭐라는 거야.
유리	일종의 반사신경인 거지. 인체의 신비 뭐 그런 거지.
진기	(딱한 듯 보며) 너는 왜 몇 잔 마시지도 않았는데 댕댕이 소릴 하냐. 지금 우리 세연이랑 수중분만 연습하기로 한 금쪽같은 시간을 할애 중이구만.
유리	(더러운) 아이구~~ 죄송합니다!! 나 참 서러워서 참, 갑니다 가요, 얼른 니네 세연이 보러 집에 가세요! (일어나는데)
진기	(히히) 응, 안 그래도 갈 거야.
유리	(저 팔불출!! 절레절레하며 가려다, 문득) 야 근데... 죽은 어떻게 쑤는 거야?

진기   죽이야, 뭐 물 넣고 쌀 넣고 그냥 쑤는 거지.

흠... 비장히 끄덕이는 유리.

S#27. 정호의 옥탑, 낮.

INS 》새들이 우는 아침, 정호의 옥탑방 외경.
문을 열고 나온 정호, 제 방문 앞에 놓인 무언가를 경계하듯 보고 있다.
정체인즉 노란 포스트잇이 붙은 약봉투와 보온통이다.

유리   (E/메모 내용) [체한 속에 무식하게 커피와 라면부터 때려 넣지 말고, 이
세입자가 진상하는 야채죽부터 먹도록 하여라. 그럼 이만 총총.]

S#28. (인터뷰) 정호의 방, 낮.

소파에 앉아 진지하게 인터뷰 중인 정호.

정호   음식물쓰레기로 인한 경제적 손실이 연간 약 20조 원이란 거 알고 계시나
요? 근데 세계 곳곳에서는 먹을 것이 없어 12억 명 이상이 배를 곯고 있
고, 세계식량계획 WFP에 의하면 6초에 1명씩 아이들이 죽어가고 있다고
하죠.

S#29. 정호의 방, 낮.

경계와 호기심으로 유리의 야채죽을 바라보다,
이를 조심스레 입에 넣어보는 정호.
그러나 입에 넣기가 무섭게 뿜어버린다.

정호   (E) 근데 못 먹겠더라구요.

S#30. (인터뷰) 정호의 방, 낮.

덤덤히 카메라를 보는 정호.

정호   죽이 그러기가 힘든데, 그걸 해냈드라구요. 죽을 쑨 거죠.

S#31. 로 카페, 낮.

INS 》화환들이 늘어선 로 카페 외경.
유리, 계산대 뒤에 [영업신고증(일반음식점)]을 걸고는 흐뭇이 바라보는데,
옆으로 촤르르 [사업자등록증(법률사무소 로 카페)], [겸직허가서], [변호
사등록증], [우수 변호사상] 등이 걸려 있다.
유리, 카페를 둘러보는데 몹시 한적하다. 시계는 12시를 가리키고 있고...
은강은 카운터에 앉아 휴대폰만 보고, 준이는 혼자 젠가 놀이 중이다.
거리에 지나다니는 사람조차 없자 유리 시무룩해지는데...
잠시 후, 대학생 두어 명이 카페 앞으로 와 서성이고 있는 것이 보인다.

유리   (달려가 문 활짝 열며, 부담스런 텐션으로) 어서 오세요~~~!!
학생1   (흠칫) 여기... 저희 커피만 마시고 가도 돼요?
유리   (실망이지만, 우렁차게) 그럼요!!! 들어오세요.

cut to 》턱을 괸 채 과제하는 학생들을 아련히 보고 있는 유리고.
학생들 그런 유리가 좀 부담스러운 눈치인데...

S#32. 해피슈퍼 앞 평상, 낮.

정호, 김천댁, 최여사가 함께 평상에 앉아 고구마를 먹고 있다.

최여사   (정호 고구마에 김치 올려주며, 떠보듯) 저기 1층 카페 처자랑은 무슨 사
        이야? 변호사라던데, 아주 이쁘대?
정호   ...그냥 동창이에요.
최여사   앞으로 우리 버리고 저짝 가서 밥 먹는 거 아니야?
김천댁   아, 먹으라 그래~
최여사   우리 형님, 주인총각 뺏길까 질투 나면서 괜히 그런다~ (낄낄) 근데 말이
        야, 저번에 보니까 우리 2층 의사 선생이 변호사 처자 보는 눈이 심상치
        않던데...
정호   (고구마 먹다 목이 막히는지 가슴을 치는 정호.)
최여사   별 사이 아니면 주인총각이 좀 도와주고 그래. 그 쑥맥이 뭘 할 줄이나 알
        겠어? 게다가 의사랑 변호사면 그림이 또 얼마나 좋아.
김천댁   (냉소적) 연은 각자 알아서 맺을 일이지 뭘 도와주고 자시고 해.
최여사   형님도 참, 봄이잖수! (해놓고) 저저저저 저 봐, 의사 선생 또 카페 들어간
        다!

카페 안으로 들어가는 우진을 보는 김천댁, 내심 흐뭇한데...
고개 돌리다 표정이 어둡게 변한 정호를 발견하고는, 흠칫 놀란다.
김천댁과 최여사, 그 미묘한 감정을 읽었는지 서로 눈 마주친다.

S#33. 로 카페, 낮.

택배를 뜯고 있다 우진이 들어오자 반갑게 맞는 유리.

유리   어! 선생님 오셨네요! 저희 집 커피가 자꾸 생각나는 맛이긴 하죠?
우진   (어두운 얼굴로) 어제 저희 환자분 때문에 고생 많으셨다면서요. 늦은 시

간에 놀래킨 것 같아 죄송하다고 그러시더라구요.

유리   (손사래) 아휴, 안 그래도 오늘 아침부터 저한테도 전화 주셨어요.

우진   (미안한) 층간소음 때문에 너무 힘들어하시는데 제가 해드릴 수 있는 건
         한계가 있고... 어제 갑자기 변호사님이 생각나서 제가 괜한 말을-

유리   (손사래) 아유 아니에요! 저도 선생님처럼 그런 분들 도와드리려고 가게
         연 건데요. 저야 선생님이 손님들 보내주심 감사하죠.

우진   (고맙고 미안한)

그때 은강, 무심히 '플랫화이트.' 하며 우진에게 커피를 한 잔 내온다.
이에 어색하지만 자리에 앉는 우진이고, 유리는 택배를 마저 뜯는다.

우진   그건 뭐예요?

유리   (택배 안에서 꺼내든) 소음측정기요! (들이밀며) 여기다 말씀해보세요!

우진   (당황) 아... 안녕하세요, 변호사님. 만나서 반갑습니다.

유리   (오오 데시벨 확인하며 웃곤, 저도 해보는) 네, 안녕하세요 선생님. 저도 이
         렇게 동네 이웃으로 만나 뵙게 되어 반갑습니다. (마이크 건네듯)

우진   (무어라 말할지 몰라 배시시 웃어버리면)

유리   (따라 웃는) 제가 선생님보다 목소리가 훨씬 더 큰데요?

우진   그러네요... 근데 이건 왜?

유리   아니, 제가 피해 사실도 측정할 겸, 어제 그분 댁에 한번 방문드린다고 했
         거든요.

우진   (뭔가 좀 감동한) ...행동력이, 남다르시네요.

유리   누군 경솔한 거라고 하지만요.

우진   (머뭇, 용기 내는) ...그럼 이따 저녁때 저도 같이 가도 될까요?

유리   (눈 동그래져) 정말요? 그럼 저야 너무 좋죠!

정호   (E) 어딜 가. 설마 어제 그 망치 든 남자네 집?

보면, 고구마를 들고 김칫국을 입에 묻힌 정호가 카페 안에 들어와 있다.

유리   우리 말 안 하기로 한 거 아니었던가. 왜 자꾸 오지랖이야, 신경 꺼.

정호 신경 안 쓰게 생겼냐고!! 너 혼자 무슨 지구 구하냐? 슈퍼우먼 콤플렉스라
      도 있어?

유리 지구 안 구하고. 나한테 와서 도움 청한 동네 주민분 도와드리려고 하는
      건데? 그게 슈퍼우먼 운운할 일이야?

      김천댁과 최여사, 언제 들어왔는지 아침 드라마 보는 얼굴로 자리를 잡고
      앉아 있다.

최여사 (준이에게 고구마를 까서 건네며) 밤톨같이 생긴 우리 총각은 몇 살?

준   올해 스물일곱입니다!

김천댁 우린 요 앞에서 자영업 하는 아줌마들이야, (메뉴 보며) 카페에 먹을 건
      별로 없구만?

최여사 (흥미진진) 먹을 건 없는데, 구경거리가 많네~

      정호, 유리, 우진 향해 고갯짓하는 최여사고.

우진 (유리와 싸우는 모습에 당황해) 정호야-

정호 형은 가만 있어봐. 얘 대책 없이 이러는 게 하루 이틀이 아니거든. 너는 겁
      이 없냐? 걱정, 생각 이런 걸 안 해? 어제 그렇게 기겁해놓고 혼자 어딜 가
      겠다는 거야!

우진 내가 같이 가기로 했어.

      정호 놀라 우진을 보면, 우진, 부드럽지만 힘 있게 정호를 바라본다.
      김천댁과 최여사 이게 대체 무슨 일인가 싶다.

S#34. (인터뷰) 해피슈퍼 안쪽 방, 낮.

      김천댁과 최여사 어색하게 앉아 인터뷰 중이다.

최여사	둘이 사촌지간인데 사이가 얼마나 좋은지, 맨날 붙어 다녀요. 둘이 베스트 후렌드야.
김천댁	베스트는 무슨, 그냥 동네 바보 형제야.

INS1 》슈퍼 앞에서 쭈쭈바를 먹으며 할 일 없이 앉아 있는 정호와 우진.
INS2 》옥상, 키즈풀에 나란히 들어앉아 각자 휴대폰 중인 정호와 우진.
INS3 》문방구 게임기 앞에 쪼그려 앉아 게임하는 정호와 우진.

최여사	(기대감에) 인제, 그 둘이 여자 때문에 갈라서는 걸 보게 되는 건가?
김천댁	나이도 먹을 만큼 먹은 것들이 할 일 없이 붙어 댕기는 꼬라지 보기 싫었는데, 잘됐지.

그때 갑자기 난입하는 정호. '뭐 해요, 고스톱 치자며~'

S#35. 해피슈퍼 앞 평상, 밤.

김천댁, 최여사와 고스톱을 치고 있는 정호.
염탐하듯이 끊임없이 유리의 카페 쪽을 흘깃거리고 있다.
그 모습 한심한 듯 보던 김천댁, 질린 듯

김천댁	염병, 이러다 내 허리가 먼저 나가겠네!
최여사	(힘들고) 주인총각, 그냥 카페 아가씨한테 가서 언제 나오냐고 물어보면 안 돼?
정호	뭔 소리예요 지금! 집중해서 게임 중이구만!
김천댁	홍싸리에 흑싸리를 갖다 붙이면서, 어디 손가락으로 하늘을 가릴려고!
정호	아, 그건 오늘 게임이 안 풀려서 그런 거구요!

그때 저만치서 우진이 내려와 유리를 만나고 있는 것이 보인다!
둘이 화기애애한 분위기인데... 패를 든 정호의 손이 흔들리고,

다시 돌아앉는 정호, 얼굴은 번뇌로 가득하다.

S#36. 은하빌딩 앞, 밤.

유리가 카페 문을 잠그면,
기다리고 섰던 우진, 웃으며 '그럼 가볼까요?' 하는데,
'잠깐!!!!' 하고 외치는 누군가. 슬리퍼를 꿰며 달려오고 있는 정호다.
그 모습 보며 고개를 절레절레 젓는 김천댁과 최여사.

김천댁	저 봐 저 봐, 평소엔 백 원도 안 뺏길라 그러면서 잔돈도 다 놓고 가.
유리	(팔짱 끼며 정호 보는) 뭐냐?
정호	내가 초임 검사 시절 처음 본 변사체가 층간소음 갈등 끝에 이웃에게 살해된 사람이었지.
유리	그래서?
정호	다시 생각해보니 층간소음 민원 건수가 한 해에만 4만 2250건에 달하는 나라에서, 고통받는 이웃을 돕겠다는 너의 마음이 참 갸륵하더라고. 또 이 문제에 있어서 경험이 있는 내가 빠지는 것도 뭐하고 말이야.
우진	(속도 없이) 정호도 같이 가는 게 좋겠네요.
유리	겁이 없니 생각이 없니 맹비난을 퍼부을 땐 언제고, 너 진짜 왔다갔다 장난하냐!

S#37. 한국대 후문 벚꽃거리, 밤.

말없이 벚꽃거리를 걷고 있는 유리, 우진, 정호.
유리와 우진 나란히 걷고 있고, 정호가 좀 뒤떨어져 오고 있다.

우진	오늘 손님들은 좀 오셨나요?
유리	(시무룩) 아뇨... 그냥 커피 마시러 온 손님들만 몇 분 계셨어요.

우진	너무 걱정 마세요. 곧 엄청 바빠지실 거예요.

유리, 우진을 보며 웃는데 때마침 벚꽃이 흩날리고...
멈춰 서서 이를 올려다보는 유리, 여러 추억이 생각나는 얼굴이다.
그러며 유리, 자연히 정호를 보는데, 시선을 피하는 정호고.
두 사람의 미묘한 공기를 느끼는 우진.

우진	정호랑은 여기 한국대 동창이라고 하셨던가요?
유리	네, 그리고 고등학교두요.
우진	아아.. 정호한테 변호사님이랑 친구들 이야기 들은 적 있는 것 같아요. 그 얼굴도 예쁜데, 하는 일마다 배포도 크다는 친구분이 변호사님이셨구나!
유리	(순식간에 정호에게 쌓인 감정 녹는, 정호의 팔 때리며) 어우야, 너 그렇게 말했냐~
정호	(유리가 때린 팔 붙잡고) ..한세연 얘기한 건데?
유리	(이씨!! 입 나와 가며) 근데 두 분도 그냥 건물주랑 세입자 사인 아닌 것 같던데.
정호	사촌 형이야.
유리	진짜?! (두 사람 마구 번갈아 보며) 근데 어떻게 하나도 안 닮았지?
정호	사촌 간의 유전적 친연성은 원래 평균 12.5% 밖에 안 돼. 안 닮은 게 더 자연스러운 거란 말이지.
유리	(빈정) 그래. 선생님은 너랑은 100% 다른 분이길 바란다.

두 사람이 티격거리는 걸 보며 웃는 우진이고.

S#38. 1011호 조씨의 집 안, 밤.

INS 》푸른아파트 외경. 두세 동 밖에 없는 나홀로아파트다.
불이 켜졌는데도 어쩐지 어둑하고 괴괴한... 조씨의 집 안.
천장과 벽 곳곳엔 망치로 내리친 흔적들로 가득하고...

유리, 정호, 우진, 멍하니 거실에 서서 천장을 올려다보고 있다.
우다다다다 뛰는 소리와 쿵! 끼익-, 사람 말소리. 온갖 소리가 들려온다.

유리   불꽃놀이 같네요... 아유, 내 정신 좀 봐. (서둘러 소음측정기 켜는)
조씨   아무리 말해도 조심해주질 않으니, 저를 미치게 해 죽이려는 게 틀림없습
       니다.
일동   ...
유리   일단 야간 기준치인 52db은 한참 넘네요. (한숨 쉬곤) 윗집에 일단 내용
       증명을 보내서 항의해보시면 어떨까요?
조씨   항의는 질리도록 해봤습니다.
유리   서류를 통해 말하면 좀 더 심각하게 받아들이시는 분들이 많아요. 계속
       내용증명도 보내고, 병원에서 (우진 보며) 진단서도 받으셔서 피해 사실에
       대한 증거를 모으면 손해배상 소송도 해볼 수 있어요.
우진   (조씨 향해 끄덕여 보인다)
조씨   (멍하니 보다) 그런다고 저 사람들이 바뀌겠습니까?

유리와 우진, 덩달아 표정이 어두워지는데...
그들이 대화하는 사이, 조씨의 집을 둘러보고 있는 정호다.

S#39. 은하빌딩 앞, 밤.

다시 건물로 돌아오고 있는 유리, 정호, 우진, 각자 생각에 잠긴 얼굴인데.
자꾸 정호의 눈치를 보던 유리, 대뜸 외치고 만다.

유리   왜 뭐 왜!
정호   ?
유리   할 말 있잖아, 참지 말고 말해.
정호   ...듣고 싶지 않을 텐데.
유리   그냥 말해!

정호   내일 저 남자 윗집 사람들이 찾아와서 아래층 남자 때문에 힘들다고 울면
       그 집한테도 내용증명 써줄 건가?

우진   ...!

유리   ...그땐 상호 간의 피해 상황을... 다시 확인해봐야겠지.

정호   아까 나올 때 그 남자 윗집 1111호, 양 옆집 1010호, 1012호는 다 불이
       꺼져 있었어. 아랫집 911호랑, 대각선 집 910호 912호는 켜져 있었고.

유리/우진 ...

정호   가해 세대도 특정 못 해 망치 들고 분노해 돌아다니는 남자한테, 니가 불
       만 더 지핀 셈이란 생각 안 들어? (사이) 계속할까?

유리   (분하지만 할 말 없는) ...아니.

정호   그럼 얼른 들어가, (우진 보며) 난 형이랑 할 말 있어.

유리, 정호 노려보며 성난 발걸음으로 카페 안으로 들어가버리고.
남겨진 우진, 정호를 보는데, 정호 말없이 계단 쪽으로 향한다.

S#40. 정호의 옥탑, 밤.

옥상에서 서로를 마주보며 서 있는 정호와 우진.

정호   뭐 하자는 거야?

우진   (가만히 보다) 너는 내가 변호사님이랑 함께 있는 게 불쾌한 건가?

정호   ...

우진   그게 왜 불쾌한지부터 설명하는 게 순서 같은데.

정호   걔한테 아무것도 하지 마. 부추기지도 말고, 도와주지도 말고, 상냥하지도
       말고, 호감이든 호기심이든 뭐든 그 어떤 감정도 시작하지 마.

우진   (웃는) ...좀 위험한 소유욕이라고 생각 안 해?

정호   소유욕... 그딴 거 부릴 여유도 자격도 없어. 우린 걔한테 아무것도 되면 안
       돼, 친구든 이웃이든 동료든, 그게 뭐든.

우진   (무슨 말인가 싶어 보는데)

정호   내가 안 되는 같은 이유로, 형도 안 되거든.

우진   (무슨 말인진 모르겠으나 어쩐지 마음이 무거워지고)

S#41. 로 카페, 낮.

유리, 사무실에 앉아 턱을 괴고 생각에 잠겨 있다.

정호   *(E) 가해 세대도 특정 못 해 망치 들고 분노해 돌아다니는 남자한테, 니가*
      불만 더 지핀 셈이란 생각 안 들어? (S#39)

말이야 맞는 말이지만 생각해볼수록 분한데...
얼마지 않아 아줌마들이 수다 떠는 소리가 사무실 안까지 전해진다.

주민1   내가 그래서 아예 낮에는 집에서 나와 있잖아, 친정집 가고.

주민2   근데 우리는 애들 있는 집이라고 더 할 말 못 하지.

주민3   우리 층도 애 있다고 무슨 소리만 나면 다 우리 집인지 안다니까.

그들의 수다에 귀를 기울이던 유리, 자리에서 벌떡 일어나는데,

주민1   아휴, 이놈의 아파트. 이러니 사람이 미치지.

주민2   그 10층 아저씨?

주민1   솔직히 그 미친놈 이해 안 되는 사람 있어 여기?

그러다 무엇을 봤는지 흠칫하고 놀라는 주민1.
어느새 그들 테이블 끝에 앉아 턱을 괴고 있는 유리 때문이다.

유리   혹시... 여기 옆에 푸른아파트 사세요?

영문 몰라 보다 고개를 끄덕이는 주민1, 2, 3.

<u>S#42. 푸른아파트 어느 가정집, 낮.</u>

주민1, 2, 3과 함께 주민1의 집에 들어와 있는 유리.
소리를 들으려는 듯 천장을 보는데, 고요하고.

주민1　아니 뭐 소리라는 게 항상 들리고 그런 건 아닌데...

잠시 후, 아이들 웃는 소리와 누군가 걷는 듯 발망치 소리가 들려온다.
서둘러 휴대폰 카메라로 소리를 녹음하는 유리.

유리　윗집에서 애를 키우나 봐요.
주민1　윗집엔 할머니 혼자 사세요.
유리　?
주민1　그래서 사람이 미쳐요. 어디서 들리는지도 제대로 모르겠으니까.
유리　... (생각에 잠기는데)
주민2　그 10층 아저씨도 윗집에 사람도 없는데 그러는 거잖아.
유리　(끄덕이며 듣다 뒤늦게) 네?!
주민2　거기 위층에 사람 안 살아요. 그 아저씨가 하두 난리 펴서 다른 데 방 얻어 살잖아요. 벌써 몇 달 됐을걸.
유리　(조금 충격이고) 그럼 천장에서 들리는 그 소리는 다?
주민2　모르는 거지 출처를. 여기서 두드리면, 윗윗집 천장까지 울리는 거죠.

<u>S#43. 1111호 앞 복도, 낮.</u>

조씨의 윗집인 1111호 앞에 서 있는 유리, 벨을 누르는데 응답이 없다.

S#44. 거리, 낮.

유리, 거리를 걸으며 휴대폰에 [홍산동 푸른아파트]를 검색해보는데,
스크롤을 내리다 무엇을 보았는지 덜컥 멈추어 선다.
준공 년도는 2007년, 건설사가 [도한건설]로 표기되어 있다.
도한건설 네 글자가 흔들려 보이며 갑자기 숨이 턱 막히는 기분의 유리.
심장 뛰는 소리가 귀에서 점점 커진다.
거리 한복판에서 애써 심호흡을 하며 저를 진정시키는 유리인데...

S#45. 어느 공업사, 밤.

공업사 안쪽 사무실 자리에 앉아 믹스커피를 받아 들고는,
휴대폰으로 녹음해온 걸 **구씨(남/60대)**에게 들려주고 있는 유리.

유리 이게 핸드폰으론 소리가 잘 안 잡히는데, 아파트 전체가 다 방음이 잘 안
   되는 것 같더라구요.

구씨 층간소음이야 뭐 사실 바닥만 두껍게 지어도 해결되는 문제긴 하죠. 근데
   공사비가 늘어나니까 그동안은 다들 최소한으로만 지었지. 몇 년도에 지
   어진 아파트예요?

유리 2007년이요. 그렇게 오래된 아파트도 아닌데,

구씨 이게 새 아파트라고 덜하고 옛날 아파트라고 더하고 그런 건 아녜요.
   2004년부턴가 사전 인증 제도를 했거든. 시공 전에 바닥 시험체를 제작해
   서 도면이랑 이것만 통과되면 시공 후에 어떻게 지었는지는 확인도 안 한
   단 말이죠. 그러니 시공사 입장에선 제대로 지을 이유가 없는 거지. 그 와
   중에 몇 군데 아주 악질이 있어요.

유리 ...

구씨 근데 이 아파트, 시공사가 혹시,

유리 (쓸쓸히 웃으며) 네 맞아요, 도한건설이에요.

구씨 (끄덕이는) 업체 불러 확인해보면 어떻게 지었는지 다 나와요. 콘크리트로

덮으면 모른다고 하지만, 우리들은 다 알지.

유리   그럼 제대로 한번 들여다봐야겠네요.

구씨   내가 소개시켜줄게, 우리 변호사님이니까 싸게 좀 해달라고. (보다가) 근데 변호사님은 아직도, 도한건설 쫓아다니시는 거예요?

유리   (웃는) 그냥 잊고 제 인생 열심히 살고 싶은데, 자꾸 이렇게 가다 마주치네요.

쓸쓸히 웃으며 구씨를 보는 유리고,

S#46. (인터뷰) 유리의 오피스텔, 밤.

유리, 무거운 얼굴로 카메라를 보며 인터뷰 중이다.

유리   도한건설은 저랑 사연이 많은 곳이에요.

S#47. 합의부 법정, 낮. (과거)

피고인 이편웅에 대한 재판장의 판결을 듣고 있는 유리와 유리모.

재판장   두 차례에 걸친 압수수색에도 불구 다른 정황 증거를 발견하지 못한 점 등을 고려하였을 때, 피고인 이편웅의 업무상 배임과 횡령에 대해 그 증명이 있다고 할 수 없고, 또 물류창고의 폭발과 화재 사고에 있어서도 협력업체 반장 김씨가 사건 당일 음주로 인하여 용단 작업 일정을 착각하고 업무상 과실을 일으켜 사고로 이어졌을 가능성을 배제할 수 없습니다.

절망한 듯 손에 얼굴을 묻는 유리모와 고개를 떨구는 검사 승운.
유리, 믿을 수 없다는 듯 재판장 바라보는데,
변호인 옆에 앉아 희미하게 웃고 있는 이편웅과 눈이 마주친다.

S#48. 법원 앞 일각, 낮. (과거/1화 S#47 연결)

울분에 차서 법원 앞에 홀로 서 있는 유리,
이편웅과 그 참모들이 세단을 타고 사라지는 것을 지켜보고 있다.
그때 마침 저편에서 검사복을 입은 승운이 법원을 나오는 것이 보이고,
그를 향해 성큼성큼 다가가는 유리.
승운과 함께 정호가 서 있는 걸 보고 멈칫하지만, 볼 일은 승운에게 있다.

유리   (버럭 외치는) 누가 봐도 지금 로샨 아저씨가 저쪽 사주 받아서 거짓말하고 있는 거잖아요!! 우리 아빠는 술 안 마신다구요!!! 한 모금만 마셔도 얼굴 빨개져서 안 마신다구요!!

승운   ...지금 니 주장을 증명할 수 있니? 법정에선 증명할 수 없는 주장은 의미가 없단다.

유리   우리 아빠랑 일한 사람들은 다 알아요, 조금만 더 알아보면 저거 거짓말인 거 다 알 수 있다구요!! 그러니까 아저씨가 뭐라도 해서, 무슨 짓이든 해서 그걸 밝혀내는 게 정의 아니냐구요!

승운   절차란 게 있으니 기다려보거라.

유리   (화나 소리치는) 절차 그딴 게 지금 뭐가 중요한데!!

승운   (가만히 바라보다) 내가 지금, 니가 내 지갑을 훔쳤다고 의심이 든다면 니 가방을 빼앗아 열어봐도 되는 걸까?

유리   (갑자기 무슨 말을 하는 건지 모르겠고)

승운   나는 그게 도둑 잡기 위한 정의로운 일이라고 생각하는데.

유리   ...!!

승운   자신이 정의라 믿는 걸 위해서라면 고문하고 도청하고 훔치고, 살인하고 뭐든 해도 되는 걸까? 아니겠지. 네가 옳다고 생각하는 일을 해도 그게 늘 모두에게 옳진 않아. 그래서 절차라는 걸 따라야 하는 거다.

유리   ...

승운   재판은 옳은 결론을 내는 것이 아니라 옳은 절차를 지키는 거고... 너에겐

유감이지만.. (시선을 피하며) 법이 말하는 정의란 그런 거다.

유리, 분해서 승운을 보지만 더는 할 수 있는 말이 없고...
옆에서 이 모든 대화를 지켜보던 정호와 눈이 마주친다.

S#49. (인터뷰) 유리의 오피스텔, 밤.

유리 그날 김승운 검사님과의 그 대화는 토시도 하나 빼놓지 않고 다 기억이
나요. (쓰게 웃으며) 그때는 아무 말 못 했지만, 지금 다시 만나면 준비 단
단히 하셔야 할 걸요? 제가 공부를 좀 많이 했거든요.

S#50. 로 카페, 밤.

조씨와 마주 앉아 이야기 중인 유리의 모습이 카페 밖에서 보인다.
유리가 한 이야기에 충격을 받은 건지, 좀 어지러운 듯 보이는 조씨.

조씨 ...변호사님 말씀은 잘 알겠습니다...
유리 네, 그럼 한번 잘 생각해보시고 연락 주세요.

끄덕이며 일어나는 조씨고.
유리, 한숨 쉬며 가는 조씨를 보는데,
저의 천장에서도 또다시 쿵쿵쿵.. 소리가 들려온다.
한숨 쉬며 천장을 바라보던 유리, 맘먹은 듯 휴대폰을 꺼낸다.
[미친 집주인]에게 문자를 쓰려는데, 밖으로 해가 지고 있는 것이 보이고!
헉 놀라며 더 빨리 문자를 쓰는 유리다.

cut to 》 못마땅한 얼굴로 카페 문을 열고 들어오는 정호.

정호	일몰 이후에 문자 하지 말란 항목의 행간을 파악하지 못했나 본데, 그게 웬만하면 밤에 볼 일을 만들지 말잔 뜻이거든.
유리	아니, (천장 가리키며) 해당 증상이 밤에만 자주 나오는 걸 어떡합니까 건물주님.
정호	...위에서 소리가 난다고?
유리	응, 밤만 되면 누가 걸어 다니는 것처럼 쿵쿵 소리가 나는데, 위층에 아무도 없는데 대체 뭔가 싶어서... 무서워서 집중이 안 되네.
정호	(저 역시도 영문 몰라 천장만 볼 뿐이고)
유리	(빈정대는) 건물주님은 아마 모르시겠지만, 층간소음이란 게 이렇게 괴로운 거거든요. 자기가 조금만 겪어보면 충분히 공감할 수 있는 일이죠.
정호	그래서 공감 끝에 이웃들끼리 소송시키는 게 니 해결법이야?
유리	(노려보다) 아니. 오늘 다시 알아보니까, 그 아파트 전 세대가 다 층간소음 문제를 겪고 있었더라고.
정호	...그래서?
유리	니 말대로 이웃들끼리 내용증명 날려대며 소송시키는 건 해결법이 아니겠더라고. 그래서 건설사를 상대로 손해배상 소송을 해보려고.
정호	(헛웃음 나오는) ...드디어 미친 거야?
유리	응, (싱긋 웃으며) 나도 세연이만큼, 얼굴도 예쁜데 하는 일마다 배포도 큰 편이거든.
정호	(허- 기가 막혀 보면)
유리	기왕 사업도 시작한 거 아주 크게크게 오지랖을 부려 볼려고.

그래놓고는 뭔가 망설이는 듯하다 눈 피하며 말을 이어간다.

유리	게다가 건설사가 하필이면... 도한건설이더라고.
정호	(놀라 보다) .....니 사적인 감정 개입시키지 마.
유리	알아보니 준공 당시 바닥체 소음 기준 자체도 우습지만, 도한건설은 당연히 그마저도 안 지켰더라고.
정호	김유리.
유리	... (눈 피하는)

정호	로 카페고 뭐고 다 핑계고, 결국 아버지 사건이 목적이었던 거 아냐?
유리	(힘주어) 아니거든.
정호	(저에게 하는 말이기도 한) ...왜... 과거에서 한 발짝도 벗어나질 못하냐...
유리	(바라보다) 과거에서 한 발짝도 벗어나질 못하는 건 너겠지. 그러니까 내가 니 옆으로 온 게 이렇게 죽어라 불편한 거고. 아니야?
정호	...
유리	미안한데, 난 아직도 거기 살지 않아. 분노랑 억울함만으로 살아가는 거... 너무 지옥이라 관뒀거든.
정호	(보는)
유리	너 이제 올라가, 꼴 보기 싫으니까.

사무실 안으로 들어가 쾅 문을 닫는 유리.
닫힌 문 보며 깊은 한숨을 쉬는 정호다.

S#51. 법원 앞 거리, 낮. (과거)

승운과 유리가 설전을 벌이던 법원 앞에 비가 퍼붓고 있고...
엉엉 울며 법원 앞 거리를 걷고 있는 유리.
우산을 든 정호가 뒤에서 달려와 유리를 붙잡는다.
유리에게 우산을 씌워주려 하는데, 정호의 손을 세게 뿌리치는 유리.
경멸의 시선으로 정호를 쏘아보는데, 정호 그 어떤 말도 할 수 없다.
유리, 시선을 거두고 다시 빠르게 가고.
무력한 기분으로 멀어져 가는 유리를 보는 정호.

S#52. 교실, 낮. (과거)

유리, 수업이 끝나자 책을 들고 자리에서 일어서는데,
맨 끝자리에 앉아 있는 정호와 눈이 마주친다.

정호, 유리의 눈을 피하더니 자연스럽게 일어나 교실을 나가버린다.
답답한 유리, 잠시 생각하는가 싶더니 이내 정호를 쫓아 나간다.

S#53. 음악실, 낮. (과거)

불이 꺼져 햇빛만 들이치고 있는 텅 빈 음악실 안.
멍하니 책상에 걸터앉아 있던 정호, 벌컥 문이 열리자 놀라 보는데,
결연한 얼굴로 들어온 유리다. 정호 앞에 바짝 다가와 서더니

유리   (용기 내 마주보며) ...김정호 너 왜 나 피해?
정호   (고개 숙인 채 제 손만 보는)
유리   (머뭇거리다) 내가 그날 널 그렇게 본 건 원망할 사람이 필요했는데, 당장
           니가 눈앞에 있어서였어.
정호   ...
유리   근데 [천뢰검] 5권인가. 거기 나오잖아, 불행한 일을 당했을 땐 온 세상에
           화가 나겠지만... 그럴 때일수록 분노의 대상을 명확히 해야 한다고.
정호   ...
유리   너랑 너희 아빠는 내 분노의 대상이 아니야, 정호야. 그날은 내가... 너무 화
           가 나서 잘못 짚었어. 너희 아버지는, 본인이 맞다고 생각하는 선에서 나
           름 최선을 다해주셨다고 생각해.
정호   !! (눈빛 마구 흔들리고)
유리   그러니까 나 피하지 마. 나 갑자기 아버지가 억울하게 돌아가셨고, 이제 고
           3 되는데, (눈물 그렁그렁해) 엄마는 소송이니 뭐니 계속 바쁘고... 나 너무
           힘들어. 근데 너까지 나 피하면, 나는 어떡해.

씩씩한 듯 말하지만 벌벌 떨고 있는 유리의 손이 보이고,
정호, 가만히 그 손을 잡더니 제 얼굴 가까이로 가져온다.
손에 뽀뽀라도 할 것 같은 분위기라 유리, 울다 말고 긴장하는데
그런 유리의 손을 바라보다, 앙! 물어버리는 정호!

아!!!! 유리 놀라 손을 빼는데, 정호 장난스레 웃고 있다.
이에 서브 넣는 배구 선수처럼 등짝 스매싱을 날리는 유리!

유리   일로 와 너 한 대 더 맞어!!! 사람이 진지하게 얘길 하는데!! 장난이나 치고!!!

정호, 물러서며 도망치고, 도망치는 정호를 쫓아 달리는 유리.

S#54. (인터뷰) 정호의 방, 밤.

슬픈 듯한 미소로 인터뷰 중인 정호.

정호   멋지죠. 저라면 절대 그렇게 말하지 못했을 텐데. 그래서 제가 뻔뻔하게 버텼죠, 옆에서... (사이) 믿었거든요, 그때 그래도 아버지는 신념에 따라 일을 처리하신 거뿐이라고.

S#55. 중앙지검 복도, 낮. (과거)

분노한 얼굴의 검사 정호,
손에 서류 뭉치를 든 채 어딘가를 향해 빠르게 걸어가고 있다.
슈트 차림에 단정한 머리가 추리닝 입은 정호의 모습과는 달리 매섭다.

S#56. 차장검사실, 낮. (과거)

김승운 차장검사의 사무실을 박차고 들어가는 정호.
놀란 계장과 실무관들이, 검사님!! 부르는 소리 들려오고.
사무를 보던 승운, 놀라지 않고 괜찮다는 듯 부하들 향해 손 들어 보인다.

승운	안 그래도 우리 부자 두고 말들 많은데, 꼭 이렇게 보태야겠냐.
정호	(분노로 떨며) 결국 다 아버지셨네요.
승운	뭐가 말이냐.
정호	(사건 서류 던지며) 2006년 도한 물류창고 화재 사건을 엉망진창으로 만든 것도!! 이번 도한건설 수사 접으라고 지시한 것도, 다 아버지시잖아요.
승운	이미 시효도 지난 사건을 무리하게 들쑤시고 다니는데 그걸 그냥 둬? 봐준다 어쩐다 말 나오기 전에 해야 할 일을 했을 뿐이야.
정호	그게 아니라!! 도한그룹 사위가 켕기는 게 있으니 수사를 막은 거겠죠.
승운	(차갑게 보는) 느이 엄마는 나랑 결혼하면서 도한가랑은 연을 끊었다. 우린 그 집이랑 아무 상관도 없어.
정호	상관이 없는데 왜 이러시냐구요!!
승운	그때 이 사건, 다른 사람 손에 들어가서 기소도 못 해보고 덮일 뻔한 걸 겨우 건져내서 이편웅을 피고석에 세운 게 나였어!!
정호	근데 결국 항소도 못 해보고 뺏기셨죠!!
승운	(바라보다 깊은 한숨) ...니가 뭐라든 지금도 그때 내 선택엔 후회 없다.
정호	(실망과 분노로 떨며 바라보다) 아버지가 지키고 계신 게 뭔진 모르겠지만, 그게 법은 아닌 것 같네요.

정호, 목에 있던 검찰 신분증을 빼 승운 앞에 탁 내려놓고는 나가버린다.

S#57. 유리의 오피스텔 앞, 밤. (과거)

유리의 오피스텔 앞에 서 있는 정호,
넥타이와 셔츠를 아무렇게나 풀어헤치고, 인사불성으로 취한 채다.
저만치 홀로 구시렁대며 귀가 중인 유리가 보인다.
정호를 발견하고는 깜짝 놀라는 유리.

유리	(영문 몰라) 야 김정호... 니가 왜 여깄어?

슬픔과 분노, 갈망이 뒤섞인 짙은 눈빛으로 유리를 보는 정호.

유리   너 괜찮아?
정호   (하염없이 보다) ...내가 아무리 뻔뻔해도, 이제 더는 못 버티겠다...
유리   (걱정돼) 그게 무슨 소리야...
정호   (유리의 머리칼을 귀 뒤로 넘겨주며, 슬픈) ...보고 싶어서 어떡하지...

S#58. 정호의 방, 밤.

현재로 돌아와 다시 정호의 방,
정호, 장롱 문을 열면 도한건설 관련된 기록들이 빼곡하게 쌓여 있다.
도한그룹 이사진들의 사진을 붙여놓고 지분과 지배 구도 따위를 표시한
코르크보드도 반쯤 구겨진 채 기록들 위에 놓여 있고...
그 앞에 앉아 이를 망연히 바라보는 정호.

S#59. 팔라시오 호텔 스위트룸, 밤.

INS》빌딩 숲 한가운데 위치한 팔라시오 호텔의 번쩍이는 외경.
한실장(남/40대)을 따라 부지런히 가는 구둣발, 다름 아닌 황대표다.
문을 여러 차례 통과해 스위트룸 거실 안으로 들어가면,
소파에서 젊은 여자 하나와 셔츠도 입지 않은 젊은 남자 하나와
엉겨 붙어 뒹굴고 있는 **이편웅(남/現 40대 중반)**이 보인다.
외설적이기보다는, 약이라도 한 듯 풀린 눈들로 낄낄낄 웃는 게 정신이
나가 보이고...
황대표, 이를 보고는 좀 충격받은 눈치인데, 한실장 익숙한 듯 편웅을 부
른다.

한실장	대표님, 황앤구 황대표님 오셨습니다.
황대표	(긴장해 꾸벅하고)
편웅	(황대표 빤히 보는) 으응~ 오셨어요. (남녀 향해) 니들은 가, 이제.

편웅, 일어나 냉수를 따라 마시며 정신을 차리려는 듯 고개를 젓는데,
차도가 없는지, 대뜸 한실장 향해 얼굴을 갖다 댄다...
이에 한실장, 죄송하단 듯 꾸벅하더니 편웅의 뺨을 세게 때려 갈긴다!
황대표, 해괴한 장면에 깜짝 놀라 보는데,

편웅	(놀란 황대표 보곤 낄낄) 이게 우리 회사 복지에요, 정신 나간 대표 뺨 갈기기. 아우 처맞고도 정신이 안 돌아오네.

편웅, 황대표 향해 자리에 앉으라는 듯 고갯짓하고.
황대표 소파에 앉으면, 편웅, 맞은편이 아니라 바로 옆으로 와서 앉는다.
황대표, 불편해지는데...
편웅, 표지에 남자 주인공이 법봉을 들고 있는 정호의
[SSS급 악덕기업처단자] 단행본을 황대표 앞에 던지듯 내려놓으며,

편웅	어떻게. 우리 합방하고 첫 일인데 잘 검토해보셨어요? 아님 너무 짜쳐서, 대충 봤으려나?
황대표	아닙니다, 애들이랑 같이 꼼꼼히 봤습니다. 제법 재미가- (하다 아차 싶은)
편웅	재밌다고 해도 돼요~ 나도 누가 내 얘기 나온다 그래서 봤는데, 졸라 유치하긴 해도 읽을 만하더라고.
황대표	예... 검토해본 결과 뭐 일정 부분... 도한건설과 대표님을 모티브로 하는 내용이 있는 건 맞지만 대부분 창작된 내용이라 크게 문제 될 건 없어 보입니다.
편웅	(원고를 넘겨보며) 근데 이게 그냥 인터넷에 연재되는 소설이라기엔 너무... 사실적이거든. 꼭 사건을 잘 아는 내부인이 쓴 것처럼.
황대표	(긁적) 예 뭐 법조인이 쓴 게 아닐까 싶을 정도로 취재가 잘 되어 있긴 한

데, 도한건설만 비판의 타깃으로 하고 있는 것도 아니고, 다른 기업들도-

편웅　(OL) 대표님, 나를 낳아준 여자가 말이에요, 원래 정신이 좀 이상했거든... 근데 내가 열네 살 땐가.. 그 여자가 칼을 들고 우리 아버지를 죽이려고 했 었단 말이죠. 그래서 우리 아버지 얼굴에 긴 흉터가 있어.

황대표　!!

편웅　흉터 수술도 여러 번 받고 레이저도 맞고 해서 요즘은 잘 안 보이는데... 어 쩌다 기업 회장 얼굴에 그런 우스운 자국이 났는지 아는 사람이 그렇게 많지가 않거든. 근데 그걸, (책 들어 보이며) 이 새끼가 아네?

황대표　(입 벌린 채로 보는...)

편웅　게다가 필명이 또 휘슬블로어야, 내부고발자.

황대표　...!!

편웅　누가 이렇게까지 정성 들여 나를 멕이고 있는데, 무슨 문제가 안 돼요, 대 표님.

황대표　(꿀꺽) ...괜히 잘못 액션을 취했다 도리어 소설의 내용을 인정을 하는 꼴 이 될 수도 있어서...

편웅　그러니까. 어떻게 깨끗하게 치우냐고 우리가 돈 주고 자문을 구하는 거잖 아요?

S#60. 정호의 방, 밤.

컴퓨터 앞에 앉아 키보드를 두드리며 소설을 쓰고 있는 정호.
그의 옆에는 좀 전까지 장롱에 있던 코르크보드와 기록들이 나와 있다.

편웅　(E) 짜친다고 일 대충하지 말고 애들이랑 다시 꼼꼼히 검토해보세요. 난 뭣보다 이 새끼가 누군지, 그거부터 알아야겠으니까.

S#61. 팔라시오 호텔 로비, 밤.

서둘러 호텔 로비를 지나고 있는 황대표, 낭패다 싶은 표정이다.

황대표   (고개 절레절레) 어휴 저 서자 새끼, 콤플렉스만 많아가지고. 이거 발을 잘
         못 들였네, 잘못 들였어.

S#62. 정호의 방, 밤.

정호, 코르크보드에 붙은 이편웅의 사진을 노려보며 뭔가 골똘한데.
전화가 울려 보면 [우진 형]이다.

정호   어 형.
우진   (F) 혹시 변호사님, 핸드폰 번호 좀 알 수 있을까.
정호   (차갑게) ...이 시간에 그건 왜.
우진   (F) 어제 조석준 씨 기억나지... 푸른아파트, (당황했는지 횡설수설한) 당
       장 가서 말려야 할 것 같은데 내가 지금 좀 멀리 와 있어. 혹시 몰라서 일
       단 내가 신고는 했는데-
정호   (안경을 벗으며) 무슨 일인데.

S#63. 거리, 밤.

푸른아파트를 향해 달리고 있는 정호.

우진   (E) 나한테 조금 전에 전화가 와서, 저녁때 변호사님이랑 무슨 얘길 했다
       는데... (떨리는) 지금 옥상에 서 계신다는 거야.

정호, 달리며 유리에게 전화를 거는데, 받지를 않는다.

S#64. 유리의 오피스텔, 밤.

샤워하고 있는 유리, 심란한 한숨을 내쉬는데,
cut to 》나와서 물기를 닦고 휴대폰을 확인해보면,
모르는 번호(우진)와 [미친 집주인]에게서 부재중 전화가 20통이나 와 있
다.
놀라 보는데, 마침 정호에게서 다시 전화가 걸려온다.

S#65. 푸른아파트 입구, 밤.

유리와 전화를 하며 아파트 입구로 들어서는 정호,
구급대원들과 아파트 주민들이 웅성웅성 아파트 앞에 모여 있고.
옥상을 보면 난간 위에 서 있는 조씨의 실루엣이 보인다.

주민1　(울먹) 아휴, 저거 어뜩해!!
정호　(전화) 니가 뭐라고 했는지 똑바로 설명해봐.

S#66. 오피스텔 앞 거리, 밤.

급하게 달려 나왔는지 젖은 머리에 샤워 가운 위 외투만 대충 걸쳐 입은
차림으로 통화 중인 유리.
손을 달달 떨며 택시를 잡고 있다.

유리　하도 항의를 하시니까 윗집분이 몇 달 전부터 다른 데 방을 얻어 살고 계
셨대. 근데 그걸 모르셨는지... 내가 시공사랑 소송을 해보면 어떻겠냐고
말씀드리며 그 얘기를 꺼냈는데, (괴로운) 아무래도 그게 좀 충격이셨나
봐...

<u>S#67. 푸른아파트 계단, 밤.</u>

계단을 미친 듯이 달려 올라가는 정호.

유리   (E/간절한) 나 지금 가고 있거든, 십 분만, 아니 오 분만 버텨줘...

<u>S#68. 푸른아파트 옥상, 밤.</u>

정호, 숨을 헐떡이며 올라와보면,
경찰과 구급대원들이 난간에 올라선 조씨와 대치 중인 상황이다.
조씨, 뭔가에 홀딱 젖은 채인데... 아니나 다를까 난간 아래로 휘발유통이
뒹굴고 있다.

경찰1   (다가오는 정호를 보곤) 아는 분이세요?
정호   (다가가며) 네, 저희 형님입니다. (조씨 향해) 형님. 저 기억나시죠.

고개만 돌려 정호를 보는 조씨, 멍한 눈빛에 체념만이 느껴질 뿐이다.

정호   변호사 양반이 새로운 방법을 제시하는데, 이러시는 이유가 뭡니까.
조씨   (읊조리 듯) ...다 소용 없어. 어차피 다 소용없다고.
정호   (다가서며) 왜요. 위층 놈들이 미친놈들인 줄 알고 살았는데, 미친 게 본인
        인 걸 아니까 확 죽어버리고 싶습니까?
경찰1   (놀라) 지금 뭐 하시는 거예요, 가족분 맞습니까?
조씨   ...
정호   아니면 거기서 뛰어내려서, 이 아파트에 사는 모든 사람들한테 복수라도
        하려고 그래요?
경찰1   이봐요!

S#69. 푸른아파트 입구, 밤.

택시가 끼익- 멈춰 서며 유리가 내린다.

S#70. 푸른아파트 옥상, 밤.

조씨, 정호를 무시하고 돌아선 채인데.

정호 3월 17일 11시 12분 피아노 연습. 12시 39분 점심 준비. 3월 18일 새벽 1시 20분 TV 소리? 정체를 알 수 없음. 새벽 5시, 마늘 빻는 소리? 안마의자 소리? 알 수 없음. 10시 20분 접시 부딪히는 소리, 3월 19일 새벽 4시 12분 공 굴러가는 소리... 참 꼼꼼히도 적어놓으셨더라구요.

INS 》조씨네 집 달력에 빼곡히 기록된 내용을 보고 있는 정호.
이에 조씨, 돌아서서는 정호를 본다.

정호 그렇게 차곡차곡 분노를 모으셨는데, 어디에 터트려야 할지도 모르겠고 답답해 미치겠죠? 근데 방향 그쪽 아니에요. 완전히 틀렸다구요.
조씨 (분노로) 니가, 니가 뭘 알아!!! 니가 내가 당한 고통을 알아? (울분 터져 나오는) 아무도 몰라, 아무도 모른다고!!
정호 (더 가까이 다가서며) 아무도 모른다고 아무 데나 찔러도 됩니까?
조씨 (분노로 보는데)
정호 (버럭) 불행한 일을 당했을 때는!!! 정신 똑바로 차리고, 분노가 가야 할 방향을 똑바로 찾아야 돼요. 엉뚱한 데 분노하지 말라고 비겁하게.
조씨 ...
정호 변호사 양반이 찾아줬잖아요, 범인. (보며) 왜요, 상대가 맘에 안 들어요? 막 망치 들고 찾아가 분풀이하고 싶은데, 상대가 쫌 너무 쎄죠?

그때 숨을 헐떡이며 유리가 뛰쳐 들어온다. 벌벌 떨며 보고 섰는데
정호, 조씨에게 한걸음 더 다가가 손을 내민다.

정호　　그니까 같이 싸우자고 그러는 거잖아요. 아저씨 혼자 말고.
조씨　　…
정호　　우리가 이겨줄게. 아저씨가 당한 고통, 다 배상받고. 거기에 더해 앞으로
　　　　그 개새끼들이 다시는 이딴 아파트 못 짓게 해줄게요. 그러니 내 손 잡아
　　　　요.

조씨, 눈물 그렁그렁 차서는 벌벌 떨며 정호를 본다.
정호, 조씨 보며 한 번 더 손을 잡으라는 듯이 흔들어 보인다.
조씨, 정호의 손을 잡으면, 정호, 아주 꽉 조씨의 손을 쥔다.
구급대원들 달려와 조씨가 내려오는 걸 돕고.
정호, 긴장이 풀리며 돌아서는데 멍하니 서 있는 유리가 보인다.
잠시 인상을 찌푸리는가 싶더니 유리를 향해 성큼성큼 다가가는 정호.
유리, 그런 정호를 보는데, 심장이 쿵쿵쿵 뛴다.
정호, 젖은 머리에 옷도 제대로 입지 못하고 온 유리의 외투를 여미며,

정호　　아무리 급해도 옷은 똑바로 입고 나와야 할 거 아냐.
유리　　(미칠 듯 뛰는 심장에 혼란스러운) 정호야… 나 심장이 이상하게 뛰어.

그러며 휘청하는 유리고, 그런 유리의 양팔을 잡아 세우며,
놀란 얼굴로 유리를 보는 정호에서, **2화 엔딩.**

3화

덕통사고

S#1. 푸른아파트 옥상, 밤.

계단을 미친 듯이 달려 올라온 유리, 옥상에 들어서자
경찰과 구급대원들 사이로, 난간 위에 올라선 조씨가 보인다.
아연실색해 다가서는 유리인데... 그제야 조씨 앞에 선 정호가 보인다.

정호 변호사 양반이 찾아줬잖아요, 범인. (보며) 왜요, 상대가 맘에 안 들어요?
막 망치 들고 찾아가 분풀이하고 싶은데, 상대가 쫌 너무 쎄죠?

유리 (다가가며) ...!!

정호 (조씨에게 손 내밀며) 그니까 같이 싸우자고 그러는 거잖아요. 아저씨 혼
자 말고.

유리 (멈칫하며 정호 보는)

정호 우리가 이겨줄게. 아저씨가 당한 고통, 다 배상받고. 거기에 더해 앞으로
그 개새끼들이 다시는 이딴 아파트 못 짓게 해줄게요. 그러니 내 손 잡아
요.

조씨, 눈물 그렁그렁 차서 정호를 보는데,
단호한 눈빛의 정호, 조씨 향해 한 번 더 손을 잡으라는 듯이 흔든다.
결국 조씨가 정호의 손을 잡으면, 안도감에 무릎에 힘이 탁 풀리는 유리.
구급대원들 달려와 조씨가 내려오는 걸 돕고...

긴장이 풀리며 돌아선 정호, 넋을 놓고 서 있는 유리와 눈이 마주친다.
잠시 인상을 찌푸리는가 싶더니 유리를 향해 성큼성큼 다가오는 정호.
유리, 마치 튀어나올 듯 뛰는 저의 심장에 당황하는데,
정호, 젖은 머리에 옷도 제대로 입지 못하고 온 유리의 외투를 여미며,

정호   아무리 급해도 옷은 똑바로 입고 나와야 할 거 아냐.
유리   (미칠 듯 뛰는 심장에 혼란스러운) 정호야... 나 심장이 이상하게 뛰어. (휘청하면)
정호   (유리의 양팔을 잡아 세우며, 놀란 얼굴로 유리 보는) 괜찮아? 너, 혹시... 아냐 지금은 그럴 수 있어, 놀래서 그래. 괜찮아. 숨은 잘 쉬어지고?
유리   (혼란스럽지만 *끄덕끄덕*)

유리의 머리를 가볍게 헝크는 정호.
잠시 후 정호의 시선이 조씨에게 향하면, 유리도 따라 조씨를 본다.
유리, 조씨를 향해 다가가려 하는데, 누군가 그녀의 팔을 탁! 붙잡는다.
돌아보면, 숨을 헐떡이고 있는 우진이다.

우진   변호사님, 제가, 제가 먼저 이야기 나눠볼게요.

마치 조씨에게 가는 저를 막아서는 듯한 우진의 말에 멈칫하는 유리,
*끄덕끄덕*하지만... 뭔가 대단히 잘못한 기분이 든다.

우진   너무 걱정 마세요, 변호사님도 많이 놀라셨을 텐데, (정호에게 눈짓하면)

정호, 알았다는 듯 *끄덕*하며 유리를 데려간다.

S#2.   푸른아파트 계단, 밤.

명한 얼굴로 계단을 내려가는 유리, 모든 게 제 탓인 것 같은 기분이다.

아니나 다를까 얼마 못 가 무릎이 풀려 크게 넘어질 뻔하는 유리고,
기겁해선 그런 유리를 확 붙잡는 정호. '야!!!!!!' 하고 외치는데,
그제야 정호를 보는 유리, 눈이 마주치자 눈물이 핑~ 돈다.

유리	니 말대로 나는, 답이 없나 봐... (울먹울먹) 생각나는 대로 바로 지껄이기나 하고... 그게 남한테 어떤 의미일지도 잘 모르면서... (결국 닭똥 같은 눈물 뚝뚝) 생각해주는 척하면서 경솔하게 오지랖이나 피우고...
정호	(당황스런) 어이, 어이... 자기 객관화는 좋은데, 상황을 정확히 보자고.
유리	(오열하며) 정확히 봤어, 난 쓰레기야. 오늘 내가 한 말 때문에 저 선생님이ㅡ
정호	한 사람이 자기 인생을 던지려 옥상 난간 위에 서는데, 고작 니 한마디가 전부였을까?
유리	...
정호	엄밀히 말하면, 니가 윗집에 아무도 살고 있지 않았다고 말하면서 그게 저 형님한테 어떤 충격일지 예상 못 한 건 잘못이지만, 너 때문에 형님이 저기 선 건 아니야. 거기 서게 한 수많은 말과 이유와 감정이 있었겠지.
유리	(여전히 눈물 뚝뚝)
정호	근데 넌 대체 나이가 몇 갠데 아직도 이러고 우냐.
유리	어떻게 울던 그게 나이랑 무슨 상관이야. (눈물 닦곤) 김정호...
정호	왜.
유리	나... 배고파...
정호	이 와중에 배가, 왜... 어떻게... 고프지?

S#3. 유리의 오피스텔, 밤.

유리의 주방에 서서 라면을 끓이고 있는 정호, 뭔가 다 체념한 얼굴이다.
습관처럼 주방을 치우다, 탑처럼 쌓여 있는 설거지에 흠칫하는 정호.
그제야 똑바로 유리의 오피스텔을 둘러보는데,
속옷 등의 마른 옷가지가 건조대 위에 높게 쌓여 있고,

배달음식의 흔적과 온갖 물건들로 빼곡한 아일랜드 식탁이 보인다.
고개를 절레절레 젓던 정호, 김치를 꺼내려 유리의 냉장고를 여는데,
끔찍한 것을 본 사람처럼 기겁을 해서는 문을 쾅 닫는다!
이때 물 내리는 소리와 함께 화장실에서 나오는 유리.

유리 (배를 만지며 나와 소파에 웅크리며 눕는) 아우 배야... 나 배가 고픈 게 아
    니라, 배가 아픈 거였나 봐. 한바탕 쏟아내고 나왔는데도 이러네.

정호 (라면 뒤적이며) 뭘 한바탕 쏟아내- (하다 깨달음에 눈 질끈) 근데 집은
    꼭 이렇게 하고 살아야 되는 거야? 어머니 성격에 이걸 가만히 두셨다는
    게...

유리 너 여기 첨 와보나? 울 엄마 이제 여기 안 와, 올 때마다 분노조절장애 생
    긴다고.

    cut to 》 식탁 한편에 겨우 자리를 만들어 라면을 먹고 있는 유리와 정호.
    유리, 입맛이 없는지 깨작대기만 하고 있다.

유리 ...오늘 고마워. 너 아니었으면 진짜 무슨 일이 있었을지... 생각도 하기 싫
    다.

정호 나 아니었어도 아무 일 없었을걸.

유리 (보면)

정호 형님이 암만 뛰어내릴래도 (유리 코 콩 치며) 이 얼굴 생각나서 할 수나 있
    었겠냐.

    유리, 정호를 보는데 숨이 가빠오며 다시금 심장이 쿵쿵 뛴다.
    놀란 유리가 심장께를 만지면,

정호 왜? 또 그래?

유리 (끄덕) 이게 숨이 잘 안 쉬어지고, 심장이 막, 막... 목까지 올라와서 뛰는
    것 같애.

정호 지금 가만 있었는데도 또 그런다고? (그러다 멈칫) 너 전에 있었던 공황장

애 다시 시작된 거 아니야?

유리　　아니, 그건 아닌 것 같은데...

정호　　너 내일 당장 우진이 형부터 만나 봐. 내일 아침에 형보고 카페로 가라고
　　　　할게.

유리　　(손사래) 아냐 그럴 필요 없어,

정호　　됐어. 너 무조건 가.

S#4.　(인터뷰) 로 카페, 낮.

추억을 회상하는 듯한 얼굴로 인터뷰 중인 유리.

유리　　고등학교 때 아버지가 사고로 돌아가신 이후로, 학교에서 처음 발작이 있
　　　　었어요. 그냥 가만히 있는데 심장이 막 미친 듯이 뛰면서 죽을 것 같은 기
　　　　분이 들더라구요. 그 이후로는 거의 한두 달에 한 번꼴로? 처음엔 그게 뭔
　　　　지 몰라서, 그때마다 정호가 저를 업고 뛰었죠.

　　　　INS1 》유리, 교실의 자기 자리에 앉아 갑작스런 공황 발작으로 숨을 제대
　　　　로 쉬지 못하고 있다. 이를 놀란 눈으로 보고 있는 아이들과 정호고.
　　　　INS2 》정호, 유리를 업고 미친 듯이 계단을 올라 양호실로 향하고 있다.
　　　　INS3 》대학생 정호, 유리를 업은 채 응급실을 향해 뛰어가고 있다.

유리　　그런데 꼭 양호실 응급실, 이런 데 도착만 하면 멀쩡해지더라구요.

　　　　INS4 》양호실의 유리, 민망한 듯 정호를 보고 있고. 땀으로 옴팡 젖은 정
　　　　호, 안도와 걱정 만감이 교차하는 얼굴로 유리를 본다.
　　　　INS5 》응급실 베드에 앉은 유리, 평온해진 상태로 숨을 몰아쉬는 정호에
　　　　게 생수통을 까서 건넨다. 등을 토닥토닥..

유리　　그걸 몇 번 한 다음에야 알았죠, 그게 심리적인 거라는 걸.

S#5. 우진의 진료실, 낮.

INS 》바른정신건강의학과 외경
우진의 진료실에 뭔가 민망해하며 앉아 있는 유리.
우진, 차를 내오는 중이고.

유리   (대수롭지 않은 투로) 김정호 걔는 뭘 또 괜한 말을 해서... 제가 예전에 고
      생을 하긴 했는데 사회생활 시작하고서부터는 증상이 전혀 없었거든요.
우진   증상이 거의 사라졌다 하더라도 재발하는 경우가 드물진 않죠. 의사인 저
      도 지금 몇 년째 불안장애랑 우울증으로 계속 약을 먹고 있거든요. 정신
      과적 질환은 완치도 워낙 드물지만, 계속 관리를 해줘야 하니까요.
유리   (끄덕끄덕) ...근데 어제는 정말 공황 증상이랑은 좀 달랐어요!
우진   (받아 적으며 듣는) 어떻게 달랐을까요?
유리   숨이 가쁘고, 음... 심장이 막 떨리고 그런 건 비슷한데, 죽을 것 같다 그런
      느낌이 아니라- (그러다) 근데 선생님 저 진짜 걱정할 정돈 아니에요, 저
      도 선생님만큼은 아니지만 이쪽으론 나름 전문가 아니겠어요?
우진   (흠...) 알겠어요, 어제처럼 선행하는 스트레스가 있을 때 그러는 건 자연스
      러운 일이기도 하니, 일단은 변호사님 판단을 믿어보겠습니다. 그래도 앞
      으로 저랑은 자주 보시게 될 거예요.
유리   네네, 저야 좋지요~ (가려고 일어서면)

배웅을 나오는 우진, 잠시 머뭇거리는가 싶더니.

우진   (진지한) 그리고 변호사님... 어제는, 제가 많이 죄송했습니다.
유리   (?) 선생님이 죄송하실 게 뭐가 있어요?
우진   우울증이 그렇게 심한 환자분을 변호사님께 소개시켜드려놓곤... 변호사
      님께 다 맡기고 손을 놓고 있었으니, 어제 일은 다 제 잘못이죠.
유리   아유 그게 어떻게 선생님 잘못이에요!! 다 제가 경솔하게 처신해서 그런

건데,

우진 (단호히) 아닙니다. 변호사님은 잘못하신 거 하나도 없어요. 이번 사건은 온전히, 100%, 제 잘못입니다.

유리 (너무 진지한 우진에 웃으며) 그냥 오십 대 오십으로 하면 안 될까요?

우진 (여전히 진지) ...그건 힘들 것 같습니다.

유리 그럼 육 대 사?

우진 (그제야 웃는)

S#6. 로 카페, 낮.

유리, 테이블에 앉아 골똘히 뭔가를 생각 중인데,
옆에서 준이가 휴대폰으로 걸 그룹 영상을 보고 있는 것이 보인다.

유리 (고개 기울여 같이 보며) 얘넨 누구니?

준 블랙핑크요. 엊그제 예능 보다가 지수한테 완전 덕통사고 당했거든요.

유리 (?) 덕통사고가 뭔데?

준 교통사고처럼 갑작스럽고, 강렬하게!! 덕질의 대상을 만났다는 뜻이에요.

유리 요즘은 참 별 사고가 다 있구나.

그때 따릉- 문이 열리며 정호가 들어온다.
씻었는지 머리가 촉촉이 젖어 있고, 나른한 눈빛이 어쩐지 평소와 달리 느껴지는데...
이를 본 유리의 심장, 다시금 쿵쿵 대기 시작한다.

우진 (E) 그리고 혹시나 다시 비슷한 증상이 오면, 증상에 집중하지 말고 우선 눈앞에 보이는 세 가지에 집중해보세요.

유리 (E) 김정호... 젖은 머리... 추리닝... (숨 더욱 가빠지기만)

우진 (E) 그런 다음엔 심호흡을 하면서 들리는 것 세 가지,

유리 (E/눈을 감는) 커피 그라인더... (다가오는) 김정호 발소리...

정호	너 뭐 하냐?
유리	(E) 김정호 목소리...
정호	(준이 향해) 얘 왜 이래요?
준	글쎄요?

유리, 눈을 뜨는데... 정호를 보면 여전히 심장이 뛴다.
멍하니 정호를 보고 있는 유리에서 암전되며 타이틀 올라온다.

[제3화 덕통사고]

유리, 심호흡하고 진정하려 애쓰며

유리	(말 더듬는) 너 왜, 왜 맨날 여길 드나드냐, 마주치지 말자고 계약서 쓸 땐 언제고!
정호	내가 여길 드나드는 건 계약상의 아무 문제가 없거든요.
유리	그래도 건물주가 세입자 장사하는데 매일 와서 이러는 것도 민폐 거야~
정호	우진이 형한텐 잘 갔다 왔고?
유리	(멈칫) 응 잘 갔다 왔지.
정호	형이 뭐래?
유리	(눈 피하며) 뭘 뭐래 괜찮대지.

정호, 이상해 보는데 안 되겠는 유리, 가방을 주섬주섬 챙겨 일어난다.

유리	은강 씨 아까 부탁한 커피! 오늘은 뭐예요?
은강	(보온병 건네며) 직접 로스팅한 코나 원두요. 아껴 드세요.
유리	(기분 좋은) 오케이!!
정호	어디 가는데?
유리	어제 조석준 씨 뵈러, 선생님 아는 병원에 계신 데서. 아이고 늦겠네.

도망치듯이 나가는 유리고. 이를 이상하게 보는 정호.

S#7. 대학병원 앞 화단, 낮.

INS 》어느 대학병원 외경.
조씨와 유리, 병원 앞 벤치에 나란히 앉아 있다.
한층 편안해진 얼굴의 조씨고, 그 모습에 안도한 유리다.
유리가 보온병에 담긴 커피를 따라 건네면,
이를 가만 마셔보는 조씨... 따뜻하다.

유리   (애써 밝게) 병원은 좀 어떠세요?

조씨   의사 선생 덕에 호강 중이죠. 집보다 더 마음이 편합니다. 그 난리를 쳐놓
       고, 바로 돌아가기도 민망하구요. (민망함에 살짝 웃으면)

유리   (조씨 팔 치며) 어우~~~ 웃으시니까 인상이 다 훤하시네!

조씨   (부끄러운, 한참을 멀리 보다) ...제가 원래도 귀가 예민합니다. 음악을 했었
       거든요.

유리   아, 정말요? 음악이면?

조씨   기타를 쳤습니다. 세션으로 여기저기 불려 다니면서 연주도 하고 술도 얻
       어 마시고... 근데 그놈의 술 때문에 애 엄마랑 이혼하고 이 아파트로 이사
       를 왔는데, (씁쓸히 웃으며) 술을 끊으려고 했더니만 안 그래도 예민한 귀
       가 더 예민해지더라구요.

유리   (듣는)

조씨   다 포기하고 싶었는데... 박선생님이 절 붙들더니. 그다음엔 이렇게 변호사
       님까지... (눈물 그렁) 지금껏 내가 이웃을 잘못 만난 줄 알았는데, 그게 아
       니었더라고.

유리   (덩달아 눈물 그렁해 보고)

조씨   참 어제 그 친구(정호)도... 변호사지요? 다음에 만나면 꼭 고맙다 얘기를
       하고 싶은데..

유리   (웃음) 음.. 변호사는 아닌데, 변호사가 될지도 모르는 놈이죠.

조씨   (끄덕) 제가 두 분한테, 아주 큰 신세 졌습니다. 자꾸 신세만 지는 것 같아
       그렇지만... 저번에 변호사님이 말씀하신 소송, 저 그거 하고 싶습니다.

유리   (기뻐) 정말요?

조씨   (끄덕, 그러곤 오래 망설이다) 근데 그 전에 먼저... 사과를 해야 할 것 같은
데...

무슨 의미인지 몰라 조씨를 보던 유리, 그러다 이해하곤 빙긋 웃는.

S#8.   주택가 놀이터, 낮.

구옥들이 즐비한 주택가의 낡은 놀이터.
이슬(여/6)이를 잡으러 달리고 있는 유리와
그늘진 얼굴로 벤치에 앉아 이 모습을 지켜보고 있는 **송화(여/33/이슬모)**.
유리, 한참을 뛰어다니다 송화 옆에 와서 앉으며 슬쩍 눈치를 보면

송화   ...사과를 하신다고 해도 받고 싶은지 잘 모르겠네요.
유리   (맘 안 좋은) 물론 그러시겠죠. 그동안 쌓인 게 많으실 텐데요.
송화   저희 집이 아니라고 계속 말씀드려도 믿질 않으시고, 매일 그 고무망치로
벽을 쳐대시는데... (울컥) 우리 이슬이는 매일 악몽을 꿨어요.
유리   (맘 아픈) ...그럼 그동안 계속 친정집에 와 계셨던 거예요?
송화   ...아버지가 아프셔서 어차피 와 있어야 하긴 했어요.
유리   (끄덕)
송화   정말 미치겠는 건, 그분이 괴로워하는 걸 보면, 난 아닌데 하고 억울해하
다가도 정말 우리가 아니었을까... 우리 이슬이가 크게 웃기만 해도 그렇게
혼내가면서 살았는데도, 정말 우리가 아니었을까 그런 생각을 해야 된다
는 거예요. 사람이 살면서 아무 소리도 안 내는 건 아니잖아요.
유리   (끄덕끄덕) 그럼요.
송화   ...아래 층 그분도 사는 게 지옥이셨겠지만, 저희도 지옥이었어요.

뛰어다니는 이슬이를 보며 유리, 맘이 좋지 않다.

S#9.   로 카페, 낮.

유리, 한껏 진지한 얼굴로 컴퓨터 앞에 앉아 뭔가를 작성 중인데,
곧이어 프린터가 소리를 내며, [푸른아파트 층간소음 손해배상 소송 관련
설명회]라 적힌 A4 용지를 마구 뽑아내기 시작한다.
cut to 》어이없다는 얼굴로 설명회 용지를 들고 서 있는 정호고.
그 앞에서 기대감으로 초롱초롱해진 눈으로 정호를 보고 있는 유리다.

유리   (해맑게) 관심 있는 주민분들 모아서 설명회부터 하면 좋을 것 같아서, 어
          때?
정호   (기가 막혀) 진짜 도한건설이랑 소송을 해보겠다고? 너 여기 들어올 때 뭐
          라 그랬어, 신경 쓸 일 없게 쥐 죽은 듯 상담만 한다고 했어 안 했어?
유리   너 신경 쓸 일 없게 조용히 진행해보려고 했지, 근데 어제 니 얘길 듣고 생
          각이 달라졌지 뭐야.
정호   뭔 소리야.
유리   (정호 성대모사 하는) 그니까 같이 싸우자고 그러는 거잖아요, 아저씨 혼
          자 말고. 아저씨가 당한 고통 다 배상받고. 그놈들이 이딴 아파트 다시는
          못 짓게 해줄게!
정호   (당황) 야 그건 어제 상황이 그러니까 그냥 한 말이고!
유리   그냥? 무슨 그런 멋진 말을 그냥 해, 사람 설레게!
정호   뭘 설레.
유리   같이 싸워주겠다는데 설레지 그럼!
정호   (답답) 아니, 건설사 쪽 하자인 걸 증명하는 게 쉬울 것 같아?
유리   어렵지 방법이 없는 건 아니잖아. 해외 판례도 찾아보고 하면 방법은 나온
          다고.
정호   설사 방법이 나와도 16년 전에 지어진 아파트야, 백 퍼 진다고.
유리   (끄덕) 1심에서 패소하고, 2심에서도 높은 확률로 패소하겠지.
정호   그렇지,
유리   그러니 같이 판례를 만들어보자고.
정호   그래, 같이 판례를- (멈추는) 뭐라 했냐 지금.

유리   (싱긋) 대법원까지 가자고.

정호   너.. 너 그게 몇 년이 걸릴지 알고 하는 소리냐?

유리   그니까 백수 퇴직 검사와 카페 하는 변호사가 하기 딱 좋은 프로젝트 아니겠냐고, 마침 도와주시기로 한 분들도 있고!

정호   (말을 잃고 하염없이 보다) 널 정말 어떡하지...

S#10. 해피슈퍼 앞 평상, 낮.

김천댁, 최여사와 대화 중인 유리.

김천댁   취지는 좋은데, 사람들이 설득이 될려나 모르겠네.

최여사   그러니 우리가 도와줘야지, 이 언니 카리스마가 또 좌중을 압도하잖아!

김천댁   압도하는 편이긴 하지.

S#11. 황앤구 황대표 사무실, 밤.

INS 》 로펌 황앤구 외경.
골치 아픈 듯 머리를 잡고 있는 황대표,
변호사1, 2와 함께 웹소설 [SSS급 악덕기업처단자] 원고를 펼쳐놓고 대화 중이다.

변호사1   대표님이 말씀하신 대로 소설에서 남자 주인공이 때려 뿌시고 다니는 기업 관련 사건들을 하나하나 살펴봤는데...

변호사2   확실히 도한건설이 도안 신도시 수주 과정에서 벌였던 입찰, 인허가 비리에 관한 디테일들은 법원 기록을 보지 않고는 못 쓰는 내용이긴 하더라구요.

황대표   뭐야. 그럼 진짜 작가가 도한그룹 내부 인사라도 된단 거야? 출판사에선 뭐래.

변호사1   출판사도 필명 말고는 작가에 대해서는 정보를 전혀 모른다고 합니다. 메일로만 연락을 주고받았다고 하더라구요.

황대표   (머리 잡으며) 아휴, 일단 출판사 압박해서 연재부터 중단시켜.

변호사1   예 알아듣게 잘 말하겠습니다. 참 대표님, 공익재단에 있었던 김유리 변호사 아시죠.

황대표   (의아해) 걔 뭐.

변호사2   김유리 변호사가 저희 펌에 있을 때, 한참 도한그룹 사건 들여다본 게 있더라구요. 그래서 알아보니 김변호사 아버지가 (유리 아버지 관련 기사를 꺼내 보이며) 도한건설 물류창고 화재 사건 피해자 중 한 명이었더라구요.

황대표   그래서 뭐! 걔가 여기서 뭐 잠 못 자고 일해가면서 이걸 쓰기라도 했단 거야?

변호사2   (놀래) 아니, 그게 아니라... 김유리 변호사가 혹시 뭐 아는 게 있지 않을까 해서 말씀드린 겁니다.

일축해놓고는, 잠시 생각에 잠기는 황대표인데,

S#12. 출판사 [노력의 산물], 밤.

직원 책상이 서너 개 정도 있는 영세한 출판사 사무실.
벽에 붙은 웹소설 표지 일러스트 중엔, 정호의 작품들도 보인다.
라꾸라꾸 침대에 앉아 발가락을 만지작대며 통화 중인 **길사장(남/40대)**.

길사장   거기서 (황앤구 명함을 만지작) 막 누구냐고 몰아치는데, 검사- 아니 작가님 아시잖아요, 나 멘탈 약한 거. 모른 척하느라고 진짜 애먹었다고. 그러니까 우리 괜히 머리 아픈 사회 비판물 이런 거 접고, 저번처럼 밝은 얘기 썼어요. 검산데 고시생 시절로 회귀를 하는 거지, 그래 가지고 첫사랑을 만나서-

<u>S#13. 정호의 방, 밤 → 낮.</u>

씻고 나온 정호, 노트북 앞으로 와 앉으며

정호 　 아니 검사가 왜 고시생 시절로 회귀를 해, 회귀를!! 그리고 대한민국 검사
　　　를 캐릭터로 갖고 왔으면 뭐 일을 시켜야지 왜 자꾸 연애를 시킬려고 해?

길사장 　 (F) 아니 대한민국 검사들이 다 검사님처럼 연애도 안 하고 그러는 줄 아
　　　나!

정호 　 (답답함에 가슴 치는)

길사장 　 (F) 그리고 검- 작가님은 내가 무슨 아이디어만 얘기하면 꼭 그렇게 반응
　　　하드라.

정호 　 (지친 한숨) 됐고, 아무튼 황앤구가 담에 또 오면 녹음부터 해, 계속 이런
　　　식으로 협박해오면 법적대응 할 거라고-

길사장 　 (F) 대한민국 굴지의 대형 로펌한테 무슨 법적대응을 해요!! 자기가 아직
　　　도 검산 줄 아나 봐!!

전화를 던지고 침대에 드러누워버리는 정호.
천장을 보는데, 뭘 하고 있는 건가 싶고 한숨 나온다.
cut to 》새소리가 울려 퍼지는 아침.
정호, 막 일어났는지 눈을 비비며 커피를 내리고 있는데,
밖에서 뭔가 소란한 아주머니들의 웃음소리가 들려와 창밖을 보면,
수십여 명의 동네 주민들이 유리의 카페 안으로 몰려 들어가고 있다.

<u>S#14. (인터뷰) 정호의 방, 낮.</u>

유리와의 임대차 계약 특약사항을 펼쳐 읽는 정호.

정호 　 제112조 2항 을이 카페 운영 목적에 위배되는 활동을 위해 30인 이상이
　　　참가하는 행사를 개최할 시 갑의 승인을 얻어야 한다. 아니 제가 혹시나

해서 이걸 쓰긴 했지만, 진짜 이것까지 어길 줄은... 그리고 뭐 일주일이나
됐나요, 카페 오픈한 지?

S#15. 로 카페, 낮.

정호가 들어오면, 발 디딜 틈 없이 꽉 차 있는 카페 안.
화이트보드엔 [층간소음 손해배상 소송 관련 설명회]라 크게 쓰여 있고,
그 앞에 비장히 서 있는 유리.
주민들에게 설명회 용지를 나눠주고 있는 김천댁과 최여사도 보인다.
은강도 쟁반에 커피를 올려놓고 사람들에게 나눠주고 있다.

준   (눈치 없이 커피 하나를 가져와) 음~ 향 좋네요, 오늘은 무슨 커피요 형?
은강 (한심한 듯 보며) 맥* 커피 믹스.

맨 뒤에 서 있는 우진의 곁으로 가서 서는 정호.

유리 업체를 통해 1011호를 기준으로 측정한 바닥충격음이 평균 68db로 나
왔는데,

S#16. 푸른아파트 송화와 조씨의 집, 낮.

유리와 구씨(2화 등장), 그리고 소음측정 업체 직원들이 함께
송화의 집 거실에 뱅 머신을 설치하고 있다.
아래층 조씨의 집 거실에는 소음측정기들이 배치되어 있고.

S#17. 로 카페, 낮.

설명을 이어가는 유리,

유리   이는 2003년 개정된 최소성능 기준, 중량 50db 경량 58db을 휠얼씬 넘
             어서는 수치죠. 판례로 봐도 이건 수인 한도를 훨씬 넘어선 수치거든요,

김천댁   그니까 집에서 살 때 환장하겠는 게 기분 탓이 아닌 거지. 개놈 시키들!

유리   이렇게 애당초 잘못 지어진 집을 두고 옆집, 윗집이랑 싸우는 게 맞는 걸
             까요?

주민들   (수긍하는 눈치) 그래 이제 옆집이랑 싸우는 것도 지겨워~ / 사람 살면 다
             소리 나는 거지 어디까지 조심해야 돼.

유리   층간소음 문제는 아파트의 구조적 시공 하자의 문제인 만큼! 사업 주체,
             즉 건설사에 대한 소송으로 풀어야 한다는 게 제 생각이고, 그 소송에 관
             한 내용을 여러분들께 설명드리고자, 오늘 이렇게 자리를 마련했습니다.

cut to 》화이트보드에 바닥 구조 등을 그려놓고 설명 중인 유리.

유리   이렇게 나름 규정이 있는데도 도대체 왜 이렇게 시끄러운 걸까요? 2004년
             부터 사전인증제도를 실시했는데 이게 문제였어요. 짓기 전에 시험체만 잘
             만들어 허가받으면 정작 지을 땐 뭘 깔아도 아무 상관이 없었거든요.

김천댁   그니까 이 썩을 노무 나라서 지금껏 짓기 전에만 검사를 하고, 지은 담엔
             나 몰라라 해온 거야, 개놈 시키들!

유리   따라서 당시에 도한건설이 사전승인을 받은 설계도와 실제 아파트를 다르
             게 시공하였다는 점,

김천댁   ...아주 영악한 개놈 시키들!

유리   (웃곤) 이걸 증명하기만 하면 저희에게 상황은 유리해질 수 있어요. 하지
             만 앞서 말씀드렸다시피 절대 쉬운 소송은 아니구요,

주민A   그래서 소송하면 얼마까지 저기, 받을 수 있는데?

유리   (대답하려는데)

정호   (끼어드는) 2009년 진양시 아파트 주민 170여 명이 대온건설에 낸 소송
             에서 차음공사비로 적게는 600, 많게는 1400만 원까지 지급하라고 판결
             이 난 적이 있긴 했죠. 근데 소송 비용과 기간을 고려했을 땐 미미하기 그

지없는 금액이죠. 그것도 다 소송을 이겼을 때의 얘기고-

유리 (이 악문 채) 야 김정호.

김천댁 저건 왜 또 산통을 깨고 있어?

정호 게다가 엄밀히 따지면, 여긴 준공된 지 16년 된 아파트라 공동주택관리법
에 의한 하자담보책임기간은 지난 지 오래고-

유리 (살벌히) 준공된 지 16년 된 곳엔 사람이 안 사나요? 피해 구제에 대한 권
리가 없나요?

주민B 아니, 이웃들끼리 소송하는 것보다야 집 잘못 지은 놈들이랑 소송하잔 건
알겠는데, 이거 소송하다 소문나서 괜히 집값만 떨어지는 거 아니야?

주민C 그래, 천만 원 받자고 무슨 집값 떨어지는 소릴 하고 있어.

유리 (차분히) 판례에 의하면, 층간소음과 같은 생활 이익 침해로 발생한 아파
트 가격 저하에 대해선 손해배상청구도 가능해요.

정호 저것도 말만 번지르르하지, 집값이 떨어진 게 층간소음과 그 관련 소송 때
문이라는 걸 입증해내야 하는데, 절대 쉽지 않습니다.

유리, 이글이글한 분노로 정호를 노려보는데,

S#18. 로 카페 앞, 낮.

주민들이 삼삼오오 떠들며 카페를 나가고 있고.

S#19. 정호의 옥탑, 낮.

정호, 평상에 앉아 누렁이를 쓰다듬고 있는데,
계단을 쾅쾅 울리며 올라오는 유리가 보인다.

정호 야야야 어딜 올라와! 너 이거 계약 위반이야!!

유리 (무시하곤 성큼성큼 바로 앞까지 다가와) 도와줘도 모자란 마당에 왜 방

해를 해?

정호 니가 책임질 수 없는 일을 벌이니까.

유리 니가 책임질 일을 만들기 싫은 건 아니고?

정호 (답답한 듯 유리를 보다) 니가 옛날에 그랬잖아, 좋은 변호사는 의뢰인을 법정까지 안 가게 하는 변호사라고.

유리 ...

정호 그래, 공익을 위해 너랑 내가 몸 바쳐 일하고, 저분들은 그 모습이 갸륵해서 이 골치 아픈 소송에 비용과 시간을 쓴다 치자. 근데 그렇게 몇 년 기다려서, 운 좋아야 뭐 고작 몇 백? 그게 저 사람들이 자기 집에서 까치발 들고 도 닦는 심정으로 살아온 세월에 대한 보상 끄트머리라도 된다고 생각해?

유리 그럼 어떻게 하자고, 아무것도 안 하자고? 난 이거 파면 팔수록 국가배상 소송이라도 하고 싶은 심정이야! 넌 이게 말이 되는 제도라고 생각하냐?

정호 저 사람들한테 필요한 건 법이 어떻고 제도가 어떻고 간에 당장 자기 삶이 나아지는 거야.

유리 그럼 내가 하고 있는 게, 저 사람들 삶을 나아지게 하는 게 아니란 소리네?

정호 응, 전혀. 니 삶도 그렇고.

유리 그래서 너는 이 옥탑방에 갇혀서 추리닝만 입고 아무것도 안 하는 거야? 그게 니 삶을 위한 거라서?

정호 (쓰게 웃는) 응. 난 아무것도 안 하는 게, 우리 모두한테 좋거든.

S#20. 로 카페, 밤.

사무실 책상에 앉아 [소장]을 띄워놓고, 손톱을 뜯으며 고민 중인 유리.
그때 문이 열리며, 송화가 이슬이의 손을 잡고 들어온다.

유리 (송화 알아보곤 반가워) 어, 안녕하세요?

주방의 은강, 말없이 커피 잔 두 개를 꺼내 덥힌다.
cut to 》홀에선 이슬이가 색칠 공부를 하며 놀고 있고,
사무실 안, 송화가 유리 앞에 앉아 말을 못 하고 한참 뜸을 들이고 있다.

유리   (빤히 송화를 바라보다) 돈 문제구나.

송화   (놀라 보면)

유리   (너스레) 내가 또 돈 문제면 아주 전문인데, 어떻게 알고 또 찾아오셨대~

송화   (웃곤) 제가 저번에 정말 급한 일이 있어서 대부업체에서 돈을 빌렸었거든
요...

유리   (끄덕끄덕)

송화   월 얼마씩 갚고 있었는데, 요번에 돈이 생겨서 원금을 다 갚으려고 하니까
갑자기 그쪽이 연락이 안 되는 거예요. 비싼 이자라 하루라도 빨리 갚아
야 하는데,

유리   그 새끼 이거 이자 불려서 받아먹으려는 거 아니에요?! 빤한데 이거.

송화   (끄덕) 그런 것 같아서 찾아가 봤는데 사무실도 비어 있고...

유리   아유, 고민 많으셨겠네요. 근데 너무 걱정 안 하셔도 돼요, 송화 씨의 경우
엔 변제공탁제도라고, 쉽게 말해 돈을 갚으려고 해도 갚을 수 없는 경우
에 돈을 나라에 대신 맡겨버리는 건데요, 그 사채 놈한테 갚을 돈을 법원
에 공탁하면, 송화 씨는 할 일 다 한 게 되니까 걱정 일도 안 하셔도 돼요.

송화   (안도하는) 아, 정말 다행이네요... 해결 방법이 있을 줄 몰랐는데.

유리   그러지 말고 제가 지금 당장 공탁서 써드릴게요, 있어봐요, (컴퓨터에서 파
일을 찾으며 노랫가락) 공탁서 양식이 어딨을까~

그때 은강이 와서는 '유자차.' 하며 송화 앞에 차 한 잔을 내려놓는다.
송화가 '저 안 시켰는데...' 하는데 듣지도 않고 휙 가버리고.
송화, 차를 호록 마셔보는데, 맛있고 따뜻해서 저도 모르게 은강을 본다.
어느새 이슬이 옆에 앉아 조잘대는 이야기를 들어주고 있는 은강이고.
은강이 보여주는 친절을 눈여겨보는 송화.

송화   (다시 유리 보며) 오늘 설명회 하셨다면서요.

유리	네에. (시무룩) 열심히는 했는데, 설득이 된 것 같진 않아요.
송화	저도 와보고 싶었는데, 일 때문에 늦어져서...
유리	(급 신나) 안 늦었어요! 지금이라도 설명드릴까요?
송화	(유리의 적극성에 웃음이 나는) 변호사님은... 왜 이렇게까지 하시는 거예요? 변호사님 일도 아니시잖아요.
유리	음.. 제가 할 수 있는 일이니까요! 커피 한 잔 뚝딱하고 남들한테 오버한단 소리 좀 들으면서 나서면 해결될 수도 있는 일인데, 아무것도 안 하긴 그렇잖아요.
송화	(지친 송화의 얼굴에 미소가 번진다) 변호사님 같은 사람 처음 봐요.
유리	(히히 웃는) 그런 소리 많이 듣습니다. (그러나 곧 웃음 옅어지며) 근데 가끔은 열심히 하려 해도 그게 맞는 방법인지 모르겠을 때가 많아요. 이번에도 소송하는 게 정말로 주민분들께 도움이 되는 건가 싶고...
송화	(가만히 바라보다, 수줍게) 저는 그 소송 해보고 싶어요.
유리	(보면)
송화	사실 그 집이요, (슬픈 듯 웃으며) 저희 남편이랑 신혼 때부터 살았던 집이거든요. 우리 집에서... 맘 편하게 살아보고 싶어요.

송화의 말에 유리 생각 많아지고.

S#21. 로 카페, 다음 날 낮.

다음 날 낮, 유리를 찾아온 (2화에 등장한) 주민1, 2, 3, 4.

주민1	저희는 그 소송 할래요. 집값 떨어진다고 난리들이지만, 그거야 뭐 여기 아니어도 살 데 있는 사람들이나 그런 거고, 우리는 애들도 그렇고 여기서 계속 살아야 되는데, 뭐든 해보고 싶어요.

cut to 》유리가 건네는 위임 계약서 등에 사인을 하는 주민들인데,
유리, 막상 하겠다는 주민들이 계속 나타나자 마음이 더 복잡해진다.

S#22. 은하빌딩 옥외계단, 낮.

정호, 재활용품들이 담긴 봉투를 들고 계단을 내려오는데,
팔짱을 낀 채 계단 아래 삐딱하게 기대어 서 있는 유리가 보인다.
정호, 못마땅히 보다 지나쳐 가는데, 따라와 봉투를 뺏어 드는 유리.

유리   대안이 없는 비판만큼 비겁한 건 없지.

정호   응 나 비겁해~ 그리고 이렇게 계속 계약 사항 어기고 그럴 거면 그냥 방을
        빼세요.

유리   (분리수거하며) 그래. 내 방법이 베스트가 아닐 수 있다는 건 인정해. (꽝
        음과 함께 페트병 찌그리며) 그치만 아무것도 안 하는 게 더 나은 거라는
        거엔 동의할 수 없어.

정호   (움찔..) 그러시겠죠.

유리   그러니까 비판만 하지 말고 이 문제를 해결할 수 있는 다른 아이디어를 제
        시해봐. 솔직히 지적은 누가 못 해, 나도 덮어놓고 까라 그럼 하루 종일 깔
        수 있어.

정호   (눈썹 치켜올려 보다, 비웃듯) 넌 나의 아방가르드한 아이디어를 받아들
        일 그릇이 못 돼. 말해봤자 입만 아프다고.

유리   뭔 소리야, 나란 사람 자체가 아방가르든데.

정호   너는 그냥 불나방이지.

유리   참 나. 불나방인 내가 지금까지 살아 버틴 게, 다 너 같은 재수탱이 말도
        귀담아듣기 때문이야, (양팔 펼치며) 변종 불나방이라고 나는.

떨떠름히 유리를 보는 정호에서.

S#23. 로 카페 사무실, 낮.

정호, 추리닝 바지에 손을 찔러 넣고 하기 싫다는 듯 대애충~
화이트보드에 정체 모를 그림을 그려가며 유리에게 설명 중인데.
유리, 진지한 얼굴로 앉아 필기까지 해가며 열성적으로 듣고 있다.

정호　　지금 도한건설이 강천구에 천 세대가 넘는 아파트 팔라시오힐스를 지어서 준공 검사만 앞두고 있는 상황이야. 팔라시오 호텔이랑 연결시켜서 고급화 전략을 펼치는 중인데 괜히 층간소음으로 부실시공이니하며 잡음이 생기는 건 싫을 거란 말이지.

유리　　(끄덕) 그렇지.

정호　　그런데 푸른아파트로 손해배상 소송이니 뭐니 기사화돼봤자, 사람들이 층간소음 얘기 하루 이틀 들은 것도 아니고 자기들도 다 겪고 있는 거란 말야. 특별할 게 없는 거지.

S#24. 팔라시오힐스, 낮.

INS 》천 세대가 넘는 고급 아파트 단지 팔라시오힐스의 외경.
아직 준공 전이라 휑한 모습이다.
이편웅이 임원들과 함께 실사를 나와 있는 모습이 보이고,

정호　　(E) 저쪽의 관심을 끌려면 무조건 팔라시오힐스를 끌어들여야 돼.

다른 한편에선 유리가 아파트 단지 입구를 지나고 있다.

S#25. 팔라시오힐스 앞 카페, 낮.

팔라시오힐스 단지가 내다보이는 어느 프랜차이즈 카페 안,
팔라시오힐스 입주자대표위원회 **회장(남/50대)**을 만나 명함 건네는 유리다.

cut to 》카페에 마주 앉아 있는 유리와 입주자대표위원회 회장.

유리　　취지를 이해해주셔서 감사합니다.

회장　　(생각 끝에) 저희도 만약 문제가 있다면 변호사님 말씀대로 입주 전에 확
　　　　인하는 게 맞는 것 같네요.

유리　　물론 그런 일이 없어야겠지만, 만약에 문제가 발견되면 제가 끝까지 도와
　　　　드릴게요.

동맹이라도 맺은 듯 힘 있게 입주자대표위원회 회장과 악수 나누는 유리.

정호　　(E) 물론 사람들의 관심도 끌 수 있도록 좀 독창적인 방식으로 접근을 해
　　　　야겠지.

S#26. 로 카페, 낮. (다른 날)

빌려온 듯한 드럼과 기타, 스피커 등이 카페에 어지러이 놓여 있다.
정호를 따라 악기를 옮겨 들어오고 있는 준이와 은강, 우진이고.
유리, 팔짱 낀 채 이들을 보며,

유리　　그 방법이... (드럼스틱 들어 보이며) 이거라고?

정호　　거봐, 내가 넌 이해 못 할 거라 했지. 알고 보니, 우리 조 형님이 엄청난 분
　　　　이시더라고.

준　　　대한민국의 지미 헨드릭스, 기타계의 살아 있는 전설의 레전드!!

유리　　(깊은 한숨) 하, 너를 믿은 내가- 근데 이건 다 어디서 났어?

준　　　옆에 교회에서 빌려 왔어요! (신나서) 형님, 그럼 드럼은 제가 쳐도 돼요?

유리　　(너까지 왜 그러냐는 듯 보는데)

우진　　베이스는 내가 치면 되겠네. (유리 향해) 저도 대학 때 기타를 좀 쳤거든
　　　　요.

유리　　선생님까지 왜 이러세요!

| 은강 | (이제껏 말이 없다) 전 교도소 성가대 반주였어요. |
| 유리 | (고개 절레절레) 미쳤나 봐, 이걸 진짜 하겠다고? |

그런 유리의 얼굴 위로, (E) 지잉~~~ 울려 퍼지는 일렉 기타의 사운드.

S#27. 푸른아파트 조씨의 집, 낮.

거실에서 일렉 기타와 이펙터, 앰프 등을 세팅 중인 조씨.
이를 지켜보고 있는 유리와 정호, 우진, 은강, 준이인데.
연결을 마치더니 징~~ 하며 기타를 쳐보는 조씨,
퀭하던 얼굴과 부스스하던 머리칼이 갑자기 로커의 간지로 보인다!
쿠오오오!! 정호와 일동 들뜬 얼굴인데, 유리만 머리가 아파오고...

| 유리 | (E) 자 다 준비되셨습니까. |

S#28. 몽타주 '푸른아파트'

#조씨의 아랫집 거실
키보드를 연결하고 있는 은강.
그 앞엔 삼각대에 놓인 휴대폰이 그를 촬영 중이다.

#조씨의 오른쪽 집 거실
베이스 기타를 메고 있는 우진,
집주인들 향해 어색하게 웃어 보이곤, 휴대폰으로 촬영 중인 자기 모습 확
인해본다.

| 우진 | 네, 저는 다 준비된 것 같습니다. |

#조씨의 왼쪽 집 거실
준이가 드럼 소리를 확인해본다.
아예 촬영까지 도와주고 있는 집주인들.

준   히, 저도 준비됐습니다~

#조씨의 위층 송화의 집
마이크 줄을 풀고 있는 정호고.
카메라로 정호를 찍고 있는 유리.
송화, 어색하게 웃으며 이 이상한 광경을 지켜보고 있다.

정호   저도 준비됐습니다.
유리   그럼 일단 연습 없이 한 번 가볼게요.

#조씨의 집 거실
조씨의 현란한 기타 솔로를 시작으로,
각 거실에서 연주가 시작되는 것이 줌 화면으로 보여진다.
벽을 넘어 들려오는 서로의 소리에 합을 맞춰보는 다섯 사람.
특히 우진의 베이스와 준의 드럼 소리가 묵직하니 벽을 넘어서도 생생히
들려온다.

#송화의 집 거실
머리를 흔들어대며 열창하는 정호를 바라보던 유리,
결국 못 말린다는 듯이 픽 웃고 만다. 고개를 절레절레 흔들다가도, 또 픽
웃고.
그런 유리를 보는 송화, 남몰래 미소 짓는다.

S#29. 몽타주

밴드의 연주가 계속 이어지며,

조씨네 집 거실이 세연과 진기네 아파트 거실과 그 옆집들로,

그다음엔 유리네 오피스텔과 그 옆집들로 바뀌며 연주가 계속된다.

유튜브 동영상 화면으로 바뀌며,

유리, 모자이크 처리된 얼굴에 음성변조된 목소리로,

유리   (F) 저희의 층간소음 음악회 잘 보셨나요! 2007년 준공 D건설 아파트, 1998년 준공 Y건설 아파트, 그리고 마지막으로 G사의 오피스텔에서까지 연주를 해봤는데요. 확실히 기둥식 구조인 오피스텔에선, 낮은 베이스음 위주로만 들리는 반면, 벽식 구조인 아파트에선 멜로디까지 더 선명하게 들리는 걸 확인할 수 있었죠? 하지만 같은 벽식 구조 아파트여도 D사와 Y사 사이엔 확연한 차이가 있었는데요. D사가 2003년 층간소음 규정이 더 빡세진 이후에 지어진 아파트인데도 불구하고, 더 소리가 잘 들린 이유는 무엇일까요? D사의 문제일까요?

영상에 마치 다음 화 예고편처럼 팔라시오힐스의 전경이 나오며,

기타를 메고 단지 안으로 들어가는 조씨와 정호, 우진, 은강, 준의 뒷모습.

유리   (F) 그럼 D사의 신축 아파트는 어떨까요?

S#30. 로 카페, 밤.

유리, 영상 편집을 마무리 중인 준이 옆에 앉아 있고,

악기와 앰프 등을 정리 중인 정호, 은강, 우진인데.

준   캬, 역시 사장님의 미모는 모자이크도 뚫고 나오네요~~ 아우 눈부셩~

유리   나 알바생 정말 잘 뽑은 것 같애~

정호   (끔찍한 걸 본 듯한 표정)

준   (탁 올리곤) 히힛, 영상 업로드했습니다~!

S#31. 도한건설 회의실, 낮.

임원들과 함께 유리 측이 만든 영상을 보고 있는 편웅.
으하하 웃다가 영상이 끝났는데도 화면을 빤히 보고 있는 게,
어딘지 섬뜩하다.
이어지는 편웅의 침묵에 불편해지는 임원들인데...

편웅   타이밍이 좀 너무하네, 팔라시오가 사용 승인 앞두고 있는 건 어떻게 알
고. 요즘 나 먹이려는 것들이 왜 이렇게 많지?

임원1   (절절매는) 법무팀에 지시해서 얼른 영상 내리도록 조치하겠습니다.

편웅   내린다고, (임원1 옆으로 바짝 다가와 머리를 똑똑 두드리며 속삭이는) 그
게 이미 본 사람들 머리에서 사라지나?

임원2   (지켜보다 언짢은 헛기침) 아직 그렇게 조회수도 높지 않고 화제가 된 것
도 아닌데, 너무 걱정 안 하셔도 되지 않겠습니까?

편웅   (빤히 보다) 바퀴벌레가 하나만 보여도, 이미 그 집엔 (손가락을 벌레 다리
마냥 움직이며) 수십 마리가 퍼져 있는 거란 얘기 들어보셨나? 이런 영상
이 올라온다는 건 이미 도한건설이 아파트를 뭐같이 만든다, 다들 뒤에서
떠들고 있다는 거거든.

임원2   (큼...)

편웅   우리 박전무님은 늙고 감도 없는데, 눈치도 없으셔. 퇴직이 언제시랬지?

기가 막혀 보는 임원들을 뒤로하고 일어나 나가며,

편웅   팔라시오힐스 준공 하루라도 늦춰지면 다들 짐 쌀 각오들 하세요.

S#32. 정호의 옥탑, 낮.

정호와 준이, 휴가 온 듯 여유로이 옥상 선베드에 누워 있는데
뛰어올라오는 소리가 들리더니, 잔뜩 신이 난 유리가 나타난다.
유리를 쫓아 올라온 누렁이고.

유리	봤어, 봤어, 조회수 봤어?!
정호	뭔 호들갑이야, 당연한 걸 가지고.
유리	어떻게 3일 만에 50만이 나와!!
정호	이게 다 내가 평소 트렌드를 읽는 힘이-
유리	아저씨 대단하다 진짜. (기타 솔로 하는 손짓) 괜히 레전드가 아니시네!!
준	그니까요, 막 연예인들이 RT하고 난리도 아니에요!
정호	(쩝...) 그래서, 연락은 왔어?
유리	(끄덕끄덕, 세상 해맑게) 응 영상 안 내리면 명예훼손에 업무방해로 고소 하겠대! (신이 나선) 우리 그럼 다음 작업, 들어가도 되는 거지?
정호	(씨익 웃으며 끄덕)

S#33. 로 카페 안과 밖, 낮.

#카페 안
평소보다 더 화려한 애니멀 프린트 룩의 유리,
시계를 확인하곤 창가에 서서 오렌지주스를 마시는 중이고.

#해피슈퍼 앞
김천댁과 최여사, 준이 만둣국을 먹고 있는 중인데.
- 이하 SLOW로 -
최여사, 뭘 보았는지 놀라 만두를 도로 국에 퐁당!! 국물이 튀어 오르고
깍두기를 가져오던 김천댁도, 입을 벌린 채 깍두기를 툭!
놀란 준은 허공에 밥알을 뿜는다..!
카페 안의 유리도, 무엇을 보았는지 마시던 오렌지주스를 쏟아내는데,
모두의 시선이 향한 그곳...

눈부신 햇살 아래 카페 앞을 워킹 중인 이는, 다름 아닌 정호다.
깔끔하게 이발한 머리에 슈트 차림, 완전히 다른 사람 같다.
정호가 카페 문을 열고 들어오면 넋이 나간 얼굴로 보고 있는 유리.

유리   너 뭐냐. 어떻게 갑자기 사람이 됐지, 마늘이랑 쑥이라도 먹은 거야?
정호   마늘이랑 쑥은 니가 먹어야 될 것 같은데? 오늘 대체 뭘 입은 거야.
유리   사시사철 추리닝만 입는 니가 어떻게 패션을 알겠니.

S#34. 해피슈퍼 앞 평상, 낮.

김천댁, 최여사, 준, 지나가는 유리와 정호를 보며,

준   저렇게 보니까 두 분 은근 잘 어울리지 않아요?
김천댁   어울리는 건 모르겠고, 변호사 처자만 보면 난 눈이 아파.
최여사   왜애, 요란하고 이쁜데~

S#35. 도한건설 본사 앞 거리, 낮.

빌딩 숲 사이, [도한건설]이라 적힌 본사 건물 앞에 와 서는 유리와 정호.
이를 올려다보는 정호, 온갖 복잡한 감정이 드는데,
유리는 또다시 숨이 막히는 듯한 느낌이 든다.
이에 정호가 눈치채기 전에 가방에서 약을 꺼내 물과 함께 삼키는 유리.

정호   뭐야, 왜 그래?
유리   별거 아냐, 지사제야 지사제. 알잖아 나 긴장하면 배부터 꾸륵 대는 거. 합
        의하다 화장실로 달려가는 대참사를 일으킬 순 없지.
정호   (빤히 보다) 힘들 것 같음 지금이라도 그만둬도 돼.
유리   (일부러 더 당당히 가며) 무슨 소릴! 그리고 들어가면 너는 빠져 있어.

정호   자신 있어?

유리   (한껏 너스레) 이봐요 검사님, 제가 비록 승산 없는 싸움에 달려들어 패소
       의 여왕이라 불렸을지 몰라도, 재판 전 합의는 또 제가 킹이거든요.

이에 픽 웃는 정호, 앞서 가는 유리를 따라 걸음을 재촉한다.

S#36. 도한건설 본사 회의실, 낮.

유리와 정호, **법무팀장(남/40대)**과 팀원1, 2 등과 마주 보고 앉아 있고.
가소로운 듯 유리의 명함을 보고 있는 법무팀장.

법무팀장   변호사시네요? 아니 잘 아실만한 분이 왜 그런 영상을 올려서 곤란을 자
        처하셨을까.

유리   공익을 목적으로 올린 영상이라 처벌은 힘들 텐데, 굳이 뭐 인력을 낭비하
        셔야겠다면~

법무팀장   공익을 위해 올린 건지 비방을 목적으로 올린 건지는 법정에서 다퉈볼 일
        이죠.

유리   그럼 기왕이 일하시는 김에, 이것도 한번 검토해주세요.

유리, 웃음을 머금은 채로 법무팀장에게 준비해온 소장을 건넨다.
법무팀장, 유리가 건넨 서류를 대충 넘겨보는데, 점차 표정 어두워진다.

법무팀장   (서류 내려놓곤) 본론이 따로 있었네요?

유리   에이 제대로 봐주세요, 제가 엄청 공들여 쓴 소장인데, 뒤에 고소장도 봐
        주시고. (자기가 고소장 가져와 읽어보곤) 캬~~ 다시 봐도 명문이야.

와중에 아까부터 뽀시락대며 테이블에 놓인 과자를 열심히 까먹고 있는
정호다.

법무팀장 (거슬려 보며) 근데 저분은 누굽니까?

유리 아, 이분의 우리 펌의... 파트너 변(호사)—

정호 사무장 김정홉니다.

그때 팀원1, 팀장에게 급히 휴대폰을 보이며 무어라 속삭인다.

휴대폰 화면엔 다름 아닌 유리의 과거 공익소송 기획 기사가 떠 있다.

[패소의 여왕이라 불리는 변호사, 우리 사회에 거듭 질문을 던지다!]

법무팀장 (굳은 얼굴이 되어) 변호사님 꽤 유명하신 분이셨네요?

유리 (웃음) 아, 요 기사~ 저 사진 잘 나왔죠? (사진처럼 포즈)

법무팀장 ...유튜브 영상에 이어, 오늘 오신 목적이 정확히 뭡니까? 선전 포고?

유리 아유 저야 공익을 위해 이런 소송 맨날 하는 게 일이지만, 팀장님은 상당히 피곤해지실 것 같아서, 소장 접수 전에 더 지혜로운 해결책을 모색해보면 어떨까 하여 찾아온 것이지요.

법무팀장 (서류 다시 검토하며, 표정 굳은) 일이야 뭐 밑에 애들이 하는 거라.

유리 그래도 책임자가 어깨가 무겁죠, 이거 만약에 지면 앞으로 다른 아파트들도 줄소송 걸어올 텐데, 그럼 대체 손해가 얼마야.

정호 천문학적이지.

법무팀장 질 일이 없겠죠.

정호 (가만히 보다, 서늘히) 그게 일개 법무팀장이 멋대로 가능성을 걸어볼 만한 일일까요?

법무팀장 ...

정호 팀장님. 세상은 변하고 있고, 사람들은 자기 삶의 질을 떨어뜨리는 게 뭔지, 어떻게 하면 자기 권리를 찾을 수 있는지 더 쉽게 알 수 있어요. 저희가 아니더라도 언젠가는 어떤 또라이 변호사가 어떤 건설사를 대상으로든 이런 소송을 시작할 겁니다. 근데 그 골치 아픈 게, 꼭 지금, 도한건설일 필요가 있을까요?

정호, 빤히 보면 법무팀장 눈빛 흔들리고... 미소를 삼키는 유리.

S#37. 도한건설 법무팀장의 사무실, 낮.

유리, 법무팀장의 사무실을 둘러보며 이것저것 만져보고 있고,
정호, 의자에 앉아 졸고 있는데,
잠시 후, 법무팀장이 돌아온다.

유리   (반갑게 보며) 어떻게 윗분들이랑 얘기는 잘되셨어요?

법무팀장   (앉으며 한숨) 그럼 영상 당장 내리는 조건으로, (합의서 건네며) 해당 세
         대들에 대해서만 차음공사비 칠백에 위자료 오십만 원 해서 이만 합의
         하시죠.

유리   오.오십이이? 오십이는 무슨!! ...오십 더 넣어서 백 채워주시죠?

법무팀장   (짜증 폭발하는) 아니, 무슨 거지새끼들입니까!

이에 자는 듯 보이던 정호, 서늘히 눈을 뜨는데,
흥분할 줄 알았던 유리, 의외로 차분하다.

유리   거지? (후후 웃곤) 지금 거지새끼처럼 구는 게 누군데? 돈 천만 원도 안
         주면서 어디서 유세야. 그러게 누가 첨부터 사람 살 집 *같이 지어놓으래?
         진짜 손해배상으로 치면 억만금을 줘도 모자라! 동네방네 떠들고 소송해
         서 받아내려다 스스로 책임질 기회를 주고 있구만, 이 관대한 처사에 대체
         누굴 거지로 몰아?

법무팀장   (당황해) 왜왜.. 반말이세요.

유리   방금 팀장님이 하도 천박한 워딩을 쓰길래 친구 먹자는 줄 알았죠.

정호   (그런 유릴 지켜보다 결국 픽 웃는)

유리   (다시 진지하게) 팀장님, 지금 억 소리 나게 비싼 자기 집에서 고문당하듯
         사는 사람들한테 몇십만 원 소리가 나오십니까.

법무팀장   (꾹 참으며) 대법원 판례에서도 이만큼은 안 줬습니다!

유리   (답답해 테이블 탕탕) 그 판례가 벌써 2009년 판례예요, 물가 상승률이
         있는데! 아유 됐어요, 그냥 유튜브 조회수로 돈 벌어서 공사해드리는 게

빠르겠네!

법무팀장 (피곤한 한숨) 그럼... 그럼 변호사님 말씀하신 대로 세대당 팔백, 됐습니까?

유리 (못마땅한 듯 보다) ...된 걸로 하죠. 아유, 피곤해.

법무팀장 그럼 서류는 저희 직원들이랑 정리하시고, (일어서며) 저는 다음 미팅이 있어서,

유리 (시계 확인하곤) 어, 벌써 그렇게 됐나. (팀장 보며) 멀리 가실 필요 없는데?

법무팀장 무슨 소리인가 싶어 보면,
유리, 일어나 직접 팀장실 문을 열어본다.
팀장실 안으로 들어오는 팔라시오힐스 입주자대표위원회 대표들!

유리 대표님들, 이쪽이요~~

법무팀장 (표정 굳어) 뭡니까?

유리 다시 인사드릴게요, 팔라시오힐스 입주자대표위원회 자문 변호사, 김유립니다. 여긴 아직 입주도 안 한 아파트가 누수에 균열에, 아휴 설계도랑 다른 변경 시공 내용도 상당하더라구요?

법무팀장 (어이없어 보면)

유리 앉으세요, 앉으세요. 참 요 건은 아까 꺼보다 골치가 좀 더 아프실 거예요. 그러게 첨부터 잘 지으셨어야지. 집값도 비싸면서.

S#38. 도한건설 본사 앞, 밤.

회전문 앞에서 팔라시오힐스 입주자대표위원회 대표들과 인사 나누고 있는 유리고,
멀리 나와 서서 내리는 비를 보며 유리를 기다리고 있는 정호다.
어느새 날이 어두워져 있다.
인사를 마치고 정호에게 다가오는 유리,

정호와 눈 마주치면 푸스스 웃음부터 나온다. 정호도 픽 웃는데,
유리, 완전 신이 나버려서는 꺄~~ 소리를 지르며 빗속으로 뛰쳐 들어간
다!

유리   (팔을 펼치고 한 바퀴 빙그르 돌며) 아주 속이 다 시원하네~~

정호, 빗속의 유리를 바라보는데...
젖은 머리로 웃고 있는 모습이 미치게 예쁘다.
정호와 눈이 마주치면 장난기 어린 미소를 띠는 유리, 다가온다.
정호의 손을 턱 잡더니 바깥으로 끌어내는,

정호   (놀라) 야야야!!
유리   (웃으며) 시원하지? (정호 향해 물웅덩이를 팍 차버리고)
정호   (피하며, 어이없어 웃는데)
유리   (신난) 기억나? 우리 대학 때 내가 버스 탔는데 공황 증상 와서 내려가
         고 비 쫄딱 맞으면서 집까지 걸어간 적 있었잖아. 오늘도 기분 좋은데 그
         냥 걸어가버릴까?
정호   그때 감기 걸려 일주일 앓아 누운 건 기억 안 나지? 그것 땜에 중간고사
         망쳤다고 울고불고하던 것도 기억 안 나고?
유리   간만에 추억에 좀 잠겨보려는데 또또 이런다! 나만 좋았지 또!

정호, 유리를 보는데 비에 젖어 블라우스가 다 비치고 있다.
말없이 재킷을 벗어 유리의 어깨에 두르는 정호.
유리의 팔까지 소매 안에 제대로 넣게 하더니, 단추를 잠가준다.
그러다 눈 마주치면 잠시 묘한 두 사람이고.

S#39. 유리의 오피스텔, 밤.

씻고 나왔는지, 거울 앞에 멍하니 앉아 있는 유리...

정신 차리려 고개를 젓더니 다시 거울을 본다. 생각이 많아진 얼굴이고.

S#40. 정호의 방, 밤.

역시 씻고 나와 수건으로 머리를 말리던 정호,
유리에게 잘 들어갔냐 문자를 하려다 말곤, 휴대폰을 멀리 던져버린다.

S#41. 로 카페, 낮.

INS 》날이 밝은 아침, 로 카페의 전경.
김천댁과 최여사, 빵을 나눠 먹으며 커피를 마시고 있고,
은강, 입구를 청소 중인데,
문이 벌컥 열리며 송화가 헐레벌떡 들어온다.

송화   아, 죄송해요, 죄송해요. 제가 너무 늦었죠.

은강, 그저 말없이 물을 따라 건네고,
받아 꿀꺽꿀꺽 삼키는 송화를 저도 모르게 물끄러미 바라본다...
송화가 보면 빠르게 시선을 거두는 은강,
송화를 유리의 사무실로 안내해준다.

최여사   (송화가 사무실 안으로 들어가자) 쯧쯧쯧... 저리 젊은 처자가 안 됐지.
김천댁   왜 멀쩡한 사람 보고 혀를 차.
최여사   아이구, 저기가 거기잖아, 왜 그 재작년인가 남편 잃고 애 혼자 키우는. 일
은 가야 되고 애 맡길 덴 만만찮고, 맨날 뛰어 댕기는 거 보면 맘 아프다니
까.

이 말에 송화를 한 번 더 보는 은강.

S#42. 로 카페 사무실, 낮.

주민1, 2, 3, 4 등 / 송화 / 조씨에게 차례로 결과를 설명하는 유리의 모습.

유리   저번에 말씀드린 대로, 소송은 실질적으로 도움이 되기엔 너무 오래 걸릴 것 같아서, 우선 도한건설에 찾아가서 합의를 시도해봤는데요. 다행히 차음공사비에 위자료까지 해서 세대당 팔백만 원씩 이야기가 됐어요. 많진 않은 금액이지만, 제가 업체들 쫙 방문해서 견적을 내봤는데 (엑셀 차트 건네며) 이 정도면 안방이랑 거실까지는 공사가 가능하겠더라구요!

#놀라 기쁜 얼굴이 되는 주민1, 2, 3, 4와
마치 자기 일처럼 기뻐하는 김천댁과 최여사!
주민1, 유리의 손잡으며 '어머 어떡해, 고마워요, 변호사님!' 외친다.

#이야기를 들은 송화는, 뭔가 더 울컥한 듯한 얼굴이다.

유리   제가 특별히 송화 씨 집은 우리 이슬이 맘껏 놀 수 있게 튼튼하게 공사해 달라고 부탁드릴게요. (송화의 손잡으며) 이제 그만, 송화 씨 집으로 돌아 오세요.

송화, 울며 끄덕이면,
옆에서 '아 왜 울어~' 하며 자기들도 눈시울 붉어지는 김천댁과 최여사.
'그동안 고생했어' 하며 송화를 끌어안아준다.

#덤덤히 이야기를 듣는가 싶던 조씨의 눈에도 눈물이 고인다.

유리   그리고 죄송해요, 처음에는 다 바꿔드릴 수 있을 것처럼 말해놓고 이렇게 밖에,

| 조씨 | (고개 저으며) 아닙니다 변호사님. 누가 이렇게 제 일을 자기 일처럼 걱정 |

조씨   (고개 저으며) 아닙니다 변호사님. 누가 이렇게 제 일을 자기 일처럼 걱정
       해주고 나서주는 것만으로도 충분했습니다. (울컥) 변호사님 덕분에 이젠
       옆집에서 소리가 좀 들려와도, 예전처럼 화가 안 날 것 같아요.

유리   (덩달아 울컥하는)

조씨   남들을 미워하면서 사는 것만큼 지옥인 게 없었는데... 정말 감사합니다,
       감사합니다 변호사님.

S#43. 도한건설 대표실, 낮.

편웅과 황대표가 자리에 앉아 있고,
임원1과 법무팀장이 그 앞에 벌서듯이 서 있다.

임원1   (벌벌 떨며) 죄송합니다 대표님... 저희는 영상이 더 퍼지기 전에 내리는 게
        급선무라 생각을 해서 서둘러 정리를 한다는 게.

기가 찬 얼굴로 태블릿PC 속 유리의 프로필을 훑어보고 있는 편웅.
그 옆에 앉은 황대표는 한껏 곤란한 얼굴이다.

편웅   그니까 정리하자면, 그쪽은 우리 멕일 거 다 멕이고 원하던 것까지 챙겨간
        거네요? 그리고 이 김유린지 뭔지 하는 얘는, 하필 황앤구에 있던 변호사
        거고?

황대표   (할 말이 없고)

편웅   (황대표 향해) 얘 뭐 하는 얘예요?

황대표   (곤란) 저희 로펌 공익재단에 소속되어 있던 변호사인데, 얼마 전에 나갔습
         니다.

편웅   왜 나갔는데?

황대표   그게 뭐 다른 건 아니고... (허헛) 카페 한다고.

편웅   카페? (어이없어 보다) 근데 왜 나가서, 우리한테 시비를 거냐고.

황대표   (애써 웃으며) 아마 다른 의도는 없었을 겁니다. 워낙 공익소송이다 뭐다

일 키우는 거 좋아하는 성격이라,

편웅 　(유리의 사진 빤히 보며) 그런 성격이면 고쳐야지. 그게 다 겁이 없어 그런 건데...

그 말에 왠지 오싹해지는 황대표.

S#44. 도한건설 본사 정문, 낮.

대기하고 있던 제 차에 올라타는 황대표.
어딘가로 황급히 전화를 거는데,

S#45. 로 카페, 낮.

푸른아파트 주민들이 카페 안에 바글바글 모여 있고,
유리의 사무실 안에 들어와 있는 부녀회 임원들, 포스가 상당하다.

주민B 　아니 그 집들만 해주는 게 어딨어, 다 같은 주민인데!
유리 　(밉지 않게) 에이 사장님, 집값 떨어질까 무서워서 아무것도 안 해놓고 떡 내놔라 하는 건 도둑놈 심보죠~ 이건 이분들이 자기 권리를 찾겠다고 소장에 싸인하고 소송하겠다고 나서니까 도한건설이 하는 수 없이 합의해준 내용인데요.
주민C 　우리도 합의하면 될 거 아니야!

그때 전화가 울리자, 기다리란 듯 손가락 치켜들며 전화를 받는 유리.

유리 　여보세-
황대표 　(F/버럭) 야, 김유리. 너 대체 뭘 하고 다니는 거야!
유리 　아유 소문이 벌써 거기까지 났어요?

황사장	(F) 너 고만 까불어, 이대표랑 이놈들이 대체 어떤 놈들인 줄 알고 이러냐고.
유리	에이 잔소리하실 거면 담에 카페 와서 얼굴 보면서 하세요, 그래야 정이 있지~ 그럼 전 손님들 있어서 끊어요~

황대표가 수화기 건너편에서 '야!! 야!!!' 외쳐대는데, 탁 끊어버리는 유리.

유리	어디까지 했었죠? 아, 합의. 부제소합의를 해서 제가 다시 소를 제기하긴 좀 그렇고, 다른 변호사 찾아보시면 되겠지만 아마 하겠다고 하는 분이 없을 거예요. 제 자랑은 아니지만, 승산이 안 보이는 소송을 해보겠다고 덤비는 사람이 흔친 않거든요. 그러니까 (명함 한 사람씩 나눠주며) 다음에 법률 상담하실 거 있으시면 꼭 저한테 오세요! 제가 질 게 뻔한 소송이어도, 원하시면 꼭 같이 싸워드릴게요. (빙긋)

유리의 명함 받아들며, 떨떠름한 얼굴의 주민들이고.

S#46. 팔라시오 호텔 스위트룸, 낮.

자기 방으로 돌아온 편웅, 소파에 널브러지듯 앉고,
한실장 곁으로 와서 선다.

편웅	(어쩐지 즐거운 얼굴로) 아, 그 변호사 계집앨 어떡하지.
한실장	...
편웅	같이 놀자고 하는데, 놀아줘야겠지? 일단 겁 좀 주면서 조사 좀 해봐. 어떤 앤지.

알겠다는 듯 고개 숙여 보이는 한실장이고. 기분 좋아 보이는 편웅.

S#47. 정호의 옥탑, 밤.

그릴에 숯을 넣으며 바비큐를 준비 중인 정호고.
고기를 들고 올라온 우진, 그 옆에 자리를 잡고 앉으며

우진 한 것도 없는데 나까지 고기 얻어먹어도 되나 모르겠네.
정호 형이 뭘 한 게 없어 기타를 그렇게 열심히 쳐놓고. (넌지시) 김유리랑은 얘기 좀 해봤어? 어떤 것 같애?
우진 ...유리 씨가 처음 발병한 게 아버지가 산업재해로 돌아가시고 나서라고 하더라고.
정호 ...어.
우진 저번에 니가 했던 그 말. 니가 안 되는 이유로 나도 안 된다는 말. 그러니 유리 씨랑 엮이지도 말고 가까워지지도 말라고 했던 그 얘기.
정호 ...
우진 그렇게 오래 친했는데 유리 씨는 전혀 모르고 있는 거네. 너랑 내가.. 도한 그룹 사람인 걸. 그렇지?

우진을 보는 정호의 눈빛 흔들리고...
정호가 무어라 입을 열려는데, 계단이 울리며 진기와 세연이 올라온다.
밝게 인사를 해오는 진기와 세연을 받아주며 표정이 무거운 정호와 우진.

S#48. 은하빌딩 앞, 밤.

유리와 준, 사이좋게 상추 등을 한 아름 들고 나와 옥상으로 향하는데,
어두운 한편에서 그런 유리와 준을 지켜보고 있는 시선...
유리를 따라 계단을 오르던 누렁이, 가다 말고 이쪽을 향해 왕왕 짖는다.
어둠 속에 숨어 있다 모습을 드러내는, 깊게 모자를 눌러 쓴 남자.
계단을 오르는 유리를 쳐다보다, 저를 향해 짖어대는 누렁이를 본다.
어딘지 싸한...

S#49. 정호의 옥탑, 밤.

〈쿵 푸 파이팅〉 같은 음악과 함께
진기, 마치 쇼처럼 현란한 동작으로 바비큐 그릴 앞에서 고기를 구우며
동시에 휴대용 가스버너로 된장찌개를 끓이고 있다.
로 카페 식구들과, 정호, 우진, 세연 자리를 잡고 앉아 있고,
와인을 홀짝하는 유리, 벌써 알딸딸하니 기분이 좋다.

유리   여러분 요번에 우리가 얼마나 대단한 일을 한 건지 아세요? 이 언택트 시대에 우리가 이웃 간의 오해와 무관심, 증오의 벽을 허문 거예요!

진기   김유리 넌 꼭 술만 들어가면 연설을 할라 그러드라, 그냥 고기나 먹어.

유리   (무시) 우리 세연이 진기는 신혼집까지 빌려주고, 우리 선생님이랑 은강 씨 준이 씨는 숨겨둔 실력을 발휘해주셨고, 그리고 건물주님은... 늘 그렇듯, 재수야 없지만 맞는 말 파티를 벌여주신 덕에 내가 길을 잡을 수 있었지. 아무튼, 로 카페 첫 번째 의뢰의 성공적 해결을 축하하며 짠 합시다, 짠!!!

짠 하는 일동이고.
cut to 》정호의 무릎을 베고 잠들어 있는 진기.
세연, 정호, 우진을 제외하곤 모두 살짝 취한 모양새인데,
누가 봐도 상당히 취한 유리, 무슨 생각이 들었는지

유리   (혀가 꼬인) 우리 딘실게임 하쟈 딘실게임!!!!

정호   구개음을 똑바로 발음 못 하는 걸 보니, 파할 때가 된 듯 싶다.

준   (역시 취한) 어 딘실게임, 저 할래여! 저는 은강이 형한테 질문! (머뭇거리다) 제가 알기로 방화죄로 5년 받을라면... 사람이 있는데 불을 질렀다는 거거든요. 형은, 불은... 왜 지르신 거예요?

한순간에 분위기가 싸해진다.

하지만 별 동요 없는 은강, 그저 준을 보며 말 않겠다는 듯, 술을 들이킨다.

그러거나 말거나 정호를 보고 있던 유리, 기다렸다는 듯이

유리   그럼 이제 내 차례! 김정호 너 솔직히 말해봐. 너 이번에 재밌었지, 나랑 일
      하는 거.

정호   진실게임이 언제부터 이렇게 근본 없이 묻고 싶은 걸 묻는 거였지?

유리   빨리 대답이나 해~ 기분 좋았지? 재밌었지? 뿌듯했지? 아니다 이건 질문
      이 너무 쉽다. 답이 뻔하잖아. 질문 바꿀래!

세연   야 그런 게 어딨어.

유리   있어봐, 더 재밌는 거 물어볼라니까! (사이) 김정호 너 그때.. 나 왜 찬 거
      야?

일동   (멈칫)

준   헐!! 두 분이 사귀셨어요?!!

우진   (놀란 듯 정호 보는)

유리   아 빨리 대답해~ 쫄리면 마시덩가.

정호   (마실 듯 잔을 보다가) ...우리가 진짜 사귀긴 했었냐.

유리   가짜로 사귀었어도 니가 갑자기 날 찬 건 맞잖아, 왜 찼어?

정호   그럼 그 짓을 언제까지 하는데?

유리   ......

우진   ...근데 애초에 두 분이서 왜 가짜로 그런 약속을 하신 거예요?

세연   (배가 욱신하지만) 그때 저기 계신 꽐라 변호사님께서 양다리 문어 다리
      치는 아주 못난 새끼랑 만나다가 차였는데,

유리   찬 건 내가 찼거든!

세연   동기들 보기 민망하니까 맨날 붙어 다니는 김정호랑 사귀는 척을 한 거
      죠.

정호   말하자면 날 이용한 거지.

유리   이용이라니! 너도 그때 애들이랑 엮이기 귀찮아서 나랑 사귄 척한 거잖
      아! 상호이익 증진을 위해 체결되었던 협약을 이제와 그렇게 깎아내리면
      안 되지!

세연	야 니들은 고만 좀 싸워라 지겹지도 않냐. 그렇게 붙어 다니면서 징글징글 하게 싸워대더니 이 나이 처먹고도 그러고 있네~
유리	그래 그만하자, 김정호!
정호	(어이없어) 뭘 그만해.
유리	(비틀대며 일어서는) 괜히 좋은데 싫은 척, 밀고 당기기, 그런 거 그만하자 고!!!

일동 놀라 보는데, 세연 갑자기 또 배가 욱신욱신하는 걸 느낀다.

우진	(이를 눈치챈) 괜찮으세요?
세연	(확실치 않지만) 네, 괜찮아요.
준	(동영상 켜며) 설마... 말로만 듣던 공개 고백인가요.
세연	(이 악문 채 유리 당기며) 야, 김유리 앉아. 너 후회한다 진짜.
유리	아나 내가 이참에 정식으로 제안할게. 김정호, 너!! 나한테 와라!! 내가 잘 해줄게!!
일동	(입 벌린 채 멈춰 보는데)
유리	아주 최고로 대우해줄라니까 이제 빼는 척 그만하고 나의 파트(너-) 아니 지, 우리 로 카페의- (하다 말고 놀라) 세연아?

세연, 고통으로 배를 잡은 채 웅크리고 있다.

진기	(E) 자기야, 자기야 왜 그래!!!

S#50. 은하빌딩 옥외계단, 밤.

유리와 정호가 앞서 내려오고 있고,
진기와 우진이 양쪽에서 세연을 부축하며 내려오고 있다.
좁은 계단에 꽉 차서, 서로 조심해라 너는 비켜라, 난리도 아닌데.

진기   (울먹이며 호들갑) 자기야, 자기야 아프지, 조금만 참아.

세연   지금은 안 아프다고, 호들갑 떨지 말라고!

와중에 먼저 내려가던 유리의 구두가 계단에 박힌다!
유리, 구두를 빼내려다, 배에서 꾸르륵 소리가 나자 몸을 굳히고...

정호   (대신 유리의 구두 빼내다) 야, 넌 또 왜 그래! 설마 또 급똥이라 해라 지금!

유리   긴장돼서 그런 걸 어떡해! 니가 과민성대장증후군을 앓아봤어?!

정호   아이고 자랑이다 자랑이야, 그래 동네방네 외쳐!!

유리   부끄러울 건 또 뭔데, 아픈 게 뭐 부끄러운 거냐!

세연   (버럭) 야 니들 둘 다 그만 안 싸워!!

아아아, 그때 하필 또다시 찾아온 진통에 몸서리치는 세연이고!

우진   (시계 확인하곤 진땀) 아유, 벌써 진통이 4분 안쪽이네요 서두릅시다!

유리의 구두를 겨우 뽑아 든 정호, 유리를 둘러메다 싶이 해 내려가고
그렇게 모두 한 덩어리가 되어 쏟아지듯 내려오면,
준과 은강이 택시 문을 열고 기다리고 있다.

S#51. 몽타주

#신생아실 앞
나란히 서 있는 유리와 정호, 우진.
막 태어난 진기와 세연이의 아기를 신기한 듯, 감동한 듯 바라보고 있다.
'너무 예뻐..' 눈물이 그렁그렁해 바라보는 유리.

유리   (E) 아무리 반해서 세상이 흔들려도...

#진기, 세상을 다 줄 듯한 얼굴로 세연의 머리를 쓰다듬고 있다.
이를 느끼며 평온을 되찾고 있는 세연의 모습.

유리   (E) 누군가 의지를 갖고 시작하지 않는다면, 아무것도 시작되지 않죠.

S#52. (인터뷰) 유리의 오피스텔, 밤.

유리   이번에 확실히 알았어요. 같이 있음 삶에 활기가 돌고, 뭘 해도 든든하고,
       저를 가장 잘 이해하고, 서로를 더 나은 방향으로 이끌어 줄 수 있는 사람.
       (카메라 보며 결심의 끄덕)

S#53. 은하빌딩 앞, 밤.

새벽인지 아무도 보이지 않는 밤거리.
정호와 함께 카페 앞으로 걸어오고 있는 유리, 생각이 많은 얼굴이다.

정호   근데 넌 집에 안 가고 왜 여기로 왔냐.
유리   아까 하려던 얘기 마저 하려고.

이에 정호, 유리를 보는데 유리, 뭔가 결심한 눈빛으로 저를 보고 있다.

정호   (왠지 불길한 예감) 하지 마.
유리   (당황) 왜.
정호   어차피 안 할 거니까.
유리   뭘 물어보지도 않았는데 안 한대!
정호   ...
유리   (말을 못 하게 할까 속사포처럼) 난 너랑 같이 일하고 싶어. 너가 있으니까

든든해, 같이 하니까 재밌어! 난 니가... 우리 로 카페의 파트너 변호사로 왔으면 좋겠어.

말없이 유리를 보던 정호.

정호   싫어.

유리   왜.

정호   저번에 말했잖아 나는 아무것도 안 하는 게 모두한테 좋은 거라고.

유리   그게 무슨 뜻인데.

정호   (차갑게) 그냥 다 싫고 귀찮단 뜻이야.

유리   넌 뭐가 맨날 그렇게 싫고 귀찮은데!

정호   (뭔가 욱하는) 너. 니가 귀찮다고. 귀찮게 하지 말라고 대놓고 피하고 계약서를 써줘도 모르겠냐? 눈치가 그 정도로 없는 거야 아님 모르고 싶은 거야?

유리   ...!!

정호   제발 부탁인데, 나 좀 그만 괴롭혀. 너만 보면 정말 답답하고, 짜증 나고, 미쳐버릴 것 같다고!

유리, 충격인 듯, 상처받은 얼굴로 정호를 보고 있고...
정호, 그런 유리를 남겨둔 채 뒤돌아 가버린다.

S#54. 로 카페, 밤.

힘없이 문을 여는 유리, 잠겨 있어야 할 문이 쉽게 열리자 뭐지 싶은데...
카페에 들어온 유리, 무엇을 보았는지 기겁하며 놀라 숨을 들이킨다!
도둑이 들기라도 한 듯 카페 안이 전부 쑥대밭이 되어 있다!
주방의 접시와 컵들이 전부 던져져 깨져 있고,
주방 옆, 벽에 붙어 있던 대형 전신거울도 산산이 깨져 있다.
그리고 거울 뒤, 벽이 있어야 할 곳엔 웬 창고 같은 공간이 시커멓게 뚫려 있는데...

S#55. 은하빌딩 옥외계단, 밤.

계단을 올라가던 정호, 얼마 가지 못해 멈추어 선다.
괜히 유리에게 상처 준 자신이 용서가 안 된다.
괴로운 듯 머리를 쓸어 올리던 정호, 다시 카페 쪽을 보는데,

S#56. 로 카페, 밤.

얼어붙은 채 카페 입구에 서 있는 유리.
뭔가를 느꼈는지 천천히 아래를 내려다보곤 기겁을 한다.
피로 흥건히 젖어 있는 도어매트...
유리의 구두 신은 발이 피 웅덩이에 담긴 듯 젖어 있다.
핏자국을 따라가보면, 사무실 유리의 책상 밑에 쓰러져 있는 누렁이가 보이고!!
이때 하필 벽이 쿵쿵쿵 울리는 소리도 들려온다!
이에 공황발작이 온 듯 점점 숨이 가빠지는 유리,
마치 그 자리에 못 박힌 듯 움직일 수가 없다.
다음 순간 누군가 유리를 번쩍 안아 든다!
유리, 놀라 보면, 정호가 저를 안아 든 채 내려다보고 있다.

정호   김유리 눈 감아. 아무 생각하지 마.

가쁜 숨을 몰아쉬다 정호를 끌어안으며 눈을 감는 유리에서, **3화 엔딩.**

4화

가족을 거꾸로 하면...

<u>S#1.</u>   로 카페, 밤.

힘없이 문을 여는 유리, 잠겨 있어야 할 문이 쉽게 열리자 뭐지 싶은데...

카페에 들어온 유리, 무엇을 보았는지 놀라 숨을 들이킨다!!

도둑이 들기라도 한 듯 카페 안이 전부 쑥대밭이 되어 있다!

주방의 접시와 컵들이 전부 던져져 깨져 있고,

주방 옆, 벽에 붙어 있던 대형 전신거울도 산산이 깨져 있다.

그리고 거울 뒤로는 웬 창고 같은 공간이 시커멓게 뚫려 있는데...

유리의 시선, 이곳을 지나쳤다 다시 돌아온다.

창고 같은 공간의 어둠 속으로 보이는 작은 아이의 실루엣...!!!

기겁하는 유리인데, 눈을 깜빡이고 다시 보면 아이가 보이지 않는다.

다음 순간 뭔가를 느꼈는지 아래를 내려다보는 유리, 기겁한다.

피로 흥건히 젖어 있는 도어매트,

유리의 구두 신은 발이 피 웅덩이에 담긴 듯 젖어 있고,

핏자국을 따라가보면, 유리의 책상 아래 쓰러져 있는 누렁이가 보인다!

이때 하필 벽이 쿵쿵쿵 울리는 소리도 들려오고!

이에 공황발작이 온 듯 점점 숨이 가빠지는 유리,

마치 그 자리에 못 박힌 듯 움직일 수가 없는데,

다음 순간 누군가 유리를 번쩍 안아 든다!

유리, 놀라 보면, 정호가 저를 안아 든 채 내려다보고 있다.

정호   김유리 눈 감아. 아무 생각하지 마.

가쁜 숨을 몰아쉬다 정호를 끌어안으며 눈을 감는 유리.
정호, 날카로운 시선으로 카페 안을 훑곤 유리를 안고 나간다.

S#2. 정호의 방, 밤.

유리를 안고 자기 방으로 들어와 유리를 소파에 앉히는 정호.
제 목을 끌어안고 있는 유리의 손을 풀려고 하는데,
유리 꽉 붙든 채 놓질 않는다.
이에 그런 유리를 끌어안으며 진정시키듯 머리를 쓰다듬는 정호.

유리   (가쁜 숨 사이로) 카페에... 카페에...
정호   쉬... 쉬... 괜찮아.
유리   (흐느끼며) 누렁이가...
정호   알아. 내가 다 해결할게, 쉬... 괜찮아. 지금은 숨 쉬는 데 집중해.

정호의 품에 안긴 채 쌕쌕대던 유리, 점점 안정을 찾아간다.
그러곤 정호에게서 떨어지는 유리, 힘없이 정호를 보는데...
유리를 살피던 정호, 유리의 피 묻은 구두를 보자 화가 치밀어 오른다.
입술을 씹으며 구두를 벗겨 한쪽으로 던져버리는 정호.

S#3. 도로, 밤.

우진, 운전해 가고 있는데, 전화가 와 보면 [정호]다.

우진   어, 정호야.

정호	(F) 형 지금 다시 좀 와줘야겠어.
우진	(정호의 심상찮은 목소리에 바로 차를 돌리며) 왜 무슨 일인데?

S#4.   로 카페, 밤.

INS 》경광등을 켠 경찰 밴 두어 대가 카페 앞에 세워져 있고.
카페 안에선 정호가 **형사1(남/40대)**을 포함한 경찰들과 함께 난장판이
된 현장을 살펴보는 중이다.
불을 켜놓고 보니 누렁이의 피가 곳곳에 낭자한 게 살인사건 현장처럼 처
참하다.
두어 명의 감식반원이 사진을 찍고 누렁이의 사체를 회수 중이고.
정호, 뭔가 견디는 듯한 표정으로 경찰들이 하는 양을 지켜보고 있다.

형사1	이거... 여기 도어매트에서 죽여서 저기로 끌고 간 것 같은데요, 키우던 개 는 아니시라구요.
정호	...떠돌이지만 저희가 밥도 챙겨주고 하던 앱니다.
형사1	바닥에 족적도 하나 없고, 카페랑 여기 건물 앞 CCTV도 박살 나 있고... 이거 아주 작정한 놈 같은데요? 지문도 대조해봐야 알겠지만, 치밀한 놈이 그걸 남겼을 것 같진 않고, CCTV도 저희가 최대한 복구는 해보겠지만 뭐 가 찍혔을진...
정호	(싸늘히) 치밀한 놈이니 안 잡겠단 소린가?
형사1	...지금 뭐라고 하셨습니까?
정호	이딴 식으로 수사할 거면 지금까지 수집한 증거 그냥 다 검찰로 넘기세요.
형사1	(어이없어) 아니, 지금 그게 무슨-
정계장	(E/우렁찬) 아이고 형사님~~

이때 쏜살같이 달려와 정호를 막아서며 형사1에게 악수를 청하는 정계장.

정계장	늦게까지 고생 많으십니다. 저는 서울중앙지검 형사3부 사무관 정문식이

라고 합니다.

형사1　(악수 받으며 멈칫) ...검찰에서 나오셨다구요?

정호　왜 계장님 혼자 와요?

정계장　(카페 둘러보며) 아니 난 이 밤에 전화하셨길래 술 먹자는 건 줄 알았지,
　　　오밤중에 사건 현장으로 부르실 줄은 꿈에도 몰랐죠~

S#5.　은하빌딩 앞, 밤.

　　　정호를 밖으로 끌고 나와 진정시키는 정계장.

정계장　아니 검사님이 지금 경찰이랑 싸워서 좋을 게 뭐가 있어요, 분노 조절을
　　　해야지~

　　　정호, 분노 가시지 않지만 머리를 쥐어뜯으며, 끄덕인다.
　　　그때 우진이 이쪽으로 서둘러오고 있는 것이 보이고.
　　　눈치 봐서 다시 카페 안으로 들어가는 정계장.

우진　(카페를 보곤 사색이 돼) ...아니 이게 다 무슨-, 유리 씨는?

정호　(화를 꾹 누르며) ...내 방에 있어. 형이 가서 좀 봐줘야 할 것 같아.

　　　끄덕이는 우진, 걱정 말라는 듯 정호의 어깨를 토닥이곤 서둘러 위층으로
　　　향한다.

S#6.　정호의 방, 밤 → 낮.

　　　무릎을 끌어안은 채 앉아 있는 유리, 사시나무 떨듯 떨고 있고.
　　　우진, 노크와 함께 조심스레 문을 열고 들어오며 유리를 부른다.

유리	(멍하니 올려다보는) ...어, 선생님... 어떻게 오셨어요? 집에 가신 줄 알았는데...
우진	갔다가 정호 연락받고 왔어요. (옆에 앉으며) 오늘 참 밤이 기네요, 그죠?
유리	...그러네요...
우진	(안심시키는) 아래서 정호가 경찰들이랑 잘 얘기하고 있어요. 피곤하지 않으세요?
유리	(무슨 말인지 모르겠다는 듯 멍하게 보면)
우진	오늘은 너무 놀라서 잠이 안 올 수도 있으니까, (가방에서 링거 따월 꺼내며) 제가 편히 주무실 수 있게 도와드리려고 하는데, 괜찮을까요?

멍하니 보다 고개를 끄덕여 보이는 유리.
cut to 》피곤한 듯 머리를 쓸어 올리며 정호가 방으로 돌아와보면,
어느새 날이 새 있고. 저의 침대에 웅크려 잠들어 있는 유리가 보인다.
맞은편 의자에 걸터앉으며 유리를 보는 정호, 널 어쩌면 좋지...
유리가 위험했을 수도 있었단 생각에 미칠 것 같다.

S#7. (인터뷰) 로 카페, 낮.

멋쩍은 미소로 인터뷰 중인 유리.

유리	일어나 보니 벌써 오후더라구요. (긁적) 김정호네서 하루 종일 자버린 거죠.

S#8. 정호의 방, 낮.

정호의 침대 위에서 눈을 뜨는 유리,
멍한 얼굴로 방을 둘러보는데, 정호는 보이지 않는다.
대신 발밑에 정갈히 개켜져 있는 정호의 추리닝이 보이고,

그 위엔 메모가 붙어 있다.

정호   (E) [잠깐 경찰서 좀 다녀올게. 쉬고 있어. 어디 가지 말고.]

S#9.   로 카페, 낮.

정호의 추리닝을 입은 유리, 멍한 얼굴로 카페로 들어오면
텅 빈 카페 안, 굳은 핏자국과 깨지고 부서진 물건들로 엉망진창인데...
유리의 시선, 곧바로 주방 옆 깨진 거울 뒤 공간으로 향한다.
FLASH BACK 》창고 같은 공간의 어둠 속으로 보이는 작은 아이의 실루엣...! (S#1)
기억을 떠올리곤 숨을 들이키는 유리, 주먹을 쥔 손이 파르르 떨린다.
cut to 》준과 은강, 최여사가 놀란 얼굴로 엉망이 된 카페를 보고 있고,
유리, 마치 아무 일이 없었던 사람처럼 카페를 치우는 중이다.
잠시 후, 놀란 얼굴의 김천댁이 들어와 100L짜리 쓰레기봉투를 유리 손에 쥐어준다.

유리   (감동해) 감사해요.
김천댁   응; 사정은 딱한데, 2500원.
유리   (쩝...)
김천댁   근데 이게 무슨 일이래, 아주 육이오 때 난리는 난리도 아니구만?

은강, 거울이 깨지며 드러난 공간을 발견하고 안으로 들어가 보면
창고만 한 공간(이하 '계단실'로 명명)에 2층으로 향하는 계단이 보인다.

최여사   여기 원래 레스토랑이 있어서 일이 층을 같이 썼었거든, 근데 거기가 나가면서 1층에 들어온 사람이 이렇게 대충 막아놓고 썼던 모양이야~

S#10. 로 카페 계단실, 낮.

휴대폰 플래시를 켜고 계단을 따라 올라가보는 은강.
오래된 나무 계단인지라 은강의 무게가 실리자 쿵쿵 울린다.
끝까지 올라가보면 계단은 은하빌딩 2층 빈 점포 창고로 연결되어 있고.
다시 내려가는 은강, 구석에서 작고 꼬질꼬질한 토끼 인형을 발견한다.

S#11. 로 카페, 낮.

은강이 계단을 내려오는 쿵쿵 소리 들려오고,
유리, 저도 모르게 계단실 쪽을 보며 멍하니 서 있는데,

최여사 (돌아보며 한숨) 근데 이걸 증말 다 어떡해, 개업한 지 얼마 되지도 않았는데...

김천택 아니, 대체 어떤 육시럴 놈이 이런 거래? 어디 짚이는 데 없어?

유리 (애써 빙긋) 제가 그동안 변호사 일 하면서 원한 산 데가 어디 한둘이어야죠, 범인이야 경찰들이 알아서 찾아주겠죠.

은강 (저 의연함은 뭐지 싶어 눈썹 치켜올리며 보다) 뭐 없어진 건 없는 거죠?

유리 (끄덕) 없는 것 같아요.

그때 무서운 얼굴로 카페 안으로 들이닥치는 정호.

정호 (이 악물고) 야 김유리-

유리 어, 왔어? (청소하며 아무렇지 않게) 경찰서에선 뭐래?

정호 (버럭) 어디 가지 말고 내 방에 있으라니까!!

일동 (놀라 보는)

유리 아니 왜 소릴 질러...

정호 (걸레 뺏어 들며) 여긴 내가 치울 테니까, 넌 올라가서 쉬어.

유리 니가 여길 왜 치워 내 카펜데. (머쓱한 미소) 참, 어제 니 방서 신세진 건 미

안. 내가 이번을 끝으로 진짜 진짜 너 귀찮게 안 할게. (걸레 다시 가져오려 는데)

정호　(유리의 손목 탁 잡으며) ...범인 잡히기 전까진, 그냥 며칠 더 우리 집에 있 어.

어머머머. 김천댁, 최여사, 준, 함께 붙어서며 두 사람을 관전하게 되고, 은강도 이 말엔 멈칫하고 두 사람을 바라본다.

유리　불편하게 무슨... 게다가 너는 어디 가려고!

정호　나야 바닥에서 자든 문 앞에서 자든 할 테니까 여기서 지내. 너 당장 갈 데도 없잖아. 한세연이랑 도진기네 가기도 그렇고-

유리　(어이없는) 야, 아무리 그래도 그렇지 너랑 나랑 무슨 한 방에서.. 자자는 소릴 해.

정호　그럼 뭐 이 새끼가 니네 집까지 찾아가서 무슨 짓을 벌일지도 모르는데, 널 혼자 둘까?

유리　귀찮게 하지 말라며. 난 내가 알아서 할 테니까-

정호　널 걱정하게 하는 게 귀찮게 하는 거야.

유리　(욱) 누가 걱정해달래? 아니 그리고 남녀가 유별하다고 밤엔 술 한 잔 못 하게 내쫓을 땐 언제고 한 방에서 무슨- 넌 지금 이게 진짜 아무렇지도 않아서 묻는 거야?

정호　아무렇지 않지 그럼.

유리　(어이없단 듯 보면)

정호　너랑 나랑은... 거의 가족이잖아, 브라더 앤 씨스터.

유리　(어이없어) 뭐 브라더, 앤 뭐?

정호　우리 정도면 유사 가족이라고 볼 수 있지 않나?

유리　(욱) ...가족? 가조옥? (얼굴이 붉어져 노려보다 폭발) 가족 같은 소리 하고 있네!!

일동　(움찔 놀라는)

정호　(당황) 왜.. 화를 내.

유리　그래, 자고 가지 뭐, 자고 가!! 한 번은 했는데 두 번은 못 할 거 뭐가 있어!!!

정호   (유리의 뒤를 보곤 놀라 멈칫, 말리듯) 야, 김유리-

유리   그러지 말고 우리 아주 한 침대서 한 이불을 덮자 그냥!!!

그때 누군가 다가와 시원하게 유리의 뒤통수를 갈긴다!
유리, 놀라 돌아보면, 타이트한 레오파드 티셔츠에 형광색 등산바지를 매치한 초로의 여인!
빗자루를 집어 들고 있는 이는 다름 아닌 **유리모(여/現 50대)**다.

유리   (기겁해) 엄마-

옥자   야 이년아, 너 지금 뭐라 그랬어! 시집도 안 간 계집애가 이게 어디서, 한 침대 한 이불- 너 일루 와,

유리   (도망치며) 아 엄마!! 그게 아니고, 얘가 먼저 자고 가라 어쩌라 하니까- (그러다) 아니 근데 시대가 어느 시댄데, 시집을 가야만 한 이불을 덮나!

옥자   너 일루 안 와!!!!!!

곤란한 정호의 얼굴에서, 타이틀 올라온다.
[제4화 가족을 거꾸로 하면...]

S#12. 로 카페 테라스, 낮.

옥자의 맞은편에 벌서듯 앉아 있는 유리와 정호.
준이 눈치를 보며 공손히 아이스커피를 가져와 놓고 간다.
그러곤 뻥튀기를 먹으며 지켜보는 김천댁과 최여사에게 얼른 합류하는데,
커피 원샷을 때리는 옥자. 얼음까지 와지끈 씹어 먹더니 유리 향해.

옥자   너 이딴 식으로 할 거면 다시 집으로 들어와.

유리   (억울) 아니 엄마 뭔 일만 생기면 꼭 그르드라, 내가 나와 산 지 십 년이 넘었는데 무슨 아직도 애 취급이야!

옥자	너 하고 댕기는 짓이 하도 기가 맥혀 그런다! 이런 위험한 일이 있음 바로 엄마 집으로 기어들어올 일이지, 어디 다 큰 계집애가 남자 집에서-
유리	아니 다 컸는데 남자 집엘 가든 어딜 가든-
옥자	너 일루 와!! (손 뻗어와 등짝 마구 갈기고)
정호	(저가 맞는 것처럼 움찔)
옥자	(무서운 시선 정호에게 향하는) 정호 너. 우리 유리 책임질 거야?
정호	(진지) 그게 무슨 말씀이세요 어머니, 유리는 어머님이 책임지셔야죠.
옥자	(노려보다 이내 깔깔깔 웃는) 우리 정호 유머러스한 건 여전하구나.
정호	세월의 흐름도 거스르는 어머니의 미모만 할까요.
유리	(어이없어) 하이고?
옥자	(깔깔깔 웃다) 정호 니가 여기 집주인이란 얘긴 들었지만, 아무리 편해도 그럼 못 써, 한 번 두 번 재워주고 그러다 니들끼리 무슨 일이라도 생기면- (정호 손잡으며 찡긋) 나는 좋다.
유리	얼씨구?
정호	(능글맞게 웃는) 어머니 맘은 알지만, 얘랑 저랑 그런 사이 아닌 거 아시잖아요. 어젠 정말 데려다주고 할 겨를이 없었습니다.
옥자	(얼굴 어두워져 카페 돌아보며) 그러게, 이게 다 무슨 일이래니...

S#13. 옥자네 집, 밤.

방 두 개짜리 어수선한 가정집.
유리가 식탁에 차려진 진수성찬 앞에 수저를 놓는 중인데,
옥자가 반찬을 더 가져온다.

유리	아유, 고만해~ 상에 자리도 없구만! 이걸 다 어떻게 먹으라고,
옥자	간만에 딸내미 왔는데 상다리 좀 부러뜨림 어때서.

그때 유리의 계부인 **안길섭(남/60대)**이 퇴근해 들어온다.

유리	(벌떡 일어서며) 오셨어요?
길섭	(조금 수줍은 듯 웃으며) 어, 유리 왔니. 못 본 새 더 예뻐졌네.
유리	(어색한 미소 머금은 채 식탁에 마주 앉는) 네, 잘 지내셨어요?
길섭	나야 뭐.. 그나저나 어제 큰일 있었다며, 얘기 들었다. 카페 열자마잔데 놀랐겠더라.
유리	(지친 미소) ...네에, 조금.
길섭	사업하다 보면 원래 이런저런 일 다 있게 마련이야, 너무 마음 쓰지 마.
옥자	(방 향해 소리치는) 안유찬, 너도 나와 밥 먹어!

이에 유리의 동생 **유찬(남/13)**, 퉁퉁 부은 얼굴로 나와 식탁에 앉는다.

유리	(팔에 가두며 머리 막 헝크는) 어이, 초딩, 너 키만 크고 성적은 그대론 건 아니지?
길섭	(허허 웃는) 더 떨어졌어, 중학교 가기 전에 반 꼴찌까지 찍으려는 모양이야.
유찬	(벗어나려 발버둥) 아 쫌 하지 말라구우!!!
유리	어쭈 다 컸다 이거냐? (풀어주면)
유찬	(머리 만지며 옥자 향해) 누나 자고 가면 나는 어디서 자는데?
옥자	거실에 이불 깔아줄게 거기서 자.
유찬	(짜증) 아 나 밤에 게임해야 되는데!
옥자	(뒤통수 갈기고) 밤새 게임만 죽어라 하면 공부는 대체 언제 하려나 몰라, 누굴 닮아 이런데, 당신이죠?

유리, 가족들 보며 웃지만, 그 사이에서 묘하게 쓸쓸하다.

S#14. (인터뷰) 유리의 오피스텔, 낮.

온화한 웃음을 머금은 채 가족들에 대해 설명하는 유리.

유리   두 분이 살림 차리신 지는 한 십사오 년 정도 됐을 거예요. 새아버지는 정
        말 너무 좋은 분이세요. 제가 그냥 대학 때부터 기숙사에 나와 살았어서
        만나면 그냥 쪼오~금 어색할 뿐이죠.

S#15. 옥자네 집 부엌, 밤.

식사가 끝나고 식탁을 정리하고 있는 옥자와 유리인데,
옥자의 손에서 반짝이는 금반지가 유리의 눈에 들어온다.

유리   그 반지 아직도 껴?
옥자   그럼 니 아빠가 준 건데.
유리   ...
옥자   엄마가 아빠 없이도 너무 행복하게 잘 사는 것 같아서, 우리 딸 서운해?
유리   서운하긴, 사람을 뭘루 보고.
옥자   엄마가 느이 아빠랑 이 반지 나눠 낄 때 약속했거든. 행복하게 잘 살기로.
        엄마는 죽을 때까지 그 약속 지킬 거야.

살짝 붉어진 눈시울로 옥자를 보는 유리.
그러다 힝~ 하며 다가가 와락 옥자를 끌어안는다.

옥자   아이고 다 큰 게 앵기기는!

S#16. 홍산경찰서 형사2팀, 낮.

INS 》홍산경찰서 외경.
유리, 형사1의 옆에 앉아 함께 컴퓨터 화면을 보고 있고,
어두운 얼굴의 정호가 그 뒤에서 팔짱을 낀 채 서 있다.
화면엔 검은 모자를 쓴 남자가 걸어가는 짧은 영상이 플레이되고 있다.

어두운 데다 화질이 좋지 않아 얼굴은 잘 보이지 않는다.

형사1   이게 카페 근처에 세워져 있던 차 블랙박스에 10시 20분쯤 잡힌 건데요, 자릴 비우신 게 11시 넘어서라고 하셨죠? 혹시 누군지 알아보시겠습니까?

유리   (굳은 얼굴로 고개를 젓는)

형사1   (쓱..) 뭐 따로 집히는 데도 전혀 없으시구요?

유리   (생각에 잠기는데)

형사1   (긁적긁적) 근데 이건 순전히 제 생각이지만, 저는 이게 절도나 원한에 의한 테러 뭐 그런 거라기보단... 경고에 가깝다고 느껴지거든요?

이 말에 몸을 굳히는 유리와 정호, 서로 눈을 마주치는데...

S#17. 편웅의 차 안, 낮.

상석에 앉아 조수석에 앉은 한실장에게 보고를 받는 이편웅.

편웅   개를 죽였어? (낄낄낄 웃곤) 아니 왜 개를 죽여, 죄도 없는 짐승을~

한실장 그리고 말씀하신 대로 조사를 좀 해봤는데... 김유리 변호사 아버지가 화천시 물류창고 화재 당시 현장에 있다 사망한 하청업체 소속 작업반장이었습니다.

편웅   뭐?

한실장이 태블릿 PC를 건네면,
유리와 유리부가 같이 찍은 사진들과 유리부의 인적 사항 등이 떠 있다.

편웅   (기가 막힌 듯 보다 낄낄낄 웃는) 아이고, 이거 재밌는 인연이네... 근데 아무리 나라도 일가족을 아작 내버리는 건 좀 그런데?

S#18. 홍산경찰서 앞 거리, 낮.

함께 경찰서를 빠져나오는 유리와 정호.
유리, 선글라스를 써 표정이 잘 안 보이지만 뭔가를 참듯 부들대고 있다.
신호도 보지 않고 횡단보도를 건너려 하자 유리를 붙잡는 정호.
그러자 유리의 입에서 욕지거리들이 방언처럼 튀어나온다.

유리   미친 *새끼, 어디 댕댕이를- (울컥) 건드려 시* *끼! 하여튼 잡히기만 해
        봐, 자기보다 약한 것들한테 함부로 하는 그런 *같은 새끼들은 싹 잡아다
        껍질을 벗겨서 똥물에 튀겨버려야 정신을 차리지-

정호   (안도한 듯 픽 웃는)

유리   웃겨?

정호   아니, 그냥 하는 짓이 딱 너 같아서.

유리   (씩씩대다) 근데, 설마... 아니겠지? 나 하나 때문에 도한건설이 굳이 이런
        짓까지 벌일라고, 그치? 이거 너무 피해망상이지?

정호   (대답 않고, 유리의 선글라스를 뺏어와 제가 쓰며) 데려다줄게, 집에 가자.
        어머니 집으로 다시 갈 거지?

유리   아니! 벌써 며칠이나 쉬었잖아, 빨리 카페 치우고 손님 받을 거야. 은강 씨
        가 어제도 몇 분이나 돌려보냈대.

정호   (한숨) 그럼 밤에 내가 너희 집으로 갈게. 방도 따로 있고 내 방보단 너네
        집이 낫겠지.

유리   (보다) 너 왜 자꾸 이래 정말? 너 나 귀찮고 짜증 난다며, 제발 좀 내버려
        두라며. 근데 왜 이렇게 자꾸 니 멋대로... 다정하게 구냐고!

정호   이건... 다정하게 구는 게 아니라 의무를 다하는 거지. 우리 임대차 계약서
        에 보면 세입자가 강도, 테러 등의 범죄 피해를 입었을 경우에 대한 지원
        내용도 포함되어 있다고, 니 권리 부분인데 넌 그것도 제대로 검토 안 했
        냐?

유리   그 지원 내용이란 게, 세입자네 집에 와서 자주는 것도 포함돼?

정호   (가만 보다) ...너 혼자 두기 싫다고. 김유리. 얼마나 더 돌려 말해.

이에 쿵 또다시 설레버린 유리, 정호를 두고 휙 걸어가버린다.
정말 미치겠고...

S#19. 로 카페, 밤.

준, 은강과 함께 카페 주방의 깨진 접시들을 정리 중인 유리.
'아니 지가 뭔데 날 혼자두기 싫대.' 끊임없이 뭔가를 구시렁대고 있다.
그러다 실수로 손을 베이면, 은강 지켜보고 있었다는 듯 휴지를 내민다.
이때 준이 계단실 쪽을 가리키며,

준 근데 사장님 저긴 어떡하실 거예요?
유리 (멍하니 계단실 보며) 그러게요...

그때 문이 열려 모두 돌아보면, 우진이 웃으며 들어온다.
유리, 웃는 얼굴로 반기는 척하지만 약간은 긴장한 얼굴이고.

S#20. 어느 공원, 밤.

근처 공원을 산책 중인 유리와 우진.

유리 (삐쭉) 치이. 산책이라니, 제가 상담받으러 오라 그럼 안 올까 봐 이러시는
거죠?
우진 (웃는) 상담 아니에요. 그냥 저를, 종종 같이 산책하는 동네 친구 정도로
생각해주시면 어떨까요? 사실 저도 변호사님이랑... 그냥 의사, 환자 하긴
싫거든요.
유리 (피이 웃곤) 나도 환자하기 싫었는데 잘됐다! 그럼 이건 정신과 선생님이
어서가 아니라 동네 친구라서 선생님한테만 말해주는 건데요.

우진	(웃음 터지는) 아니 조금 전에 친구 먹어놓고 바로 속을 털어놓는 사람이 어딨어요.
유리	아 들어봐요! 제가 엊그제... 경찰이랑 정호한테 말하려다 만 게 있거든요. 이런 말 하면 진짜 이상한 사람처럼 볼 것 같아가지고.
우진	...어떤 이야기인데요?
유리	그 왜 전에 여기 타로 카페 하시던 사장님이 귀신 봤었다는 얘기 들어보셨어요?
우진	네, 그럼요, 들어봤죠...
유리	그게, 확실하진 않은데, 저도 그날... 그 귀신을 본 것 같아서요.
우진	(벙쪄 보면)
유리	그날 밤에 처음 카페에 들어갔을 때, 그 왜 주방 옆에 거울 있잖아요, 처음엔 어두워서 그냥 거울에 제가 비친 거라고 생각했는데... 아니었어요

S#21. 로 카페, 밤.

은강이 카페 불을 끄고 문단속을 하고 나가고 나면...
달빛 아래에 놓인 유리의 책상,
어디선가 하얗고 쪼그마한 손이 책상 위로 쾅! 올라오더니,
유리의 지갑을 가져간다.

유리	(E) 거울 뒤에 계단실 있잖아요... 거기 어떤 쪼그만 애가 서 있는 거였어요.

S#22. 공원, 밤.

유리의 이야기를 듣는 우진의 얼굴, 새하얗게 질려 있다.
겁에 질린 우진 보곤 장난기 발동한 유리, 팔을 뻗어서 반대쪽 어깨를 쿡!!
귀신이라도 본 듯 기겁하는 우진이고!!

유리	(하하하 웃다 이내 걱정돼서는) 선생님, 숨 쉬세요 숨! 후우 하... 후우 하...
우진	(같이 심호흡) 후우 하... 후우 하... (좀 진정되면) 죄송합니다, 제가 귀신 이런 거에 약해서... (잠시 생각에 잠겼다) 그럼 그동안 카페에 있는 게 많이 무서우셨을 텐데..
유리	(다시 걸으며) 음, 근데 꼭 느낌이... 그 애도 저를 보고 놀란 것 같았다고 해야 되나? 되려 저를 무서워하는 느낌이었다고 해야 될까요? 그래서 저도 마냥 무섭다기보단.. (머쓱한 미소로) 선생님, 지금 저 완전 이상하다고 생각하고 계시죠?
우진	(진지한) 아뇨, 제가 아는 선생님께 굿이라도 부탁을 드려야 되나 진지하게 고민 중이었습니다.
유리	(웃는) 뭐야~ 선생님, 무당도 알고 지내고 그러세요?
우진	그럼요. 누구나 믿고 만날 수 있는 정신과 의사 하나, 변호사 하나, 또 무당 한 분쯤은 있어야 한다는 게 제 생각입니다.
유리	역시 나랑 잘 맞어.

서로를 보며 후후 웃는 우진과 유리.

S#23. 유리의 오피스텔 거실, 밤.

씻고 나온 유리, 드라이기를 가지고 거실로 나와보면,
거실 소파 앞에서 캠핑용 침낭을 펼치고 있는 정호가 보인다.
유리, 정말 이럴 거냐는 듯이 보면,

정호	(침낭 안에 꾸물꾸물 들어가며) 같은 말 또 하게 하지 말자.

유리, 결국 포기한 듯 한편에 자리를 잡고 앉아 머리를 말리는데,
침낭에 잠긴 채 소파에 앉아 리모컨으로 TV 채널을 돌리는 정호.
힐끔힐끔 그런 정호의 눈치를 보는 유리인데,

그때 TV에서 김승운 중앙지검장의 취임식 관련 뉴스가 나온다.
'부정한 권력 행사를 간과하지 않을 것이며-' 승운의 취임사가 흐르고,
정호, 빠르게 채널을 돌리지만, 한순간에 어색해지는 분위기.

유리   (애써 아무렇지 않게) 너도 부모님 뵌 지 오래 됐지?

정호   …

유리   전화도 드리고 가끔 찾아뵙고 해. 부모님은 계실 때 잘해드려야 한다는 말
도 모르냐. 나도 올 아빠 가시고, 못해드린 것만 두고두고 생각이 나더라
고… 그니까 너도-

정호   모든 부모 자식 간의 관계가 너네 집 같을 거라는 생각은 마.

유리   (당황해 멈칫하다) ……그럼 얘기해주면 되잖아, 너네 집은 어떤지.

정호   …

유리   (망설이다) 너가 검사 그만둘 때… 아버지랑 무슨 일이 있었는진 모르겠지
만, 아무리 미워도 부모님은 부모님이잖아. 우리 인생의 첫 단추 같은 분
들인데…

정호   (픽 웃곤) 그럼 첫 단추가 잘못 꿴 사람들은, 영원히 불행해야 된단 건가.

유리   (당황) 영원히 불행하긴… 그런 게 어딨어. 단추야 잘못 꿴 데부터 풀고, 다
시 꿰면 되지.

정호, TV에 시선을 고정한 채고.
시무룩해진 유리, 일어나 주방에 가려다 소파테이블에 발을 세게 찧는다!
아!!!! 발을 감싸며 주저앉는 유리고. 발에선 피까지 난다.

정호   (다가와 보더니 고개 절레절레) 하여튼 손 많이 가. 이렇게 해봐.

그러더니 순식간에 유리를 안아 드는 정호!
놀란 유리, 버둥대며 내려달라 외치다 다친 발로 퍽! 또 TV를 치고 만다.
다시 악! 비명을 지르는 유리고. 놀라 '야!! 이 멍충아!!' 외치는 정호!!
유리를 소파에 내려놓곤 얼른 휴지를 가져와 유리의 발을 지혈하는데,

유리   (화난 얼굴로 정호를 노려보며) 놔라...

정호   무슨 갓 잡은 참치라도 안고 있는 줄 알았네, 왜 이렇게 펄떡거려!!

유리   (버럭) 왜 자꾸 공주님 안길 하냐고, 니가 뭔데!!! 내가 이까짓 거 좀 다쳤
        다고 저기서 여기까지 못 걸어올까 봐!!

정호   아니 이게 발톱 깨부수고 뭘 잘했다고!! (발을 확인하곤) 아이고, 야무지
        게 해드셨네.

유리   내가 발톱을 깨부수든 대가리를 깨부수든!! (정호 손 처내고 소파 끝으로
        가 앉으며) 너, 너 나 건드리지 마. 나 혼란스럽다 요즘. 너 진짜 이딴 식으
        로 자꾸 위기의 상황에 처해 있는 나한테 다정하게 굴었다간... 크게 후회
        한다. 너.

정호   (그런 유리가 쫌 귀엽고) 내가 계속 다정하면 니가 뭘 어쩔 건데.

유리   (노려보다 눈 피하는)

정호   (더 가까이 다가와 앉으며) 말해봐, 니가 뭘 어쩔 건데.

유리, 욱해서 보지만, 결국 아무것도 못 하고...
절뚝이며 방으로 들어가 버린다.

S#24. 유리의 오피스텔 방, 밤.

방으로 들어온 유리, 문에 기대서는데 한숨이 뿜어져 나온다.
불을 탁 꺼버리고 침대에 눕는데, 정호의 모습들이 차례로 떠오르고...
FLASH BACK 》 조금 전 발 다친 유리를 안아드는 정호 (S#23)
FLASH BACK 》 숨 못 쉬는 유리를 끌어안아 다독이는 정호. (S#2)
FLASH BACK 》 "너랑 나랑은... 거의 가족이잖아. 브라더 앤 씨스터."
(S#11)
괴로운 듯 이불에 얼굴을 묻는 유리.

유리   브라더 앤 시스터 좋아하고 있네.

S#25. 로 카페, 낮.

INS 》아침이 찾아온 로 카페 외경.
간밤에 잠을 이루지 못한 듯 퀭한 눈의 유리,
무언가를 찾아 사무실 테이블을 뒤적이고 있다.
이제 막 출근한 준이가 지나가며 밝게 인사하면,

유리 (울상) 준이 씨 혹시 내 지갑 못 봤어요? 어제 두고 간 것 같은데 여기 없
   네.

준 그 얼룩말 무늬 맞죠? 어, 전 못 본 것 같은데... (긁적이다 가고)

유리 (혼잣말) 하... 내 정신 어디로 갔지... 김정호 그거 때문에 내가 진짜...

그때 카페 문이 열리며 송화와 이슬, **양씨(여/30대)**와 그의 딸 **지아(여/6)**
가 들어온다.

송화 (빙긋) 변호사님, 오늘은 영업하시는 거죠?

유리 (반가운) 송화 씨! 네네, 그럼요!

송화 (양씨 가리키며) 여긴 이슬이 유치원 친구 엄만데요, 상담받고 싶은 게 있
   다고 해서서 또 제가 청소도 도와드릴 겸...

유리 아니 청소는 무슨, (기쁜 얼굴로 양씨 향해) 이쪽으로 앉으세요!

문을 열고 들어오던 은강, 송화와 이슬이를 발견하곤
잠시 잠깐 얼굴에 미소 비슷한 게 번졌다 사라진다.
cut to 》유리와 양씨는 사무실에 앉아 있고,
부엌에서 은강이 커피를 내리는데, 송화가 팔을 걷어붙이며 들어온다.
꿰뚫듯 보는 은강과 눈이 마주치면, 괜히 시선을 돌리는 송화.
새로 산 컵과 접시들이 자리를 못 찾고 쌓여 있는 것이 보이고.

송화 이건 제가 뜯어서 찬장에 넣을게요.

은강이 끄덕이면, 송화, 은강 옆으로 와 포장을 뜯는데...
어색한 공기가 흐른다.

S#26. 로 카페 사무실, 낮.

유리와 마주 앉은 양씨, 신경질적인 인상으로 카페 안을 훑는데,
묘하게 예의가 없는 느낌이다.

양씨　여긴 인테리어가 왜 이래...

유리　(빙긋) 아 최근에 사고가 있었어서 다시 단장 중이에요. 혹시 오늘은 어떤
일로?

양씨　아, 옆집 남자를, 접근금지 신청하고 싶어서요. 그 사람이 저를 스토킹하고
있는 것 같거든요.

유리　(끄덕) 구체적으로 어떤 식으로 위협을 느끼셨는지 여쭤봐도 될까요?

양씨　제가 우리 애랑 외출을 하면 창문을 열어서 계속 훔쳐보는 게 느껴지구
요. 어쩔 땐 핸드폰으로 저희를 찍는 것 같기도 해요. 저희 집 앞에 자꾸
와서 서성이기도 하구요. 아무래도 애들 아빠한테 돈 받고 그러는 것 같은
데... 이혼 소송 중이거든요.

유리　음... 이게 언제부터 계속된 걸가요?

양씨　지금 거의 2년이 넘었어요, 세입자로 들어오자마자부터 그러더니, (절레절
레) 이 사람 강제로 이사 나가게 할 방법은 없나요?

유리　강제로 이사시키는 건 헌법상의 권리인 거주이전의 자유를 제한하는 것
이 될 수도 있기 때문에 쉽지 않아요. 접근금지가처분 신청을 해볼 수도
있지만 마침 작년부터 스토킹처벌법이 시행돼서, 그걸로 고소하고 경찰
쪽에 긴급조치를 신청하는 방법도 있거든요. 어느 쪽으로 하든 옆집분이
훔쳐보거나 집 앞을 서성이는 CCTV 녹화 화면이라든지, 목격자의 진술
서라든지 그런 증거가 있어야 하는데,

양씨　(짜증스런) 저희 집 앞 서성이는 영상은 어디 있긴 할 건데... 목격자는 그

냥 변호사님으로 해주심 안 돼요?

유리 (뭔가 쎄함을 느끼지만) 아이, 그건 힘들죠. 법원에서 증거의 신빙성도 다 검토를 하거든요. 증거 자료 준비해서 보내주심 고소장 작성은 어렵지 않으니 제가 도와드릴게요.

S#27. 로 카페 앞 테라스, 낮.

테라스 테이블에 앉아 상담 중인 유리를 보고 있던 정호.
고개를 돌리면, 제 옆에 앉아 동화책을 읽고 있는 이슬과 지아가 보인다.

정호 (어깨 너머로 보곤) 뭐야 콩쥐팥쥐네. 아직도 이걸 읽나.

이슬 아저씨도 이거 읽었어요? 아저씨가 봐도 콩쥐 새엄마는 진짜 나빴죠?

명랑한 이슬이와 달리 지아의 얼굴 묘하게 그늘져 있고...
그것이 신경 쓰이는 정호.

정호 그래, 엄청 나쁘지. 일단 폭행죄야, 형법 제260조 1항. 이게 구타.. 그러니까 사람을 때리는 거만 폭행이 아니고 일단 다치게 하면 다 폭행인 거거든. 근데 아쉽게도 이게 콩쥐가 새엄마가 벌 안 받았으면 좋겠어요 하면 새엄마한테는 콩밥을 먹일 수가 없지. 피해자가 원치 않으면 처벌할 수 없는 법이거든.

이슬/지아 (놀란 듯 정호 보는데)

정호 게다가 학대죄도 있지. 밭을 맬 때도 팥쥐한테는 쇠 호미를 주면서 콩쥐한테는 나무 호미를 줘서 고생시키거나, 잔칫날 팥쥐만 데려가고 콩쥐한텐 밑 빠진 독에 물 붓기 같은 걸 시키는 거, 이렇게 차별하는 것도 다 학대거든?

이슬 (눈 반짝이며 보는) 그럼 그건 뭐예요 숫자가?

정호 숫자?

이슬 아까 법 그거.

정호 학대죄는 형법 제273조.

그러며 정호, 지아를 보는데, 지아의 표정, 어쩐지 한층 더 어두워져 있다.

이슬 (그림 가리키며) 그럼 이건 뭐예요? 팥쥐가 콩쥐 신발을 자기 꺼라고 거짓 말하잖아요.

정호 이건 형법 제347조 사기죄 아님, 제352조 사기미수죄가 적용이 되겠지.

S#28. 로 카페, 낮.

상담을 끝낸 양씨, 지아를 데리러 밖으로 나가고,
유리, 창밖에서 아이들과 다정한 정호를 보곤 입을 삐죽인다.
그때 다시 카페 문이 열리며 푸른아파트 주민(3화 등장)이 들어오고.

S#29. 몽타주

커피를 마시려는 손님들과 상담을 온 손님들로 북적한 카페 안,
은강이 커피를 내리고, 준이는 커피를 나르느라 정신이 없다.
유리는 사무실에 앉아 만담꾼처럼 상담 중인데...
군것질거리가 실린 카트를 끌며 고객들 사이를 오가는 김천댁과 최여사.
이따금 은강의 눈치를 보며 외친다. '자, 뻥튀기 3천 원! 옥수수 2천 원!'

#1. 푸른아파트 주민, 유리의 맞은편에 앉아 있고.

유리 임대차계약 시기와 상관없이 2020년 12월 10일 이후부턴 계약만기일 2개월 이전까지 서로 의사 표현이 없을 경우, 해당 계약은 묵시적 갱신이 되었다 보거든요, 그러니 집주인분이 3주 전에 전셋값을 올리겠다 통보해 온 건, 이건 아니 될 말씀이다~

#2. 여대생 두엇이 상담자로 앉아 있다.

유리   (테이블 탕) 아이고, 걱정 마세요! 지금 블로그에 올린 글의 성격이 해당
        업체에 대한 비방보단 공공의 이익에 있는 거잖아요? 그럼 명예훼손이 성
        립되지 않아요, 물론 쓴 내용에 허위사실이 없는 경우를 말하는 거지만.
        사실적시 명예훼손이 성립되려면...

#3. 상담자 향해 잔뜩 성을 내고 있는 유리.

유리   아니 사장님들 남의 사업장에서 이러시면 안 돼죠~ 이건 업무방해예요!

유리 앞에 앉아 있는 이들은 다름 아닌 김천댁과 최여사다.

최여사   어차피 자기는 마실 거 말곤 안 팔잖아,
김천댁   사람들이 기다리다 보면 배도 고프고 그럴 거 아니야, 공생하자고. 수익의
        10%는 내가 자릿세로 넬게.
유리   (솔깃) 15%!

#4. 로 카페 밖
물 만난 고기처럼 떠드는 유리를 보며 씁쓸히 웃는 정호.

S#30. 은하빌딩 앞, 밤.

어느새 날이 저물어 있고,
의자에 다리를 올리고 앉아 만화책을 보며 케이크을 먹고 있는 정호.
준이 그 옆자리에서 정호의 포즈를 따라 하고 앉아 조잘대고 있다.

준   형님은 근데 어떻게 이 젊은 나이에 모두의 꿈인 건물주의 삶을 살고 계

	신 걸까요? 인생 꿀팁 좀 공유해주십쇼, 형님...
정호	(안에서 청소 중인 유리 보이자, 준이 못마땅) 왜 충분히 꿀 빨며 사는 것 같은데,
준	더 오래, 계속, 꿀 빨 수 있는 비결을 알고 싶어요. 대충 살고 싶거든요, 매일 추리닝만 입는 형님처럼요. 역시 그냥 타고나는 수밖엔 없는 겁니까?
정호	......여기 내가 벌어서 산 건데.
준	(벌떡 일어나 앉으며) 진짜요?! 뭘루요?!

그때 무엇을 느꼈는지 정호의 시선, 카페 뒤쪽으로 향한다.
그러더니 갑자기 먹던 케이크을 내려놓고 일어나는 정호..
카페 뒤쪽에서 무엇을 보았는지 갑자기 미친 듯 달리기 시작한다!
이에 놀란 준, 일어나 '형님!' 부르며 정호를 따라가는데,
도망치듯 달리는 한 청년을 붙잡아 벽으로 밀어붙이는 정호가 보인다.
정호에게 붙잡혀 바들바들 떨고 있는 비쩍 마른 체형의 **요한(남/20대)**.

정호	(버럭) 너 뭐야, 너 뭐 하는 새끼야?!
준	(놀라 다가오며) 형님 왜 그러세요, 무슨 일인데요!
정호	이 새끼가 여기 숨어서 카페를 훔쳐보고 있었다고! 너 뭐 하는 새끼야!!!
준	(이에 덩달아) 그, 그래, 너 뭐 하는 새끼야!!!

준과 정호에 의해 완전히 코너로 몰린 요한이고.

S#31. 로 카페, 밤.

유리의 맞은편에 긴장한 듯 앉아 있는 요한,
정호와 준, 마음에 들지 않는 듯 팔짱을 낀 채 감시하듯 곁에 서 있다.
은강, 역시 요한 앞에 거칠게 커피를 내려놓더니,
'커피' 하고는 가지 않고 준 옆에 팔짱을 끼며 선다.
가라고 손짓하며 세 남자를 좀 창피한 듯 보던 유리, 요한 향해

유리	법률 상담이면 어떤 내용을...?
요한	(대뜸 외치는) 아까 그 아줌마가 말한 거 다 거짓말이에요!
유리	누구요?
요한	아까 낮에 이만한 애기랑 왔던 아줌마요. 그 아줌마가 뭐래요? 제가 자기 스토커라고 하죠?

멈칫하는 유리, 낮에 왔던 양씨가 떠오른다.
FLASH BACK 》"옆집 남자요. 그 사람이 저를 스토킹하고 있는 것 같거 든요." (S#26)

유리	(그제야 팔짱 끼며 보는) ...그때부터 따라와서 지금까지 지켜본 거면, 의심 이 안 가는 상황은 아닌 것 같은데요?
요한	(답답) 저는 그 아줌말 스토킹하는 게 아니라... 그냥 지켜보는 거예요.
유리	(인상 찡그리면)
요한	진짜예요, 그 아줌마 수상한 게 한두 가지가 아니라구요!
정호	우리 눈엔 그쪽이 더 수상해 보이는데?
요한	그 화장실 냄새 아세요? 그 아줌마네 집 베란다에서 그 이상한 꾸리꾸리 한 냄새가 자꾸 저희 집으로 넘어오고 벌레도 나와서, 제가 몇 번 항의하 러 간 적이 있었거든요.
유리	...
요한	그때 문이 열리면서 제가 우연히 봤는데, (대단한 걸 얘기하듯) 그 집에 애 가 하나가 더 있는 거예요, 애가 둘이었던 거죠!
유리	(보면)
요한	근데 그 아줌마가 이상하게 절대 그 다른 애는 안 데리고 다녀요. 그 지안 가 개만 데리고 다닌다구요. 그래서 제가 매일 지켜보기 시작했거든요, 근 데 보세요,

그러며 요한, 휴대폰을 꺼내, 시커먼 사진들 몇 장을 보여준다.
한밤중 멀리 있는 걸 줌인 해 찍어 아이의 작은 실루엣만 보일 뿐이다.

요한   제가 찍으면 도망가서 제대로 찍힌 게 없긴 한데, 그 다른 애가 밤에 나와
         서 혼자 이렇게 돌아다닌다니까요. 얼마나 답답하면 이러겠어요.

         어떻게 생각해야 할지 몰라 서로를 보는 유리와 일동.

S#32. 거리 / 송화의 집, 밤.

         정호와 함께 집으로 걸어가며 송화와 전화 중인 유리.

유리   그 집에 아이가 둘이 있는 게 맞나요?
송화   (F) 네, 근데 첫째가 몸이 어디가 아픈가 그럴 거예요. 그래서 학교도 못 보
         낸다고.
유리   아아... 그럼 송화 씨는 첫째 아이를 한 번도 본 적은 없으시죠?
송화   (F) 네, 그게 사실 친한 분은 아니고.. 그냥 유치원 데려다주다 몇 번 인사
         만 하던 분인데, 제가 변호사님 도움받았던 걸 어떻게 알고 부탁을 하시더
         라구요.
유리   아, 그렇구나. (생각에 잠기면)
송화   (F) 왜 그러세요, 혹시 무슨 일 있나요?
유리   아, 아니에요 송화 씨. 고마워요. (전화 끊고, 손톱을 씹으며 걷다 정호 향
         해) 하... 뭔가 찝찝한데, 찾아가볼까?
정호   저번에도 한쪽 말만 듣고 내용증명 써주겠다 어쩌겠다 했던 거 기억 안
         나? 경찰에 신고했었는데 문제없었다잖아. 가도 내일 가.
유리   (왠지 마음이 불안하고..)

S#33. 로 카페 사무실, 낮.

         유리, 손톱을 씹으며 어제 요한이 보내준 사진들을 유심히 보고 있다.

아이(수아) 뒤로 누렁이가 보이는 사진 한 장.

요한   (E) 아 참 그리고, 얘가 여기 그 떠돌이 개 있잖아요, 그 누렁이랑 친했어
        요.

사진을 보는 유리의 눈에, 수아의 손에 들린 무언가(인형)가 들어온다.
확대해 보던 유리, 고개를 번쩍 들어 카운터에 올려진 토끼 인형을 본다!
INS 》 은강, 카운터에 토끼 인형 올려놓으며,
"저 안(계단실)에 떨어져 있더라구요."
FLASH BACK 》 계단실에 서 있는 아이와 눈이 마주치는 유리. (S#1)
토끼 인형을 들고 사진 속 수아가 들고 있는 인형과 비교해보는 유리.
아무래도 같은 아이가 맞는 것 같다...! 충격에 빠진 유리인데.

S#34. 홍산경찰서 형사2팀, 밤.

형사1과 함께 모니터 화면을 보고 있는 유리, 정호, 요한.
사건 당일 빌딩 앞 CCTV 영상을 보고 있다. 요한이 저기! 하고 가리키면,
화면 귀퉁이에 수아가 누렁이를 따라 빌딩으로 가는 모습이 작게 보인다!
충격으로 마른세수를 하는 유리.

정호   (팔짱 낀 채 보다) 지금 나만 이게 무슨 상황인지 이해가 안 가는 건가?
유리   (멍하니) 아무래도 그동안 이 애가... 우리 빌딩을 드나들었던 것 같아.
일동   (무슨 소린가 싶어 유리 보면)
정호   뭐?
유리   2층 공실로... 들어와서 우리 카페 그 계단실에서 숨어 지냈던 것 같다고.
정호   무슨 근거로?
유리   ...내가, 내가.. 본 적이 있어.
일동   ?!
유리   (멍하니) 근데 놀래서 잘못 봤다고만 생각했지 정말 거기 누가 있었을 거

라곤...

일동   (이해 안 간다는 듯 유릴 바라보는데)

유리   (요한 보며) 이 집, 아동학대로 경찰에 신고한 적 있다고 하셨죠?

S#35. 경찰서 여성청소년수사팀, 낮.

여성청소년수사팀의 **경찰1(남/40대)**과 대화 중인 유리,
정호, 팔짱 끼고 벽에 기대 서 있고, 요한 역시 어색하게 유리 뒤에 서 있다.
경찰1, 곤란한 표정으로 요한이 찍은 수아의 사진을 보고 있다.

경찰1   아니, 출동해서 확인했을 땐 집이 좀 지저분하긴 했는데... 학대로 볼 수 있
는 정황이 전혀 없었어요. 특별한 외상도 없었고-

유리   (기가 막힌) 아파서 학교도 못 간다는 애가 맨발로 밤에 혼자 걸어 다니
는데, 학대 정황이 없다구요? 꼭 멍들게 맞아야만 학댄가요?

정호   방임. 부모 또는 보호자가 충분한 음식과 의복, 거치 또는 관리를 불이행
하는 걸 의미하죠. 지금 이 사진만 봐도 이 아이는 학대 아동의 정의에 완
벽히 부합해 보이는데요?

경찰1   (억울) 아니 애가 밤에 이렇게 돌아다닌 건 저희도 이제 인지한 거잖습니
까.

유리   그럼 지금 당장 저희랑 같이 출동하시죠.

경찰1   저희가 전담공무원분이랑 동행출동이 원칙이라, 좀 기다리셔야 될 것 같
은데,

유리   (버럭) 뭘 기다려요 지금!!

S#36. 양씨의 집 앞 복도, 밤.

INS 》복도형 아파트 외경.
양씨의 집 초인종을 울리는 경찰1과 경찰2.

유리와 정호 바로 뒤에 서 있고, 요한이 계단 쪽에 숨듯이 해서 서 있다.
문 안쪽에서 누구냐 물어오는 양씨고, '경찰입니다, 신고가 들어와서요.'
문이 빼꼼 열리고, 양씨가 얼굴을 내민다.
cut to 》양씨, 문을 닫고 나와 따지듯 경찰1과 대치 중이다.

양씨	이거 인권침해 아닌가요? 대체 몇 번이나 평범하게 사는 사람 집을 들쑤시는 거예요,
경찰1	아이가 밤에 혼자 돌아다니는 걸 목격하신 이웃분들이 계셔서요.
양씨	우리 애란 증거 있어요? (유리 보며 날카롭게) 근데 변호사님은 왜 여기 계세요?
유리	...제가 신고했거든요. (양씨 향해 토끼 인형 들어 보이는)
양씨	(유리와 요한을 번갈아 보곤 기가 막힌 듯) 우리 남편이 그쪽도 사주하던가요? 당신들 영장 없인 못 들어와. 내가 다 알아!!! 당신들 다 신고할 거야, 들어오기만 해!!!

경찰1, 2, 서로 눈을 마주치며 머뭇거리는데,

정호	일단 수색하고 영장은 사후에 발부 받으시죠, 문제 생기면 여기 옆에 변호사님이랑 제가 무료로 변호해드리겠습니다.
경찰1	(이에 결심한 듯 문을 향해 가며) 그럼 실례하겠습니다.
양씨	(비명) 못 들어가!!!!!!!

S#37. 양씨의 집, 밤.

발 디딜 틈 없이 쓰레기들이 가득 쌓여 있던 양씨의 집.
방문을 열며 확인 중인 경찰1과 경찰2, 정호고.
양씨가 거실 중앙에서 분노로 떨고 있다.
현관에 충격으로 서 있는 유리, 떠나가라 우는 지아를 달래는 중이다.
그때 베란다 문을 열어보던 경찰1, 코를 막으며 물러선다.

분변이 묻은 신문지로 등으로 가득한 베란다.
그러나 아이는 어디에도 보이지 않고...
흐느끼기 시작하는 양씨, 유리 뭔가 잘못되었음을 직감한다.

경찰1   첫째는 어딨습니까?
양씨   (오열하며 대답 않고)
경찰1   어머니, 애 어딨냐구요!!
양씨   (오열하며) ...저도, 저도 모르겠어요...
경찰1   모르겠다니 그게 무슨.. (충격이고) 없어진 지 며칠이나 됐습니까?
양씨   (울며 대답 않고 갑자기 꿇어앉으며) 선생님 근데 저 때리지는 않았어요,
        저 때린 적은 없어요!! 애가 자꾸 돈에 손을 대서 제가 가르치려고 교육시
        키려고 이번에 한 번만 그런 거예요, 정말이에요, 믿어주세요...

        양씨의 모습을 보며 충격에 잠시 멍하던 유리,
        우는 지아 앞에 무릎을 꿇고 앉으며,

유리   지아야... 혹시 언니 어디 갔는 줄 알아?
지아   (고개를 저으며 더 찢어지게 울기 시작하고)

        정호, 베란다를 둘러보다 별자리 스티커가 붙은 작은 콘솔을 발견한다.
        작은 아이가 들어가면 겨우 맞을 듯한 크기의 지저분한 콘솔.
        정호, 불길한 예감으로 다가가 콘솔 문을 열어본다.
        그 안에 아이가 묶여 있었는지 때 묻은 자전거 자물쇠가 보이고...
        지저분한 베개와 이부자리 따위가 함께 보인다. 분노로 탄식하는 정호.
        그때 정호의 눈에 콘솔 위로 난 창문이 열려 있는 것이 보이고...
        cut to 》유리, 울다 잠든 지아를 안은 채 부엌 식탁에 앉아 있고.
        양씨는 거실에 정신 나간 여자처럼 앉아 있다.
        전화를 마친 경찰1이 돌아오면, 벽에 기대 서 있던 정호.

정호   지아는 어떡하실 겁니까?

경찰1	지금 아이 아버지랑 연락이 돼서 오기로 했습니다,
정호	알았든 몰랐든 일이 이 지경이 될 때까지 방치한 사람한테, 애를 맡긴다구요?
경찰1	...그래도 시설에 보내는 것보단 가족이랑 있는 게,

이 말에 미친 여자처럼 앉아 있던 양씨가 고개를 퍼뜩 든다.

양씨	지금 뭐라고 하셨어요?
경찰1	양소영 씨는 지금 당장 서로 저희랑 동행해주셔야 할 것 같습니다. 지아는 당분간 아버지한테 보내려고-
양씨	(비명) 안 돼애!!!!!! 그 인간한텐 못 보내!!!!!

미친 사람처럼 비명을 지르던 양씨,
갑자기 유리에게 달려들더니 지아를 낚아채온다.
양씨, 지아를 잡아끌고 부엌으로 향하더니, 갑자기 부엌칼을 꺼내 든다!

양씨	우리 지아 건들이기만 해!!! 니들 내 새끼 건들이기만 해, 다 죽여버릴 거야!!!!
경찰1	양소영 씨!!
양씨	내 새끼 건들지 말라고, (칼을 휘두르다 지척에 있는 유리에게 시선이 멈추는) 너지... 너지!!!! 니가 꾸민 짓이지!! 그 인간이랑 짜고 내 새끼 뺏어가려고?
유리	양소영 씨, 진정해요...

지아가 '엄마' 하고 울며 칼을 든 팔을 붙잡는데, 세게 뿌리치는 양씨.
이에 지아, 넘어지며 식탁 모서리에 머리를 세게 부딪힌다!
자지러지듯 우는 지아고, 놀란 유리, 지아에게 달려가는데,
제 행동에 충격받은 양씨, 어쩔 줄 몰라 하더니 제 목으로 칼을 가져간다!
정호, 달려들어 양씨를 붙잡는데, 소리를 지르며 난동을 부리는 양씨고,
결국 양씨의 칼에 정호가 팔을 베이고 만다!

기겁하며 놀라는 유리고!! 피를 보고 나서야 멈추는 양씨...
정호, 칼을 빼앗더니 멀리 던져버린다.
경찰들에게 붙잡힌 양씨 미친 사람처럼 울기 시작한다.

S#38. 응급실, 밤.

베드에 팔을 내밀고 앉아 있는 정호, 의료진이 처치를 마치고 떠나면,
어두운 얼굴로 서 있던 유리, 정호 옆으로 다가와 앉으며

유리   (속상해 정호의 팔을 보며) 괜찮아?
정호   (베드에 기대 누우며 보면)
유리   그러게 니가 거기서 나서길 왜 나서! 경찰도 있는데!!
정호   (쓰게 웃으며) 폭풍우 옆에 있으면서 옷도 안 젖길 바래서야 되겠냐.
유리   그게 무슨 말이야.
정호   (저만의 농담인 듯 고개 젓는) 애는?
유리   ...이름이 수아래. 윤수아.
정호   ...
유리   (화를 꾹 참으며) 벌써 이틀이나 됐대 안 돌아온 지. 니 말대로 그 베란다
        창문 통해서 빠져나간 것 같다고 하더라고... 목숨 걸고 도망쳐서, 우리 카
        페로 왔던 건데 나는 그것도 모르고...

유리의 숨이 갈수록 거칠어지는가 싶더니, 결국 공황발작이 온다.
겨우 숨 쉬는 그 모습 가만히 지켜보는 정호, "약은?" 하고 물으면,
유리, 떨리는 손으로 주머니에 넣어뒀던 약을 꺼내 입에 털어 넣고 삼킨다.
유리 진정되길 기다리며 눈을 꼭 감고 주먹을 쥔 채인데...
이를 안타까이 지켜보는 정호, 유리의 머리를 넘겨주려다 손을 거둔다.

정호   (달래듯) 경찰 풀어서 찾고 있으니까 금방 찾겠지. 그 쪼그만 게 얼마나 멀
        리 갔겠어.

유리   (겨우 진정하곤 숨 몰아쉬며 바닥만 뚫어져라 보다) 화가 나 정호야.

정호   (가만 바라보다) ...알아.

S#39. 병원 다른 일각, 밤.

저만치 수납 중인 유리가 보이고,
어디론가 전화를 걸고 있는 정호.

정호   계장님. 저 뭐 좀 알아봐주셨음 해서요. 아뇨 그 껀 말구요. 지금 아이 하
나가 실종된 상탠데, 관할은 홍산경찰서고 아이 이름은 윤수아. 네,

S#40. 번화가 거리, 다음 날 낮.

서둘러 어디론가 향해 걷고 있는 정호, 정장 차림이다.
어느 건물 앞에 서서 정계장이 문자로 보내준 내용을 확인하는 정호
[검사님, 그럼 11시에 청계로 452-1, 대한빌딩 2층에서 뵙겠습니다.]
정호, 해당 주소지의 건물을 올려다보는데, 웬 고급 일식집이 보인다.
인상 찡그리며 보지만 이내 건물 안으로 들어가는데,

S#41. 고급 일식집 일실, 낮.

문이 열리고 정호가 안으로 들어오면,
난처한 얼굴로 빙긋 웃고 있는 정계장이 보인다.
아니나 다를까 그 뒤로 상 앞에 앉아 있는 승운이 보이고...
정호, 설명하란 듯 정계장을 보면,

정계장   아니 어제 연락하셨을 때 하필이면, 검사장님께서 부르셨을 때라... 그럼

두 분 오랜만에 좋은 시간 보내십쇼!

꾸벅해 보이며 도망치듯 나가는 정계장이고, 머리를 쓸어 넘기는 정호다.
표정 없이 상 앞에 앉아 있는 승운.

정호   요즘은 권력을 이렇게도 쓰시네요?
승운   이렇게 안 하면 하나뿐인 자식 놈 얼굴을 볼 수가 없는데 어쩌겠니.
정호   (별수 없이 승운 앞으로 와 앉으며) 영전을 축하드린다고 해야 할까요. 그
       새 검사장 자리까지 꿰차셨더라구요, 본인이 그 자리에 얼마나 어울리지
       않는 사람인지 가장 잘 아시면서.
승운   니 엄마 연락도 피하던데, 부모 자식 간의 연을 영 끊어버릴 작정이냐.
정호   (쓰게 미소) 아버지가 주신 것은 제가 팬티 한 장 안 가지고 나왔는데 내
       용 전달이 아직도 잘 안 됐나 봐요.
승운   (비웃듯) 내가 너한테 준 게 어디 그뿐이냐.
정호   그래서 제가 아무것도 안 하잖아요. (머리 가리키며) 아버지가 준 건 아무
       것도 쓰기 싫어서.
승운   (표정 굳어지는)
정호   (쓰게 웃는) 하긴 어디 이런다고 가족의 연이란 게 끊어지겠어요? 어머니
       도 아버지랑 결혼하면서 짐 싸들고 도한가를 떠났지만, 여전히 도한가의
       사위인 아버지는 검사장 자리에 오르시니까.
승운   ...나를 니 인생의 평계로 삼으려는 모양인가 본데, 그렇게 잘못됐다 생각하
       면 바로잡고 끌어내려. 괴로운 척 신선놀음하는 걸론 아무것도 바뀌지 않
       는다.
정호   (잠시 말을 잃지만) 제가 뭘 할 수 있겠어요. 앞에선 검찰개혁을 운운하면
       서 뒤에선 처가 비리나 묵인해주는 아버지를 닮아, 뭘 해도 위선만 떨다
       말 텐데요. (일어서면)
승운   ...앉아라. 밥은 먹고 가.
정호   죄송해요, 들어갈 것 같지 않아서.

돌아서서 나가는 정호고.

S#42. 일식집 복도, 낮.

룸에서 나온 정호, 화난 듯 빠르게 걷는데,
기다리고 있던 정계장이 정호를 쫓아오며 변명 늘어놓는다.

정계장   아니 한낱 수사관인 제가 검사장님 부탁을 거절할 순 없지 않겠습니까,
또 다른 이유도 아니고 아드님을 보고 싶다는 아주 인도적인 사유를 드시
는데-

정호   (짜증으로) 제가 알아보란 건요.

정계장   아유 당연히 준비됐죠, 여기 있습니다. 보니까 친모가 한 삼 년 전에도 아
이들을 학대했던 전력이 있더라구요?

정호   (멈춰 보면)

정계장   (양씨 관련 검찰 쪽 자료 건네며) 예, 그래서 애들이 잠깐 쉼터에 있다가
위탁가정에 한 육 개월 가 있었던 것 같아요. 그러다 친모한테 기소유예가
떨어지면서 아이들이 다시 원가정으로 복귀한 케이스인 것 같더라구요.

정호가 넘겨보는 검찰 기록에, 등에 멍 자국이 난 아이들 사진이 보인다.
참혹함에 제대로 보지 못하고 이를 덮어버리는 정호고.

S#43. 로 카페, 낮.

유리, 무거운 얼굴로 테이블에 앉아 있고
준과 은강, 우진도 이야기를 전해 들었는지 가라앉은 얼굴이다.

우진   그럼 그동안 그 애가 여태까지 저기 숨어 지냈다는 말씀이세요?

유리   네, 자주 왔었던 것 같아요.

준   아 그럼 그 쿵쿵 소리가...

은강   ...아이는 아직 못 찾은 거죠?

무거운 얼굴로 끄덕이는 유리인데,
그때 문이 열리며, **복지기관 직원1(여/40대)**의 손을 잡고 지아가 카페 안
으로 들어온다.
놀란 얼굴로 자리에서 벌떡 일어서는 유리인데,

직원1   지아가 여기 변호사님께 하고 싶은 얘기가 있다고 해서...

직원1 뒤에 숨듯이 서서, 고개를 푹 숙이고 있는 지아.

S#44. 로 카페 사무실, 낮.

사무실에서 단둘이 마주 앉아 있는 유리와 지아.
고개를 숙인 채 뭔가 한참을 망설이는 지아인데,

유리   지아야, 언니한테 할 말 있어서 온 거 아니야?
지아   (작게 *끄덕*이며) ...저번에 그 추리닝 아저씨가, 언니는 변호사라서... 어려운
        문제가 생기면 찾아가서 도와달라고 하면 된다고 했어요.
유리   (웃는) 맞아, 지아야. 우리 지아한테 무슨 어려운 문제가 생겨서 언닐 찾아
        왔을까?
지아   (속삭이듯) ...저 콩쥐가 어디 갔는 줄 알아요.
유리   콩쥐? 콩쥐팥쥐 할 때 그 콩쥐?
지아   (*끄덕*이면)
유리   (수아 얘기인 걸 알겠고) 그렇구나... 지아는 아는구나, 콩쥐가 어딨는지...
지아   (울먹) ...근데 그걸 말하면... 콩쥐가 다시 집에 와야 하잖아요. 팥쥐하고..
        팥쥐 엄마가 계속 괴롭힐 텐데...
유리   (놀랍고, 마음 아픈) ...아이고, 우리 지아는, 콩쥐를 찾으면 다시 무서운 집
        으로 돌려 보낼까 봐 그게 걱정됐구나.

지아   (터져 나오려는 울음을 참고 끄덕이는데)

유리   근데... 팥쥐도 무섭지 않았을까. 맨날 콩쥐가 혼나는 거 보면서 팥쥐도 그
       렇게 혼날까 봐 너무너무 무서웠겠다, 그치?

       이 말에 결국 후아앙 울음을 터트리는 지아고,
       가서 그런 지아를 끌어안는 유리. 마음이 너무 아프고...

S#45. (인터뷰) 로 카페, 낮.

유리   아동학대 피해자인 아이들은 가족 외에 다른 세상은 경험해본 적이 없기
       때문에 보통 자기들이 학대를 당하고 있다는 걸 알지 못한다고 해요. 자
       길 가장 사랑해줘야 할 사람이 자길 해치고 있다는 걸, 어떤 아이가 쉽게
       이해할 수 있겠어요.

S#46. 로 카페, 낮.

       좀 진정된 지아, 유리의 무릎에 앉아 쿠키를 먹으며
       우진과 이야기 중이다.

지아   언니가 먼저 가서 큰아빠네 집 찾으면 지아도 데리러 온다고 했어요.
우진   큰아빠?
지아   (끄덕이는) 거기 있을 땐 혼나지도 않고 맛있는 것도 매일매일 먹었어요..
우진   (유리와 눈 마주치곤) ...그럼 지아는 큰아빠네 집이 어딘지 몰라?
지아   (고개 젓는) 근데 언니가 거긴 멀어서 돈이 있어야 갈 수 있다고 했어요.

       이 말에 유리, 무슨 생각이 들었는지 고개를 든다.
       **FLASH BACK 》"준이 씨 혹시 내 지갑 못 봤어요?" 하며 지갑을 찾던 유
       리. (S#25)**

FLASH BACK 》"애가 자꾸 돈에 손을 대서 제가 가르치려고 교육시키려고 이번에 한 번만 그런 거예요!!" 경찰들에게 애원하던 양씨. (S#37)

S#47. 유리의 차 / 정계장의 차, 낮.

운전 중인 유리, 정계장의 차를 타고 가고 있는 정호와 통화 중이다.

유리   수아가 아무래도 내 지갑을 가져간 것 같아. 보니까 카드사에 분실신고 하기 직전에 동네 슈퍼에서 카드를 사용했던 내역이 있어서 그쪽으로 가고 있거든?

정호   (F) 거기가 어딘데,

유리   강연동 342-4.

정호   (F) 강연동이면, 전에 있었던 위탁 부모네 주소지 근처네.

유리   위탁 부모?

정호   (F) 응, 어렸을 때 둘이 같이 6개월 정도 위탁가정에 보내진 적이 있는 모양이야.

유리   그럼 큰아빠네 집이란 게...

정호   (F) 아마 전에 살았던 위탁가정을 얘기하는 것 같아. 지금 경찰한테 얘기하고 그 주소지로 가고 있어. 가서 만나.

S#48. (인터뷰) 로 카페, 낮.

유리   근데 한 번 바깥에서 지내본 수아랑 지아는 안 거죠, 도망칠 수 있다는 걸... 세상이 거기가 전부가 아니라는 걸.

S#49. 몽타주

#1. 외딴 곳에 위치한 슈퍼
슈퍼 앞에 차를 세우는 유리.

#2. 유리, 슈퍼 주인에게 수아의 사진을 보여주며 인상착의를 설명하는데,
마침 정호와 정계장, 경찰이 함께 도착하고.

#3. 야산의 곳곳을 살펴보고 있는 유리와 정호,
경찰들과 합류하여 등산로 인근과 화장실, 공원 등을 꼼꼼히 살핀다.

S#50. 야산, 밤.

어느새 해가 저물어 있고, 주변을 살피며 빠르게 앞서 걷던 유리.
정호, 막 전화를 마치고 끊으면,

유리   뭐래?
정호   위탁부모 쪽이 이사를 갔다나 봐. 현주소지 주변까지 수색 중이라는데 아
직...
유리   ...
정호   ...이제 그만 내려가자.
유리   (고개를 젓는) 내가 카드 분실신고 한 게 벌써 3일 전이라 수아는 그때부
터 아무것도 못 먹었을 거야, 지갑에 현금도 없었다고. 빨리 찾아야 돼.

그때 비까지 퍼붓기 시작하고,
정호의 눈에 절뚝이며 걷는 유리의 발이 보인다.
이에 유리를 멈춰 세우고 신발을 벗겨보는 정호.
전날 다친 발이 완전 엉망이 되어 있다.

유리   뭐 해!!
정호   이 발로 누굴 찾겠단 건데!

유리   이게 뭐라고!! 내가 수아 본 날 제대로 경찰에 신고만 했어도 이런 일은 없
      었을 텐데... (손에 얼굴을 묻으며) 귀신이니 뭐니 헛소리나 하고 있고...
정호   ...지금 경찰들 다 동원해서 찾고 있으니까, 제발 니 자책까지 안 보태도 돼.

      그때 저만치 모인 경찰들이 웅성대며, 찾았습니다! 하는 소리가 들려온다.
      서둘러 그리로 향하는 유리와 정호인데,

S#51. 야산 다른 일각, 밤.

      유리와 정호, 경찰들이 모여 있는 곳에 다가가 보면,
      절벽처럼 가파른 비탈에 아이의 신발 한 짝이 떨어져 있는 것이 보인다.
      사색이 되더니 다리에 힘이 탁 풀리는 유리.
      경찰들과 얘기를 주고받더니, 유리에게 다가오는 정호,

정호   이쪽 지나간 건 확실하니 이쪽으로 CCTV 돌려보면 동선 파악할 수 있을
      지도 몰라.
유리   (멍하니 끄덕이면)
정호   우린, 일단 집에 가서 기다리자. (유리를 일으켜 세우고)

S#52. 로 카페, 밤.

      유리, 정호와 지친 몸을 이끌고 어두운 카페 안으로 들어오는데...
      무엇을 보았는지 두 사람 동시에 멈춰 선다.
      저만치 희미하게 냉장고에서 나오는 불빛이 보이고...
      그 앞에서 닥치는 대로 음식을 꺼내 먹고 있는 수아가 보인다.
      그대로 얼어붙는 유리인데,
      곧이어 두 사람을 발견한 수아, 혼비백산하더니 계단실로 도망을 치기 시
      작한다.

유리가 '수아야!!' 부르며 쫓아가자 수아 더 기겁을 하고,
이에 유리를 멈춰 세우는 정호, 고개를 저어 보인다.

유리   (멈춰 서며) 수아야!! 언니 안 갈게, 여기 있을게.

이에 수아, 계단실 어귀에 멈춰 서서 경계하듯 유리와 정호를 바라보는데,
또래보다 훨씬 앙상하게 마른 수아, 흙 묻은 맨발에 옷도 온통 엉망이다.
목엔 자전거 자물쇠로 묶여 있었던 흔적이 선명히 남아 있고...
수아의 눈높이와 비슷하게 몸을 낮춰 바닥에 무릎을 꿇고 앉는 유리,
정호도 천천히 움직여 수아의 경계를 풀려는 듯 근처 의자에 앉는다.

유리   (최대한 조심스레) ...배고프지, 언니가 더 맛있는 거 사줄까?
수아   (주춤 물러서고)
유리   참 언니는 수아를 아는데, 수아는 언니 모르지... (몸을 낮춰 앉으며) 언니
      이름은 김유리야. 여기 카페 주인이고.
수아   ...... (아주 작게) 알아요.. 예쁜 언니.
유리   언니를 알아?
수아   (천천히 끄덕이는가 싶더니, 갑자기 무슨 생각이 들었는지 공포에 질려 마
      구 물러선다)
유리   (놀라) 왜, 왜 그래, 수아야...
수아   (티셔츠를 구기며 벌벌 떠는) .....잘못, 잘못, 잘못했어요...
유리   너가 뭘 잘못해!

그때 문득 수아가 티셔츠 밑으로 움켜쥐고 있는 유리의 지갑이 보인다.

유리   지갑 때문에 그래? 그건 괜찮아. 언니는 하나도 화 안 났어. 진짜야.
수아   (믿기지 않는 듯 빤히 보는)
유리   언니는 수아가 그걸로 맛있는 거 사 먹었음 됐어, 괜찮아. 정말 화 안 났어.
수아   ... (계속 빤히 보면)
유리   우리 수아 큰아빠네 가고 있었다며, 언니랑 아저씨가 데려다줄까?

수아	(울컥 저도 모르게 다가서는) 우리 큰아빠 알아요?
유리	(끄덕이는) 언니가 맛있는 것도 사주고, 우리 수아 안전하게 큰아빠네 데려다줄게. 이리 와, 응?
수아	(무심코 다가가려다 멈춰 서더니 고갤 젓는) ...집에 갈 거예요...
유리	(울컥하고 올라오는 걸 참고) ...집에 안 가도 돼, 수아야. 너 집에 가면 무섭잖아.
수아	(울먹) ...동생 데리러 가야 돼요.... 저 없으면 지아가 대신 혼나요.
유리	...우리 수아는 지아가 혼날까 봐 무서워? 그래서 집에 다시 온 거야?

이 말에 끄덕이는 수아에, 유리가 먼저 눈물이 터져버린다.

유리	그래서 다시 온 거구나... 우리 수아 착하네. 근데 수아야... 수아가 원하면 언니가 수아랑 지아랑 같이... 다시 집에 안 가게 도와줄 수 있어. 수아가 예전에 있었던 큰아빠네처럼 더 안전하고 따뜻한 데 가게 도와줄 수 있거든, 수아도 그거 좋지?

이에 수아, 놀란 눈으로 유리를 바라보다 이내 끄덕이며 후아앙 울음을 터트린다.

유리	언니랑 지아 데리러 가자. 이리 와.

결국 수아가 울며 달려와 유리에게 안기고, 수아를 끌어안는 유리.
지켜보던 정호의 눈시울도 조금 뜨거워진다.

S#53. (인터뷰) 정호의 방, 밤.

덤덤한 얼굴로 인터뷰 중인 정호.

정호	나중에 알게 된 거지만, 수아는 자전거 자물쇠에 목이 묶여 베란다에 온

종일 갇혀 지냈다고 해요. 엄마가 잠이 들면, 창문을 통해서 빠져나온 거죠.

INS1 》콘솔 안의 수아, 문틈으로 바깥을 보다가 집이 고요한 걸 느끼곤,
목에 묶인 자전거 자물쇠를 푼다.
콘솔 문을 열고 나오는 수아, 콘솔 위로 올라가 작은 창문을 타고 넘는다.
아슬아슬히 건물의 빗물받이 위를 걷는 수아.

정호   그렇게 나와서 밤마다 유리네 카페로 숨어들었던 모양이에요.

INS2 》은하빌딩 2층, 수아, 누가 없는지 두리번거리며 확인하곤,
공실 창고 문을 열고 안으로 들어가더니 계단을 내려와 앉는다.
거울로 막아놓은 틈새에서 희미하게 카페의 불빛이 새어 나오고 있고,
준과 유리의 웃음소리도 들려온다. 그 불빛에 가만히 손을 대보는 수아.

정호   나중에 물어보니, 따뜻해서...라고 하더라구요. 그 추운 계단실이.

S#54. 경찰서 여성청소년수사팀, 밤.

수아가 유리의 손을 잡고 앉아 있고, 정호가 그 옆에 서 있다.
경찰 포함 모두, 누군가를 기다리는 듯한 분위기인데,
곧이어 문이 열리며 수아의 위탁부모가 달려 들어온다.
그들을 보자마자 울음을 터트리는 수아, '큰아빠' 하며 달려가 안기고.
수아의 꼴을 보곤, 마치 정말 부모인 것처럼 눈물을 터트리는 위탁부모.

S#55. (인터뷰) 로 카페, 낮.

유리   사람들은, 가족이라는 가장 친밀한 세계가 무너지기 시작하면, 자기 역

시 돌이킬 수 없이 망가져버린 거라 생각해요. 근데 가족은 당신의 일부일 뿐... 전부는 아니잖아요?

INS1 》이른 새벽, 옥자의 집을 몰래 나서는 유리 모습.
누워 있던 옥자, 유리가 가자 나와 현관문을 바라보며 한숨을 쉬고.

유리   때로는 아무리 사랑해도, 따로 따로 행복해져야 할 수도 있고.

INS2 》일식집, 승운과의 대화를 끝내고 문으로 향하는 정호,
문 앞에서 잠시 멈칫하지만 결국 문을 연다.

유리   때로는 벗어나야만 방법을 찾을 수 있을 때도 있죠.

S#56. 어느 병원 VIP 병동 낮.

환자복의 편웅, 베드에 누워 있는 **이병옥 회장(남/80대)**과 독대 중이다.
간이 안 좋은지 얼굴색이 어두운 이회장, 뺨엔 희미하지만 긴 흉터가 있다.
TV에선 도한건설의 타워크레인 사고 관련한 뉴스가 보도되고 있고,
이회장, 노발대발한 얼굴인데, 편웅 전혀 긴장감이 없다.

이회장   니가 고용노동부랑 공단에 돈질 한 거 검찰에서 다 냄새 맡고 수사 중인데, 여기서 뭐 또 타워크레인을 꺾어? 어째 너랑은 하는 일마다 갈수록 진탕이야!
편웅   (여유로운 미소) 은폐의 속성이 그런 거 아니겠습니까, 하나를 묻으려다 또 하나를 저지르고... 또 묻고... 그치만 걱정 마십쇼. 검사장이 저희랑 한식군데 별일이야 있겠습니까.
이회장   김승운이가 개가 우리 말 듣는 거 봤어? 아무튼 그것들이 고구마 줄기처럼 타고 올라오다 나까지 엮이는 일 없도록 니 선에서 제대로 처리해, 알아들어?

편웅	예 그럼요, (놀리듯 덧붙이는) 아버지.
이회장	(분노로 소리치는) 너, 너. 내가 그 소리 입에 올리지 말랬지!!!
편웅	(미소로) 이제 곧 제 간까지 떼어가실 거면서 아버지 소리도 못 하게 하시는 건 너무한 거 아닙니까.

그때 병원장 휘하 의료진들이 문을 열고 들어오고.

병원장	회장님, 잠은 잘 주무셨어요? 컨디션은 좀 어떠세요. 수치는 다 괜찮던데.
이회장	아니 수술할 거면 빨리하지, 사람을 언제까지 여기 가둬둘 거야.
병원장	아드님도 다 준비되셨고, 이제 정말 수술만 하면 됩니다.
이회장	(버럭) 아 글쎄 아들 아니래도!

의료진들 분위기 한순간에 얼어붙는데,
편웅, 참아보려 하지만 결국 쿡 웃음이 터져 나온다.
얼굴이 붉어져 말까지 더듬던 이회장, 옆에 있던 물잔을 집어 던진다.
잔에 머리를 팍 맞으며 물을 뒤집어쓴 편웅, 쾌감을 느낀 것처럼 웃는다.

유리	(E) 제때 빠져나오지 못하면 계속 불행해야 할지도 몰라요.

S#57. (인터뷰) 로 카페, 낮.

유리	그러니 가족이 아닌 그 누구라도 당신을 불행하게 한다면, 도망치세요. 사랑과 폭력도 구분하지 못하는 바보들 때문에, 영원히 불행해질 순 없으니까요.

S#58. 경찰서 앞, 낮.

유리와 정호, 지친 얼굴로 경찰서 밖으로 나오는데, 동이 터오고 있다.

유리, 놀란 듯 밝아오는 햇빛을 보는데,
앞서 걸어가는 정호의 뒷모습이 보이고...
이를 눈부신 듯 보는 유리인데, 잠시 후 정호가 돌아서면
유리, 달려가 확 정호를 끌어안는다.

정호 (놀라 굳는) 뭔데...
유리 그냥.. 잠깐만 이러고 있자.
정호 왜.
유리 너 불행하지 말라고...
정호 ...
유리 (더 세게 끌어안으며) 내가 이번에도 또 너 귀찮게 한 건가.
정호 ...아니야, 이번엔 잘했어. (어색하게 손 들어 유리의 등을 두어 번 토닥이곤) 이런 일론, 아무 때나 귀찮게 해도 돼.

유리, 그 말이 뭔가 충격인 듯 몸을 살짝 떨어뜨리고 정호를 본다.
정호를 한참을 빠안히 쳐다보는 유리인데...
정호, 얘가 대체 왜 이러나 싶어 몸을 굳힌 채 경계 태세다.

유리 (혼란 끝에) ...키스하고 싶어.
정호 (충격으로 숨 들이키곤) 뭐?
유리 다시 말해? ...키-
정호 야 김유리! (떨리는 한숨) 너랑 나랑은, 말했잖아, 브라더 앤 시스-, 우린 가족 같은-

유리, 쪽 하고 정호의 입술에 입을 맞춰버린다.
그 자리에 목석처럼 얼어붙은 채 유리를 보는 정호,

유리 난 너랑 가족 같은 거 하기 싫어. 다른 거 할래.
정호 ...그게 그냥 하고 싶다고 할 수 있는 게-

다시 쪽 하고 정호의 입술에 입을 맞추는 유리.
얼빠진 얼굴로 유리를 보는 정호에서, **4화 엔딩.**

5화

키스의 적법성에
관한 고찰

S#1. 경찰서 앞 일각, 낮.

동이 터오고 있는 경찰서 앞,
몸을 잔뜩 굳힌 채 유리에게 안겨 있는 정호.

유리   (더 세게 끌어안으며) 내가 이번에도 또 너 귀찮게 한 건가.

정호   ...아니야, 이번엔 잘했어. (어색하게 손 들어 유리의 등을 두어 번 토닥이
         곤) 이런 일론, 아무 때나 귀찮게 해도 돼.

유리, 그 말이 뭔가 충격인 듯 몸을 살짝 떨어뜨리고 정호를 본다.

유리   (혼란스러움으로 보던 끝에) ...키스하고 싶어.

정호   (충격으로 숨 들이키는) 뭐?

유리   다시 말해? ...키-

정호   야 김유리! (떨리는 한숨) 너랑 나랑은, 말했잖아. 브라더 앤 시스-, 우린
         가족 같은-

유리, 쪽 하고 정호의 입술에 입을 맞춰버린다.
그 자세 그대로 굳은 채 유리를 보는 정호.

유리   난 너랑 가족 같은 거 하기 싫어. 다른 거 할래.

정호   ...그게 그냥 하고 싶다고 할 수 있는 게-

다시 쪽 하고 정호의 입술에 입을 맞춰버리는 유리다.

정호, 정지 버튼이라도 눌린 듯 굳은 채 유리를 보는데,

유리, 사고를 쳐놓곤 저 역시 당황한 듯 정호를 바라보는 눈빛이 흔들린다.

이에 다음 순간 정호 눈빛이 확 바뀌더니,

한 손으로 유리의 얼굴을 감싸고 고개를 깊숙이 꺾어오는데...!!

그러나 입술이 닿기 직전, 엄청난 고통에 목을 붙잡는 정호!!

S#2.   (인터뷰) 동네 한의원 로비, 낮.

동네 어디쯤 있을 듯한 낡고 오래된 한의원.

정호, 고개를 부자연스럽게 한쪽으로 기울인 채 인터뷰 중이다.

정호   인체의 기혈이 순조롭게 운행되지 않아 장부의 진액이 일정 부위에 몰려
걸쭉하고 탁 하게 된 경우로... (고통으로 목을 붙잡으며) 흔히들 '담'이라고
하죠.

S#3.   동네 한의원 진료실, 낮.

나이 지긋한 **한의사(남/80대)**가 정호의 고개를 요리조리 돌려본다.

한의사   (느린 말투) 뭐 크게 놀라는 일이라도 있었나 본데?

정호   (끄덕하려다 욱신)

그때 정호, 휴대폰이 울려 확인해보면 [변종 불나방]이다.

착잡한 얼굴로 전화를 끊어버리더니 폰을 아예 엎어놓는 정호.

cut to 》정호, 상의를 탈의하고 엎드린 채 침을 맞고 있는데,
'야 김정호!' 하고 저를 불러오는 소리에 놀라 고개를 드는 정호.
아니나 다를까 유리가 맞은편 베드에 아빠다리를 하고서 저를 보고 있다.
유리를 흘끔 보지만 별 관심 없는 한의사 선생이고.

정호	(당황) ..뭐, 뭐, 뭐야. 너 여긴 어떻게 알고 왔어, 스토커냐?
유리	슈퍼 아줌마가 말해줬거든! 근데 왜 갑자기 담이 오냐 너는 또...
정호	(말자 싶고, 반대편으로 고개 돌리려는데.. 돌아가질 않는다)
유리	(어색함에 떠는) 수아랑 지아는 위탁부모님 쪽에서 일단 데려가기로 하셨어. 그 친아버지란 인간도 웃기더라고 무슨 짐 떠넘기듯이 애들 대하는 게, 그런 인간한테 애들 다시 맡겨질 거 생각하면 벌써부터 가슴이 꽉 막힌다니까.
정호	(유리를 보기 싫어 눈을 감은 채인데)
유리	(손가락 꼼지락대다) ...놀랬지, 아깐?
정호	(눈 떠보다 이 악 물고) 그걸 말이라고 하냐.
유리	나도 놀랐어. 내가 너한테, 그것도 경찰서 앞에서 키- (갑자기 부끄러운) 그걸 할 줄은... 물론 너한텐, 갑작스러웠겠지만 나한텐 또 나름의 흐름이 있었단 말이지.
정호	(어이없어 보면)
유리	그래서 기왕 이렇게 된 거 뜸 들일 거 없이 제대로 말할게. 내가 또 사람 헷갈리게 하고 그런 거 딱 싫어하잖아.
정호	...뭘 뭘뭘 말한단 거야.
유리	(깊게 숨 들이키곤) 시작은 그날이었던 것 같아. 그 푸른아파트 옥상에서 니가 내 옷을 여미면서 "그래도 옷은 제대로 입고 나와야지" 했던 날. 그 날 심장이 막 사정없이 두근거리는데-
정호	(넋이 나가 보는)
유리	내가 너한테, 그럴 리가 없잖아. 그래서 처음엔 내가 부정을 했지. 근데 그 날 이후로도 너만 보면 시도 때도 없이 심장이 떨리고 침이 넘어가는 게 이게 아무래도 심상치가 않은 거야. 특히 니가 날 만지거나 하면-
한의사	(침 든 손 허공에 멈추고-)

정호	(동시에 벌떡 일어나 앉는) 야야야!! 김유리... 너 지금 뭘 하는 거야!!
유리	아까 내가 한 행동에 대한 맥락을... (저도 모르게 정호의 벗은 몸으로 시선을 뺏겼다 천장 보며) 분명히.. 하고 있었지?
정호	(티셔츠로 몸 가리며 버럭) 미쳤냐!! 여기 선생님도 계신데!

유리, 그제야 침 든 채 멈춰 있는 한의사 선생을 보곤, 꾸벅 인사한다.

유리	(머쓱한) 죄송해요, 제가 너무 시간과 장소를 안 가렸죠. 맘이 급해서...
정호	!!!
유리	(어색하고) ...그럼 침 다 맞고 나와, 기다리고 있을게. (나가면)
정호	(기가 막혀) 저 또라이 진짜...

S#4. 동네 한의원 앞 거리, 낮.

정호, 잔뜩 성이 난 얼굴로 목을 붙잡은 채 한의원 앞을 걷고 있고.
유리, 눈치를 보며 뒤따라오고 있다.

정호	(마구 걸어가다 멈춰 서더니) 그니까 요약하자면, 지금... 니 말은... 그러니까 니가 하고자 하는 말은, 요컨대... 너가, 나를, 그러니까...
유리	응. 좋아하는 것 같다고.
정호	(충격으로 멍하니 보다) ...넌 그 말이 그렇게 쉽냐?
유리	누가 쉽대?
정호	지금 쉽게 했잖아!
유리	꾸물대지 않고 자기감정을 직시하고 상대에게 고백하는 게 얼마나 용기가 필요한 건데!! 나 지금 심장이 목구멍까지 올라와서 뛰고 있거든.
정호	(미친 듯 당황스럽고) 야 김유리, 우리가 같이 한 세월이 17년이야! 너, 나, 한세연, 도진기 이렇게 넷이서 장장 17년이라고! 나머지 둘은 생각 안 해? 얼마나 놀라겠어!
유리	걔네 뭐! 지들끼리 결혼해서 애도 낳았는데, 우린 하면 안 되냐!

정호	(말문 막혔다 심호흡 후 다시) ...그럼 우리 우정은? 너 지금 니 섣부른 감정으로 우리의 17년 우정을 흔들고 있는 거야, 알아?
유리	(어이없어) 아니 우리 우정이 그렇게 소중하신 분이 나를 그렇게 피해 다니셨어요?
정호	...넌 친구로서 날 잃을까 봐 걱정되고 뭐 그런 것도 없냐?
유리	난 너 잃을 생각 없어. 니가 나 정 싫다면, 슬프기야 하겠지만 포기하려고 했지.
정호	(씁쓸) 그게 되는구나 너는. 그래서 이렇게 경솔한 거구나.
유리	(슬슬 상처인) 좋아서.. 한 번 두 번, 계속 생각해봤는데도 니가 좋아서, 마음을 말한 건데, 좋다 싫다 생각해보겠다 이런 말이나 들을 줄 알았지, 이렇게 맹비난을 들을 줄은 몰랐네?
정호	(한참을 바라보던 끝에, 뭔가 단호해져선) 생각해볼 게 어딨어 너랑 나 사이에.
유리	그 뜻은...
정호	난 너 아니라고.
유리	(쿵..) .....너무 경솔하게 대답한 거 아니야? 생각 안 해봐도 되겠어 확실해?
정호	확실해.
유리	...아니야 더 생각을 해봐. 너 정말 나랑 키... 키- (이씨!) 나랑 입 맞춘 게... 아무렇지도 않았어?
정호	(한참을 보던 끝에) 아무렇지도 않았냐고? (마른세수하는데 벌벌 떨리는 손) 김유리, 나한테... 그 키스는....... 불법이야. 반칙이라고.

그러곤 더 못 있겠다는 듯 돌아서서 가버리는 정호고.

S#5.   (인터뷰) 유리의 오피스텔, 낮.

씩씩대며 인터뷰 중인 유리.

| 유리 | 아니, 2022년에 키 ↗ - 뽀뽀 좀 했다고 불법은 무슨 불법 운운이래요, 참 |

나! 사람이 용기 내서 얘길 하는데 그렇게 나오는 건 합법인가요 그럼!

S#6.   (인터뷰) 정호의 방, 낮.

홍분해 아무 말 파티를 벌이는 정호의 모습 컷컷.

정호   아니 전 17년을 참았는데, 아무리 감정이 생겨도 그렇지... 좋아한다는 말
이 그렇게 쉽게... 맨날 추리닝만 입고 다니는 놈을 대체 뭘 보고- 아니 정
말 좋아하면 참아야 되는 거 아닌가요?

정호의 얼굴에서 타이틀 올라온다.
[제5화 키스의 적법성에 관한 고찰]

S#7.   은하빌딩 앞, 낮.

가방을 들고 카페를 나서고 있는 유리인데,
준, 옥상과 이어진 철제 계단을 총총총 달려 내려와 유리 옆에 선다.

유리   준이 씨 아직 안 갔어요? 오늘은 일찍 들어가라니까.
준   저 방금 잠깐 알바 면접이 있었어 가지고.
유리   알밭 또 해요? 내가 돈을 너무 적게 주나? 무슨 알반데?
준   바로바로~~ 사장님 안전 귀가 알바죵!
유리   ??
준   고용주는 건물주 형님이구요, 방금 계약서까지 썼어요! 왜 저번에 카페에
있었던 일도 있고 해서요. 적잖이 걱정되시는 모양이에요.
유리   (어이없어 보다 옥상 향해 소리치는) 아니 걱정이 되면 지가 나를 데려다
줄 일이지 그걸 왜 외주를 주냐고!! (씩씩대며 가는) 사람 피할 거면 걱정
하는 척이나 말던지!

준   (졸래졸래 쫓아오며) 근데 오늘 카페 문 일찍 닫고 어디 가세요?

유리   공권력이랑 싸우러요!

준   고... 공권력이랑은 왜요?

S#8. 도원구청 아동보호팀 사무실, 낮.

INS 》도원구청 외경.

[아동보호팀] 팻말이 대롱거리는 사무실 앞,

무슨 구경이라도 난 듯 사람들 웅성거리며 모여 있고,

준, 창피한 듯 돌아서서 '형님 빨리 오세요, 이러다 경찰 오겠어요' 하며 통화 중이다.

이때 취재를 와 있던 **최기자(남/30대)**, 안을 향해 슬쩍 카메라를 켠다.

안에선 유리와 아동학대전담공무원 **심주무관(여/30대)**이 싸우고 있고.

심주무관 (버럭) 그게 왜 내 탓이야!! 학대한 부모 탓이지!!!

유리   (버럭) 당신이 제때 애들 그 엄마한테서 떨어뜨려놨음 이런 일 없었을 거 아니냐고!!!

공무원1   (애원하듯) 두 분 제발 흥분을 좀 가라앉히시고-

유리   (휴대폰 사진 들이대며) 눈이 있음 이 집 꼴을 좀 봐!! 당신은 이걸 보고도 그냥 나온 거야!!

심주무관 여기 신고 들어온 집들 가보면 다 이래!! 다 엉망진창이라고!! 그런 집에 산다고 애들 부모한테서 분리하기 시작하면 그 애들은 다 어디로 보낼 건데!! 너가 맡을래?

유리   너어?! 지금 너라고 했냐?! 나이도 어려 보이는 게 이게 어디서-

심주무관 그래 너 늙어 보여 좋겠다!! 어디서 이런 꼰대가 와가지고-

유리   늙- 꼰- 너 일루 와!! (심주무관 머리채라도 잡을 듯 달려드는데)

그때 최기자를 밀치며 달려 들어오는 정호,

유리를 거의 안아 들듯이 해 심주무관과 떨어뜨려 놓는다.

정호   (달려온 듯 숨 몰아쉬며) 너 그만해. 이쯤 했음 됐어.

유리   (뿌리치고 심주무관 노려보다) 그 쪼그만 게!! 하루 종일 갇혀 있다 목숨
       걸고 지붕 위를 걸어서 도망쳤어!!!

심주무관 (눈빛 흔들리는)

유리   신고가 없었던 것도 아니고!! 전에 애를 보고 간 어른들이 이렇게나 많은
       데!! 왜 애가 목숨을 걸어야만 살아남을 수 있는 건데, 어?!!

심주무관 (잠시 흔들리는가 싶지만) ...그걸 왜 나한테 뭐라 그러는 건데?

유리   안 되겠다 너 일루 와!!!!

       cut to 》유리, 고래고래 소리치며 정호와 준에게 끌려 나가는 중이고,
       심주무관 역시 동료들에게 붙잡혀 소리치고 있다.

유리   너어 직무유기죄로 처벌받을 각오나 해!!!

심주무관 고발해!! 고발해 그럼!! 그리고 너나 조심해!!!

       유리, 신고 있던 힐을 벗어 심주무관 향해 던지려다 정호에게 뺏기고,
       끌려 나가면서 다른 쪽 힐을 벗어 던지는데,
       심주무관, 이에 지지 않고 사무실 슬리퍼를 벗어 던진다!
       빡친 유리, 정호를 뿌리치고 달려와 이면지를 집어던지고, 난장판이다.

S#9.   도원구청 앞, 밤.

       머리를 산발한 채 씩씩대며 구청을 빠져나오고 있는 유리,
       정호와 준, 뒤따라 나오며 유리의 엉킨 머리를 풀어주고 있다.

정호   아주 이젠 니가 하다하다 구청까지 뒤집어놓는구나.

유리   (또 버럭) 아니 사람이 어떻게 저렇게 뻔뻔하냐고!!

최기자   (E) 저 말씀 중에 죄송합니다만..

유리 획 돌아보면, 최기자가 서 있다.

유리   (짜증으로) 또 뭐요!!

최기자   하나만 더 여쭤볼게요. 그럼 저 공무원 때문에 아이들이 제때 그 엄마한
테서 분리가 안 된 겁니까? 변호사님이 최초 신고자신 거죠?

유리   아까 말했잖아요, 인터뷰 안 한다고!! 애들 얘기 함부로 기사 쓰실 생각 하
지 마세요. 전 분명 경고했습니다!!

유리, 그러고 가는데, 별 동요 없이 안경 치켜올리는 최기자고.

S#10. 위탁부모의 집, 낮.

INS 》마당이 있는 아담한 전원주택.
거대한 과일바구니를 들고 수아, 지아의 위탁부모의 집에 찾아온 유리.
유리가 인사를 주고받는데 지아가 벽 뒤에 숨었다 빼꼼 얼굴을 내민다.
유리가 알아보고 '지아 안녕~' 하고 팔을 벌려 보이면,
지아, 수줍은 듯 웃더니 유리에게 천천히 다가와 안긴다.
그런데 어쩐지 수아가 보이질 않고.

위탁모   (E) 말도 잘 안 하고 하루 종일 방 안에 숨어 있어요.

S#11. 위탁부모의 집 서재, 낮.

위탁부모와 마주 앉아 있는 유리.

위탁모   (수심이 깊은) 이 상황에서 수아랑 지아를 떨어뜨려놓는 건 아닌 것 같은
데, 저희가 두 아이 다 입양하는 게 현실적으로 가능할지...

유리	고민되시는 게 당연하죠.
위탁모	만약에 저희가 맡지 않으면 어떻게 되는 건가요, 아이들은?
유리	현재로선 쉼터 같은 시설로 갔다가 친권자인 아이 아버지한테 돌아갈 확률이 높아 보여요.
위탁부	...그놈은 애들한테 관심도 없는 것 같던데, 그럼 그 여자가 출소하고 나서 애들 아버지가 다시 그 여자한테 아이들을 돌려보낼 수도 있는 거 아닙니까?

S#12. 수아의 방, 낮.

의자에 이불을 덮어 책상 아래까지 자기만의 아지트를 만들어놓은 수아.
유리가 그 앞에 다가가 앉으면, 안에서 빼꼼 내다본다.

유리	수아야 안녕? 언니도 안에 들어가봐도 될까?
수아	(끄덕이면)

유리, 수아 옆으로 기어들어가 같이 무릎을 끌어안고 앉는다.
누가 안에 플래시 조명을 달아줬는지, 텐트 안처럼 제법 아늑하다.
책상 아래 보면 야광 별들이 잔뜩 붙어 있고,

유리	우와 수아야 여기 너무 멋있다~~ 여기가 수아 집이야?

수아 자랑스럽게 고개 끄덕이고,
미소를 지으며 수아를 보던 유리, 곧 슬픈 얼굴이 된다.

S#13. (인터뷰) 로 카페 계단실, 낮.

계단실에 스탠드와 의자를 갖다놓고, 쓸쓸한 미소로 인터뷰 중인 유리,

유리   그땐 결국 그 주무관 말이 틀린 게 하나도 없다는 생각이 들더라구요. 학대하는 부모한테서 아이들을 기껏 떼어 놔도... 수아랑 지아한테 그 책상 밑보다 안전한 집을 만들어줄 능력이 없더라구요, 저한텐.

S#14. 유리의 오피스텔, 밤.

노트북 앞에 앉아 [학대피해아동 지원] 관련 정보를 검색 중인 유리,
틀어놓았던 TV에서 보도되는 뉴스 내용에 놀라 볼륨을 높인다.

최기자   (F) [하루 종일 베란다 안 작은 수납장에 갇혀 물 한 모금 마시지 못하고 방치되어 있었던 수영이는, 친모가 잠든 틈을 타 창문을 통해 위험천만한 탈출을 감행합니다. 3일 후 이웃 주민의 신고로 겨우 발견되었는데, 맨발에 온몸은 멍투성이였습니다.]

수아의 집 외부 영상과 함께 수아의 사건이 뉴스로 보도되고 있다!
충격과 공포로 이를 지켜보는 유리,
유리가 구청을 찾아 심주무관과 싸우는 영상이 흐릿하게 나온다.

최기자   (F) [문제는 사건 발생 불과 일주일 전 이웃주민의 신고로 아동학대전담 공무원이 현장에 출동을 했었다는 겁니다. 아이들이 친모에게서 분리될 기회가 있었음에도 불구하고 담당자들의 안일함으로 인해 해당 사건이 발생한 것으로 보고 경찰은 책임자에 대한 수사를 계속할 방침이라고 밝혔습니다. KBC 뉴스 최동환입니다.]
유리   (최기자 향해 분노하는) 저 *새끼!!!

S#15. 로 카페, 낮.

분노로 카페 안을 서성이며 최기자와 통화 중인 유리.
정호, 그 앞에 태평히 앉아 마시멜로 동동 띄워 핫초코를 들이키고 있다.

유리   내가 올리지 말랬죠? 보도 윤리는 개뿔- 가명만 쓰면 다예요? 애 사는 집
까지 떡하니 찍어 내보내놓고- 추측이 가능하잖아!! 아 됐고, 빨리 기사
나 내리세요!! (끊는데)
준   (옆에서 노트북을 하며) 이미 다른 언론사에도 퍼져서.. 내려봤자 소용없
을 것 같아요. 커뮤니티 같은 데도 다 퍼져서, 사람들이 다 욕하고 난리에
요.

공무원이 소리치는 뉴스 장면이 움짤로 만들어져 조롱을 받고 있다.
머리를 감싸며 주저앉는 유리고. 준도 맘이 편치 않다.

준   그분이 잘못한 게 맞는데... 왜 욕먹는 걸 보니까 기분이 안 좋은 걸까요?
정호   시스템의 실패를 한 사람한테 뒤집어씌우는 걸 지켜보는 건데 기분이 좋
을 리가 있나.
유리   (고개 들어 보면)
정호   첫 신고 때, 그 주무관이 아니라 니가 가서 수아를 봤으면, 적절한 조치를
취할 수 있었을 거라 생각해?
유리   ...무슨 말이 하고 싶은 거야.
정호   당시까진 애가 어디 다친 데도 없었고 엄마도 협조적이었어. 그 상황만 보
고 애를 엄마한테서 떼놓는 결정을 선뜻 할 수 있었겠느냐고.
유리   그런 결정을 하라고 그 사람이 그 자리에 있는 거잖아.
정호   현장 출동 인력의 전문성이 문제지, 개개인의 직무 태만의 문제가 아니라
고 봐 나는.

아득한 얼굴이 되는 유리인데...
그때 문이 벌컥 열리더니 심주무관이 카페로 들이닥친다.
겁에 질려 벌떡 일어서는 유리고, 정호 보호하듯 유리 앞을 막아서는데.
매섭게 유리를 향해 다가오던 심주무관, 갑자기 울음을 터트리며 주저앉

는다.

cut to 》은강, 심주무관 앞에 핫초코를 내려놓고 가고.
심주무관과 마주 앉은 유리, 정호는 관심 없는 듯 근처에 앉아 있다.

유리   저번엔 제가 너무 심했죠. 저도 일이 이렇게 커질 줄은 모르고...
심주무관 (울먹) 뭐 그때 틀린 말 하신 것도 없는데요,
유리   ...
심주무관 (다시 울음 터트리며) 작년 10월에 배정받아서 실무교육 40시간만 받고
          내던져졌어요. 야간 주말 휴일도 없이 부를 때마다 나갔어요... 어떻게 해
          야 될지 모르는 일투성인데, 새로 생긴 부서라 물어볼 선임도 없고... 그래
          도 열심히 한다고 했는데...
유리   (자기가 뭔가 잘못했단 생각이 들며, 울컥)
심주무관 근데 애들을 부모한테서 떼어놔도, 쉼터엔 진짜 자리가 없어요. 다 전화
          돌려서 제발 받아달라고 빌고, 그렇게 보내도 결국 며칠 있다 다 다시 집
          으로 돌려보내야 돼요.
유리   ...
심주무관 애들 잘못될까 봐 너무 무서운데, 그 부모들한테 소송당할까 더 무섭고...
          제가 잘못한 거 저도 아는데, (엉엉 우는) 진짜 제가 잘못한 거 아는데...
          (오열) 저 이제 정말 어떡해요.

우는 심주무관 보다 '많이 힘드셨겠다.' 하며 결국 유리도 눈물이 터진다.
울며 서로를 끌어안는 두 사람. 이를 보며 고개를 절레절레 젓는 정호.

S#16. 로 카페 계단실, 밤.

스탠드를 켜놓고 수아가 앉았던 계단에 가만히 앉아 있는 유리.
콘크리트벽이 드러난 공간을 둘러보는데, 스산하고 쓸쓸한 느낌이다.
그때 전화가 울려 받으면,

유리　어디시라구요? (기가 막혀) 수영이 변호사- 아니 제 번호는 다들 어떻게 알고 이렇게 전화들을 하신대요? (사이) 아니 제가 방송을 왜 합니까!!

　　　유리, 씩씩대며 전화를 끊는데,
　　　언제 들어왔는지 정호가 문간에 기대어 서서 유리를 보고 있다.

유리　왜. 뭐. 또 잔소리하게?
정호　아니. 그냥 니가 이거 봤나 해서.

　　　그러며 정호, 이제껏 켜져 있던 스탠드 불을 끄자
　　　수아가 벽에 붙여놓은 야광 별들이 은하수처럼 길게 이어지며, 반짝인다.
　　　이를 멍하니 바라보는 유리…
　　　한곳엔 별들이 모여 작은 집 모양을 이루고 있는 것이 보이고,
　　　새삼스럽게 계단실을 돌아보는 유리, 문득 뭔가를 깨달은 얼굴이 된다.

S#17. 로 카페 사무실, 밤.

　　　책상에 앉으며 어디론가 전화를 거는 유리.

유리　그.. 좀 전에 되게 싸가지 없이 전화 끊었던 김유리 변호산데요. 네, 저 그 인터뷰… 할게요.

S#18. (인터뷰) 로 카페 계단실, 밤.

유리　(조금 희망찬) 근데 저한테 당장 아이들에게 아늑한 집을 만들어줄 능력이 없다고 해서, 대한민국이 그럴 능력이 없는 건 아니겠더라구요.

S#19. 정호의 방, 낮.

라면을 가지고 TV 앞에 앉는 정호, 무심코 채널을 돌리다 다시 돌아온다.
어느 시사 프로그램 진행자가 다름 아닌, 유리를 소개하고 있다.
정호의 경악한 표정과 함께 젓가락에 걸려 있던 면발 주루룩 떨어지며,

진행자   (F) 민국당의 류진환 의원님 그리고 이번에 수영이 사건의 변호사로도 유
명하신 분이죠, 김유리 변호사님을 함께 모시고 이번 사건에 관련해 이야
기를 나눠보겠습니다.

화면 속 유리, 시커먼 네일에 (본인은 힘 뺐다고 그렇게 입은 건데) 흡사 마
녀(?)와 같은 시커먼 패션으로 진행자와 패널로 나온 국회의원 등과 인사
를 주고받고 있다.

정호   저 또라이 저거...

S#20. 방송국 스튜디오, 낮.

벽면에 [뉴스 앤 팩트] 적힌 스튜디오.
패널로 나온 여당 국회의원 **류의원(남/50대)**, 유난히 땀이 많은 편이다.

류의원   제 입장에서 이번 수영이 지영이 자매 사건은, 책임자들이 좀만 더 주위를
기울였어도 충분히 예방 가능한 사건이지 않았나 하는 생각이 들거든요.
진행자   네, 안 그래도 담당 공무원을 일벌백계해야 한다고 여론이 들끓는 중인데,
변호사님께서도 이 내용에 동의를 하시나요?
유리   아니요. 말단 공무원한테만 책임을 돌리는 건 좀 너무, 비겁하죠.
류의원   (허허 웃는)
유리   제가 그랬거든요. 경찰이랑 구청부터 찾아가서 분통을 터트렸어요. 근데

누가 저한테 그러드라구요. 너라면, 쉼터엔 자리도 없고, 부모가 소송 걸
어오면 다 니가 책임져야 하는데, 외상도 없는 아일 그 부모한테서 떼놓을
수 있었겠느냐고. 의원님은 어떠세요? 떼어놓으실 수 있다, 없다?

INS 》차마 못 보겠다는 듯 TV를 꺼버리는 정호, 그러나 곧 다시 켠다.

류의원   (허허 웃는데 땀 흐르는) 그건, 어려운 결정일 수 있겠네요.
유리   그럼 의원님은 이 어려운 결정을 해야 하는 아동학대전담공무원이란 자
         리가 언제 만들어진 지 아십니까?
류의원   (당황) 그거야...
유리   저도 몰랐는데 알아보니까, 저번에 아동학대 사건이 화제가 돼서 사람들
         이 막 욕을 하니까, 우리 국회의원님들이 특례법을 급조하면서 그때 만들
         어진 자리더라구요. 근데 잊으셨나 봐요?

유리가 몰아칠수록 땀에 젖어가는 류의원, 겨드랑이 밑이 흥건하다.

유리   (손수건 꺼내 닦아줄 기세로) 아니 근데 의원님 땀을 왜 그렇게 흘리세요?
류의원   (움찔 물러나는) 변호사님이 너무 아름다우셔서 그런가, 여기가 좀 덥네
         요. 허허.
유리   제가 아름다워서 더운 게 아니라, 그냥 더운 겁니다. (하곤) 근데 저는 이
         사건이 또, 너무 누가 잘못했냐에만 초점이 맞춰져 있다고 생각해요. 그보
         단 어떻게 해야 아이들을 더 잘 보호할 수 있을까를 이야기해야 하지 않
         을까요.
진행자   변호사님은, 어떻게 해야 아이들을 더 잘 보호할 수 있다고 생각하십니
         까?
유리   제가 여러모로 고민을 해봤는데... 역시 (손 모양) 돈이더라구요.

INS 》긴장해 바라보다 탄식하며 얼굴을 감싸는 정호.

진행자   (당황) 네?

유리   현장 인력의 전문성도 길러야 하고 충원도 해야겠죠. 위탁가정 지원과 아이들이 갈 수 있는 쉼터나 기반시설 늘리는 건 물론이구요, 할 게 산더민데, 그럴려면 무엇보다 (손 모양) 요게 필요하지 않겠어요?

류의원   (어이없어 허허 웃는)

진행자   (살짝 당황) 변호사님께서 지금 상당히 새로운 시각에서 말씀을 해주고 계신데-

유리   현재 아동학대 예산의 70%가 벌금과 복권 수입금에 기대고 있단 걸 아시나요? 복지부 전체 예산 중 아동학대에 들어가는 예산은 0.005% 밖에 안 되구요. 아이들을 안전하게 키우는 데, 최소한 고정 예산은 있어야 하지 않겠습니까, 의원님?

     INS 》못 말린다는 듯 웃으며 고개를 절레절레 젓는 정호.

S#21. VIP 병실, 낮.

병실에 누워 유리의 영상 [마녀변호사의 팩폭에 촛농처럼 녹아내리는 류진환 의원 (feat. 겨땀)]을 보고 있는 이편웅, 박장대소를 한다.
이식 수술을 마친 뒤라 약간은 핏기 없는 얼굴로 아이스크림을 먹고 있다.

편웅   이 계집애는 아주 재밌는 짓만 골라서 하고 다니는구만. (다시 웃곤) 저번에 그런 일 당해놓고도 기 하나 안 죽고 볼수록 맘에 든다니까? (유리의 얼굴에서 영상을 멈추곤 한참을 빤히 들여다보며 뒤에 있는 한실장 향해) 저걸 어떻게 데리고 놀아야 재밌을까?

한실장   ...

편웅   (한실장과 눈 마주치면) 왜 간 떼먹히고 누워 있는 놈이 이런 말하고 있으니 우스워?

한실장   아닙니다. 회장님께선 조금 전 퇴원하고 본가로 가셨다고 합니다.

편웅   간 떼간 놈이 떼준 놈보다 먼저 집엘 가면 어쩌나. 하여튼 그 노인네... (다시 유릴 보더니 입맛 다시는) 요즘 재밌는 게 하나도 없었는데 다행이네.

S#22. 로 카페 계단실 - 홀, 밤.

유리, 준, 은강, 정호, 함께 계단실에 좌식소파를 들이고,
가랜드와 조명, 인형 등으로 공간을 아늑하게 꾸미는 중이다.
잠시 후, 문이 따릉~ 소리를 내더니 우진과 함께
수아, 지아 그리고 위탁부모가 카페 안으로 들어온다.
cut to 》아이들과 정호, 준, 우진은 계단실에서 놀고 있고,
유리는 테이블에 위탁부모와 마주 앉아 있으면, 은강이 차를 가져온다.

은강   가마솥에 아홉 번 덖은 제주산 녹찹니다.
유리   죄송합니다. 저번에 뉴스 나가고도 곤혹 치르셨는데, 저 때문에 또...
위탁모   (쿡 웃으며) 아니에요, 방송 잘 봤어요.
유리   (민망한데)
위탁부   (위탁모의 손잡더니) 변호사님, 저희 결정을 했습니다.
유리   ?
위탁부   아이들을 키우려면 온 마을이 필요하다는 말이 있지 않습니까. 근데 생각
         해보니까 저희도 있고 변호사님도 있고, 변호사님 카페 식구들도 있고...
         박선생님도 계시고, 벌써 어른이 일곱이나 되더라구요. (웃으며) 오늘 변호
         사님 방송 보구 나면 아마 더 생길 것도 같구요.
유리   (울컥해 보면)
위탁모   (유리 손잡으며) 지아도 수아만큼이나 상처 많은 아이니까, 더 마음 써서
         키우겠습니다. 같이 키워주실 거죠?

이에 눈물 그렁그렁해 '그럼요.' 하며 끄덕이는 유리.
이때 계단실에서 와르르 웃는 소리가 들려와 보면,
정호와 우진, 지아와 수아를 목마 태우고 천장에 야광 별을 붙이고 있다.
그러다 유리와 눈이 마주치면 수줍게 웃어 보이는 수아고,
눈물 그렁해 마주 웃는 유리.

S#23. 로 카페, 낮.

상담을 마치고 손님을 내보낸 유리, 커피를 마시려는데 잔이 비었다.
쉴 새도 없이 또 손님이 '안녕하세요' 하며 들어오자
유리, 목이 아픈지 '잠시만요' 하곤 잔을 들고 사무실 밖으로 나오는데,
손님들이 발 디딜 틈 없이 꽉 차 장사진을 이루고 있는 모습이 보인다!
그 사이를 군것질거리 카트를 끌고 누비고 있는 김천댁과 최여사,

최여사   변호사 아가씨, 방송 나가더니 이제 떼돈 벌게 생겼네~
김천댁   (유리 입에 뻥튀기 물려주며) 왜 나와 있어, 얼른 들어가 일해!

유리, 벙쪄 보는데...
은강은 밀린 커피 주문을 해치우랴,
준은 주문을 받으며 사람들에게 어떤 상담을 왔는지 묻고 받아 적느라 정
신없는 모습이고...
그 와중에 팔을 걷어붙이고 커피를 서빙 중인 우진도 보인다!

유리   (놀라 우진의 트레이 뺏어들며) 아니 선생님이 여기서 뭐 하세요?
우진   (빙긋) 아 변호사님. 점심시간인데 준이 씨가 잠깐 좀 도와달라고 해가지
구요. (유리 손에 들린 잔 가져가며) 커피, 리필해드릴게요.

멍하니 남겨져 입을 벌린 채 손님들로 가득 찬 카페를 보는 유리.

S#24. 로 카페, 밤.

시계 바늘이 밤 9시를 향해가고 있다.
준이, 지쳐 계단실 소파 공간에 나자빠져 있고.

옆에서 돈을 세고 있는 김천댁, 뿌듯해선 준이더러, '수고했어~' 한다.
은강 역시 지친 얼굴로 마지막 커피 한 잔을 내리는데...
파김치가 된 유리가 사무실에서 손님과 함께 나오더니,

유리   준이 씨 우리 이제 다 끝난 거죠?

하는데, 조용히 홀에 앉아 있던 마지막 손님 **강영분(여/50대)**이 일어선다.
억지로 환하게 미소 지어 보이는 유리.

S#25. 로 카페 사무실, 밤.

마주 앉아 있는 유리와 영분이고.
은강이 들어와 영분 앞에 김이 모락모락 나는 커피를 놓고 간다.

은강   (지친 기색) 디카페인 아메리카노.
영분   (미안한 미소로) 힘드실 텐데 죄송해요.
유리   (손사래) 아뇨오, 하루 종일 기다리신 분들이 더 힘들죠.
영분   우리 애가 변호사님 방송하신 걸 보고 한번 가보라고 해가지고.... 제가 얼마 전에 상해죄로 고소를 당했었거든요.

가방에서 [불기소결정서]를 꺼내 유리에게 건네는 영분.

유리   (영분의 서류 훑어보며) 기소유예 처분을 받으셨네요. 죄는 인정이 되지만, 검사가 재판에 넘기지 않고 선처를 해준 것 같은데.. 어떤 점이 궁금해서 오셨을까요?
영분   (한참 뜸을 들이다) ......제가 왜 죄인으로 선처를 받아야 하는 건지 모르겠어서요.
유리   (이에 서류를 다시 읽어보는데)
영분   1년 동안 가정부로 일했던 곳이었어요. 그 집주인분이, 저한테 마음이 있으셨는데 저는 분명히 여러 번 거절을 했거든요. 근데 목구멍이 포도청이라... 거기서 계속 일을 했어요. 낮에는 집에 잘 계시지도 않고 하니까 괜찮을 거라고 생각하면서...

S#26. 임씨의 집, 밤. (영분의 회상)

고급 아파트. 영분, 부엌을 정리 중인데,
집주인 임씨(남/50대 후반) 뒤에서부터 다가와 영분을 끌어안는다.
놀란 영분, 임씨를 뿌리치며 돌아서선 무어라 단호히 말하는데,

영분   (E) 싫다고 계속 말을 해도 통하지가 않더라구요. 자기가 정말 싫었으면 일을 그만뒀을 건데 아직도 다니는 건 자기한테 마음이 있어서가 아니냐고. 그러더니 그날은 다짜고짜 입을 맞춰오시는데...

영분에게 다가오더니 강제로 입을 맞추는 임씨고, 그를 세게 밀치는 영분.
그러자 임씨, 화난 듯 영분의 양 손목을 붙잡더니 부엌으로 밀친다.

영분   (E) 너무 무섭고.. 화가 났어요. 그래서 저도 모르게-

그때 두려운 듯 떠는 영분의 눈에, 펄펄 끓고 있는 돌솥밥이 보이고...!

S#27. 로 카페 사무실, 밤.

영분의 얘기에 아찔한 듯한 표정을 지어 보이는 유리.
영분, 화상 흉터가 남아 있는 제 손을 멍하니 바라보며...

영분   제가 그 일이 있고 바로 경찰서에 가서 고소를 했더니, 그 인간도 저를 상해죄로 고소하더라구요. 저 때문에 화상을 입었다면서.

유리   아이고...

영분   검사는 제가 과잉대응을 했다고 하는데, 저는 그때 너무 무섭고 경황이
      없어서 그냥 그것밖에 보이질 않았어요.

유리   사실 이 기소유예 처분은 좀 많이 억울한 경우이긴 하네요. 하지만 기소
      유예 처분만으로는 특별히 불이익이 있거나 하진 않거든요. 또 다행히 그
      분은 성추행으로 유죄가 인정된 것 같은데...

영분   그래봤자 변호사 써서 집행유예 받아내더라구요 결국. 저한텐 화상 치료
      비를 대라며 민사소송까지 걸어온 상태에요.

유리   (화나는) 와 정말 뻔뻔한 놈이시네요.

영분   근데 기소유예라는 건... 죄가 있다는데 봐준다는 말이잖아요. 제가 무슨
      죄가 있죠? 제가 그럼 거기서 당하고만 있었어야 했나요?

유리   (조심스런) 이런 경우 헌법소원이란 걸 통해서 기소유예 처분 취소 신청이
      란 걸 해볼 순 있긴 해요.

영분   헌법.. 소원이요?

유리   네. 영분 씨의 경우 검사가 일을 잘못해서 나의 헌법상의 기본권을 침해받
      았으니 이를 시정해달라고 헌법재판소에 심판을 청구할 수 있다는 거죠.

영분   (한참을 끄덕이더니) ...그건 많이 비싸겠죠?

유리   다른 소송이랑은 다르게 헌법소원심판은 변호사강제주의라고 해서, 변호
      사를 필수적으로 선임하셔야 하는 부분이 있어요. 그래서 아무래도...

영분   ... (끄덕끄덕)

유리   근데 이게 헌재에서 내용을 받아들여서 취소를 해준다고 해도, 영분 씨가
      무죄가 되는 거 말고는 따로 보상이나 그런 게 있는 게 아니기 때문에...

영분   (한참 말이 없다가) 제가 나름 성실하게 열심히 산다고는 살았는데...

유리   ...

영분   새끼들 먹이고 입히느라.. (부끄러운 듯 미소) 보시다시피 저한테 해준 게
      많이 없어요. 근데 이렇게 잘못한 것도 없이 죄인 낙인까지 남겨놓기엔...
      이제껏 열심히 산 나한테 (지친 미소로) 너무 미안하잖아요.

      그런 영분의 말에 가슴 웅장해지며... 결국 사고를 치고 마는 유리.

유리　　　그럼, 하셔야겠네요! (서랍에서 계산기 빼더니 두드리는) 제가 원래 건당 수임료를 최소 삼백부터 받는데... 오픈 이벤트로다가 10% 디씨.. (눈 마주치면) 아니 15% 디씨를 해가지고 여기에 50%만 선금으로 받으려고 하는데, (계산기 타닥 하곤 보여주는) 어떠세요? 5회 분납도 가능해요!!

너무도 적극적인 유리에 결국 웃음을 짓고 마는 영분.

S#28. 정호의 옥탑, 낮.

정호, 옥상 키즈풀에 물을 받아놓고 반신욕을 즐기는 중인데,
헉헉 숨을 몰아쉬며 계단을 뛰어올라오는 유리.

유리　　　김정호 너, 법원에 기록 복사 좀 다녀와.
정호　　　(어이없어) 뭐?
유리　　　헌재에 기소유예처분취소심판 청구하려고 하는데, 알잖아 그거 기한 빡센 거.
정호　　　(풀에서 나오며 수건으로 머리를 말리는데) 그걸 나보고 어쩌라고.
유리　　　(벗은 정호를 보곤 괜히 부끄러워져 헛기침하고 하늘 보며) 그게 기소유예 떨어지고 90일 이내에 신청해야 되는 건데... 제출 기한이 딱 담주 월요일까지더라고.
정호　　　장난해? 오늘이 금요일이야.
유리　　　그러니까 주말에 읽고 청구서 쓰고 하려면 오늘 해야겠지? 근데 도저히 각이 안 나와. 손님들이 지금 밖에까지 줄을 서서, 점심도 못 먹고-
정호　　　그러면 사건 수임을 하지 말았어야지!
유리　　　너의 남아도는 시간으로 누군갈 돕는다고 생각하고, 이번 한 번만 도와주라.

그때 하필 햇살이 유리 쪽으로 내리치는데,
말 그대로 눈이 부시게 예쁜 유리고...

정호   (홀린 듯 바라보다 저도 모르게) 이번 한 번만이다.

유리   (놀라) 진짜?! 진짜 해주는 거야 진짜?!

정호   (아이씨... 바로 후회되는) 어 그러니까 내 눈앞에서 얼쩡대지 말고, 가, 훠이!

S#29. 법원 열람복사실, 낮.

기록을 한 장 한 장 복사 중인 정호.

정호   (궁시렁) 변종 불나방 이거, 일도 기한도 안 보고 달려들고 말이야, 못 산다니까.

그러며 복사 중인 기록을 읽어보는데, 재밌는지 금세 몰입하는 정호다.
잠시 뒤, [정계장님]한테서 전화가 온다.

S#30. 법원 근처 식당, 밤.

정호와 머리를 맞대고 이야기 중인 정계장.
정호의 옆자리엔 복사한 기록이 담긴 두툼한 노란 봉투가 놓여 있고,
정계장, 주변을 의식해 속삭이듯 작게 이야기 중이다.

정계장 (또 다른 노란 봉투를 건네며) 말씀하신 대로 지금까지 중앙지검 내에서 도한그룹 관련 사건 처리했던 검사님들 전부 훑어봤는데, 아닌 말로도 김승운 검사장님 라인이라긴 힘든 인사들입니다.

정호   2018년 강영조 부장이 도한바이오로직스 사건 맡고 영전됐던 건-

정계장 강차장님 요번에 검사장님 취임하시자마자 바로 옷 벗고 나가셨잖아요.

정호   지금이야 틀어졌어도 당시엔 같은 라인이었을지도 모르죠.

정계장   에이 아니라니까요~

정호   ...일단 좀 더 파보죠.

정계장   (한숨) 만약에 진짜 검사장님과 도한그룹 커넥션을 증명할 뭔가를 찾으시
         면... 그다음엔 어쩌실 계획이세요?

         술잔을 보며 대답이 없는 정호.

S#31. 은하빌딩 앞, 밤.

         정호, 생각에 잠긴 채 걸어오고 있는데,
         누군가에게 부딪힐 뻔하며 놀라 앞을 보면, 유리가 팔짱을 낀 채 서 있다.

유리   야 김정호, 너는 왜 하루 종일 전활 안 받아?

정호   아... 누구 좀 만나느라고. 너 설마 아직도 안 가고 나 기다렸냐?

유리   기다렸지 그럼! 너가 기록 복사해서 다시 카페로 가져온다며.

정호   뭔 기록- (하다 아차 싶은) 아... 그거,

         이제껏 품에 끼고 있었던 노란 봉투를 꺼내는데,
         INS 》정실장에게 건네받은 노란 봉투와 옆자리에 놓여 있던 노란 봉투.
         현재 정호의 손엔 노란 봉투가 하나 뿐이다.

유리   (불길한) 복사해온 거 맞지?

S#32. 로 카페, 밤.

         카페, 모두 퇴근하고 없고 유리만 홀로 손톱을 씹으며 서성이고 있는데,
         정호, 어딘가 달려갔다 오기라도 한 듯 땀을 흘리며 들어온다.

정호	월요일에 다시 복사해서 읽기엔 좀 빠듯하겠지?
유리	(막막함 몰려오는) 왜, 못 찾았어?
정호	그 식당에 다시 갔는데... 닫았더라고.

INS 》불 꺼진 S#30의 식당 안, 정호가 앉았던 자리 옆 냉장고 밑에 들어
가 있는 노란 봉투.
식당 앞에 붙은 안내문 팔랑인다.
[선교여행으로 2주간 쉽니다. 8/＊＊부터 정상영업]
다시 로 카페 》유리, 얼빠진 얼굴로 정호를 바라보면,

정호	내가, 책임질게.
유리	...아냐 됐어, 니가 뭘 책임져. 괜찮아. 원래 뭐든 급하게 하려고 하면 체하는 법이랬어.
정호	넌 그걸 아는 애가 뭘 해도 그렇게 급하게-
유리	(빠직! 해서 보다) 어쨌든 오늘 나 대신 복사하느라 수고 많았고... 나랑 다른 얘기할 거 아니면 얼른 올라가 자. 이미 흑심을 품어버린 나랑 있기엔, 너한테 밤은 너무 위험하니까.
정호	제발, 그런 아저씨 같은 멘트는 어디서 배워오는 거야?
유리	배우긴 다 내 마음에서 우러나오는 거지.
정호	(아휴 말자 싶고) 하여튼 오늘 일은 내가 책임질게.
유리	아까부터 뭘 자꾸 책임진대.
정호	...내가 다 기억이 나거든.
유리	뭐가...
정호	오늘 복사한 거. 어찌 됐든 기록이 있기만 하면 되는 거 아냐.

S#33. 로 카페 사무실, 밤.

컴퓨터 앞에 앉아 깍지 낀 손을 우두둑거리는 정호.
모니터에 1심 사건 기록을 공소장부터 빠르게 타이핑해넣기 시작한다.

커피를 가져온 유리, 믿을 수 없다는 듯 그 모습을 지켜보고 있다.

유리　이 오백 장 넘는 게 진짜 다 기억난다고? 그럼 이 다음은, 다음은 뭔데.

정호　(줄줄 읊는) 15:00시경 평소 퇴근 시간보다 이르게 귀가한 피고인은 주방에서 일하고 있던 피해자를 발견하고 뒤에서부터 다가와 끌어안으며 추행하였고, 이에 놀란 피해자가 소리치며 항의하였음에도 피고인은 다시 강제로-

유리　(입 벌어진) 이 괴물...

S#34. (인터뷰) 로 카페 사무실, 낮.

유리, 정호가 타이핑한 두툼한 기록을 손에 쥔 채,

유리　항소심까지 있는 기록을 한 번 읽고 다 외워온 거니 괴물이죠, 사람이 아니고. (생각에 잠겼다) 그리고 옛날부터 그 천재 모드만 되면 나오는 눈빛이 있거든요. 정말 집중했을 때만 나오는 건데, 그걸 차갑다고 해야 되나, 뜨겁다고 해야 되나... 하여튼 보는 사람 마음도 온통 뒤죽박죽으로 만들어버리는 그런 눈빛이 있거든요.

S#35. 로 카페 사무실, 밤 → 낮.

정호 빠르게 타이핑을 이어가고 있고,
유리, 대놓고 턱을 괴고 앉아 그런 정호를 빤히 보고 있는데,
정호, 한숨과 함께 타이핑을 멈추고 유리를 본다.
이에 바로 안 본 척 시선을 돌리는 유리.
다시 정호가 일을 시작하자 이번엔 화면에 타이핑된 기록에 관심이 간다.
유리, 모니터를 보며 저도 모르게 정호 쪽으로 몸이 기우는데...

정호 (깊은 한숨) 나 하지 말까?

유리 응?

정호 (바짝 붙은 유리 보며) 떨어져. 내가 지금 이거 다 까먹길 바라는 거 아니
    면.

유리 참 나, 내가 뭐 너 잡아먹나!

정호 모르지 또. 흑심을 품어버린 너랑 있기엔, 나한테 밤은 너무 위험하다며.

유리 (기가 막혀) 야 그 말은!

정호, 책상 한편에 높이 쌓여 있던 서류 뭉치를 가져오더니
유리와 저 사이에 쾅 놓는다.

정호 해 뜰 때까지 여기 넘어오지 마. 넘어 보지도 말고.

어이없어 보는 유리인데, 무시하고 다시 모니터를 보는 정호다.
cut to 》정호, 타이핑을 마치고 기지개를 펴는데,
책상에 엎드린 채 곤히 잠들어 있는 유리가 보인다.
이제야 유리를 마음껏 눈에 담는 정호.
두 사람 사이를 가로막고 있던 책들을 치우더니,
유리의 얼굴을 마주 보며 저도 책상에 엎드린다.
FLASH BACK 》"이렇게 된 거 뜸 들일 거 없이 제대로 말할게." (S#3)
FLASH BACK 》"응. 좋아하는 것 같다고." (S#4)
FLASH BACK 》정호에게 입을 맞추는 유리 (S#1)

정호 (슬픈 듯 웃으며) 고백도 꼭 지같이 하지...

S#36. 은하빌딩 앞, 낮.

영분과 함께 로 카페에서 나온 유리, 한껏 차려입은 모양새다.
저만치에서 분리수거장을 정리 중인 정호가 보인다.

못마땅한 얼굴로 재활용품들을 하나하나 다시 확인해 분리수거 중인데,
유리, 영분을 데리고 총총 정호를 향해 간다.

정호   야 김유리, 우유팩은 종이류가 아니고 종이팩류라고 몇 번을 말하냐. 얘네
             들만 제대로 재활용해도 20년생 나무를 130만 그루 심는 것과 효과를 얻
             을 수 있어요. 똑바로 해,

유리   (대뜸 영분에게 정호 소개하는) 우리 로 카페 공식 고문 변호사님이세요.

정호   (누가 있나 싶어 자기 뒤를 보는데)

유리   이번에 영분 씨 사건도 정말 많이 도와주셨거든요.

정호   (어이없어 보면)

영분   아아 정말 감사합니다. 어떻게 감사를 드려야 할지...

정호   (당황) 아 예...

유리   (장난기 발동) 근데 뭐 하세요 변호사님, 얼른 가셔야죠. 오늘 신청서 내는
             날인 거 깜빡하셨구나! 의뢰인분 기다리시는데 어서 가시죠, (끌고 가려
             하면)

정호   (영분 눈치 보며, 속삭이는) 뭔 소리야 내가 어딜 가.

유리   (속삭이는) 너가 도움 준 사건이잖아, 어떻게 되는지 궁금하지도 않냐?

정호   아니, 전혀 안 궁금한데?

S#37. 헌법재판소 앞, 낮.

추리닝 차림으로 헌법재판소 앞에 선 정호. 난 누구이고 여긴 어딘가.
그 옆에 유리와 함께 서 있는 영분도 마찬가지인 기분이다.

영분   (헌법재판소 팻말을 보며) 제가 살다 살다 이런 곳엘 다 와보네요...

유리   아주 멋진 선택을 하셨단 뜻이죠. 침해당한 헌법상의 기본권을 지키기 위
             해 이 자리까지 오셨단 거니까요. (싱긋 웃곤) 그래서 원래 여기 오면 사진
             을 찍어줘야 돼요!

그러더니 대뜸 정호의 손에 휴대폰을 쥐어주는 유리고.
봉투 안에 넣어온 [헌법소원 심판 청구서]를 꺼내 들고 포즈를 잡더니,
어리둥절해 있는 영분을 옆으로 끌어당긴다.
절레절레 고개 젓지만 이내 휴대폰 치켜들며 열심히 구도를 잡는 정호고,
영분이 함께 청구서의 *끄트머리*를 잡는 순간 찰칵, 사진이 찍힌다.
포즈를 바꿔가며 찰칵찰칵,
오버스런 유리의 포즈에 결국 웃음이 터지는 영분.

S#38. 어느 카페, 낮.

임씨와 만나고 있는 유리와 정호.
정호, 대충 옆에 앉아 오도독오도독 얼음만 씹고 있다.
임씨, 중년의 신사처럼 제법 번지르르한 얼굴에 수트 차림이다.

임씨   내가 그 여자가 좋아서 그랬어요. (유리를 훑는 눈길로) 아니, 아무리 세
           상이 바뀌었다지만 사내놈이 좋아하는 여자한테 입 맞추는 게 성추행이
           면 대체 어떻게 마음을 표현하란 겁니까.

유리   (어이없단 듯 보는데)

임씨   (유리를 훑으며) 아가씨도 잘 알 거 아니요. 이렇게 이쁜데.. 사내놈들이 수
           시로 달려들었을 거 아니냐고.

그때 임씨, 제 손등을 간질이는 무언가에 놀라 보면,
정호가 임씨의 손등을 닿을 듯 말 듯 야하게(?) 쓰다듬고 있다.
놀라 보면, 순식간에 임씨에게 확 다가가 귀에다 속삭이는 정호.

정호   그럼 저도 아저씨가 좋으면.. 키스해도 되는 거예요?

임씨   (화들짝 놀라 정호 밀치다 의자 뒤로 넘어가는) 뭐뭐뭐 뭐, 뭐야 너는!

정호   (넘어지는 걸 지켜보고, 손소독제 짜서 손 닦으며) 아무리 좋아해도 상대
           가 싫다는데 하면, 그건 구애가 아니라 범죕니다. 법정에서 잘못했다 빌어

서 집행유예를 받았으면 성폭력 치료 프로그램도 이수했을 텐데, 아직도 이 정도면 배움의 의지가 없는 건가, 머리가 나쁜 건가.

임씨 넌 뭐야!

정호 내가 뭔진 별로 안 중요하고, (이 자리가 불쾌한, 유리 향해) 하러 온 얘기나 빨리해.

유리 (잠시 생각에 잠겼다) 어? 어. 피해자한테 손해배상 소송 걸어오셨던데, 이거 진짜 진행하실 생각은 아니죠?

임씨 왜 아닙니까! 내가 그 무식한 여자 땜에 무슨 고생을 했는데! (옷을 젖혀 어깨의 커다란 화상 흉터를 보이며) 아니 사람한테 펄펄 끓는 돌솥을 집어던지는 게 제정신인 사람이 할 짓이냐고! 내가 이거 치료비랑 그 정신적 피해, 다 보상받을 겁니다.

유리 ...피해자가 손해배상을 걸어도 모자란 마당에 가해자가 소송을 걸어서 승소한 경우는 없습니다.

임씨 상해죄로는 내가 피해자예요, 그 여자가 가해자고!!

유리 네, 그래서 안 그래도 오늘 영분 씨가 헌법재판소에 가서, 기소유예처분에 대한 헌법소원을 청구하고 왔거든요. 쉽게 말해 그쪽이 피해자가 되는 이 아주 웃기지도 않는 시추에이션은 조만간 정리가 될 거란 얘깁니다.

임씨 !!

유리 그래서 그전에 좀 더 원만한 해결을 말씀드리려 온 건데, 뭐 그럴 의사가 없어 보이시니, 그간 그쪽이 강영분 씨 핸드폰으로 주야를 가리지 않고 보내온 음란 문자와 구애 문자, 집 주소 알아내 찾아오고 다른 일하는 곳에도 찾아와 스토킹한 행동들 전부~ (손가락 꼽으며) 불안감 조성, 지속적 괴롭힘, 스토킹처벌법 위반, 통신매체이용음란죄, 개인정보보호법 위반.. 또 뭐였지?

정호 주거침입 미수.

유리 아 그렇지, 주거침입까지 아주 싹 다 털어서 일일이 고소해드릴게요. 기왕이 빨간줄 다신 김에 아주 공책을 함께 만들어보죠.

임씨 (부들대며 보다) 변호사가 이렇게 협박을 해도 되는 겁니까?

유리 협박이라뇨, 팩트를 말씀드리는 건데.

정호 (일어나 유리의 가방 집어 들며) 가자, 이제.

유리   (명함 주며) 맘 바뀌어서 원만한 해결 원하시면 언제든 연락 주세요~

S#39. 카페 앞 거리, 낮.

카페를 나와 걷고 있는 정호와 유리.

정호   근데 너 나 안 왔으면 오늘 저 새끼 혼자 만날 생각이었냐?

대답이 없는 유리, 어두운 얼굴로 혼자 생각에 잠긴 채 걷고 있다.

임씨   **좋아하는 여자한테 입 맞추는 게 성추행이면 대체 어떻게 마음을 표현하란 겁니까. (S#38)**

FLASH BACK 》 정호에게 두 번이나 입을 맞추는 유리의 모습. (S#1)
FLASH BACK 》 "난 너 아니라고." 말하는 정호 (S#4)
FLASH BACK 》 "아무리 좋아해도 상대가 싫다는데 하면, 그건 구애가 아니라 범죕니다." (S#38)
FLASH BACK 》 "나한테... 그 키스는... 불법이야. 반칙이라고." (S#4)
갈수록 더 착잡해지는 유리, 호흡이 불규칙해지고, 걷다가 멈춰서면,

정호   (걱정되는) 왜 그러는데. 어디 아파 또?
유리   아니야... 나 어디 갈 데 있어서 그런데 너 먼저 가라. (돌아서 가면)
정호   어디 가는데! 야!! 같이 가!!

유리, 그사이 벌써 택시를 불러 올라타버린다.

정호   (어이없고) 저건 어떻게 갈수록 지 맘대로야!

S#40. 세연과 진기의 집, 낮.

거실 소파에 앉아, 세연과 함께 아기를 보고 있는 유리.

유리   진짜 볼수록 신기해. 어떻게 너랑 도진기가 51 대 49로 묘하게 섞여 있지?

세연   (픽 웃곤) 할 얘기가 뭐야?

유리   뭔 얘기?

세연   딱 봐도 고민 있어 드릉드릉한 얼굴인데 뭐. 내가 널 몰라?

유리   그게...... 내가 친구한테 들은 얘긴데, 어떤 사람이.. 너랑 도진기처럼 원래
       친구였던 사람한테 고백을 한 거야. 근데... 거절을 당한 거지. 문제는 고백
       하기 전에, 먼저 키잇... 스를 했대.

세연   으이구, 요즘 누가 그렇게 매너 없게 구애를 하냐. 고백을 키스로 하는 건
       상대 마음이 거의 99% 확신이 갈 때나 하는 건데, 아님 그게 성추행이랑
       뭐가 달라.

유리   (머리를 얻어맞은 듯한 충격으로) 아니 그래도... 99%까지 확신한 건 아니
       지만 저쪽에서 보내온 사인이 있으니까, 그 사람도, 그걸 한 거 아닐까?

세연   무슨 사인이 있었는데?

유리   아니, 그 사람이 사업을 하는데 최근에.. 힘든 일이 있었는데 엄청 챙겨줬
       다나 봐. 평소에도 무슨 일 있음 막 엄청 걱정하고 달려오고,

세연   (짜증) 야, 그런 사소한 친절을 오해하는 도끼병 환자들 때문에 세상이 이
       렇게 메말라가는 거야! 오해할까 겁나서 뭐 해주겠니? 내가 봤을 땐, 저쪽
       은 백 퍼 마음 없는데 혼자 난린 거네.

유리   (급격히 어두워지는) ...그럼 일단 찾아가서 사과부터 하라 그럴까?

세연   (아기 보며 무심히 이어가는) 사과 핑계로 어떻게든 얼굴 한 번 더 보려는
       수작질인 줄 모를까 봐. 그 사람은 당분간 얼굴도 보기 싫을걸?

유리   (하늘 무너지는 효과음) 얼굴까지... 보기 싫을까?

세연   아유 싫지 그럼. 그나저나 나 곧 복귀하니까, 니 카페 해코지한 새끼부터
       내가 잡아 족쳐줄게.

그러나 이미 세연이 하는 말은 들리지도 않는 유리다.

S#41. 해피슈퍼 앞 거리, 밤.

세상 충격받은 얼굴로 힘없이 걸어오고 있는 유리인데,
해피슈퍼 평상에서 김천댁, 최여사, 준 은강이 술판을 벌이고 있다.
김천댁, 유리를 보곤 현란한 동작으로 폭탄주를 말더니,

김천댁   얼굴에 술 먹고 싶다고 써 있는데, 와서 한잔해.

cut to 》취해서 소주병을 든 채 울고 있는 유리고,

김천댁   (한심한 듯 보며) 아휴, 괜히 불렀네, 괜히 불렀어. 이 맛난 술을 처먹고 울긴 왜 운대?

최여사   (김천댁 째릿, 유리의 눈물 닦아주며) 아니 다 큰 처자가 왜 울고 그래애~

유리   제가... 엉법... 제 이백구십... 파알- (오열하는)

김천댁   아까부터 자꾸 뭐라는 거야, 이백구십? 뭐 빌린 돈이라도 있어?

유리   (울며) ...제가..이배액 구십..팔 조를...

준   (유리 보며) 형법 제298조 말씀하시는 것 같은데요? 그게 뭐더라, (휴대폰 검색하는)

은강   ...강제 추행.

준   어 진짜네요? (은강에게서 떨어지며) 형님은 근데 그거 어떻게 아세요?

은강   (대답 않고 흥 웃더니, 채워진 유리의 잔을 가져와 대신 마셔버린다)

유리   ...그거 내 술인데!

준   사장님은 이제 고만하세요, 또 뭔 흑역사 만드시려고!

'왜 술도 못 먹게 해~' 하며 다시 서럽게 울기 시작하는 유리,
흐려지는 준의 얼굴에서...

S#42. 몽타주 (유리의 꿈, S#46 몽타주와 연결)

오열하는 유리가 까르르 웃는 유리로 디졸브 되며,
꿈처럼 흐릿한 유리의 시선에서 정호의 모습이 컷컷 스쳐간다.
욕실에서 흠뻑 젖은 머리를 쓸어 넘기는 정호,
유리의 블라우스 단추를 푸는 정호,
유리를 침대에 눕히는 정호.

S#43. 정호의 방, 낮.

포근한 이불에 파묻힌 채 미소 지으며 잠에서 깨어나는 유리,
킁킁 이불 냄새를 맡는데, 기분 좋은 냄새가 난다.
그러다 눈을 번쩍 뜨더니 확 몸을 일으켜 앉는 유리.
혼란스레 주변을 둘러보는데, 이곳은 누가 봐도 정호의 방이다!!
그러다 문득 아래를 보곤 기겁하며 이불을 끌어올리는 유리,
상의가 속옷에 가까운 카미솔 차림이다.
잠시 충격을 다스리더니 다시 이불 안을 들춰 보는데,

유리　　그래 바지는 입었어. 바지는 입었다고. 좋은 사인이야, 완전히 망하진 않았
　　　　단 거지.

S#44. (인터뷰) 유리의 오피스텔, 낮.

숙취에 시달리며, 넋이 나간 얼굴로 앉아 인터뷰 중인 유리.

유리　　완전히 망했더라구요.

S#45. 정호의 방, 낮.

유리의 눈에, 방 저편에 걸려 있는 자신의 요란한 블라우스가 보인다.
(어제 입고 있었던 상의를 정호가 손빨래해서 곱게 걸어놓은 것)
그러며 어젯밤 기억이 떠오르기 시작하는데...

S#46. 몽타주

#1. 어젯밤 정호의 옥탑
정호, 팔짱을 낀 채 세상 어이없는 얼굴로 유리를 보고 있고,
만취 상태의 유리, 엉엉 울며 정호의 방문을 향해

유리 (엉엉 울며 발음 다 뭉개져선) 2022년 *월 *일 오전 8시경!! 홍산경찰서 앞에서 귀하의 명시적 동의 없이 ╱ 귀하에게 두 차례나 입을 맞춘 행위는 ╱

정호 (그 말에 화들짝 놀라 다가오는) 야!! 너 조용히 안 해? 동네 시끄럽게-

유리 (정호가 다가오자 물러서며) 형법 제298조... 강제추행에도 해당될 수 있는 것으로 ╱ 본인은 그날의 행동에 대해 깊이 반성하고 있으니 (통곡) 제발 고소만 하지 마아..

#2. 현재 정호의 방
떠오른 기억의 충격으로 머리를 붙잡는 유리.

#3. 어젯밤 정호의 옥탑
유리, 이번엔 정호를 향해 〈안 되나요〉를 열창 중이다.

유리 (소몰이 창법으로) 안 되나요, 나를 사랑하면~~ 조금 내 마음을 알아주면 안 돼요?

#4. 어젯밤 정호의 방
몸도 제대로 가누지 못하는 유리를 끌고 들어오는 정호.

정호   왜 이기지도 못할 술을 먹고 이 난리냐고!!

그때 구역질이 욱하고 올라오는 유리,
정호, 사색이 되더니 '야 참아!!' 유리를 화장실로 데려가는데,

#5. 현재 정호의 방
떠오르는 기억에 머리를 쥐어뜯으며 절규 중인 유리.

유리   안 돼, 하지 마, 하지 마 김유리!!

#6. 어젯밤 정호의 방 화장실
토 묻은 유리의 얼굴을 씻기고 있는 정호, 할 말이 많지만 참는 얼굴이다.
대충 씻겨놓곤 유리의 블라우스를 보는데, 역시 엉망이고...

정호   그거 너가 벗을래 내가 벗길까.
유리   (풀린 눈으로 히 웃는) 니 취향대로...
정호   (진짜 화나 버력) 야 김유리!!!

cut to 》유리, 정호의 욕조에 얌전히 걸터앉아 있고,
정호, 오만상을 찡그린 채 유리의 블라우스를 손빨래하는 중인데
가만히 보던 유리, 샤워기로 손을 뻗는가 싶더니 정호에게 물을 분사한다.
무표정으로 물을 맞는 정호 보며 아이처럼 꺄하학 웃어젖히는 유리고...

#7. 현재 정호의 방
완전히 넋이 나간 채 앉아 있는 유리. 다 망했다.

S#47. 정호의 옥탑, 낮.

유리, 나와보면 선베드 위에 웅크린 채 잠들어 있는 정호가 보인다.
유리가 조용히 맞은편에 다가와 앉자 기척에 눈을 뜨는 정호.
자다 깬 유리를 바라보는 정호의 눈빛... 사랑하는 이를 보듯 애틋하다.
이에 또다시 헷갈려지는 유리, 손을 뻗어 정호의 눈을 가려버린다.

유리   이 눈빛 때문에... 내가 도끼병 걸린 거 아니야.. 막 오해하고... 어제 일은
      내가 사과할게. 진짜 이젠 니가 날 쫓아내도 난 할 말이 없다.

정호   (유리의 손 떼내며 한숨) 됐어, 술이 죄지 니가 죄냐.

유리   (고개를 푹 숙인 채) 아냐, 그동안 너무 내 마음만 생각했어. 부담스럽고...
      불쾌하고, 귀찮게 해서 미안해.

정호   뭘 이렇게까지 사괄 해, 너 술 먹고 나한테 깽판친 게 원투데이가 아닌데.

유리   지금 그 얘기 하는 게 아니라, 저번에 너한테 멋대로 키... 키.. 키... (막상 정
      호 얼굴 보니 그 단어가 안 나온다)

정호   (웃음 꾹) 키 뭐. 말을 똑바로 해.

유리   ...키이... (눈치)

정호   그래 키,

유리   키이...

정호   (결국 씨익 미소 지어지는 걸 참지 못하고) 따라해봐 키-스.

유리   키잇.. 스.

정호   (웃으며 유리 머리 헝크는) 잘했어. 그거 멋대로 해서 미안하다고?

유리   응. 너는 나 아니란 거... 잘 알겠어. 이젠 정말 그런 식으로 너 귀찮게 안 할
      게.

결심한 듯 진지한 유리의 얼굴에, 정호의 심장이 덜컥 내려앉는다.
유리의 단념이 이렇게 빠를 줄은 몰랐다.
일어나 가는 유리인데, 잡을 수도 없고 따라갈 수도 없고...
타는 듯한 눈빛으로 바라보던 정호,
모든 게 끝이구나 싶고 고개가 절로 숙여지는데... 그때,

유리	(가다 휙 돌아서선) 근데, 나 너 아직 포기는 못 하겠어!!
정호	.....!
유리	지금까지 내 방법이 잘못됐단 거 알아. 이젠 정말 반칙 안 할게! 신중하게 네 마음도 배려하면서 다가갈 테니까 좀만 더 기회를 줘.

간절히 바라보는 유리인데, 정호, 안도와 슬픔 온갖 감정이 밀려온다.
왠지 눈물이 나올 것 같아 고개를 돌려버리는 정호.

S#48. 공원, 밤.

우진과 함께 공원을 걷고 있는 유리, 생각에 잠겨 걷다 불쑥

유리	좋아하는 사람한텐 어떻게 다가가는 게.. 성숙한 방법일까요?
우진	...?
유리	(서둘러 변명하듯) 아 그게, 최근에 제 의뢰인 중에 강제추행 피해자가 한 분 계셨는데, 그 가해자를 만났더니, 아니 너무 뻔뻔하게 좋아해서 그랬다는 거예요. 그냥 자기 마음을 전하면서 상대를 부담스럽지 않게 하는 방법은 뭘까, 그런 생각이 들더라구요.
우진	음... 제 생각에 가장 쉽고 또 좋은 방법은, 상대에게 직접 물어보는 거 같아요. (유리를 보며) 손잡아도 되나요..? 키스해도 될까요..? 이렇게. 일일이.
유리	(빙그레) 그런 질문 촌스럽다고 생각했는데, 저 방금 좀 심쿵했어요. 그래서요?
우진	이전까지는 노 민즈 노, 그러니까 싫다고 하면 싫은 거다 이렇게 얘기했었거든요. 근데 요즘은 더 나가서 예스 민즈 예스라고 하더라구요.
유리	예스 민즈 예스?
우진	예스가 아닌 모든 답은 다 노라는 거죠.
유리	(뭔가 쿵) 아...
우진	그러니 상대의 마음을 모르겠다면 절대 넘겨짚지 말고 자기 마음을 분명

한 언어로 표현해보고 상대가 거절의 의사를 비친다면, 우리가 할 수 있는 최선은 또 물어보는 거겠죠. 그럼 내가 당신을 기다려봐도 될까요?

유리 ...

우진 그 질문에도 노를 한다면, 저는 슬프지만 그 마음은 혼자 간직해야 한다고 생각해요.

유리 ...그렇구나... 좀 슬프네요.

우진 그래서 저는 거절당하기도 전에 먼저 혼자 간직하는 편이에요. 밤마다 울면서.

유리 (킥킥 웃는) 아닌데, 좋아하는 사람 생기면 되게 저돌적으로 다가가실 것 같은데?

우진 (바라보다) 전혀요. 용기가 없는 편이라. (웃곤) 참 요즘 변호사님 덕분에 저희 병원에도 손님이 엄청 많아진 거 아세요?

유리 (기쁜) 진짜요?

우진 네, 법률 상담 왔다가 정신과 상담도 받고 가는 거죠.

유리 헐! 선생님 우리 그러지 말고 아예 동업을 할까요? 일단 유튜브 채널 같은 거 만들어서 같이 상담을 해주고 떼돈을 번 다음에, 강남에 개업을 하는 거죠!

우진, 조잘거리는 유리를 사랑스럽게 보며 걸어가는데,

S#49. 편웅의 차, 밤.

유리와 정호가 함께 찍힌 사진들을 보며 기가 찬 듯 웃고 있는 편웅.
조수석에 표정 없이 앉아 있는 한실장이고.

편웅 맞네, 김정호! 우리 검사장님 아들!! 그러니까 지금 이 변호사 계집애 건물주가, 우리 조카란 말이지? 같은 건물에 우진이도 있고.

한실장 예.

편웅 (배꼽 빠져라 웃더니) 아니 이게 무슨 조합이야, 응? 대체 우리 귀~한 도한그룹 손주님들끼리 여기서 무슨 재미를 보고 있는 거야, 응?

S#50. 정호의 방, 낮.

정호, 흰 셔츠를 입으며 외출 준비 중인데, 우진이 문을 열고 들어온다.

정호   어, 형.

우진   오랜만이네, 너 그런 모습.

정호   나 지금 나가봐야 돼서, 급한 얘기 아니면 나중에 할까.

우진   ...금방 끝나.

정호   (보면)

우진   나중에 우리가 도한그룹 사람인 걸 알게 되면 변호사님 정말 크게 상처받을 거야.

정호   (욱하는) 그걸 내가 모를 거라 생각해?

우진   잘 알면서 그걸 숨기는 니 마음도 지옥이겠지. 그러니 더 말해야 돼 정호야.

정호   (울컥 터지는) 그걸 얘기하면 다 끝나니까!!! 그러니까 말 못 한 거 아냐. 다른 사람은 몰라도 형은 그 맘 알 거 아냐!

우진   ...

정호   (간절한) 형-

우진   저번에 니가 그랬지. 니가 안 되는 것과 같은 이유로, 나도 유리 씨의 친구도 동료도... 무엇도 될 수 없다고. 근데 난 너완 다른 사람이야, 정호야. 유리 씨 옆에 있기로 했다면, 나라면 절대 속이지 않을 거야.

정호   (지치고 절망스런 표정으로 보는)

S#51. 시장 골목, 낮.

무언가를 찾듯 허름한 시장 골목을 지나고 있는 유리.

휴대폰을 확인하곤 어느 해장국집 앞에서 멈춰 선다.

S#52. 해장국집, 낮.

유리, 해장국집 문을 열고 들어와 둘러보면,
저 구석에 베레모를 깊이 눌러 쓴 황대표가 앉아 해장국을 먹고 있다.

유리   (다가가) 대표님! 이 그림은 또 뭐예요? 어디서 또 철 지난 모자를 꺼내셨
         대?

황대표   아, 빨리 앉아. 어디에 눈이 있을지 몰라.

유리   (왜 이러나 싶고) 요즘 혼자 뭐 첩보영화 찍으세요?

황대표   내 주변에 요즘 사이코들이 많아요. 조심해서 나쁠 게 없다고.

유리   (국밥 나오면 한술 뜨며) 제 주변만 하겠어요.

황대표   너보다 미친놈이 있어?

유리   (우이씨 보다) 저번엔 어떤 미친놈이 저희 가게 와서 난장판을 만들어놨
         잖아요.

황대표   (쯧쯧쯧 혀를 차며) 그러게 왜 도한건설을 건드려.

유리   (놀라 토끼눈 하고 보면)

황대표   뭘 그렇게 놀래, 대충 눈치챘으면서. 걔들 말만 기업이지 양아치나 다름없
         지 뭐.

유리   (기가 막혀 숨 들이키다 분노가 불처럼 이는) 이거 아주 미*놈들이네, 아
         니 내가 뭘 했다고 이렇게까지 해요, 멍멍이까지 죽여가면서!!!

황대표   너야말로 괜히 도한건설 들쑤셨던 이유가 뭐야. 아버지 사건 때문이야?

유리   (기가 막혀) 제 뒷조사라도 하셨어요?

황대표   대답이나 해.

유리   아니요! (힘주어) 아버지 때문 아니구요, 집을 하도 뭐같이 지어놔서 층간
         소음으로 고통받는 의뢰인들이 하도 많아 한 일이었거든요-

유리를 빤히 들여다보는가 싶던 황대표,

가방에서 [SSS급 악덕기업처단자] 단행본을 꺼내 유리 앞에 놓는다.

황대표 한번 읽어봐. 너도 읽음 재밌을 거야.

유리 (뭔지 싫어 보는) 대표님 이런 것도 보세요? 노력의 산물? 출판사 이름이 뭐 이래요?

S#53. 출판사 [노력의 산물], 낮.

어두운 얼굴의 정호, 길사장의 안마의자에 제 집인 양 늘어져 있고,
추리닝을 입은 길사장, 카페 테러범(검은 모자)의 블랙박스 사진과 함께
놈의 인적 사항이 적힌 서류와 뒷조사 내역 등을 가져온다.

길사장 이편웅이 따까리 맞더라고요.

정호 (서류 받아보면)

길사장 이편웅이 밑에 있는 그 한주완 실장, 걔를 파보니까 바로 나오더라고. (서류 가리키며) 박성준. 전과 5범의 약쟁인데 그거 말고도 절도에 폭행, 사기, 아주 전과가 수두룩합니다.

정호 (서류 보다) 2015년에 청송 교도소에서 복역을 했네?

길사장 네, 맞아요. 한실장 그 새끼 깜빵 동깁니다. 한실장 만난 다음부터 이 새끼 전과가 더 화려해지는 게 눈에 보이시죠?

정호 약만 주면 뭐든 한 모양이네.

길사장 그리고 검사- 아니 작가님, 저 이제 출판사 사장이에요, (간판 가리키며) 노력의 산물!! 이렇게 자꾸 일 시키면 곤란해. 누가 날 민간조사업의 세계에서 은퇴를 시켰는데!

정호 그러니 은헬 갚아야지. 합법적인 삶이 얼마나 아름답니.

길사장 검사님이 시키는 거 이거 다 알아낼라면, 정보통신망법 위반, 개인정보보호법 위반, 나 또 불법 저질러야 돼요!

정호 누가 불법 저지르래? 합법적으로 알아내.

길사장 (기가 막혀) 참 나, 이것도 공권력 남용 아니야?

정호   검사 옷 벗은 지가 언젠데 공권력 운운이야. (파일 보며) 이 새끼 이거, 지금 어딨어?

S#54. 유흥가 거리 골목길, 밤.

유흥가 거리 인근, 인적이 없는 골목길,
주변을 살피며 휘적휘적 걸어오는 검은모자남 **박성준(남/20대 후반)**.
골목길 끝, 정호 팔짱을 끼고 저에게 다가오는 성준을 관찰하듯 보고 있다.
성준, 약에서 덜 깬 듯 살짝 맛이 간 눈빛이고.

성준   그쪽이에요?
정호   (휴대폰 채팅 내역 보이며) 요즘 대면 거랜 잘 안 한다던데, 어지간히 급했나 봐.
성준   (주변 살피더니 돈 꺼내며) 개소리 집어치우고, 물건이나 내놔요.

정호, 그저 성준을 볼 뿐인데...
성준, 뭔가 위험을 감지했는지 바로 도망치려 한다!
정호, 덜미를 낚아채더니, 발을 걸어 넘어뜨리며 순식간에 제압해버리고.
이에 기겁한 성준, 품에서 칼을 꺼내 들며 빠져 나온다.

성준   시발 너 뭐야, 짭새야!?
정호   공권력을 의심하면서 칼을 뽑아 들면 어쩌나. 방금 형량이 두 배로 늘었어.
성준   (칼 휘두르며) 너 누구냐고!!!!!!!
정호   (성준에게서 칼을 빼앗아 던져버리며) 나? 개 주인.

S#55. 팔라시오 호텔 스위트룸, 밤.

나이트가운을 입은 편웅, 술잔에 술을 채우고 있는데,
문밖에서 쿵쾅 소리가 들려 거실로 나와보면,
난처한 얼굴의 한실장이 서 있다.

한실장   막무가내로 들어오시려고 하셔서...

이에 편웅, 고개를 빼꼼 내밀어 보곤 환희에 가까운 미소를 짓는다.
피떡이 된 성준과 그를 끌고 들어오는 정호.
편웅의 경호원 두엇과 주먹이라도 오간 듯, 숨을 몰아쉬고 있다.

편웅   (세상 반갑다는 듯) 아니 이게 누구야, 우리 김검사님 아니야~
정호   (성준을 놓고 주방으로 가 멋대로 물을 들이키며)
편웅   (기뻐 웃더니) 가만 있어봐, 우리 언제가 마지막이었지? 네 검사실에서 본 게 마지막이었던가? 그때 왜 도한그룹 수사한다고 설치다가 물먹고 좌천되기 전에. (불쾌한 듯 성준 보며) 근데 뭐 저런 걸 또 끌고 왔어.
정호   내 개를 죽였길래, 그쪽 개도 족쳐주는 게 공평할 것 같아서.
편웅   그래도 잘못한 게 있으면 법대로 해야지, 검사님이 사람을 저렇게 조사놓으면 쓰나.
정호   덕분에 이 나라 사법제도에 회의가 많잖아요, 내가.
편웅   아유~ 말에 뼈가 잔뜩 있네. 내가 우리 귀한 도한그룹 손자의 심기를 거스르기라도 한 건가? (낄낄낄 웃으면)
정호   그만큼 나이 먹었음 열등감, 콤플렉스 같은 건 극복하고 그러지 않나? 심리 상담도 좀 받아보고 그래요.
편웅   (서늘한 미소) 의사도 만나봤는데, 나는 이미 늦었다지 뭐야. 못 돌아온대.
정호   뭐 그 열등감으로 스스로를 괴롭히며 살든 주변을 괴롭히며 살든 상관은 없는데, (똑바로 보며) 내 주변은, 건들지 말죠.
편웅   (화색 돌며) 김유리 변호사 얘기하는구나! 돌려 말 안 해도 되는데~
정호   (유리의 이름 나오자 정색하며 다가서는) 그 입에 그 이름도 담지 말고.
편웅   왜? 삼촌은 다른 거 가지고 놀까? 걔는 니 꺼야?
정호   (살벌히 보면)

편웅	근데 가족끼리 니 꺼 내 꺼가 어딨어, 안 그래? 왜, 뭐 하고 노는데, 같이 놀까?
정호	(편웅의 멱살을 잡아 벽으로 밀치며) 미친 새끼...
편웅	아니 난 그냥 장난 좀 치고 말랬는데 그 계집애가 자꾸 눈에 띄더라고, 이쁜 게.

정호, 편웅 옆쪽 벽으로 주먹을 내리꽂는다.

정호	쓰레기 새긴 줄은 알았는데 시발, 이거 사람 새끼가 아니었네.
편웅	응, 난 글렀다니까 정호야.
정호	(싸늘히 바라보다 웃는) 넌 너만 미친 줄 알지? 잘 들어. 나도 너 같은 거 감옥 보내는 데 관심 없어. 김유리 한 번만 더 건들면, 니가 가진 이 알량한 모든 거, 니가 갖고 싶어 하는 모든 거, 다 찢어발겨 없애버릴 거야.
편웅	(보면)
정호	왜 못 할 것 같애? 내가 우리 아버지 같은 족속으로 보이나 본데, 아니 난, 오히려 니 과야. 그러니 서로 건들지 말자 제발.

알겠다는 듯 항복의 의미로 손 들어 보이는 편웅이고.
더러운 걸 던지듯 쥐고 있던 편웅의 멱살을 놓는 정호.

S#56. 은하빌딩 앞, 밤.

유리, 생각에 잠겨 카페 방향으로 걸어오고 있는데,
철제 계단에 앉아 있는 검은 인영에 움찔하고 놀란다.
정장 차림의 정호가 엉망진창인 얼굴로 멍하니 앉아 유리를 보고 있다.
깜짝 놀라 다가오는 유리,

유리	뭐야 너 얼굴이 왜... 어쩌다 이랬어, 누구랑 싸웠어? (저도 모르게 정호의 터진 입술을 만지면)

| 정호 | (가만히 볼 뿐이고) |
| 유리 | (정호의 눈빛에 화들짝 손 떼는) 미안. 노 민즈 논데... 내가 또 깜빡했다... |

머쓱한 듯 손을 내리는 유리인데, 그런 유리의 손목을 탁 잡는 정호.
유리의 손을 가져와 다시 제 뺨에 대더니...

정호	잠깐만... (눈을 감으며 유리의 손에 제 지친 얼굴을 묻는) 안 되는 거 아는데, 이럼 너 헷갈리는 거 아는데... 오늘은 좀 너무 힘들다.
유리	...
정호	(눈 뜨면, 울 듯 붉어진 눈으로) 안아도 돼?
유리	(놀라 보면)
정호	잠깐만... 너 안아도 되냐고, 안 돼?

이에 확 정호 앞에 눈높이를 낮춰 앉더니 정호를 끌어안는 유리.
멈칫하던 정호, 이내 유리를 세게 끌어안더니 깊이 얼굴을 묻는다.
무슨 일이 있는 걸까... 정호의 등을 토닥이는 유리에서, **5화 엔딩.**

6화

열 길 물속

S#1.   로 카페, 낮.

　　　아직 오픈 전인지 한산한 카페, 커피 머신 소리 들려온다.
　　　은강이 커피 내리는 걸 강아지처럼 바로 옆에서 기다리고 있는 유리고.
　　　계단실에 앉아 있는 정호, 뭔가 후회하는 듯한 얼굴인데,
　　　유리, 은강에게 커피를 건네받곤 신난 얼굴로 정호를 향해 간다.
　　　이때 따릉~ 하며 카페 문이 열리는 소리가 들려오고,
　　　문 쪽을 보는 일동, 무엇을 보았는지 입이 벌어진다.
　　　슈트 입은 남자들이, 화환과 초대형 화분(아레카야자, 여인초 등), 꽃다발
　　　따위를 끊임없이 가지고 카페 안으로 들어오고 있다.
　　　소란에 나와 보는 정호고,
　　　마지막으로 선물 상자를 가득 든 비서와 함께 입장하는 이편웅.
　　　새빨간 꽃다발을 가지고 유리를 향해 직진해 다가온다.

편웅　　눈부신 아름다움. 아마릴리스란 꽃인데, 꽃말이 딱 변호사님을 말하고 있
　　　는 것 같지 않겠어요?
유리　　(기가 막힌 얼굴로 편웅을 바라볼 뿐이고)
편웅　　참, 제 소개를 먼저 했어야 하는데. 처음 뵙겠습니다. 도한건설 대표이사
　　　이편웅입니다.
유리　　...!!

편웅	(그러다 옆에 정홀 보더니 세상 놀란 듯) 검사님! 아니 검사님이 어떻게 여기 계세요?
유리	(시선 천천히 정호에게 향하는)
정호	(이를 악 문 채 겨우) 대표님이야말로 여긴 무슨 일로...
편웅	아니 난 김유리 변호사한테 볼일이 있어 왔는데, (대놓고 시치미) 검사님이 어떻게 여기 계시지? 아! 혹시 두 분이... 아는 사이신가?
유리	(낯선 사람을 보듯 정호를 보는데)

S#2. 로 카페 사무실, 낮.

굳은 얼굴로 편웅을 보고 있는 유리, 정호와는 달리,
편웅, 편히 다리를 꼬고 앉아 커피를 음미하는 중이다.

편웅	음~ 커피 맛이 미쳤네! 변호사님 여기 설마 약 탄 거 아니지? (혼자 웃는) 하하하!!!
유리	(적개심을 애써 감추며) 저희 카페엔 무슨 일로 오셨는지.
편웅	아니, 저번에 저희 회사에 오셨던 일도 있고 해서, 변호사님을 눈여겨 두고 한번 인사나 드려야지 했는데, TV를 틀었는데 딱 나오지 않겠어요?
유리	(쓰게 웃는) 저번에 사람 보내서 인사 한 번 주신 걸로 아는데,
편웅	(번지는 미소) 다른 분하고 착각하셨나 보네. 하긴 변호사님 눈독 들인 사람들이 한둘이겠어. 이렇게 아름다우시고, 일도 잘하시는데.

유리와 정호, 정말 어이가 없다는 듯 편웅을 본다.
편웅, 그런 유리를 빤히 보며 미소 짓는데,
그 시선이 몹시 불쾌한 정호, 서둘러 침묵을 깬다.

정호	이제 곧 손님들도 올 텐데, 인사치렌 이쯤 하고 용건부터 하시죠.
편웅	(웃으며 정호 보다) 제가 사실 오늘 온 이유는 다른 게 아니라, 변호사님한테 저희 회사 법무팀에 스카우트 제의를 드리려고 온 거거든요.

유리	...?
편웅	다른 사람 보낼까 하다가, 대표인 내가 직접 오는 게 제일 임팩트가 있을 것 같아서. 내가 또 인재 영입엔 진심이거든.
유리	황앤구에서 자문도 받고 계시고 회사에 출중한 변호사님들 많으시던데요, 왜.
편웅	근데 변호사님이 발라버리셨잖아요 그 출중한 인재들을.
유리	...!
편웅	나는 누구한테 발리고 나면 꼭 그 사람은 내 사람 만들고 싶어지더라고. (정호 보며) 우리 김검사도 내가 그래서 찾아갔던 거예요, 맞죠 김검사?
정호	(저를 보는 유리의 시선 느끼며, 올 것이 왔구나 싶고) 무슨 말씀을 하시는 건지.
편웅	(재밌는 얘기라는 듯) 김검사가 옛날에 특수부에 있을 때 우리 도한건설을 한 번 제대로 들쑤셔놓은 적이 있거든.
유리	(몰랐던 얘기다. 정호를 보는)
편웅	그래서 내가 검사 관뒀단 얘기 듣자마자 부리나케 달려가 일하자고 졸랐었지. (빙긋)
정호	(싸늘히 볼 뿐이고)
편웅	하여튼 그건 그렇고, 김변호산 어때요, 나랑 일하는 거?
유리	(정말이지 기가 막히지만, 화를 최대한 누르며) 대표님, 제가 도한건설에서 일할 일은 목에 칼이 들어와도 없을 겁니다.
편웅	왜요, 아빠 죽인 곳이라?
유리	(숨 들이키는)
편웅	그 정도 사전조사는 했죠, 사람 들이는 일인데. 화천 물류창고 사건은 회사 대표로서 나한테도 참 유감이었던 사건이거든. 근데 그 사건은... 김변호사 아버지 잘못도 있는 거 알잖아.

유리, 숨조차 제대로 쉬지 못할 정도로 분노가 이는데,
테이블 밑으로 유리의 손을 꽉 잡는 정호.

편웅	근데 또 옛날 일은 옛날에 둬야지, 안 그래? 일하는 조건은 제 비서 통해

서 다시 말씀드릴 테니, 변호사님은 더 생각해보시는 걸로?

S#3. 은하빌딩 인근 골목, 낮.

편웅의 멱살을 잡아 쥐고 벽으로 밀어 치는 정호.
한실장이 말리려 하자 편웅 손을 들어 괜찮다 표시해 보인다.

정호 감히 여기가 어디라고 발을 들여!! 감히 여기가 어디라고 그따위 허접한
      협박으로-
편웅 협박이라니, 난 진지하게 같이 일하자고 온 건데.
정호 그게 무슨 미친 소리야!!
편웅 내가 어젯밤에 너 다녀가고 곰곰이 생각을 해봤는데 말이지, 둘이 역사가
      고등학교 때부터더라고. 설마 니가 그때부터 저 계집앨 좋아한 걸까?
정호 ...!
편웅 (신난 듯 속삭이는) 그래서 도한건설을 적대시하나? 사랑하는 여자의 아
      버지를 죽인 곳이라?
정호 (살벌히 보며) 한 마디만 더하면 정말 죽여버린다.
편웅 (쿡 웃는) 조카한테 살해 협박도 당해보고, 김변호사가 우리가 이렇게 콩
      가루 집안인 걸 알아도 좋아할려나?

      그 순간 참지 못하고 편웅에게 주먹 날리는 정호고.
      편웅의 수하들 정호를 잡아 끌어낸다.

S#4. 로 카페, 낮.

정호가 카페로 돌아와 보면,
편웅이 가져온 물건들을 쓰레기봉투에 마구 욱여넣는 유리가 보인다.
준과 은강, 말리지도 못하고 거들지도 못하고, 그저 눈치 보는 중인데,

유리, 들어온 정호를 보더니,

유리   그 개새끼가 뭐래?

정호   ...일단 이리 와서 앉아.

유리   이거부터 다 뿌셔버리고. (그러다 깨닫는) 나 발린 것 같아, 그지? 나 저 미친놈한테 지금 발린 거지?

정호   그딴 게 뭐가 중요해.

유리   (호흡이 점차 불규칙해지는데)

준   (놀라) 사장님 괜찮으세요?

정호   (다가가 유리 어깨 붙잡아 앉히며) 김유리 숨 쉬어, 그냥 숨 쉬어.

유리   눈 감으며 진정하려고 안간힘을 쓴다)

정호   (유리를 잡고 있는 제 손을 바라보다 이상한 듯 이마 짚어보는) 너 열 있는데.

유리   (정호의 손 떨쳐내며) 사람은 누구나 열이 있어.

정호   그게 뭔 말 같지도 않은–, 집에 가자. 너 오늘은 일 못 해.

유리   (눈을 감은 채고)

정호   (채근하는) 김유리.

유리   (눈 떠 보며) 너 검찰에 있을 때 도한건설 수사했었다는 말, 진짜야?

검찰에 있었단 말에 준과 은강도 정호를 보는데,
정호, 고개를 떨어뜨릴 뿐 대답을 않는다.

유리   너 혹시 그때 그거 때문에 검사 그만둔 거야?

정호   (한숨과 함께) ...아니야.

유리   아니야?

서로를 보는 유리와 정호의 얼굴에서 타이틀 올라온다.
[제6화 열 길 물속]

S#5.   로 카페, 낮.

정호를 보던 유리, 한숨 쉬곤 주섬주섬 가방에서 파우치를 꺼낸다.
아이라이너를 꺼내더니 거울을 들고 화장을 진하게 고치기 시작하는데,

정호   (어이없어) 지금 뭐 해, 너.
유리   지금 쫌 약해진 기분이란 말이야. 이럴 때일수록 전열을 정비해야 해.

눈 화장을 찐하게 립스틱도 과하게 더하는 유리, 무서운 얼굴이 된다.
cut to 》오늘도 손님들이 제법 들어차 있는 카페 안.
상담 중인 유리를 지켜보는 정호, 유리가 힘들어하는 게 보이자 미치겠고.

유리   (E) 놔!! 놓으라고!! 내가 사장이야아~~

S#6.   로 카페 계단실, 낮.

준과 은강에게 양팔을 붙잡혀 계단실에 끌려 들어오는 유리,
식은땀에 화장이 번져 엉망진창인 모습이다.
씩씩대며 계단실 안에 서 있는 정호와 우진을 보는데,

유리   난 분명 괜찮다고 했어!
정호   (깊은 한숨) 내가 너 대신 할 테니까, 넌 위에 올라가서 쉬어.
유리   니가 뭘 대신해!
정호   내가 너 대신, 상담한다고. 검사 경력 8년이면 여기서 법률 상담할 자격은
        충분할 것 같은데?
유리   (당황) 열은 해열제 먹었으니 내려갈 거고!! 나 진짜 괜찮다니까? 선생님이
        말 좀 해주세요, 저 괜찮다고.

우진이 좀 미안한 얼굴로 다가와 유리의 귀에 체온을 잰다.

우진 38도 7. 여기서 더 올라가면 응급실로 가서야 돼요.

준   말 들으세요 사장님, 지금 얼굴이 너무... 무서우세요.

S#7. 정호의 방, 낮.

정호, 침대에 유리를 눕히더니, 유리의 가방을 옆에 내려놓는다.
유리의 이마를 짚어보곤 고개를 절레절레.
옆에 준비해둔 젖은 수건을 머리에 얹는데,

유리 그 인간 한 번 왔다고 이렇게 앓아 눕다니... 너무도 자존심 상해.

정호 ...그딴 새끼 의식해서 아플 걸 안 아플 필요도 없어.

유리 ...

정호 이따 와서 열 안 내려 있으면 병원으로 끌고 갈 거야.

유리 (삐죽) 친절하네, 오해하고 싶게.

정호 끌고 간다고. 남자한테 친절 안 받아봤어? 입 다물고 쉬어 이제.

그러곤 유리를 두고 나가버리는 정호다.
유리, 가만히 정호가 간 곳을 보는데...
**FLASH BACK 》 "김검사가 옛날에 특수부에 있을 때 우리 도한건설을
한 번 제대로 들쑤셔놓은 적이 있거든." 이편웅의 말에 표정 변하는 정호.
(S#2)**
FLASH BACK 》 터진 입술로 나타나 유리에게 안기던 정호. (5화 S#56)

유리 (한숨 쉬는) 그 속을 알 수가 없다 진짜.

그러곤 잠시 천장을 보며 누워 있던 유리,
곧 휴대폰을 찾아 가방을 뒤적거리는데, 웬 책 한 권이 손에 잡힌다.
일전에 황대표가 유리에게 건넨 바 있는 [SSS급 악덕기업처단자]다.

다시 드러누워 표지를 살펴보던 유리, 후루룩 책을 넘겨보는데,

S#8. 해피슈퍼 안쪽 방, 낮.

슈퍼 안쪽 방에서 점심 먹으며 이야기 나누는 최여사, 김천댁, 준.

최여사   (진지) 검사면 그 왜, 검도 할 때 검사 그런 거야?

준   아뇨, 검사요 검사. 판검사 할 때 그 검사.

김천댁   (웃음 참으며) 누가? 저기 옥상에 사는 주인총각이?

준   네에!

최여사   (잠시 보다 준이 농담이라도 한 듯 깔깔깔 웃어 젖히는) 어우 나 믿을 뻔했어!

김천댁   (같이 웃으며) 뜨신 밥 처먹고 뭔 말 같지도 않은 소릴 하고 있어!

준   아 진짜라니까요~!!

포털에 정호를 검색해 보여주는 준.
서울중앙지방검찰청에서 인주지방검찰청으로 간 이력 따위가 보이고.
모범검사상을 받은 기사엔 정호의 사진까지 있다.

김천댁   (돋보기까지 찾아 쓰고 들여다보더니) 닮은 사람 아니야?

준   아이 맞다니까요! 한국대 법대면, 제 직속 선배님이신 거랑 마찬가지거든요. 커뮤니티 들어가서 검색해봤더니, 법대 수석 입학에 소년등과, 심지어 연수원도 수석 졸업하셨더라구요.

최여사   소년등과가 뭐야?

준   예전엔 대학 다닐 때 사법시험 합격한 사람을 그렇게 불렀어요. 거기다 한 번은 중앙지검에 계셨었는데, 거긴 진짜 검사들 중에서도 엘리트만 가는 데거든요.

최여사   (충격으로 보다) 근데 왜 추리닝을 입고 저러고 있어?

S#9. 로 카페 사무실, 낮.

#1. 추리닝 차림의 정호, 유리 대신 앉아 **손님1(남/50대)**과 상담 중이고. 한쪽에 앉아 삶은 계란을 까먹으며 관람 중인 김천댁과 최여사.

정호 그러니까, 동사무소 직원한테 씨**아 내가 * * ** *으로 보이냐라고 외치면서, 프린터를 들어 바닥에 던지셨고, 이후 이 무능한 * * *이 나를 무시하네,

김천댁/최여사 어머어머.

정호 그 *같은 *판 내가 못 들고 다니게 해주겠다 등의 언어로 계속 모욕을 하셨구요, 맞습니까?

손님1 (반성 중인) ...예.

정호 일단 형법 제311조 모욕죄, 형법 제136조 공무집행방해죄, 형법 제141조 공용물건손상죄가 적용될 것 같은데,

손님1 근데 제가 그때 너무 화가 나서 제정신이 아니었고, 정말 반성을 하고 있거든요,

정호 반성한다고 정신줄 놓고 화낸 게 용서가 되진 않죠. 여긴 유치원이 아니니까요. 이 경운 운이 좋아도 벌금형은 무조건 나온다 보심 되구요. 걸핏 하다간 징역 살 수도 있으니 변호사 선임부터 하세요, 다음.

제법 하는데~ 하는 표정으로 정호를 보는 김천댁과 최여사.

#2. 이번엔 **손님2(여/50대)**를 상담 중인 정호.

정호 지금 인사하러 온 예비 며느리 얼굴에 커피를 부어서 고소를 당했다 이 말씀이시죠?

손님2 아니 내가 그 계집앨 때리기를 했어요 뭘 했어요, 폭행죄가 웬 말이냐고!! 제가 그 계집애 다시 무고죄로 고소할 수 있죠?

정호 커피는 뜨거운 거였나요?

손님2	차가운 거였는데?
김천댁	(놓친) 뭐래, 뭐래?
최여사	차가운 거였대.
정호	(조용하란 듯 째려보곤, 아쉬운 듯) 뜨거운 거였으면 상해죄까지 걸 수 있었을 텐데. 형법 제260조 폭행죄는 사람의 신체에 대한 직간접적인 유형력의 행사를 말하기 때문에, 상대의 몸에 직접 손을 대지 않아도 지금처럼 커피나 물을 뿌리거나 하다못해 담배 연기를 상대방에게 뿜는 것만으로도 죄가 성립될 수 있습니다.
손님	!!
정호	그러니 무고죄로 고소하셨다간 역무고로 고소당하실 수 있으니 하지 마시구요, 2년 이하의 징역 또는 500만 원 이하의 벌금, 둘 다 싫으시면 가서 손이 발이 되도록 빌고 합의하시는 게 좋겠네요, 다음!

#3. 정호 앞에 앉은 손님들이 계속 바뀌면서,

정호	그렇게 장사하실 거면 그만 때려치세요, 다음! (cut to) 술 먹고 운전해놓고 뭘 잘했다고! 은행나무든 벚나무든, 시청에서 달라는 대로 물어주시구요, 다음! (cut to, 지친 정호) 그냥... 그렇게 살지 마세요, 다음! (최여사, 김천댁 무어라 수군대면) 아 그리고 두 분도 나가세요 쫌!!!

그 모습 보다 눈이 마주치면 고개를 절레절레 젓는 김천댁과 최여사.

S#10. 로 카페, 낮.

손님들이 빠졌는지 기지개를 켜며 사무실에서 나오는 정호.
김천댁과 최여사, 걱정되는 눈빛으로 따라 나오며 준과 은강에게

최여사	사장 아가씨는 언제 와? 많이 아프대?
김천댁	(가며) 빨리 오라 그래, 맞는 말도 저렇게 싸가지 없게 해대다가는 이 카페

쫄딱 망해!

안 그래도 정호를 보는 준과 은강의 눈빛이 별로 좋지 않다.

정호	그 눈빛들은 뭐지?
준	형님, 아직 반나절도 안 하셨는데 벌써 안 좋은 리뷰가 다섯 개나 올라왔습니다. 변호사가 자기 편 안 들어주고 혼만 낸다고.
정호	(콧방귀) 웬만해야 편을 들어주지. 난 팩트를 얘기했을 뿐이야.
준	"상담을 받는 게 아니라 검사한테 구형을 받는 기분이었다." 이렇게 적으신 분도 있다구요.
은강	"추리닝 입고 상담하는 게 자세부터가 글러 먹었다." 이것도 있었지.
정호	(빠직 해서 보다) 바리스타 넌 근데 항상 말이 짧드라?
은강	아무한테나 함부로 말 까는 사람한텐 존대 안 하는 편이거든.
정호	그래? 나도 전과자한텐 존대 잘 안 하는 편인데.
준	아이 두 분이서 또 왜 그러세요~~

그때 문이 열리며 중학교 교복을 입은 **아영(여/15)**이 들어온다.
준과 은강을 노려보며 사무실 안으로 들어가는 정호.
아영에게 어떻게 왔냐고 묻는 준인데.

S#11. 정호의 방, 낮.

책을 읽는 유리, 무엇을 봤는지 심각한 얼굴이 되어 자세를 고쳐 앉더니 표지를 다시금 확인한다. 더욱 진지하게 책을 읽기 시작하는 유리인데.

S#12. 로 카페 사무실, 낮.

정호와 마주 앉아 엉엉 울고 있는 아영.

정호, 무심한 얼굴로 아영에게 티슈 뽑아 건네며,

정호   그러니까 중고 앱에 집에 있던 낚싯대를 멋대로 갖다 3만 원에 팔았는데, 그 낚싯대가 알고 보니 200만 원짜리였다 그건가?
아영   (훌쩍) 네...
정호   자기 것이 아닌 물건을 함부로 팔아 치웠으니 형법 제329조 절도죄가 성립되겠네. 타인의 재물을 절취한 자는 6년 이하의 징역 또는 1천만 원 이하의 벌금에 처한다.
아영   (눈물 뚝 그치는)
정호   근데 낚싯대의 원 소유자가 누구지, 아버진가? 그 경우엔 친족상도례가 적용이 돼서 법적으론 뭐 크게 걱정하지 않아도 될 것 같은데. 게다가 (교복) 몇 살이지? 형사 미성년자라면 더더욱-

그때 창밖으로 어디론가 바삐 가는 유리가 보이고,
이를 본 정호 바로 일어나 사무실을 박차고 나가려 하는데,
준이 달려와 문을 막아선다.

준   형님 어딜 가십니까?
정호   쟤 좀 봐!! 지금 저 몸으로 또 탈출해서 어딜 가잖아!!
준   사장님은 저러셔도 형님은 자릴 지키셔야죠.
정호   야 내가 지금 니 사장 쉬게 할려고 이거 하는 거지, 아니면 내가 이 짓을 왜 해!
아영   (버럭) 아저씨들!!!
준/정호 (놀라 보는)
아영   지금 저 사장 아줌마가 중요한 게 아니라구요오!!! 제 낚시대 어떡할 거냐구요~~~ 저 아빠한테 걸리면 진짜 죽는단 말이에요!!

S#13. 법무법인 황앤구, 낮.

빠른 걸음으로 로펌 로비로 들이닥치는 유리,

S#14. 황앤구 황대표 사무실, 낮.

황대표의 사무실 문을 벌컥 열고 들어오는 유리고,
비서 말리며 따라 들어오는데, 괜찮다는 듯 손짓해 보이는 황대표다.
황대표 앞에 [SSS급 악덕기업처단자]를 던지듯 내려놓는 유리.

황대표   미리 연락해서 약속 잡고, 노크하고, 좀 평범하게 등장할 순 없냐?
유리   대표님 이거 뭐예요, 누가 쓴 거예요?
황대표   (그저 보면)
유리   (버럭) 누가 쓴 거냐구요!!
황대표   우리 애들은 너부터 의심하던데.
유리   (어이없고) 허-!
황대표   근데 니 얼굴 보니 그건 절대 아닌 것 같고. 모르긴 몰라도 너처럼 도한건
         설에 억하심정이 많은 놈이지 않겠어?
유리   ...여기 나온 내용들... 이거 다 진짜예요?
황대표   작가 필명이 휘슬블로어야, 내부고발자.
유리   ...!
황대표   소설은 소설이니 어디까지 믿을지야 니 자유지만, 다루는 사건마다 법원
         기록에나 있을 디테일들이 있는 데다 도한그룹 관련해선 내부 사람들만
         아는 얘기도 적지 않고... 혹시 모르지, 진짜 내부 인사가 쓴 건지도.

S#15. 도한건설 대표실, 낮.

한실장에게 보고받는 이편웅.

한실장   출판사 사장한테 붙어 있던 친구가 찍은 사진입니다. (편웅에게 파일을 건

네면)

편웅　(와서 받는데)

한실장　출판사 사장이 원래 문래동에서 민간 조사업을 크게 하던 놈이었는데, 2018년부터 흥신소 사업을 접고 출판사를 시작한 것 같습니다. 그전에 사기죄로 한 번 기소된 적이 있었는데... 당시 수사 담당 검사가 김정호 검사였습니다.

출판사 앞에서 정호와 길사장이 함께 찍힌 사진을 보는 편웅.

편웅　(빙그레 웃는) 찾았네, 우리의 휘슬블로어.

S#16. 한강 둔치, 낮.

아영을 뒤따라가는 정호, 준, 은강, 우진.
정호, 유리에게 끊임없이 전화를 걸지만 유리 받질 않고.

정호　대체 뭘 하는데 전화까지 안 받냐!

준　에이 걱정 마십쇼 형님, 사장님이 애도 아니구요.

정호　(포기하곤) 근데 형(우진)이랑 얜(은강) 또 왜 끌고 왔냐?

준　형님, 환불의 기본은 기선제압이죠! 일단 포쓰 면에서 우리 전과자 형님의 눈빛만 한 게 있겠습니까?

은강/정호　(어이없어 보는데)

준　그리고 원만한 회유를 위해선, 부드러운 카리스마의 정신과 닥터!

우진　(민망한 미소) 산책할 겸 나와봤어.

정호　(무엇을 보았는지 한숨) 근데 우리 이거 진짜 해야 되는 거냐?

정호의 시선을 따라가보면,
저만치 강변 콘크리트에 11개가량의 낚싯대를 주루룩 설치해놓고,
둥그렇게 모여 앉아 라면을 먹으며 소주를 마시고 있는

조사1(남/50대), 조사2(남/50대), 조사3(남/50대)이 보인다.

조사들, 다가오는 아영의 일행을 보곤 기가 찬 듯 웃는다.

조사1   (일어서며) 아따, 오늘 우아하게 챔질 좀 해볼랬더니 별것들이 다 꼬이네?

          (아영 보며 우습다는 듯) 아가야, 뭐 집에서 노는 삼촌들 다 끌고 왔냐?

아영   (기세등등) 제 낚싯대 다시 돌려줘요! 아저씨랑 나랑 한 계약은 무효래

          요!!

조사1   (비웃듯) 아니 이미 거래가 완료됐는데 그게 무슨 말이래? 니가 당근나라

          에 썼잖아, 환불 절대 불가. 인생은 낙장불입이야, 이참에 배워야지. 안 그

          렇습니까 삼촌들?

정호   애초에 패가 잘못 깔린 판에서, 어린 애한테 낙장불입 운운하는 거 좀 창

          피하지 않습니까?

조사1   (기분 나쁜) 뭐야?

정호   대한민국 민법 제104조, 당사자의 궁박, 경솔 또는 무경험으로 인하여 현

          저하게 공정을 잃은 법률행위는 무효로 한다. 민법 제5조, 미성년자가 법

          률행위를 함에는 법정대리인의 동의를 얻어야 한다. 전항의 규정에 위반한

          행위는 취소할 수 있다.

준   (해맑게 설명) 그러니까 지금 형님 말씀은, 중2짜리가 200만 원짜리를

          3만 원에 판 이 매매계약은 현저하게 공정성을 잃었으므로 애초에 무효

          고, 설사 거래가 성립되었다고 본다 하더라도 미성년자와의 계약이기 때

          문에, 보호자의 동의가 없었을 경우 언제든 취소 가능하단 이야깁니다.

조사1   (못마땅) ...삼촌들이 법을 좀 아시나 봐?

정호   좀 알죠. 지금 낚싯대가 하나둘셋넷...

은강   (가만 있다 거드는) 열한 개.

정호   (잠시 보지만) 내수면어업법 제18조에 의거 1인당 3대 이하의 낚싯대를

          사용해야 하는 한강에서 불법행위 중이시란 것도 알겠네요. 가만 있어 봐,

          여기 낚시 허용구간이긴 한 거야?

S#17. 한강공원 다른 일각, 낮.

낚싯대를 가지고 돌아가고 있는 정호, 우진, 아영, 준, 은강.

아영	(정호를 보며) 김칫국 묻은 추리닝 입고 있어서 의심했는데, 아저씨 진짜 변호사 맞네요?
정호	(훗, 내심 뿌듯하고)
준	형님은 진짜 모르는 게 없으세요, 어떻게 내수면어업법까지 외우고 계세요?
정호	(흐뭇) 원래 여기에(머리) 뭐가 들어오면 도로 나가는 법이 없거든.
아영	피 뭐야~ 재수 없어.
정호	그런 얘기 많이 들어.

따라오던 은강, 갑자기 멈춰 서서는 라이터를 딸깍이며 어딘가를 본다.
정호와 우진, 은강의 시선 따라가 보면,
물가에서 놀고 있는 대여섯 명의 중학생들(아영과 같은 교복)이 보이는데,
덩치 큰 아이들이 몸집이 왜소한 **민규(남/15)**를 물가로 몰아세우며 괴롭히는 듯하다.
이를 보던 정호와 우진이 그쪽으로 걸음을 옮기려 하자,

아영	(놀라 붙잡는) 어디 가요 아저씨들!!
정호	있어 봐. 저것들 노는 게 마음에 안 들잖아.
아영	신경 쓰지 말고 그냥 가요, 아저씨 어차피 쟤네한텐 안 돼요!
정호	(어이없어) 안 되긴 뭐가 안 돼, 지들이 암만 날고 기어봤자 중딩이지.

그때 결국 민규가 물에 빠지는 것이 보이고,
욱한 은강, 먼저 치고 나가고, 정호와 우진도 뒤따른다.
내키지 않지만 하는 수 없이 쫓아가는 준과 아영인데,
정호 일행이 다가오는 걸 본 무리의 우두머리 **홍지훈(남/15)**,
옆에 서 있던 친구 두 명을 불시에 물속으로 밀친다.
물에 빠진 아이들, 욕하며 낄낄대는 게 서로 장난치며 노는 듯도 보이고.

정호	어이 급식이들, 한강에서 입수가 허용된 구간은 따로 정해져 있는데?
지훈	불만 있음 신고하시든가요~
우진	위험하게 노는 것 같으니까 걱정돼서 하는 말이야.
종석	(우스꽝스레 따라하는) 위험하게 노는 것 같으니까 걱정돼서 하는 말이야.
우진	(당황하는데)
정호	(유치함에 기가 막혀) 너 지금 우리 형이 한 말 따라 한 거냐?
종석	너 지금 우리 형이 한 말 따라 한 거냐?

정호, 말문 막혀 보면, 낄낄 웃는 지훈과 그 친구들이고,
물에서 나오는 민규, 아영과 눈 마주치면 후드를 뒤집어쓰며 눈을 피한다.

정호	니들 내가 유치해서 더는 상대 안 하겠는데... 친구 괴롭히지 말고, 규칙 지켜가며 놀아, 알았어?!
지훈	(물에서 나오는 민규를 도와주며) 괴롭히긴 누가 괴롭혀요? 다 같이 놀고 있는 건데. 하여간 꼰대들은 다 이런다니까. 지들 멋대로 보고 판단하고. 지 말이 다 맞는 줄 알지.
우진	꼰대라서 그러는 게 아니고, 누가 봐도 오해할 상황이니까 그러는 거야.
지훈	(버럭) 아 진짜!! (우진 코앞까지 다가서며) 강의를 하고 싶음 학교나 학원으로 가시구요, 밖에선 저희가 알아서 놀게요.
정호	(욱 해서 지훈을 밀치며) 아니 근데 이게!
지훈	(픽 웃으며) 왜요, 미성년자 한 대 치시게요?
정호	(기가 막혀 보는데, 칠 수도 없고 이것들을 대체 어쩌지)
우진	하지 마 정호야.
아영	(정호의 옷을 잡아당기며 속삭이는) 가요 아저씨, 졌어요 이미.
정호	뭔 소리야 지긴 뭘 져!
준	(창피한 듯 속삭이는) 가요 형님... 이럴수록 추해져요.

아영과 우진이 정호를 끌고 가고,
준이 '형님도 가요' 하며 은강을 끌고 가는데,

은강의 시선, 아이들 사이로 섞이는 듯 섞이지 않는 민규에게 오래 머문다.

S#18. 거리, 낮.

정호와 우진, 충격에 잠겨 가고 있고, 뒤따라오는 아영, 준, 은강.

정호   (생각해보니 욱!) 아니 근데 저것들이 어른을 뭘로 알고!! (다시 돌아가려 하면)

우진   (말리는) 그만해 정호야, 주의 줬으니 됐어.

정호   아오!!!

준   (위로하듯) 그래요 형님, 급식이들 무논리를 무슨 수로 이겨요.

은강   (아영 향해 낮게) 아는 애들이야?

아영   (심란한 표정으로 걷다) 이번에 아저씨들 때문에 아는 사이 될 뻔했죠! 쟤네가 저 기억하고 학교에서 시비 걸면 어떡할 거예요?

정호   야, 그런 일 생기면 바로 우리한테 와.

아영   (하찮게 보며) 오면 뭐 해결해줄 수나 있나. 아, 낚시대나 줘요!! (받자 휙 가버리는)

정호   (가는 아영 보며, 어이없는) 우리가 지금 쟤 도와준 거 맞지?

우진/은강/준   ...

정호   김유리는 참 보람찬 사업을 하고 있구나.

S#19. 옥자네 집 / 옥자의 국숫집, 낮.

다짜고짜 옥자의 집 문을 열고 들어서는 유리.
옥자와 통화하며 장롱 문을 마구 열더니 이불을 끌어낸다.

옥자   (F) 장롱, 이불 있는 칸 아래쪽에 어디 있을 건데. 아버지 사건 기록은 갑자기 왜?

유리　그냥 좀 확인해볼게 있어서.

옥자　(F) ...초록색 수첩 있을 거야, 전화번호는 그 뒤쪽에 다 적어놨어.

이불 칸 가장 아래 서랍을 여는 유리.
(유리의 아버지) 사건 기록과 수첩, 각종 장부와 서류들 사이에서
초록색 수첩을 찾아내는 유리, 옥자의 말대로 뒤쪽을 펼쳐보면,
사건과 관련된 사람들의 이름과 전화번호, 주소 따위가 메모되어 있다.
이를 마구 넘겨보는 유리.

S#20. 고시원 골목, 밤.

어느 허름한 고시원 건물 앞에서 유리 초조한 듯 서 있는데,
이원구(남/50대/안전관리자), 슬리퍼를 끌고 나오더니 유리를 위아래로
훑는다.

원구　그쪽이요, 날 보자고 한 게?

유리　안녕하세요.

원구　(유리를 재는 듯 보더니) 참 나 이젠 별것들이 다 찾아오네.

S#21. 어느 국밥집, 밤.

원구, 며칠 굶은 사람처럼 와구와구 식사 중이고
유리, 물을 따라주며

유리　그니까 2006년 도한건설 물류창고 화재 당시에, 거기서 안전관리자로 일
하셨단 거죠?

원구　(못마땅) 아니 갑자기 찾아와서 십 년도 넘은 일을 물을 거면 자기가 누군

지부터 밝히는 게 도리 아닌가?

유리　　...그날 도한 물류창고에서 용접 작업을 하다 돌아가신 김익환 반장님 딸
　　　　이에요.

원구　　...!!

유리　　저희 아버지, 기억나세요?

원구　　(말 더듬는) 아니 나는 그때 그 사고 있기 전에 다른 현장으로 발령이 나
　　　　서...

유리　　알고 왔습니다. 제가 여쭤보고 싶은 건,

FLASH CUT 》소설을 읽고 있는 유리, 그중 한 구절이 클로즈업되는.

[.....불이 난다고 사람이 다 죽는 것은 아니다. 사람들은 모두 어떻게 불이 났는가에
만 주목했지만, 진실은 사실 그 너머에 있었다.]

유리　　그때 사람들이 많이 죽은 게, 불이 난 것도 있지만 다른 이유도 있었다...
　　　　제가 최근에 어디서 그런 얘길 들어서요.

원구　　(바라보다) 아가씨, 일하는 데서 불이 났어. 그럼 사람들이 어쩌겠어.

유리　　불을 끄려고 하겠죠...

원구　　안 꺼지면? 막 연기가 자욱해, 그럼 어떡해.

유리　　...도망을 치겠죠?

원구　　그렇지. 근데 물건들 때문에 출구가 다 막혀 있는 거야. 그래서 사람들이
　　　　더 죽었어. 불이 나서 죽었다, 불이 났는데 도망을 못 가서 죽었다, 한끝 차
　　　　인데 우리같이 현장에서 안전관리 일 하는 사람들한텐 그게 엄청난 차이
　　　　거든.

유리　　......

원구　　우리가 물건 적재해서 출입구 막는 건 산안법 위반이니 치워라 예전부터
　　　　몇 번이나 얘길 했었거든. 근데 왜 그런 얘긴 쏙 빠지고 김반장님이 불이
　　　　라도 내서 사람들이 죽은 것처럼 몰아갔는지 모르겠어. (유리 눈치 보는)

유리　　(망연자실 앉아 있다 문득) ...혹시 전에도 저처럼 사람이 찾아와서 이런
　　　　이야기 물은 적이 있나요?

원구　　한 일이 년 전인가 소설 쓰는 사람이라고 어떤 남자가 찾아와서 꼬치꼬치

묻길래, 쫌 말해준 적은 있지.

S#22. 유리의 오피스텔 앞 거리, 밤.

멍하니 생각에 잠겨 걷고 있는 유리.

S#23. 유리의 과거 집, 낮. (회상)

교복 차림의 유리, **유리부(남/당시 40대)**에게 파스를 붙여주고 있다.
TV에서 흘러나오는 트로트 음악에 둠칫둠칫 등을 흔드는 유리부인데,

유리　　(등을 찰싹 내리치며) 아 가만히 좀 있어 봐!

겨우 파스를 붙인 유리, 문득 유리부의 얼굴을 보는데,
물집이 잡힌 조그만 화상 자국 두어 개가 보인다.

유리　　아빠 근데 얼굴은 왜 그래?
유리부　(장난스레) 왜 그러긴 다 느이 할머니 할아버지 잘못이지. 그래도 아빠는
　　　　유리 너 만들 때 최선을 다했다.
유리　　아 장난치지 말고!! 이거 뭐냐고, 다쳤어?
유리부　(히 웃으며) 용접하다 불똥 튀어서, 별거 아니야~

유리, 제 아버지를 이렇게 보는데,
손에도 목에도 오래된 화상 자국들이 여럿 보인다.

유리부　유리야, 아빠 하는 일은 아빠가 위험해야 다른 사람들이 안전한 거야. 너
　　　　나중에 봐라, 아빠가 작업한 것들은 절대 나중이 돼도 고장 안 난다.

유리, 떠오르는 기억에 울컥하고 감정이 북받치는데,

정호   (E) 하루 종일 연락도 안 받고, 너 대체 어디 갔었냐.

유리, 고갤 들어보면 팔짱을 낀 정호가 유리의 오피스텔 문 앞에 서 있다.
정호를 보자 유리, 얼굴 일그러지며 눈물이 후두둑 쏟아진다.

정호   (놀라) 뭐야, 왜 그래.
유리   정호야, 우리 아빠가 아니었어.
정호   ...무슨 소리야...
유리   우리 아빠 때문에 죽은 게 아니라, 불이 났는데 사람들이 못 도망쳐서 죽
은 거래. 못 도망쳐서 그래서... 그래서 죽은 거래... 우리 아빠 잘못이 아니
래...
정호   그거야 당연히 아니지- (목이 턱 막히는) ...너 그럼 지금까지...
유리   (주저앉으며 엉엉 우는) 내가 우리 아빠를 못 믿어줬어... 우리 아빠 때문
에 그런 게 아니었는데... 나도 아빠를 못 믿어줬어... 나 우리 아빠한테 미
안해서 어떡해... 나 미안해서 어떡해, 정호야.

그렇게 한참을 우는 유리고,
위로조차 건네지 못하고 자리에 못 박힌 듯 서 있는 정호.

정호   감히, 다 안다고 생각했던 것 같아요. 무슨 생각을 하는지... 얼마나 아파하
고 있는지... 그 마음을 반의반도 알지 못하면서.

S#26. 유리의 오피스텔 방, 밤 → 낮.

침대 머리맡에 앉아, 울다 지쳐 잠든 유리를 보고 있는 정호.
타는 듯한 죄책감에 한없이 괴로운 기분인데...
땀을 뻘뻘 흘리던 유리, 악몽을 꾸는지 움찔움찔 고개를 흔든다.
이에 유리의 이마를 짚어보는 정호고.
눈을 뜨는 유리, 머리맡에 앉아 있는 정호를 보자 바보같이 웃는다.

유리 (잠에서 깨 몽롱히) 옛날에 세연이가 그런 말 한 적 있어. 사람을 음소거 해놓고 보면 진심을 알 수 있다고. 말이 아니라 행동하는 걸 보면 알 수 있다는 거지. 널 음소거 해놓고 보잖아? 그럼 다 보인다?

정호 ...

유리 내가 너한테 소중하다는 거.

정호 (눈빛 흔들리면)

유리 그래서 그걸로 충분한 것 같기도 하고... 그래서 좀 기다리면 너가 자연스럽게 나한테 올 것 같기도 하고... 이거 다 짝사랑을 시작한 나의 무서운 망상인가?

정호 ...

유리 말을 해봐, 김정호. 맨날 내 말 좀 씹지 말고.

정호 (긴 침묵 끝에) 나는 우리가 인연이 아니라고 생각해.

유리 ...왜?

정호 ...난 너랑 있는 내가, 정말, 너무... 싫거든.

유리 왜 그렇게 싫은데?

정호 너랑만 있음 내가 비겁해져서.

유리 ....그럼 비겁해지지 않으면 되잖아.

정호 (너무도 간단한 해법에 쏩쓸한 웃음 지어지는) 어떻게?

유리 (졸린지 하품하며) 그거야 니가 생각해내야지...

정호 (너털 웃으며 끄덕이는) 그러네... 그건 내가 생각해내야겠네...

졸린 눈 깜빡이는 유릴 보며, '더 자.' 하는 정호.

cut to 》침대에 기대 잠들어 있던 정호, 들이치는 햇살에 눈을 뜨는데,
침대에 누워 있어야 할 유리가 사라지고 없다! 가슴이 철렁하는 정호.
벌떡 일어서는데, 그제야 베개 위에 놓인 포스트잇 한 장이 보인다.
[어디 좀 잠깐 다녀올게. 나 찾는다고 아무 데나 뒤지지 말고, 오늘까지만
가게 좀 부탁해. 참고로 열은 내렸음. ♨]
한숨 쉬며 메모를 들여다보는 정호.

S#27. 정호의 방, 낮.

제 방으로 돌아온 정호, 소파에 털썩 주저앉는다.
눈을 감은 채 이마 위에 팔을 올리면...
FLASH BACK 》"나라면 절대 속이지 않을 거야." 말하는 우진. (5화
S#50)
FLASH BACK 》정계장 "만약에 진짜 검사장님과 도한그룹 커넥션을 증
명할 뭔가를 찾으시면... 그다음엔 어쩌실 계획이세요?" (5화 S#30)
FLASH BACK 》"그렇게 잘못됐다 생각하면 바로잡고 끌어내려." 말하는
승운. (4화 S#41)
FLASH BACK 》"그럼 비겁해지지 않으면 되잖아." 말하는 유리. (S#26)
한참을 눈을 감은 채 있다 다시 눈을 뜨는 정호,
혼란스럽던 이전과는 달리 뭔가 좀 더 단호해진 눈빛이다.
cut to 》책상 앞에 앉아 모니터를 보고 있는 정호.
[대한변호사협회] 웹사이트에서 [변호사 등록 신청]을 하고 있다.
신청서를 제출하곤, 시원한 듯 복잡한 얼굴을 하는 정호.

S#28. 로 카페, 낮.

은강과 준, 오픈 준비 중인데, 말끔히 셔츠를 차려입은 정호가 들어온다.

준　　　오늘도 형님이 오셨네요?

정호　　어. 김유리는 오늘까지 쉴 거야.

준　　　(눈 가늘게) 형님 설마 저희 카페를 망하게 하려는 고도의 전략은 아니시
　　　　죠?

정호　　내 도움 없이도 잘 망해가고 있는 것 같은데 왜.

준　　　(헤헤) 하긴 저희가 손님은 많아도 매출이 좀 그렇긴 하죠? 그래도 형님
　　　　오늘은 멋지게 입으셨네요.

정호　　(은강 보며) 어제 누가 예의가 없다고 뭐라고 하길래.

은강, 언제 내렸는지 말도 없이 정호 앞에 커피를 탁 내려놓는다.

은강　　8시간 추출한 더치커피. 먹을 자격이 있는진 모르겠지만.

정호　　침 뱉은 건 아니지?

은강　　(눈썹 치켜올리며) 난 커피엔 장난 안 쳐.

정호, 커피를 가지고 사무실에 들어가 앉는다.
손님이 바로 들어오고 상담을 시작하는데, 어제와는 사뭇 다른 분위기다.

S#29. 추모공원, 낮.

화장기 없는 얼굴이지만 검정 홀터넥 드레스에 킬힐을 매치한 유리,
추모공원과 어울리지 않는 패션에 방문객들의 고개가 돌아간다.
그러거나 말거나 동산을 올라 어느 나무 옆에 자리를 잡고 앉는 유리,
나무에 몸을 기대더니 눈을 감는다.

유리　　아빠 안녕 딸내미 왔어. (나무를 꼭 끌어안으며) 나 보고 싶어서 어떻게
　　　　지낸대? 난 아빠 보고 싶어도 씩씩하게 잘 지내. 남자한테 차여도 밥 잘 먹

고, 온 세상에 화가 나도... 이쁜 옷 꺼내 입어. (조용히 눈물을 흘리며) 나 잘하고 있지? 잘하고 있다고 해줘, 아빠.

S#30. 로 카페, 밤.

손님들이 제법 빠진 카페 안,
문이 열리며 교복에 후드티를 깊이 눌러 쓴 민규가 들어오는데,
은강, 민규를 한눈에 알아보지만, 무심한 표정을 유지한다.
주뼛대며 계산대로 오는 민규.

민규 아메리카노 한 잔이요.

현금을 내밀며 드러난 손목엔 생채기와 시퍼런 멍 같은 게 보인다.
은강의 시선 느껴지자 후드티를 내려 가리는 민규.

은강 상담받을 거면 지금 들어가면 돼, 비었으니까.

S#31. 로 카페 사무실, 밤.

고개를 푹 숙인 채 정호 앞에 앉아 있는 민규, 손을 꼼지락대고 있는데,

정호 (낯이 익고) 우리가 전에 봤든가?
민규 ... (고갤 젓는)
정호 이상하네 낯이 익는데. 각설하고, 궁금한 게 있음 맘껏 물어봐. 진로 상담도 가능하니.
민규 (꿀꺽 침을 삼키더니) 국선.. 국선 변호사도 법정에서... 사선처럼 잘 변호해주나요.
정호 (한참을 빤히 보다) 그거야 사건의 성격과 의뢰인의 목적에 따라 달라지겠

지. 일반화해서 대답할 수 있는 질문이 아니니 본인의 상황을 구체적으로 얘기해보는 게 어때.

민규 ...만 14세 전에 범죄를 저지르면 감옥이 아니라 소년원으로 가는 거 맞죠?

정호 형법 제9조, 14세가 되지 아니한 자의 행위는 벌하지 아니한다.

민규 근데 그게... 정말 중범죄를 지었을 경우에도, 그래요?

정호 중범죄 어떤 거.

민규 ......그냥요. 중범죄.

정호 ...그냥 중범죄는 없어. 살인 강도 절도 폭력 뭐.

민규 (망설이다 일어서며) 그냥 제가 검색해볼게요. (나가려는데)

정호 (한숨) 형사 미성년자들은 무슨 짓을 해도 형사 처분을 받지 않아. 감호위탁, 사회봉사명령, 보호관찰, 소년원 송치 같은 보호처분을 받을 순 있지만, 이건 '형벌'이 아니기 때문에 전과가 되지도 않지. 또 궁금한 거.

이때 은강이 들어와 민규 앞에 밀크티와 마카롱 따위를 내려놓는다.

민규 ...저 이거 안 시켰는데요.

은강 그래도 먹어.

정호 (씁쓸히) 여긴 안 시켜도 바리스타가 관상에 맞게 알아서 주는 데거든. 방만 경영의 끝이라고 볼 수 있지.

근데 웬일인지 은강, 나가질 않고 사무실 뒤에 자리를 잡고 앉는다.
정호, 민규가 의식하며 불편해하는 걸 보곤

정호 나가서 일 안 해?

은강 손님이 없어서.

그러며 은강, 민규를 살피듯 보는데, 목덜미에도 멍 자국이 보인다.

정호 (왜 저러나 싶지만) 쟤도 식구니까 신경 쓰지 말고, 먹으면서 질문 계속.

민규 ......소년원 갔다 와서도 검정고시 보고, 대학도 가고... 일도 할 수 있어요?

정호	소년원은 교도소가 아니라 법무부 특수교육기관이야. 이름도 소년원이 아니라 무슨 무슨 학교 이런 식이고. 그러니 너가 말한 것들은, 당연히 얼마든지 할 수 있어.
은강	속 편한 소리 하고 있네.
정호/민규	(보면)
은강	범죄자 낙인이 얼마나 무서운데, 대학도 가고 일도 하고... 말처럼 쉽겠어?
정호	(빠직) 원론적으론 가능하단 얘길-
은강	현실적인 얘길 해줘야지.
정호	(기가 차지만 참고 민규를 보며) 다음 질문. 내가 원론적인 얘기 현실적인 얘기, 둘 다 해줄라니까.
민규	(망설이다 일어서는) 이제 없어요. 안녕히 계세요 (꾸벅하고 나가는데)
정호	야!! 궁금한 거 다 물어보고 가! (은강 향해) 너 때문에 애가 가잖아!!
은강	(따라 나가며) 도움이 안 됐나 보지.

S#32. 로 카페, 밤.

정호, 민규를 따라 나와 출입문을 붙잡은 채,

정호	너 이름이 뭐야.
민규	(망설이듯 보다) ...김민규요.
정호	(끄덕) 형 이 위에 옥탑방 살아.
민규	(보면)
정호	무슨 일을 겪고 있는진 모르겠는데, 더 물어보고 싶은 거 있음 언제든 다시 오라고.

작게 끄덕이는가 싶더니 나가버리는 민규다.
팔짱을 낀 정호, 가는 민규를 지켜보는데,
옷과 가방을 챙겨 멘 은강이 부엌에서 나온다.

정호   (의아해) 뭐야 벌써 퇴근해?

      그러나 은강, 대답도 없이 빠르게 카페를 나가버리고,

정호   (어이없이 남겨진) ...쟤 지금 퇴근한 거야?
준   (휴대폰 보다 말고) 그런 것 같은데요?
정호   그럼 커피는 누가 내려?
준   (주섬주섬 찬장에서 믹스커피 꺼내는) 이건 쫌 그럴까요?
정호   (기가 차) 쫌 그럴까요?
준   (긁적) 그럼 손님도 없는데... (다가와 문패를 [close]로 돌리곤 헤헷 웃는
      다)
정호   (마주 웃다 정색하며) 이건 뭐 방만 경영이 아니라 아주 지들 맘대로구나.

S#33. 정호의 옥탑, 밤.

      정호, 옥상으로 올라오면 유리가 평상 위에 앉아 발을 흔들고 있다.
      정호와 눈이 마주치자 씩 웃는 유리인데,
      정호, 뭔가 할 말이 많은 얼굴로 그런 유리를 바라보다

정호   김유리, 우리 카페 접자.
유리   아, 왜 또 시작이야.
정호   니 돈이 줄줄 새고 있어. 애들이 막 지들 맘대로 퇴근하고, 주문하지도 않
      은 음식을 내오질 않나-
유리   (OL/생긋 웃으며) 나아, 오늘 아빠한테 다녀왔다?
정호   (멈칫 보면) ...
유리   가서 너무 울고 왔더니, 배고파. 우리 같이 밥 먹자.

      이에 말없이 가더니 방문을 열어 보이는 정호다.

S#34. 정호의 방, 밤.

정호가 차려준 국과 밥을 열심히 먹고 있는 유리.

유리   넌 대체 왜 요리까지 잘하냐?

정호   레시피대로만 하면 되는 걸 못할 이유 뭐야.

유리   재수 없는 것만 빼면 일등 신랑감인데 말이야.

정호   (밥만 깨작이는데)

유리   근데 너 왜 아까부터 말이 없어? 내가 자꾸 부담스럽게 해서 이젠 나랑 말 안 하겠다 뭐 그런 말 하려는 거 아니지? 이거 최후에 만찬 그런 거 아니지?

정호   (픽 웃으며) ...아니야.

유리   그럼 다행이고.

정호   (묵묵히 생각에 잠겼다) ...내가 계속 고민을 해봤는데, 난 너를 못 떠나.

유리   (숟가락 멈추는)

정호   특히 이편웅 그 새끼가 니 주변 맴도는 걸 안 이상, 너가 나보고 떠나라고, 꼴도 보기 싫다고 제발 꺼지라고 애원해도, 난 너를 떠날 수가 없어.

유리   (사레 걸려 켁켁) 미괄식 구성인 거지? 나 너무 긴장돼서 그런데 핵심 내용으로 빨리 좀 점프할 수 없을까?

정호   (끄덕) ...근데 내가, 너한테 가기까지 해결해야 할 일이 좀 많아.

떨리는 손으로, 유리의 손가락 끝을 붙잡는 정호.

정호   그러니까, 네가 날 좀 기다려줘.

멍하니 바라보다, 갑자기 자리에서 벌떡 일어나 정호에게 가려는 유리.
정호, 그런 유리의 허리를 붙잡아 멈춰 세운다.

유리   꼭 기다려야 돼? 그냥 지금 오면 안 돼?

정호	(픽 웃음 나오는) 안 돼.
유리	왜 지금 안 되는지 물어봐도 대답 안 해줄 거지?
정호	...
유리	그럼 그 기다림의 기간은 어느 정도 예상해?
정호	...되도록 빨리 갈게. 너 참을성 없는 거 아니까.
유리	추가 협상이 불가능한 조건인 거지?
정호	...
유리	그럼 이것만 대답해줘. 나한테 오고 싶다는 말이... 너도, 내가...
정호	(보며) 응. 나도 니가 좋다고. 그 뜻이야.

멍하니 정호를 보던 유리,
갑자기 밥공기에 남은 밥을 입에 쑤셔 넣더니
외투와 가방을 챙기고 나갈 채비를 한다.

정호	뭐 해.
유리	나 집에 가려고. 너랑 야밤에 붙어 있다가는 기다리고 뭐고 못 할 것 같아서. 우리 일몰 이후로는 서로 거리를 두는 걸로 하자, 너가 쓴 계약서 그거 다시 부활시켜.
정호	(어이없어 웃는) 야, 진정해.
유리	안 돼 나 가야 돼. 집에 가서 분석할 거야. 너가 언제부터 날 좋아한 건지, 너가 지금까지 한 말들 다 복기하면서 행복할 거야!
정호	(못 말린다는 듯 웃는)

S#35. 공구점, 밤.

밧줄과 망치, 스패너 등을 파는 공구점.
민규가 후드를 뒤집어쓰고 서서 망치와 스패너 등을 만지작대고 있는데,
은강, 다른 열로 들어와 몸을 숨기며 그런 민규를 지켜본다.

S#36. 거리, 밤.

민규를 따라 어둑한 거리를 걷는 은강.

S#37. 시장 골목, 밤.

민규, 시장에 위치한 허름한 순대국밥집 앞에 멈춰 서는데,
민규가 그 안으로 들어가는 걸 지켜보더니, 안심하며 걸음을 돌리는 은강.

S#38. 홍례의 순대국밥집, 밤.

민규가 안으로 들어서자 달려 나와 반기는 홍례(**여/70대/민규 할머니**).

홍례   민규 왔니? 친구들 와서 기다리는데 왜 이제 와.

이 말에 민규 고개를 들어보는데,
홍지훈과 그 친구들이 중앙의 테이블을 떡 하니 차지하고 앉아,
저희들끼리 왁자지껄 떠들며 국밥을 먹고 있다.

홍례   (아무것도 모르고 웃으며) 너도 배고프지 좀만 기다려.
지훈   (해맑게) 민규야 안녕? 전화도 안 받고 어디 갔었어.
민규   ...
지훈   할머니, 저희 내장 좀 더 주세요~

파르르 떨리는 민규의 손.

S#39. 시장 인근 골목길, 밤.

시장 인근의 후미진 골목길, 지훈과 아이들, 민규를 둘러싸고 있다.

지훈   할머니 손맛 좋으시네. 하루 매출이 얼마나 되시려나.

민규   ...우리 할머니는 건들지 마.

지훈   오오~~~ 우리 오줌이 존나 효자였네, 순대국밥 한 그릇에 7000원이니까, 손님이 한 50명 온다고 했을 때, 7000 곱하기 50, 그럼 얼마냐?

종석   (휴대폰으로 계산해보는) 오 시발, 35만 원인데?

지훈   이열~ 그럼 거기서 20% 하면 얼마야,

종석   그거 계산 어떻게 하지?

지훈   얼마냐 민규야? (민규가 대답 않고 그저 서 있으면, 조인트를 까버리며) 얼마냐고 민규야.

민규   ......제발, 제발 그만해...

그럼에도 민규를 향해 모여드는 아이들, 발길질이 시작되고.
cut to 》바닥에 만신창이가 되어 쓰러져 있는 민규.
지훈, 쪼그려 앉아 민규의 등을 토닥이며,

지훈   내일부터 매출의 30%야, 민규야. 우리 아지트로 가져오면 돼. 니가 말만 잘 들었어도 20% 해주려고 했는데, 아쉽게 됐네.

민규   (흐느끼면)

지훈   (귀에다 속삭이는) 제때 안 가져오면 니 동영상 전교생이 보는 거야, 알지?

민규를 남겨놓고 웃으며 가는 지훈의 무리들이고.
홀로 남겨진 민규, 바닥에 쓰러진 채 짐승처럼 몸을 떨고 있는데,
그때 갑자기 어둠 속에서 들려오는 말소리에 몸을 굳힌다.

은강   내가 죽여줄까.

민규, 목소리가 들려온 쪽을 보면, 은강이 벽에 기대어 서 있다.

은강   원하면 내가 해줄 수 있는데.

서로를 보는 민규와 은강에서.

S#40. 로 카페, 낮.

웬일인지 주방에 있어야 할 은강이 보이질 않고,
대신 유리와 준이 손님의 주문을 받아 커피를 내리느라 허둥지둥이다.
이를 지켜보며 고개를 절레절레 젓는 정호.

정호   하나뿐인 바리스타가 출근도 안 하고, 아주 카페 꼴 자알~ 돌아간다.
유리   (바쁜) 빈정댈 시간 있음 와서 커피나 내려봐!

그때 아영이 카페 문을 벌컥 열고 달려 들어온다.

아영   (달려왔는지 숨을 헉헉대며) 아저씨 여기 김오줌 안 왔어요?
정호   누구?
아영   김오줌 아니, 김민규요 김민규!!
정호   김민규? 어제 왔었는데, 너가 걔를 알아?
아영   알죠 당연히. 제가 여기 가보라 그런 건데, 오늘은 안 왔어요?
정호   ...아니.
아영   (발 동동) 큰일 난 것 같아요! 걔 오늘 학교에 안 왔거든요, 홍지훈네 애들이 그렇게 괴롭혀도 한 번도 학교 빠진 적 없는 앤데, 어제 찾아와서 무슨 얘기 했어요?

순간 한강에서 괴롭힘 당하던 민규(S#17)와 어제 카페를 찾아온 민규(S#31)를 떠올리며, 탄식하는 정호.

정호   걔가 개였구나.

그러곤 민규가 나간 후 바로 카페를 나가던 은강을 떠올리는 정호!
불길한 예감에 자리를 박차고 일어서더니 주방에 있는 유리를 향해 온다.

정호   서은강! 서은강, 지금 어딨어?
유리   (?) 은강 씨 오늘 못 온다니까?
정호   그니까 왜!!
유리   그냥 아침에 문자가 와서- (정호의 심각한 얼굴 보곤) 왜 그러는데?
정호   너 차 어디 세웠어?

S#41. 거리, 낮.

유리의 차를 향해 빠르게 걸어가는 정호와 아영이고,
영문을 모르고 따라오는 유리와 준이다.

유리   지금 무슨 일인데 김정호, 설명해!!
정호   어젯밤에 학폭 피해자 학생이 여기 왔었어.
유리   (내심 놀랐지만 애써 차분히) 근데,
정호   서은강이 어제 걜 따라 나간 것 같아.
유리   (멈칫하지만) 나간 것 같아, 추측이네.
정호   따라 나갔어. 그리고 오늘 서은강도 일터에 안 왔고 걔도 학교에 안 왔고.
유리   그게, 뭐...
정호   (버럭) 몰라서 물어 서은강이 무슨 짓을 한 놈인지!!
유리   (벙쪄 정호를 보는데) 넌 그걸 어떻게 아는데.
정호   여기서 일한다고 했을 때 이미 찾아봤어.

긴장한 듯 정호와 유리를 번갈아 보는 준과 아영.

유리	함부로 넘겨짚지 마.
아영	...그 아저씨가 뭘 했는데요?

아영을 보는 유리와 정호.

S#42. 유리의 차 안, 낮.

유리가 운전 중이고, 정호가 조수석에, 준과 아영이 뒷좌석에 앉아 있다.
준 계속 은강에게 전화를 거는 중인데,

준	신호는 가는데, 전활 안 받으세요.
정호	계속해봐, 문자도 남겨보고. (아영 향해) 넌 민규랑 얼마나 친해?
아영	전 김오줌 번호도 몰라요. 걍 초딩 때 같은 반이었던 적이 있어서, 맨날 당하는 거 보는 것도 찜찜하니까... 이 카페 있는 거 알고 여기라도 가보라 그런 거죠.
정호	근데 왜 아까부터 멀쩡한 이름을 두고, 오줌이라 부르는 거야.
아영	(당황) 아 애들이 다 그렇게 불러서요. 입에 붙어갖고... 걔가 학교에서 오줌 싼 적이 있거든요. 걔 탓은 아니지만.

S#43. 몽타주

#1. 홍산중학교 화장실 앞
진을 치고 서서 민규가 화장실 가려는 걸 막는 지훈과 그 패거리.

아영	(E) 홍지훈이라고 초딩 때부터 쫌 유명한 애가 있었는데... 김민규가 개네 패거리한테 완전 잘못 걸려서요.

#2. 교실

쉬는 시간인지 민규의 자리를 둘러싼 지훈과 그 패거리.

물과 탄산음료, 주스 등 각종 음료를 가져다놓고 민규더러 마시게 한다.

아영   (E) 억지로 이것저것 마시게 한 다음에 학교에서 하루 종일 화장실을 못
        가게 괴롭혀요. 애원하면 이상한 짓 시키고, 조퇴하려고 해도 못 하게 하
        고.

S#44. 유리의 차 안, 낮.

기함한 얼굴로 아영을 보고 있는 정호, 유리, 준.

정호   설마 저번에 한강에서 봤던 애들이 걔네야?
아영   (끄덕) 걔네들 진짜 악질이에요. 작년에 다른 애도 걔네한테 당하다 전학
        갔거든요.
유리   선생님들은... 이걸 몰라?
아영   (으쓱) 글쎄요. 근데 알아도 뭐 어떻게 못 할걸요.
정호   (왠지 모를 초조함에 이를 빠드득 가는)

S#45. (인터뷰) 정호의 방, 낮.

정호   사람들이 검사는 나쁜 짓한 놈들만 만나는 줄 알지만, 피의자들 못지않게
        만나는 게 바로 피해자들이죠. 가해자는 가해자의 얼굴을, 피해자는 피해
        자의 얼굴을 하고 있을 것 같지만, 그렇지 않을 때도 많아요.

        INS1 》검사 정호 앞에 앉은 여러 피의자와 피해자들의 모습이 스쳐간다.
        억울한 얼굴, 답답한 얼굴, 전의를 상실한 얼굴, 웃는 얼굴, 나이도 성별도
        각양각색이다.

정호   그중 가장 보고 싶지 않은 얼굴은, 제 앞에 가해자가 돼서 돌아온... 피해
      자의 얼굴이죠.

      INS2 》 "정말 중범죄를 지었을 경우에도, 그래요?" 하고 묻는 민규의 얼
      굴. (S#31)

S#46. 학교 교무실, 낮.

      민규의 **담임(여/30대)**과 이야기 중인 정호와 유리.
      준은 아영과 함께 바깥에 서 있고.

담임   (유리의 명함을 들고 곤란한 얼굴을 하며) 저희가 그렇다고 아무한테나 연
      락처를 가르쳐드릴 수는-
정호   그럼 그쪽이 전화해보던가요. 학생이 학교에 안 나왔으면 본인이랑 부모한
      테 연락해보는 건 당연한 거잖아요.
담임   (어이없어 보는) 글쎄 아침에 했는데 안 받았다니까요!
정호   민규가 학교에서 어떤 일 겪고 있는진 아시죠?
담임   (움찔) ...잘 모르겠는데요, 특별한 일은 없는 걸로 아는데,
정호   (빤히 보다) 차라리 진짜 모르는 거길 빌게요.
담임   ...
정호   지금 민규 못 찾으면 일 더 커지니까, 찾는 데 협조 좀 해주시죠.

S#47. 홍례의 순대국밥집, 낮.

      INS 》 시장통에 위치한 순대국밥집 앞에 서 있는 유리, 정호, 준.

담임   (E) 민규 할머니가 시장에서 순대국밥집을 하세요.

정호, 유리와 마주 앉아 있는 홍례, 얼굴이 어둡다.

홍례   ...어제 애가 집엘 안 들어왔어요.

유리   전화는요?

홍례   (울먹이며 고개 젓는) 경찰서에 갔는데, 실종신고 할라면 하루는 있어야
       한다대. 전에 이런 적이 없던 앤데...

정호   (그때 문득 벽에 걸린 달력을 보곤) 중2면, 우리 나이로 열다섯이지?

유리   (끄덕이면)

정호   할머니 민규... 생일이 언제죠?

홍례   양력으론 10월 **일. 내일이에요.

민규   **만 14세 전에 범죄를 저지르면 감옥이 아니라 소년원으로 가는 거 맞죠?
       (cut to) 소년원 갔다 와서도 검정고시 보고, 대학도 가고... 일도 할 수 있
       어요? (S#31)**

괴로운 듯 머리를 감싸는 정호.

S#48. 거리 / 아영의 방, 밤.

거리에 세워 두었던 유리의 차에 올라타는 정호, 유리, 준.

유리   경찰 신고는 무슨! 지금 아무것도 확실한 게 없는데!!

정호   신고는 의심이 가면 하는 거야. 확실할 땐 늦어.

유리   넌 지금 뭘 의심하는 건데!

정호   ...

유리   설사 둘이 같이 있다 치더라도, 은강 쎈 위험한 짓 안 할 거야, 내가 알아.

정호   서은강 범죄자야, 자기 동생 괴롭힌 놈들 잡아다 창고에 집어 넣고 불 지
       른 놈이라고!!

이 말에 놀라 숨 들이키는 준인데,

유리   근데 결국 아무도 안 다쳤어. 누가 다치기 전에 은강 씨 스스로 그 문 열었
다고.

정호   ...그래도 변하는 건 없어. 지금 둘이 같이 없어졌고, 서은강은 지금 민규,
부추기기 딱 좋은 사람이니까.

그때 준의 전화가 울린다. 정호와 유리 그쪽을 보면.
자기 방에서 컴퓨터로 SNS 페이지를 보고 있는 아영과 화면 분할되며,

준   (스피커로 전화받는) 어 아영아.

아영   (F) 김민규가 어딨는진 모르겠는데, 지금 홍지훈네 애들이 어딨는진 알아
냈어요.

준   어딨는데?

아영   (F) 길왕산 아시죠. 그 근처에 폐유치원 같은 게 있는데, 거기가 걔네 아지
트래요. 지금 술 사서 거기로 가고 있는 것 같아요.

정호, 휴대폰을 검색하고,
모두 차에 올라타면 재빨리 시동을 거는 유리다.

S#49. 폐유치원, 밤.

이전에 유치원으로 쓰였던 것으로 보이는 2층짜리 낡은 폐건물 안.
은강과 민규, 각자 벽에 등을 기대고 앉아 있다.
방치된 곳인지 술병이 나뒹굴고 있고 벽은 낙서와 그라피티로 가득하다.
자는 듯 눈을 감은 채인 은강이고...
멍하니 창밖을 보고 있던 민규가 갑자기 입을 연다.

민규   ...그냥 죽어버릴까 하고 옥상까지 올라간 날도 있었는데... 못 죽었어요...

은강	(눈을 떠 보면)
민규	제가 죽어도... 그 *같은 동영상들은 남아 있을 테니까... (부르르 떠는)

INS 》학교 화장실, 속옷 차림의 민규에게 지훈과 아이들이 카메라를 들이대고 있다. 마구 흔들리는 화면.

민규	그래서 생각한 거예요, 그 새끼들을 죽이자. 어차피 제가 죽어도 그 새끼들은 다른 애 골라서 또 그 짓 할 거예요. 그러니까 그 새끼들을 없애버리는 건, 세상에 좋은 일을 하는 거잖아요?
은강	...
민규	(스스로에게 말하듯) 그리고 소년원 다녀와서 다시 인생 시작해도 늦지 않으니까... 저만... 저만, 용기 내면 되는 거잖아요.

민규를 바라보는 은강.

S#50. 응급실, 낮. (회상)

스트레처에서 베드로 옮겨지는 제 동생을 넋을 잃고 바라보는 은강.
피범벅의 시트 위에 **은강의 동생(여/17)**이 의식을 잃은 채 누워 있다.

S#51. 구치소 접견실, 낮. (회상)

수의를 입은 채 초점 없는 눈빛으로 유리 앞에 앉아 있는 은강.

은강	제 계획은 변함없어요. 풀려나면, 이번엔 그 새끼들 정말 죽일 거예요.
유리	(안타까운) 자꾸 그런 말 하는 건 은강 씨한테 불리하다니까요.
은강	상관없어요. 나가기만 하면 되니까.
유리	저는 은강 씨 변호해서 최대한 감형받을 수 있도록 돕고 싶은데... 은강 씨

가 마음 바꾸지 않으면 도와줄 수가 없어요.

은강   도와주지 마세요, 그럼.

유리   ...은강 씨.

은강   그 *새끼들이 제 동생한테 무슨 짓 했는지 들으셨어요?

유리   ...

은강   당신이 알아? 당신 가족이 그딴 식으로 죽으면 어떤 기분인지, 당신이 아
니냐고.

S#52. 폐유치원 일실, 밤.

은강, 생각이 많은 얼굴로 민규를 보는데,

민규   (시간을 확인하곤) 애들 곧 올 것 같아요.

긴장한 듯 보이는 민규, 자리에서 일어서는데 손에는 라이터를 꼭 쥔 채다.
옆으론 가득 찬 석유통 두어 개가 보이고...

민규   이제 형이 해주실 건 없어요, 가세요.

은강   ...

민규   형은 성인이라 잡히면 벌받으시잖아요, 제가 경찰한테도 진짜 형님 얘긴
죽어도 안 할게요.

S#53. 폐유치원 다른 일각, 밤.

지훈과 그 패거리들, 왁자지껄 떠들며 1층 깨진 창문을 넘어
유치원 건물 안으로 들어오고 있고.

S#54. 거리, 밤.

유리, 미친 듯이 엑셀을 밟아 달리고 있는데,
교차로의 신호가 주황색에서 빨간색으로 바뀌고,
하는 수 없이 급브레이크를 밟으며 멈춰 서는 유리의 차.
유리, 괴로운 듯 핸들에 얼굴을 묻는데,

S#55. 폐유치원 일실, 밤.

민규, 아이들이 다가오는 소리에 초조해져선 은강을 본다.
은강, 저편에 열려 있는 창문을 바라보며 무슨 생각인지 도무지 알 수 없
는 눈빛이다.

민규   형 빨리 가시라구요!

S#56. 구치소 접견실, 낮. (회상)

S#51에서 이어지는

은강   왜 죽이면 안 되는데, 그 더러운 새끼들 세상에서 치워주면 나만 좋은 거
       아니잖아.
유리   ...나도 몰라요. 왜 죽이면 안 되는지.
은강   (어이없어 보면)
유리   나도 사람 죽이고 싶어본 적 있어요. 아니, 아직까지 죽이고 싶어. 우리 아
       빠는... 유해도 겨우 찾았거든.
은강   ...!
유리   근데도 내가 칼 들고 그놈들 안 쫓아가는 이유는... 내가 다치니까.
은강   ...

유리	우리 아빠가 사랑하는 날, 우리 아빠를 닮은 나를, 다치게 할 수가 없어요. 나는. 근데 사실 아직도 잘 모르겠어요. 그게 아니면, 그럼 어떻게 그놈들한테 갚아줘야 맞는 건지. 아직도 방법을 못 찾았어요. 그니까 은강 씨, 나랑 같이 고민해요.
은강	...
유리	내가 은강 씨 안 다치게 지켜줄 테니까, 우리 같이 고민해요.

S#57. 폐유치원 일실, 밤.

민규를 빤히 보던 은강,
석유통을 집어 들어 그 안에 담긴 석유를 교실 한쪽부터 뿌리기 시작한다.

민규	(겁에 질려) 뭐 해요, 형!!!
은강	잘 들어. 넌 여기서 적당히 저 창밖으로 고개 내밀고 있다 위험해지기 전에, 아래로 뛰어내려. 2층이라 다리는 부러져도 죽진 않아.
민규	(혼란스레 보면)
은강	나는 재네들이 여기서 도망쳐 나오는 걸 동영상으로 찍을 거야. 경찰이 오면, 재네가 너를 이 안에 가둬놓고 불 질렀다 말해. 나는 이 사건의 목격자로 진술할 거야.
민규	...그게 무슨...!!
은강	니가 장단을 안 맞춰주면 나 혼자 방화범이 된단 얘기지. 뭐 그래도 상관은 없지만. 니 선택이야. 멍청하게 다치지 말고, 제때 나와.

은강, 민규를 똑바로 보며 라이터를 켜더니, 뿌려놓은 기름을 향해 던진다.
민규를 교실 안에 두고 나와 문을 잠가버리는 은강인데,
순간, 과거의 기억이 짧게 스쳐간다.

S#58. 어느 학교 체육창고, 밤. (회상)

창고 안에서부터 연기가 치솟고 있고,
아이들이 안에서 소리치며 문을 마구 두드리는 소리가 들려오는데,
땀과 눈물에 젖어 만신창이인 은강, 철문을 붙잡은 채 울고 있다.
그러나 이내 잡고 있던 문을 놓는 은강.

S#59. 폐유치원 복도, 밤.

은강이 복도 너머로 사라지자마자
아이들이 은강과 민규가 있던 교실 쪽으로 다가온다.

종석   김민규 이 새끼 어딨냐, 근데 이건 뭔 냄새야.

지훈, 주변을 둘러보며 뭔가 느낌이 좋지 않은데,
연기가 뿜어져 나오는 교실을 보곤, 일동 놀라 멈춰 선다.

종석   시발 뭐야, 불 난 거야?!!
지훈   (교실 향해 가는데)
시우   대박, 야 일단 튀자!

복도까지 삽시간에 연기가 자욱해지자 종석과 시우, 도망치려 하는데
지훈 움직이지 않고, 종석과 시우, 급기야 지훈을 끌어낸다.

S#60. 폐유치원 입구 – 뒤뜰, 밤.

차를 세우고 달려오는 정호와 유리, 준.
2층 창문에서 연기가 뿜어져 나오는 폐건물이 보이고,
은강, 휴대폰으로 건물에서 도망쳐 나오는 지훈과 아이들을 찍고 있다.

저편으로 빠져나가는 아이들을 찍곤 동영상을 멈추는 은강.
119에 전화를 걸며 유치원 뒤뜰로 향한다.

은강 제가 지금 홍산동 234-3, 폐유치원 앞에 서 있는데 안에서 불이 난 것 같
     아서요. 네. 빨리 와주셔야 할 것 같아요. 다친 사람은... 일단 학생 한 명이
     보이네요.

     유리, 정호, 준, 은강의 시선을 따라가보면,
     창문에서 뛰어내렸는지 미친 듯 기침을 하며 접질린 발목을 붙잡고 있는
     민규가 보인다.
     사색이 돼서 민규 향해 달려가는 유리와 정호.
     유리, 민규를 살피는데 크게 다친 것 같진 않고.

정호 (은강이 전화를 끊자) 너 대체 무슨 짓을 한 거야?
유리 (역시 답을 요구하듯 은강을 보는데)
은강 (휴대폰 들어 보이며) 얘네들이 민규 가두고 불 지른 걸로 할 거예요. 그럼
     그간 있었던 학폭도 같이 크게 터지겠죠. (유릴 보며) 그리고 저는 지금까
     지 변호사님이랑 같이 있었던 걸로 할게요.
정호 (분노로 코앞까지 다가서며) 어딜! 니가 벌인 일은 니가 책임져!
은강 그럼 그렇게 하구요.
유리 (어떻게 받아들여야 할지 모르겠고) 은강 씨...
은강 최대한 안 다치는 방향으로 고민해본 건데.. 답이 좀 별로였나요?
유리 **내가 은강 씨 안 다치게 지켜줄 테니까, 우리 같이 고민해요. (S#56)**
유리 !!
정호 답이 좀 별로였나요?! 넌 어른이란 새끼가 애를 데리고-!! 멍청아, 니 전과
     조회하면 다 나와, 지금 너까지 엉망으로 엮인 거라고!!
은강 나까지 엮였으니까, 적어도 얘가 이젠 그 모든 걸 혼자 감내하진 않아도
     되겠지.

     은강과 정호, 서로를 팽팽히 보는데

두려운 눈빛으로 그들을 지켜보고 있는 민규고.

S#61. 폐유치원 다른 일각, 밤.

유치원 입구는 어느새 경찰차와 소방차, 구급차로 가득하다.
담요를 덮고 유리와 함께 구급차 뒤에 앉아 있는 민규고,
정호, 경찰관들과 대화를 나누는 은강을 심란한 얼굴로 지켜보고 있다.

경찰1   (휴대폰 영상 확인하는)

은강   아이들이 이 친구를 끌고 안으로 들어가는 걸 보고, 불안해서 계속 지켜
       봤더니... 얼마 뒤에 저쪽 창문에서부터 연기가 났고, 이 아이들이 빠져나
       오는 게 보였어요. 나중에 이 친구(민규)가 2층 창문에서 뛰어내리는 걸
       본 거구요.

경찰1   (민규 향해 조심스레) 안에서 무슨 일이 있었던 거니?

민규   (긴 침묵 끝에 떨며) ......걔네들이 절 가두고... 불을 질러서... 창문으로 뛰
       어내렸어요.

정호   (눈을 질끈 감는)

경찰1   아이고... (주변 둘러보다 은강 향해) 근데 선생님은 이 시간에 이렇게 외
       진 덴 어떻게 오셨습니까?

은강   ...

경찰1   (답이 없자 보는) 혼자 계셨던 겁니까?

정호   아뇨, 저희랑 같이 있었습니다.

정호, 짜증스레 머리를 넘기며 은강 옆으로 오고,
유리와 은강, 준, 모두 뜻밖이라는 듯 정호를 보는 데서, **6화 엔딩.**

7화

죄와 벌

S#1.　(인터뷰) 로 카페, 낮.

멀끔히 차려입은 정호가 먼 곳을 보며, 인터뷰 중이다.

정호　그런 생각 많이 했었죠. 한순간에 자식을 잃어버린 부모나, 전 재산을 송두리째 사기당한 피해자, 무차별한 폭력에 인생을 짓밟힌 사람들... 그런 사람들과 마주 앉아 있으면, 검사로서 내가 그 무엇을 어떻게 한다 한들, 과연 이들의 고통을, 억울함을, 그 슬픔을... 풀어줄 수 있을까. 묻게 되죠.

　　　INS1 》응급실에 실려 온 동생을 보고 있는 은강,
　　　의료진들이 심폐소생술을 하는 중인데,
　　　은강 그저 우두커니 서서... 피 묻고 해진 동생의 운동화를 본다.
　　　INS2 》골목길, 지훈 무리에게 당한 후 바닥에 비참히 쓰러져 있는 민규.
　　　짓밟힌 저의 운동화를 물끄러미 보는데...
　　　은강 동생의 것과 같은 신발이다.

정호　과연 법이, 그걸 해줄 수 있나.

S#2.　폐유치원 앞, 밤.

유치원 입구는 어느새 경찰차와 소방차, 구급차로 가득하다.
출동한 경찰관들과 대화를 나누는 은강과 민규고,
그 뒤에서 정호와 유리, 준이 심란한 얼굴로 지켜보고 있다.

경찰1   (민규 향해 조심스레) 안에서 무슨 일이 있었던 거니?
민규   (긴 침묵 끝에 떨며) ......걔네들이 절 가두고... 불을 질러서... 창문으로 뛰
        어내렸어요.
정호   (눈을 질끈 감는)
경찰1   아이고... (주변 둘러보다 은강 향해) 근데 선생님은 이 시간에 이렇게 외
        진 덴 어떻게 오셨습니까?
은강   ...
경찰1   (답이 없자 보는) 혼자 계셨던 겁니까?

        정호, 짜증스레 머리를 넘기며 은강 옆으로 와 선다.

정호   아뇨, 저희랑 같이 있었습니다.

        유리와 은강, 준, 모두 뜻밖이라는 듯 정호를 보는데,

S#3.   경찰서 여성청소년수사팀, 밤.

        책상 앞에 앉아 조사를 기다리는 정호와 은강, 각자 생각에 잠겨 있고,
        민규는 두려움에 떨고 있다.
        그 뒤엔 유리가 어두운 얼굴로 팔짱을 끼고 서 있고, 옆엔 준이 서 있는
        데...

세연   (E) 홍산서 여성청소년수사팀장, 한세연 경윕니다—

다가오던 세연, 정호와 유리를 보고 멈춰 서선 놀란 얼굴을 하는데,
일동 세연을 보고 귀신이라도 본 듯한 얼굴이 된다!

준 누님 경찰이셨어요?!

정호 (당황) 야, 한세연, 니가 왜 여기서 나오냐?

세연 그건 내가 묻고 싶은 말인데?

정호, 민규와 은강을 보는데, 여기서 세연이 나타날 줄 예상 못 한 눈치고.
민규, 불안한 듯 세연과 일동을 번갈아 본다.
세연과 눈 마주치면, 저도 모르게 눈을 피하고 손톱을 씹는 유리.

세연 근데 뭐 죄라도 저질렀어 표정들이 왜 이래?

정호 (애써) 하하, 넌 말을 해도. 근데 너 육아휴직은 어쩌고?

세연 (모니터로 은강이 찍은 영상을 틀어보며) 저번 주에 복귀했어.

정호 조직의 선진문화를 위해서라도 이러면 안 되는 거야. 육아휴직이라는 법
적으로 정정당당히 보장된 근로자로서의 권리를 왜 포기하냐고!

세연 가면 간다고 지랄, 오면 온다고 지랄. 내 새끼 놓고 내가 내 일 한다는데 입
들이 많아?

S#4. (인터뷰) 유리의 오피스텔, 낮.

유리 세연이는 어렸을 때부터 공부도 잘했지만... 항상 반장도 도맡아 하고, 뭔
가 학생보다는 선생님 같달까...?

INS1 》선도부 배지 찬 세연, 뒷짐을 지고 교문 앞에 서 있다.
뭔가 찔리는 유리, 구석으로 들어오다 세연과 눈 마주치면, 방긋 웃는데,
다가오는 세연, 발로 유리의 신발을 툭 차며,
"너 내가 실내화 신고 등교하지 말랬지?"
INS2 》자습시간인 교실, 자습 감독 선생은 자기 일을 하느라 바쁜데...

정호가 유리에게 소리 죽여 수학 문제를 가르쳐주며 티격태격 중이다.
앞자리의 세연, 참아보다가 이내 팡팡팡 책상을 후려치며 일어서더니,

세연 야 니들 조용히 안 해!!!
선생 (당황해) 세연아. 내가 주의 줄-
세연 (OL) 선생님도 있어 보세요. 니들이 공부만 잘하면 다야? 애들 공부하는
    거 안 보여, 왜 떠들어 떠들긴!! 둘 다 나가!!

    다시 유리 인터뷰 》

유리 뭔가 잘못하다 눈이라도 마주치면, 괜히 오금이 저리는 그런 면이 있었달
    까요? 그래서 세연이가 경찰대에 붙었을 때도, 정말 잘 어울린다 생각했
    죠. (어두운 얼굴 되며) 이렇게 만날 줄은 꿈에도 모르고...

S#5. 경찰서 여성청소년수사팀, 밤.

    유리, 정호, 민규 등을 날카롭게 살피듯 보는 세연,

세연 인사는 이쯤 하고. (모니터 돌려 동영상을 민규 향해 보여주며) 지금 이
    아이들이, 널 이 유치원 교실 안에 가두고 불을 지르고 도망갔다, 그렇게
    진술한 거 맞니?
민규 (벌벌 떨며 망설이지만, 은강과 눈 마주치면 주먹을 꽉 쥐며) .....네.
세연 그리고 선생님께선 현장을 지나다 아이들이 나오는 걸 목격하신 거구요?
은강 네.
세연 (정호, 유리, 준 보며) 니들은?
정호 얘(민규)가 없어졌다고 해서 우리 넷이 다 같이 찾고 있었어. 근데 민규 친
    구가 얘가 그 유치원에 있을지도 모른다고 해서 서은강이 먼저 그리로 달
    려간 거고.
세연 ...영상을 보면, (은강에게 영상의 시작점을 보여주며) 아이들이 건물에서

나오기 전부터 찍기 시작하셨던데, 불이 나기 전부터 근처에 계셨던 겁니까?

은강 　네. 걔네들이 민규를 끌고 들어가는 걸 목격하고, 걱정이 돼서 근처에서 기다리고 있다가 불이 나는 걸 보고 신고한 겁니다.

세연 　(불안한 듯 선 유리와 눈 마주치며) 아이가 걱정돼서 찾고 있었는데... 애들한테 잡혀 끌려 들어가는 걸 보고도 밖에서 기다리고만 있었다?

유리 　(고개 떨어뜨리면)

정호 　(넘기려) 그보다 이 새끼들 신변은 다 확보한 거야?

세연 　근처에 숨어 있다 잡혀 와서, 지금 조사 중이야.

은강 　그 새끼들 핸드폰부터 좀 압수해주세요.

일동 　(은강을 보면)

은강 　지금까지 그 안에 영상들로 앨 협박해온 모양이에요. 학폭 증거라면, 그 안에 차고 넘칠 겁니다.

세연과 정호, 유리, 아연한 얼굴로 민규를 보는데,
그때 홍례가 신발도 제대로 신지 못한 채
'아이고 내 새끼!' 외치며 달려 들어오고,
민규, 그런 홍례를 보자 결국 참았던 울음이 터진다.

S#6.　홍산경찰서 다른 일각, 밤.

경찰2에게 조사를 받는 중인 지훈과 종석, 시우.

시우 　아 그거 저희가 한 거 아니라구요!!

지훈 　(차가운 미소로) 김민규 그 새끼가 그래요, 저희가 불 낸 거라고?

경찰2 　묻는 말에 대답이나 해!! 첨부터 이럴 작정으로 민규를 불러낸 거야?

종석 　(답답해) 아 아니라구요!!

경찰2 　그럼 뭐 하려고 거기로 불러냈어!

종석 　아 저희는 그냥 그 새끼한테 돈만 받고-

지훈   (종석 향해) 야. 입 닫어! (비웃듯 경찰들 보며) 대답은 저희 아버지 오시면 할게요.

경찰2   (기가 막혀 보는데)

지훈   야 근데 니들 올해 생일 지났냐?

시우/종석 (끄덕이면)

지훈   (낭패다 싶고 머리 헝크는) 아 시발...

그때 지훈모와 남변호사를 필두로 시우모, 종석모, 종석부가 들이닥친다.
cu to 》세연이 합류해 있고, 학부모들, 언성을 높이며 항의 중이다.

종석부   체포라니! 애들끼리 장난 좀 치다 일어난 일 가지고 체포가 웬 말입니까?!

세연   장난이요? 여럿이 몰려 상습적으로 삥 뜯고, 때리고, 학교에선 물 먹여 고문하고, 동영상 찍어 협박하고, 오늘은 가둬놓고 불까지 질렀는데, 장난이요? 지금 이 아이들 특수폭행 및 방화 혐의로 긴급 체포되어 있는 겁니다, 정신들 차리세요!

일동   (잠시 멈칫하는데)

남변호사   목격자가 있다고 해도 아이들이 불을 낸 걸 정확히 본 것도 아니고, 아직까진 정황 증거뿐인데, 긴급 체포는 과하지 않습니까.

세연   그건 저희가 알아서 판단하겠습니다.

종석   (억울함에 절규) 아 그니까 다른 건 몰라도 우리가 불은 안 질렀다고요!! 김민규 그 새끼가 한 거라니까, 엄마!

종석모   봐봐 우리 애가 한 거 아니라잖아, 어디 한쪽 말만 듣고 사람을 가해자로 몰아, 몰길!!

종석부   걔 데려와봐요! 데려와서 어디 한번 얘길 들어보자고!

남다른 포스의 지훈모, 상황을 관망하듯 지켜보다 어딘가로 전화를 건다.

지훈모   네, 여보. 남변호사님까지 와 계시는데 여기 말이 안 통하네. 서장님껜 연락드려본 거예요?

S#7.　홍산경찰서 주차장, 밤.

세연, 밖에서 유리와 단둘이 이야기 중이다.

세연　(기가 막힌 듯) 홍지훈인가, 주동자 학생 아버지가 도원구청장이란다.
유리　!!
세연　서장이 애들 풀어주라고 난리치는 거 무시하고 걍 넣어버렸는데, 잘한 건
　　　지 모르겠다. 셋 다 생일이 지났길 망정이지, 아니었음 돌아다니면서 연쇄
　　　살인을 한대도 훈방시켜야 할 판이었어.
유리　(표정 어둡고...)
세연　(빤히 보다) 너 뭐 있지?
유리　있긴 뭐가.
세연　내가 널 몰라? 지금부터 예쓰 노로만 대답한다. 오늘 진술한 것 중에 뭔가
　　　잘못된 부분이 있다.
유리　(눈 깔며) 노.
세연　(빤히 보며) 지금 이 일을 두고 김정호랑 의견이 갈린다.
유리　...노.
세연　이게 어디서 거짓말이야, 김정호랑 너랑 의견이 일치한 걸 본 적이 없는
　　　데!! (어깨 툭 밀며) 켕기는 거 있는 거 다 알아, 좋은 말로 할 때 불어.
정호　(E) 경찰이 어디서 시민을 위협해?

건물 안에서 나오는 정호,

세연　위협하긴 누굴 위협해. 딱 봐도 냄새가 나니까 하는 말이지.
정호　피해자 진술을 두고 냄새가 나? 요즘 견찰이란 소리가 괜히 나오는 게 아
　　　니지?
세연　견찰이 원래 검찰을 비하하려고 시작된 말인 건 알고 떠드나?
정호　아 그래? 근데 견찰인지 검찰인지 그만둔 지 오래라 전혀 타격이 없는데
　　　어떡하지?

진기   (E) 우리 자기의 퇴근을 늦추는 자 누구인가!

일동 돌아보면, 아기 띠로 아기(유나)를 안고 다가오는 진기.

진기   아니 이게 누구야. 김유리 김정호 아니야? 너네가 이 시간에 여긴 왜 있지?

세연   (창피한) 넌 왜 직장까지 와서 그래.

진기   자기랑 같이 퇴근할라 그랬징~ (하곤 정색) 말해봐 니들이 여기서 왜 우리 자기를 괴롭히며 퇴근을 늦추고 있는지.

정호   너네 자기가 먼저 우리의 무고한 시민을 괴롭혔네요!!

진기   우리 자기는 쿨시크의 결정체라 누굴 괴롭히고 그럴 위인이 못 돼요, 김유리가 또 뭔 사고를 쳤겠지.

정호   (어이없어) 도진기 너 말 웃기게 한다. 김유리가 아무리 초과근무, 긁어부스럼의 결정체라지만 사골 쳐도 쿨시크한 니 자길 도왔음 도왔지, 방해할 애야?

유리   역성을 드는 거야 멕이는 거야?

정호   팩트를 말하는 거 아니야, 지금.

세연   (짜증) 야 니네 다 집에 가!!!

S#8.   홍산경찰서 유치장, 밤.

유치장에 갇혀 있는 지훈, 시우, 종석.
멍하니 있는 다른 아이들과는 달리 분노를 주체할 수 없는 지훈,
쿵쿵, 벽에 머리를 박고 있는 위로, 타이틀 올라온다.
[제7화 죄와 벌]

S#9.   로 카페 계단실, 밤.

INS 》불이 꺼져 있는 카페 외경.

계단실에만 불이 켜져 있고, 괴로운 듯 서성이고 있는 유리.

정호, 은강, 준, 우진이 각자 기대어 서거나 자리를 잡고 앉아 있다.

유리   그래 쟤들이 지금까지 민규한테 말도 못 할 짓 해온 거, 잘 알겠어. 당연히 벌받아야지. 근데 지금 이건 달라. 세연이 눈치 깐 거 안 보여?

정호   백날 눈치 까봐야 아무 소용없어, 증거가 우리 편인데.

유리   그게 검사였다는 놈이 할 소리야 지금!!

정호   이미 상황은 꼬였고, 그럼 우리 유리한 대로 몰고 가는 게 맞아.

유리   (정호 바라보다) ...난 이렇겐 못 해. 반대야.

정호   (조금 서늘한) 누가 투표라도 한대?

유리   어! 지금 하려고! 은강 씨는 안 물어봐도 알 것 같고, 준이 씨랑 선생님도 의견 좀 말해주시죠.

정호   어차피 돌이키긴 늦었어. 엎질러진 물이라고.

유리   아니, 지금이라도 돌이키는 게 엎질러진 물 위에 진창 만드는 것보단 나아.

정호   (웃는) 왜 걔들이 너무 억울할까 걱정돼? 그래봤자 소년부 송치되면 고작 소년원 2년이 전부야. 물론 그렇게 쉽게 빠져나가게 둘 생각은 없지만.

유리   (답답함에 은강 보며) 어른들끼리 이렇게 작당해서 아이들한테 하지 않은 짓까지 덮어씌우는 거, 이것도 범죄예요, 은강 씨. 가해자여야 할 애들이 피해자가 돼버린다고. 민규한텐 또 어떻구요, 나중에 이렇게 했던 게 또 다른 상처가 될 수도 있어요.

은강   법대로 하면요?

정호   폭행, 상해, 공갈, 강요, 협박, 강제추행, 명예훼손... 죄목만 나열해도 끝도 없는 것들이, 어리다는 이유로 사회봉사 몇 시간 받고 말겠지.

유리   그렇게 안 끝나게 우리가 도와주면 되지! (전혀 설득되는 것 같지 않자) 준 이 씨랑 선생님도 의견 말씀해주세요. 우리 정말 이렇게 가요?

준   (정호와 은강 눈치 보며) 물론 그 새끼들이 세상 나쁜 놈들인 건 맞지만... 저도 이건 아닌 것 같습니다, 형님.

우진   제가 상황을 제대로 이해한 건진 모르겠지만... 저도, 변호사님과 같이, 정 당하지 않게 복수한 이 경험이 민규에게 후일 어떻게든 남을 수 있단 생각이 드네요. 더 현명한 방법이 있지 않을까요?

은강   ...속 편한 소리들 하고 있네.

그러더니 자리를 박차고 일어나 나가버리는 은강이고.
유리, 무거운 얼굴로 은강이 간 곳을 보는데,

S#10. 은하빌딩 앞 일각, 밤.

은강, 담배를 꺼내 입에 물고 불을 붙이려는 찰나,
옆에서 느껴지는 기척에 고갤 들어보면, 유리가 서 있다.
이에 은강, 불을 붙이지 않고 기다리는데,

유리   은강 씨, 그러니까, 나는...
은강   들어가세요. 무슨 말하려는지 다 아니까.
유리   아니야, 은강 씨. 나는, 은강 씨 탓하려는 게 아니에요. 그런 말을 하려는
       게 아니고,
은강   (한숨 쉬더니 조금 누그러진 눈빛으로 보며) 알아요.
유리   (보면)
은강   안다구요.
유리   나 예나 지금이나 사람이 너무 FM이지. 재미없게.
은강   (조금 웃는) 아니 다행이네요.
유리   (미안함으로 은강을 보는)

S#11. 민규의 집, 낮.

한숨도 자지 못한 얼굴의 민규, 방문을 열고 거실로 나와보면
식탁에 앉아 눈물을 훔치고 있는 홍례가 보이고,
그 앞에 추리닝 차림의 정호가 제집인 양 앉아 아침을 먹고 있다.

홍례   (안 운 척) 아이고 우리 강아지 일어났어? 밥 먹어야지.

S#12. 민규의 방, 낮.

정호, 바닥에 반쯤 드러눕듯 앉아 생각에 잠겨 있고.
책상 의자에 앉아 있는 민규, 정호의 침묵이 불편하기만 한데..

정호   너도 알지, 우리가 어제 같이 그놈들 '살인미수범' 만든 거란 거. 그래서 당
        장 저 철창 안에 갇혀 있는 거고.
민규   !
정호   왜 불편한가?
민규   ...아뇨. (어떤 오기가 올라오는) 걔네가 살인미수범이랑 뭐가 다른데요.
        (눈 벌게지며) 할머니만 아니면... 죽고 싶었어요. 다 죽여버리고 싶었어
        요...
정호   (한숨) ...미수범은 여깄었구만.
민규   (눈물 닦아내고) ...걔네한테서 벗어날 수 있다면, 저 뭐든 할 수 있어요.
정호   ... (민규의 방 둘러보더니) 너 공부 꽤 한다며. 혹시 장래희망 뭐 그런 거
        있어?
민규   그런 거 없어요. 그냥 무난한 데 취직해서 돈 버는 게 꿈이에요.
정호   ...짜식. 나이도 어린 게, 다 계획이 있구나?
민규   ...
정호   (생각에 잠겼다) 내가 어디 가서 내 입으로 이런 말 해본 적 없는데... 형은
        초중고 내내 전교 1등 놓친 적이 없어. 법대도 수석으로 입학했고, 사법연
        수원도 수석으로 졸업했지. 8년간 검사 하면서 실적도 좋은 편이었고,
민규   (갑작스런 자기 자랑에 벙쪄 보는)
정호   유능하다고, 나. 그래서 만약에 니가 원하면, 떳떳한 방식으로도 그 새끼
        들 벌받게 할 수 있어.
민규   !

정호   혹시 니가 계획한 미래에, 아니면 아직까진 계획에 없지만 열어둔 미래에... 이런 일을 한 걸 조금이라도 후회할 가능성이 있다면, 말만 해. 형이 판 다시 짤게.

흔들리는 눈빛으로 정호를 보는 민규고.

S#13. 은하빌딩 앞, 낮.

은강, 오토바이를 타고 와 멈춰 서는데,
정호가 커피 한 잔을 들고 자전거 거치대 옆에 기대어 서 있다.

정호   (손목시계 확인하며) 8시 25분, 매일 정확한 시간에 도착하는군. 너무 정확해서 약간 강박이 있는 것 같기도. 상담을 좀 받아보는 건 어때?
은강   내 루틴을 꿰고 있는 그쪽이야말로, 상담이 필요해 보이는데.
정호   너한테 관심이 있어서가 아니라 김유리 주변 인물은 전부 보호관찰 대상-(아차 싶은)
은강   (알만하다는 듯 보며) 본인이 들으면 꽤 소름 돋을 얘기네. 할 얘긴 뭐야.
정호   (팔짱 끼며, 이걸 어떻게 말해야 하나) 일이 엉망진창 된 김에, 니가 만든 상황을 좀 이용해볼라 그랬던 게 사실이야. 너나 나야 그럼 시원하겠지만, 김유리 말대로 이게 민규에게 최선은 아닌 것 같아서.
은강   ...그럼 어쩌겠단 건데. 이게 수습이 되나?
정호   (생각보다 잘 받아들이는 은강이 좀 의외지만) 우선, 자수를 해야겠지?

S#14. 경찰서 여성청소년수사팀, 낮.

세연, 기가 막힌 듯 제 앞에 앉은 정호, 은강, 민규를 보고 있다.

세연   (괴로운 듯 손에 얼굴 묻는) 어쩐지 내가 김유리 표정 보는데 뭔가 이상하다 했다. 대체 이 미친 아이디언 누구 머리에서 나온 거야?

민규   (은강과 정호가 피해 볼까 두려워, 단단히 준비라도 한 듯) 그냥 제가 다-

정호   내 아이디어였어. 얘넨 그냥 내가 시킨 대로 한 거고.

은강   (짜증스레 정호 보는) 거짓말하는 겁니다. 이건 처음부터 제 아이디어였어
       요.

민규   (당황) 아니에요, 형들은 그냥 저 도와주려고 그러신 거예요, 제 생각이었
       어요!

정호   (세연 보며) 다 내가 한 일이야.

세연   (책상 탕탕탕! 한심하단 듯 정호 은강 보며) 니들 지금 애 앞에 두고 뭐하
       냐! 맘 고쳐먹고 온 거면 똑바로 앉아서 똑바로 진술해!!

정호   (한숨 쉬며 공손히 고쳐 앉는)

은강   불 지르고 그 아이들한테 누명 씌우려고 한 건, 제 생각이었어요. 민규는
       동조한 적 없고, 어른인 제가 그러라 하니 어쩔 수 없이 휘말린 거죠. 이
       사람은(정호) 당시 현장에 있지도 않았습니다. 뒤늦게 도착한 거구요. 하
       지만 민규가 지금까지 그 애들한테 괴롭힘 당한 내용은 전부 사실이에요.

세연   (깊은 한숨) ...지금 본인이 무슨 짓을 한 건진 알아요? 게다가 본인은 전과
       도 있잖아? 방화론 누범인데다 공무집행방해, 이거 사기나 무고도 될 수
       있어. 쉽게 넘어갈 문제 아니야.

정호   사기나 무고가 되긴 힘들지. 사기는 사람을 기망해 재물을 받거나 이득을
       취한 경우를 말하는데 이 경우 우리가 취한 이득이 있다고 보기 어렵고,
       무고도, 물론 어젯밤 허위사실을 신고하긴 했지만 오늘 이렇게 와서 해당
       의 오해를 바로잡았으므로, 정말로 상대를 처벌받게 할 의도였다고 보긴
       어렵거든.

세연   (기가 막혀) 아주 잘 나셨네요!

정호   검찰에 송치해. 이건 내가 알아서 해결할게. 하지만 이거랑은 별개로 학폭
       사건에 대해선 제대로 수사를 해줬으면 하는데,

세연   (보다) 근데, 여기서 넌 대체 뭔데 자꾸 끼어드니? 학폭 사건의 당사자도
       아니시고, 방화 자작극 사건의 당사자도 아니시고, 대체 뭐세요?

정호   나... (지갑에서 주섬주섬 변호사 자격증 꺼내 보이며) 변호인.

세연   (어이없어) 뭐?

정호	여기 서은강, 김민규 변호인으로 와 있는 거라고.
세연	(기가 막혀 보다 웃는) 아니 어쩔라고 법조계로 다시 컴백을 하셨대?
정호	어쩌겠어, 세상이 날 필요로 하는걸.

S#15. 홍산경찰서 유치장, 낮.

지훈과 아이들이 갇혀 있는 유치장 앞으로 다가오는 정호.

시우와 종석은 잠들어 있는데, 홀로 깨어 있는 지훈이고.

정호, 지훈 향해 손가락 까딱까딱해 보이면,

지훈 맘엔 안 들지만 가까이 다가오는데, 이 새낀 뭐지 싶고.

정호	니들은 이제 여기서 나가게 될 거야. 방금 누구 덕에 방화 혐의는 벗었거 든.
지훈	(고개 번쩍 드는데)
정호	근데 학폭 혐의는 아직이야. 잠깐이라도 자유를 즐기도록 해. 내가 어차피 곧 다시 넣어줄 테니까.
지훈	(어이없는) 아저씬 뭔데요. 경찰이에요?
정호	아니. 난 그냥.. (다가서며 속삭이는) 니들 폰에 재밌는 게 얼마나 많은지 아는 아저씨. 니 친구들이 핸드폰에 재밌는 걸 찍어놨더라. 서로 약점이라 도 쥐고 있기로 한 거야?
지훈	?!!!! 그, 그게 뭔 소리예요?
정호	그건 니가 더 잘 알 텐데?
지훈	(얼어붙으며 시우와 종석을 보는)
정호	그러니까 혹시라도 보복 같은 생각은 안 하는 게 좋을 거야. (자기 휴대폰 흔들어 보이며) 이 영상 퍼지면, 깜빵 가는 게 문제가 아닐 거잖아?
지훈	미친!! (철창 꽉 치며 달려들 듯) 너 시발 뭔데!!!
정호	쉬, 쉬... 조용히 해야지. 누가 법대로 하라 그러는데, 너희 같은 쓰레기들이 과연 법대로 해서 고쳐 쓸 수 있는 건지 난 의문이네. 답은 니들이 나한테 줘야겠지?

그러곤 정호, 아무런 답도 주지 않고 홀연히 가버린다.
지훈, 도대체 정호가 누군지도 모르겠고 분노와 혼란으로 바라볼 뿐이다.

S#16. 로 카페, 낮.

유리, 사무실에서 손님들을 상담 중이고,
주방에선 은강을 대신해 김천댁, 최여사와 준이 커피를 타고 있다.
최여사와 준이 커피 머신을 보고 토론을 하면,
'그냥 믹스로 해~ 뭘 복잡하게!' 하는 김천댁.
그때 문이 열리며 들어오는 정호와 은강, 민규.
양해를 구하고 뛰쳐나오는 유리, 토끼 눈을 하고 정호 앞에 서는데,
정호, 한참 유리를 바라보던 끝에.

정호   법대로 하자며. 그래서 그렇게 하고 왔다 왜.

감격한 듯 입을 막는 유리, 시선 바로 정호의 옆에 선 은강에게로 향한다.
눈물 그렁그렁해 다가오더니, 대뜸 은강의 손을 잡고 쪽!
그 손에 뽀뽀를 해버린다!!
일동, 당황해 유리를 보는데,

정호   ...뭐야, 뭐 한 거야 지금.
유리   (은강 보며) 고마워요, 고마워요 은강 씨.
은강   (좀 당황스럽고) 제가 뭘 했다고.
정호   그래 얘가 뭘 했다고!
유리   (무시하고 옆에 민규에게 가더니 민규의 손에도 쪽) 민규야, 고마워. 내가,
       너 오늘 한 일 절대 후회 안 하게 해줄게. 알았지?
민규   (당황했지만 끄덕이는데)

김천댁과 최여사, 민규 향해 '밥은 먹었어? 일루 와' 하며 데려가고.

유리, 다시 정호 앞에 서면,

정호, 나름 기대를 가지고 바라보는데,

유리   (사뭇 비장해지며) 애들은 그럼 풀려난 거지?

정호   어. 니 원대로 됐지.

유리   (째려보는데)

민규   (그 말 듣곤 급격히 표정 어두워지면)

정호   걱정 마, 당분간 핸드폰 돌려받을 일도 없을 거고. 보복은 걱정 안 해도 돼.

S#17. 경찰서 주차장, 낮.

지훈, 풀려났는지 남변호사, 지훈모와 함께 차를 향해 가고 있다.

지훈모   아니, 허위신고한 놈도 놈이지만, 경찰 저것들도 싹 다 고소할 순 없나, 어? 어떻게 한쪽 말만 듣고, 이렇게 어린 애들을 밤새 가둬 두냐고!!

남변호사   억울하긴 하지만, 경찰이 학폭에 대해선 증거를 제법 확보했는지 쎄게 나오고 있습니다. 섣불리 고소니 뭐니 대응하기보단 아직은 지켜보는 게 맞는 것 같습니다.

지훈모   나 정말 어이가 없어서!!

지훈은 불안한 듯 엄지손톱을 뜯고 있는데,

멀리 시우모와 함께 차에 올라타고 있는 시우가 보이고...

정호   **니 친구들이 핸드폰에 재밌는 걸 찍어놨더라. 서로 약점이라도 쥐고 있기로 한 거야?** (S#15)

지훈, 표정 쎄하게 바뀌더니 성큼성큼 시우 향해 간다.

S#18. 경찰서 인근 거리, 낮.

인적이 드문 골목, 시우의 멱살을 끌고 와 벽에 밀치는 지훈.

시우   영상은 뭔 영상!!! (그러다) 설마... 너 혼자 그거 하는 영상 말하는 거? 그거 다 지웠다고 몇 번을 말하냐?

지훈   (소리치는) 근데 왜 아직 남아 있냐고!!!

시우   (세게 뿌리치며) 나야 모르지! 난 다 지웠다니까!! 니가 그때 확인까지 했잖아! 그때 내 영상 안 지우고 협박한 게 누군데!!

지훈   (괴로운 얼굴이 되며 머리를 잡아 뜯는)

S#19. 로 카페 사무실, 밤.

손님들이 빠졌는지 한적한 카페,
유리, 정호가 민규, 홍례와 마주 앉아 있다.
은강, 따뜻한 차를 가져와 민규와 홍례 앞에 놓고 근처에 자리를 잡는다.

은강   따뜻한 카모마일.

유리   자, 이제 학폭위 날짜도 곧 정해질 거고, 전략을 한번 짜볼까요? 우선, 목표를 설정해야 돼요. 민규가, 또 할머님께서 원하시는 게 뭔지. 확실한 처벌인지, 손해에 대한 배상인지, 아니면 진심 어린 사과와 반성인지.

홍례   (눈물 훔치며) 아유, 그 천벌받을 놈들...

은강   (민규 향해) ...사과받고 싶어?

민규   (은강 바라보다) ...사과 그딴 것도 다 필요 없으니까, (울컥) 전 그냥 안 보고 싶어요. 그냥 사라져버렸으면 좋겠어요. 살면서 다시 볼 일 없었으면 좋겠어요.

그러며 민규, 고개 들어 정호와 유리를 보는데,
믿음직스럽게 민규를 바라보고 있는 두 사람이다.

유리 　　...오케이, 접수 완료. 이해했습니다.

그때 밖에서 우당탕 큰 소리가 들려오고,

S#20. 로 카페, 밤.

일동, 나와보면 **홍성필 도원구청장(남/50대/지훈부)**이 수행원들과 함께
카페 안에 들이닥쳐 있고,
준과 김천댁, 최여사가 기가 막힌 얼굴을 하고 있다.

유리 　　누구세요?
홍구청장 　너들이야? 내 새끼한테 누명 씌운 게?! (민규를 보곤) 어어, 너구나 김민균
　　　　　지 뭔지 하는 놈이! (홍례를 위아래로 보며) 부모도 없다더니 역시 배운
　　　　　게 없으니 이런 짓이나 하고 있지,
민규 　　(고개가 절로 숙여지는데)
김천댁 　(욱해서) 아니 저 인간이 얻다 대고-
유리 　　(포효) 얻다 대고 남의 새끼한테 배운 게 있니 없니 지랄이야!!
일동 　　(놀라 보는데)
유리 　　(다가서며) 넌 뭐 많이 배워서 이러니?
홍구청장 　(순간 당황) 저 저저... 새파랗게 어린년이!! 너 내가 누군지 알아?!
유리 　　그래, 누구니 너! 누군데 이렇게 처들어와서 유셀 해?
김천댁 　그래, 자기소개라도 하고 해, 할 거면!!
최여사 　후 아 유!
홍구청장 　(기가 막혀 보는데)
비서1 　　홍성필 도원구청장님이십니다. 홍지훈 학생 아버지시구요.
유리 　　아, 그러세요? 감히 공직에 계신 분이 이렇게 남의 영업장 처들어와서 새

파랗게 어린년이 어떻고 하면서 모욕을 퍼부으신 건가요?

김천댁 요즘 인터넷도 안 하나 봐, (CCTV 가리키며) 이거 다 촬영 중인데?

홍구청장 (조금 누그러진) 당신들 때문에 내 새끼가 하루 종일 그 찬 데서 잤어, 알아? 어디 남의 귀한 새끼한테 흠집을 내려고 말이야, 니까짓 것들이 그런다고 내 새끼 털끝이라도 건드릴 수 있을 것 같애?!

홍구청장 그러며 유리 향해 한 걸음 다가서자,
정호, 유리 앞을 보호하듯 막아서는데, 유리 그런 정호를 밀치며

유리 아 근데 아까부터 이 아저씨가, 교양 있게 좀 살아볼랬더니 사람을 건드네, 야 니 새끼만 귀해? 니 새끼가 먼저 귀한 내 새낄 건드려서 이 사달이 난 거잖아!

일동 (멈칫해 유리 보는데)

홍구청장 (조금 당황해 비서 향해) 변호사라고 안 했어?

비서1 예, 맞는데요...

홍구청장 근데 왜 자기 새끼래!

유리 이 동네 애들은 다 내 새끼 하기로 했다, 왜!!

김천댁 잘한다, 얼쑤!

그런 유리를 보는데 정호, 픽 웃음이 나온다.

S#21. (인터뷰) 로 카페, 낮.

정호 근데 유리를 보고 있음 그런 생각이 드는 거죠. 법대로 한다고 해서, 피해자들에게 충분한 해갈이 되진 않겠지만... 법이 채울 수 없는 것을 채우는 건, 어쩌면 사람일지도 모른다고.

S#22. 로 카페, 밤.

완전히 밀려 할 말을 잃은 홍구청장,

홍구청장　허 참, 나 참...
유리　진상질 레퍼토리 떨어졌음 가세요~ 불만 있음 경찰에 항의하시고, 앞으로 감히, 언감생심, 피해자 있는 곳에 발 들이지 마세요. 피해자 부모는요, 길 가다 당신 아들 비슷하게 생긴 애만 봐도 그날 밤엔 이가 갈리고 치가 떨려서 잠을 못 자.

　　　cut to 》 홍구청장과 일행들 나가면,
　　　유리, 아직도 성이 안 풀려 씩씩대고 있는데

준　(느닷없이 박수 치며) 브라보!! 역시 진상마저 압도하는 우리 사장님!! 제가 팬입니다!
김천댁　아주 잘했어! 원래 저런 노무 시키들은 쌍욕을 해줘야 말귀를 알아먹어.
유리　그죠?
정호　부추기지 마요, 더 기고만장해질라.

이때 긴장이 풀리는지 주저앉는 홍례고, 민규는 아직 좀 얼떨떨하다.
김천댁, 최여사, 홍례에게 가 손을 잡고 위로해주는데,
이를 보던 은강, 이제 괜찮다는 듯 민규의 머리를 흩트린다.
준도 은강을 따라, 한 번 더 민규의 머리를 흩트리는데...
민규, 뭔가 보호받는 듯한 기분에... 참아보려 하지만 결국 울컥 눈물이 터져 나온다.

유리　민규야... 너 왜 울어!
민규　(왠지 눈물을 주체할 수가 없고)
정호　나서 처음 너무 다채로운 욕을 들어봤나 보지.
유리　(째려보지만, 입 모양으로) 좀 달래 봐!
정호　(다가가 머뭇대다 어깨에 손 올리며) ...어이 민규찡. 울지 마.

민규, 더 서럽게 우는데, 그 모습 보며 결국 홍례도 눈물을 터트린다.
그런 홍례를 끌어안는 김천댁과 최여사고.

정호   (E) 편 들어주는 사람이 있는 것만으로도, 턱턱 막혔던 숨을 쉬게 해주
                는... 엄청난 위로인지도 모른다고.

S#23. 민규의 집 앞, 밤.

은강, 민규와 홍례를 데려다줬는지,
두 사람이 집에 들어가는 걸 보곤 돌아서는데,
민규가 들어가다 말고 도로 나온다.

은강   왜.

민규   ......형 동생 얘기 들었어요.

은강   ...배준 이 새끼.

민규   동생 생각나서 저한테 그렇게 해주신 거예요?

은강   아니. (빤히 보다) 걔랑 넌 달라.

민규   ...그럼 왜 도와주신 건데요?

은강   죽이더라도.... 죽지는 않으려는 게, 기특해서.

민규   (울컥하는) ...근데 저 때문에 형 다시 감옥 가셔야 하는 거예요?

은강   (픽 웃는) 글쎄, 가더라도 너 때문은 아니니까 쓸데없이 걱정할 필요 없어.

민규   ......그날 저 혼자였음, 용기도 못 내고, 결국 아무것도 못 했을 거예요.

은강   ...

민규   (눈시울 붉어지지만 울진 않고) 감사합니다, 제 시궁창에 같이 발 담궈주
                셔서. 형 때문에 처음으로, 제 편을 들어주는 사람들이 생겼어요. 정말 감
                사합니다. (은강과 눈 맞추며) 그리고 저는... 저는 절대 안 죽을게요, 형.

그 말에 은강, 울컥하고 감정이 북받치는 걸 꾹 참아보려 하지만...

결국 눈물이 비집고 나온다.
그 모습을 보던 민규, 다가와 은강을 끌어안고,
울며 그런 민규를 꽉 끌어안는 은강에서…

정호   (E) 또 그 위로는 전염성이 있어서, 누군가의 해묵은 상처에도 약이 될지
       모른다고.

S#24. (인터뷰) 로 카페, 낮.

정호   (엷게 웃으며) 그냥 김유릴 보고 있음, 그런 생각이 들어요.

S#25. 유리의 오피스텔 앞 거리, 밤.

유리를 집까지 데려다주고 있는 정호.
정호, 골똘히 무슨 생각에 잠겨 있고, 집이 가까워오자 아쉬운 유리다.

유리   무슨 생각을 그렇게 해?
정호   (멈춰 서면, 사뭇 진지) 아까 나는 왜 빼놓은 거지?
유리   ?
정호   모른 척하는 건가. 아까 낮 12시경 카페에서 서은강 손에 아주 자연스럽
       게 입을 맞춘 행위에 대해 말하고 있는 건데.
유리   은강 씨한테만 한 게 아니라 민규한테도 했잖아.
정호   근데 나는 건너뛰었지. 그 손 키스가 감격과 고마움 따윌 표현하기 위한
       행위였다는 건 알겠어. 그렇다면 더더욱 그 키스는 상황을 주도한 나한테
       부터 해줬어야 이치에 맞지 않나?
유리   다른 데 해주고 싶은 걸 되게 초인적으로 참고 있었던 건데? 혹시 불만이
       면 말해. 언제든 시정 가능해.

그러며 도발하듯 정호의 목에 팔을 감는 유리인데,
일순 눈빛이 뜨겁게 일렁이지만, 애써 평정심을 되찾는 정호.

정호   형법 298조를 외치며 우리 집 앞에서 고소만 말아달라고 울던 시절은 벌써 잊었나 봐?

유리   (팔 다소곳이 내리며) 잊기는, 흑역사 탑텐에 올려 밤마다 되새김질 중이었는데. (다시 좀 진지해지며) 농담이고, 고마워. 니 방식에 반대는 했지만 그래도 니가 민규랑 은강 씨랑 같은 편이 되어줘서... 나 진짜 든든하고 고마웠어.

정호   그걸 왜 니가 고마워하는데. 김민규는 애초에 내 의뢰인이야.

유리   (치 웃는) 나보고 오지랖이 어쩌고 하던 김정호 맞냐?

서로를 보며 미소 짓는데,
정호, 심장이 말랑해지며 이러다간 선을 넘겠다 싶다.
정호가 '어서 들어가' 하면 '아이고 갑니다 가요!' 하며 들어가는 유리.
가는 유리의 예쁜 뒤꼭지를 하염없이 바라보는 정호다.

S#26. 도한리조트 골프장, 낮.

홍구청장과 함께 라운딩 중인 편웅.
홍구청장이 엉망으로 샷을 날리자,

편웅   아이고, 근심이 많으시니 거리가 나올 리가 있나.

홍구청장   (흠칫) 뭔 소리야.

편웅   아니 정치하시려고, 몸도 안 좋은 큰아들 억지로 군대까지 보내놨는데, 막내아드님이 요즘 말썽이시라면서.

홍구청장   아니, 이대표가 그걸 어떻게... 벌써 말이 그렇게 돌았나?

편웅   그런 건 아니고, 내가 관심 있게 보는 사람이 있어서 우연히 좀 알게 됐어요.

S#27. 골프 클럽 레스토랑, 낮.

라운딩을 마쳤는지 홍구청장과 함께 식사 중인 편웅.

홍구청장 이게 소년재판으로 가면 최대가 그냥 소년원인데, 검사가 수틀려서 괜히 형사사건으로 간다고 하면, 전과가 남는다는 거야. 아직 열네 살 밖에 안 된 애 인생에, 이런 사소한 일 가지고 빨간 줄 그을 일 있냐고!

편웅 에이, 구청장님 아들인데 검사가 알아서 잘 처리하겠죠. 제가 사건 배당 잘하라고, 검찰 쪽에 연락 한번 넣어볼게요.

홍구청장 (끄덕끄덕 고맙고) 근데 문제는 그쪽에 붙은 변호사가 아주 또라이더라고.

편웅 (즐거운 듯 웃는) 또라이긴 하지, 근데 또 이쁘잖아~

홍구청장 (영문 몰라) 이 대표가 누군지 알아?

편웅 (싱긋) 그럼요. 제가 골수팬인데요.

S#28. 중학교 교장실, 낮.

유리, **교장(남/60대)**과 민규의 담임을 만나 차를 마시고 있다.

교장 아니 (담임과 눈 마주치며) 애들끼리 놀다가 일어난 이런 일을 저희가 어떻게 다 파악을 하고 있겠습니까, 학생이 몇 명인데. 안 그래요.

담임 …

유리 민규가 처음이 아니라던데요, 다른 학생들도 피해가 있었다고 하고.

교장 그거야 아시잖아요~ 애들이 안 좋은 일 생기면 이때다 하고 다 튀어나오는 거.

유리 알죠, 근데 교장 선생님, 가해 학생 아버지가 하필 저희 도원구 구청장님이시더라구요?

교장	(움찔) 그런가요? 학부모들 직업까지 저희가 일일이 알진 못해서.
유리	우리 교장 선생님은 아시는 게 뭘까~

그러며 유리, 갑자기 목장갑을 꺼내 끼더니 가방에서 주섬주섬 무언갈 꺼
내는데...

유리	제가 신기한 취미가 하나 있어요, 이상한 수집벽인데...

날을 감싸고 있던 케이스를 풀면, 캠핑용 손도끼다!!
교장과 담임, 눈이 휘둥그레져 유리를 보는데,

유리	전 그렇게 날이 날카로운 것들이 좋더라구요. (도끼날을 쓰다듬으며) 너무 예쁘지 않나요?
교장	(경악으로 보는데)
유리	만약에 예전부터 학생들이 도움을 요청했었는데 학교 측에서 은폐했던 게 밝혀지면 그땐 가해 학생 징계로 끝나지 않겠죠? 아주 엉망진창이 될 거야.

그러더니 제 가방에서 다시 호두 몇 개를 꺼내는 유리,
도끼 손잡이 부분으로 쾅쾅 호두를 깨더니, 입으로 던져 넣으며

유리	그러니 이전에 티끌만큼이라도 학교 측의 잘못이 있었다면, 이번에 그 잘못 시정할 기횔 드릴게요. 이번엔 사안 조사도 똑바로 하시고.
교장	...
유리	대답은요? (도끼로 마이크 들이대듯)
교장	예예, 사안 조사.. 똑바로 해야죠.
유리	(도끼 거두며) 아 참, 이거는 제가 호두 깨 먹으려고 가져온 거니까 협박이 다 뭐다 다른 오해는 마세용~
교장	(마지못해 끄덕이는) 아 그럼요...
유리	(흡족한 미소) 그리고 학폭위 열리기까지 최소 2주는 걸릴 텐데... 그사이

피해자인 우리 민규가 학교에서 그 망할 놈들 마주칠 일은 없어야겠죠?
가해 학생들 출석정지 조치는 언제부터 될까요?

S#29. 출판사 [노력의 산물], 낮.

길사장과 만나 짜장면을 먹고 있는 정호.

길사장 그러니까 도원구청장이랑 이 가해 학생 부모 쪽이 뭐 구린 게 있는지 알아
        보라고?

정호   웅. 탈세든 횡령이든 뇌물이든 뭐든 좋아.

길사장 아니 작가님, 쓰라는 글은 안 쓰고 언제 나 모르게 학부모가 되셨대요?

정호   나 절필하려고.

길사장 (짜장면 뿜는) 그게 뭔 소리예요, 나더러 출판사 차리래놓고!

정호   웹소설 시장이 핫하다고 사람 먼저 꼬신 게 누군데! 내가 투자해서 실패
        한 건 여기 밖에 없어 알아?

길사장 아니 은퇴 계획을 같이 세워놓고 이렇게 뒤통수를 치는 건 아니죠!

정호   그니까 왜 멋대로 나를 엮어서 은퇴 계획을 세우냐고... (빠르게 짜장면을
        다 먹고 일어서면)

길사장 왜요 벌써 어디 가는데!

정호   일 하러가야 돼. (가면)

길사장 맞네, 딴 사람 생긴 거!! 뭔데 그건 무슨 비지니슨데!!

S#30. 로 카페, 낮.

유리, 급하게 카페 계단실 안으로 들어오면,

유리   그게 무슨 소리예요, 고발이라니?

준, 시무룩한 얼굴로 소파에 앉아 있고, 은강이 말없이 우편물을 내민다.
유리, 서류를 펼쳐보면, 변호사법 위반으로 출석요구서가 날아와 있다.

유리 변호사법 위반? (그러다 들여다보곤) 이거 대놓고 학폭위 날짜에 맞춰서
출석하라고 써 있네. 뭐 이딴 유치한 새끼들이 다 있어?
준 (시무룩한 얼굴) 이거 저 때문인 것 같아요, 사장님.

유리, 무슨 소리냐는 듯 준을 보는데,

S#31. 로 카페, 밤. (회상)

사무실에서 상담이 한창인 유리를 보던 준,
남은 손님들과 시계를 번갈아 보더니 손님들 향해 와 어려운 입을 뗀다.

준 죄송합니다. 지금 상담이 너무 많이 밀려서 오늘 마감 시간 내에 손님들
순번까지 상담해드리기 어려울 것 같아요. 다른 날 다시 오셔야 할 것 같
습니다.

손님들 실망한 얼굴로 일어서는데, **손님1(여/20대)**, 가는 준을 붙잡더니

손님1 저... 세 시간이나 기다렸는데... 어떻게 저까지만 안 될까요?
준 (고민 끝에) 어떤 일이신데요? 제가 로스쿨생이라 도움이 될진 모르겠지
만, 저한테라도 한번 말씀해보실래요?

환한 얼굴로 끄덕이는 손님1이고.

S#32. 로 카페 계단실, 낮

준   그런 식으로 몇 번 얘길 들어드린 적이 있었는데...

그때 계단실 안으로 들어오는 정호.

정호   비변호사가 법률 상담 잘못하면 처벌받을 수 있는 거 몰라?
유리   니가 할 말은 아니지, 바로 얼마 전까지 변호사 등록 신청도 안 하고 여기
      서 상담하고 있었던 게 누군데.
정호   8년 검사한 나랑 재랑 같냐? 내가 누구 때문에 여기서 이러고 있었는데!
      그리고 말 나온 김에, 대체 언제까지 계약서 한 장 안 쓰고 날 부릴 생각이
      야?
유리   내가 써온 계약서가 니 쌍에 차기나 하겠냐! 또 뭐가 어떻고 하면서 시비
      걸 거 아니야, 그럴 바엔 니가 써, 또 125조씩 써오라고!!
준   아니, 왜 두 분이 싸우세요! 제발 진정들 하시고...

그때 다시 유리의 전화가 울리고, 불길한 얼굴로 보는 일동.

S#33. 홍례의 순대국밥집, 밤.

주방부터 해서 전부 엉망진창이 되어 있는 홍례의 국밥집.
유리와 정호가 달려 들어오면,
홍례, 이웃 상인들의 도움을 받아 떨어지고 깨진 접시들을 치우고 있고,
민규는 한편에서 무릎에 얼굴을 묻은 채 앉아 있다.

유리   이게 다 무슨...
홍례   (애써 웃으며) 구청에서 신고가 들어왔다고...
사장1 아니, 갑자기 들이닥쳐선 식품위생법 위반이니 애들한테 술을 팔았니 하
      면서, 이렇게 쑥대밭을 만들어놓고 갔대니까.

유리와 정호, 걱정스런 얼굴로 민규를 보는데,

S#34. 도한건설 대표실, 낮.

결재 등 업무를 보며 한실장에게 보고를 받고 있는 편웅.

편웅   뭐 변호사법 위반? 겨우 그런 걸로 쪼잔하게, 긁을 게 그렇게 없었어?
한실장   죄송합니다.
편웅   사람이 모양이 빠지잖아, 이런 건. 검찰에선 뭐래?
한실장   예, 사리에 밝고 총명한 검사한테, 알아서 잘 배당됐다고 합니다.
편웅   (지루하고) 재미 좀 볼랬다가, 남의 자식새끼 농사에 힘을 쓰고 앉아 있네.
한실장   ......홍구청장 일에 이렇게까지 하실 필요가 있을까요.
편웅   왜 그래도 도원구 인허가 때 도움 많이 줬는데 상부상조해야지. (그러다
         낄낄) 아니 사실 걍 내 취미 생활이야, 들켰나?
한실장   ...
편웅   아이, 그 얼굴 실시간으로 못 보니까 아쉽네. 김변호사는 유튜브 이런 거
         안 하나? 브이로그 이런 것 좀 하라 그래.

S#35. 로 카페, 밤.

유리와 정호, 은강, 준, 늦은 시간까지 회의 중이다.

유리   홍구청장 이 새끼 드럽게 나올 줄은 알았지만... 제법 창의적인데?
정호   창의적이긴, 학폭위도 내가 대신 가면 되고 영업정지도 걍 행정심판 청구
         하면 되는데.
유리   학폭위를 니가 잘 할 수 있겠어?
정호   날 뭘로 보고.
유리   얌전히 법정에서밖에 재판을 안 해봤잖아 너는.
은강   근데 학폭위 해봤자 할 수 있는 최대 징계도 강제전학 뿐이라면서요.

준　　헐 진짜요?

정호　중학교까진 의무교육이라 퇴학도 못 시키거든.

준　　그럼 학폭위가 무슨 소용이에요?

유리　다른 학교로 쉽게 전학 가기 힘든 민규 같은 학생들한텐, 가해 학생들이 사법처리 되는 것도 중요하지만, 당장 학교에서 서로 볼일 없게 해주는 학폭위가 제일 중요할 수도 있거든요.

준　　아...

정호　또 대한민국처럼 생활기록부에 목숨 거는 나라에선, 전과만큼이나 스크래치로 생각할 테니 저쪽도 열심일 거야.

유리　근데 학폭위 열리는 곳이 교육지원청이면, 구청장 산하기관인데, 나만 좀 걱정되나?

정호　...저쪽이 공정하지 않게 나와도 이길 수밖에 없게 준빌 해야지.

S#36. (인터뷰) 유리의 오피스텔, 낮.

유리　정호가 어떤 검사였냐구요?

S#37. (인터뷰) 검찰청 일각, 낮.

정계장　지금은 저래 보여도, 검사 시절엔... (떠올리곤 빙긋) 지는 법을 모르는 검사셨죠.

S#38. 교육지원청 회의실, 낮.

[학교폭력대책심의위원회]가 열리고 있다.

위원장(남/60대/판사 출신)을 중심으로 경찰수사관, 학부모, 교사, 변호사 등이 섞인 7명 정도 위원이 참석해 배심원처럼 한쪽에 앉아 있고,

가해 학생 측(남변호사, 지훈, 시우, 종석, 지훈모, 시우모, 종석모, 종석부)
과 피해 학생 측(정호, 민규, 홍례)이 양쪽으로 나뉘어 앉아 있다.
건너편에 앉은 정호를 알아보곤 이를 가는 지훈, 불안한 듯 지켜보는데,
정호, 스크린을 내려 PPT를 설치하며 지훈 향해 윙크해 보인다.
남변호사, '무슨 PPT까지...' 하며 좀 당황한 눈치고.
민규, 고개를 푹 숙인 채인데,
cut to 》형법 죄목과 범죄 사실이 쭈욱 적힌 PPT 화면을 두고,
각 죄를 언급하는 방식으로 정호가 사실 관계를 나열하기 시작한다.

정호   (강요)물과 음료를 강제로 먹이고 화장실 통행을 가로막으며 이에 대해
(공갈)돈과 물품 등의 대가를 요구했고, 이런 방식으로 일주일에 대략
10만 원씩 6개월간 민규에게서 갈취한 액수가 총 300만 원이 넘습니다.
하지만 가장 악질적인 행위는 지난 5월, 신고를 막기 위해 화장실에서 옷
을 벗기고(강제추행) 동영상을 찍어 (협박)해온 사실이며, 그날 이후부턴
학교 안팎을 가리지 않고 따라다니며 금품을 요구했고, 거절할 시 폭행
(특수폭행)도 서슴지 않았습니다. 지금부터 위 사실에 관한 증명을-

남변호사   (가소로운 듯 듣다) 위원장님, 여긴 형사법정이 아닙니다. 학폭위는 학생들
의 선도와 교육을 위해 어떤 조치를 취할지 결정하는 자리라, 어려운 법률
용어를 사용해 무거운 분위기를 조장할 필요가 없습니다.

정호   아. (웃으며) 상해, 폭행, 감금, 협박, 약취, 유인, 명예훼손, 모욕, 공갈, 강요,
성폭력... 이런 단어들이 너무 무거웠나요? 저는 해당 가해 행위들에 대해
가장 적확한 표현을 사용한다고 한 건데, 너무 어렵고 무거웠다면 죄송합
니다.

S#39.   로 카페, 밤. (S#35에서 연결)

학폭위를 준비하는 정호, 유리, 준, 은강.

유리   내가 한 번 참여해봐서 아는데, 학폭위는 검사랑 변호사가 싸우는 법정이

랑은 달라. 위원들도 대부분 학부모고, 뭐만 하면 애들 싸움이었단 식으로
몰고 가서 일방적 피해자였음을 증명하는 것만도 만만치 않아.

가만히 생각에 잠기는 정호고.

S#40. 교육지원청 회의실, 낮.

남변호사 김민규 학생의 진술을 전부 받아들이기엔... 김민규 학생이 얼마 전 폐건
물에 불을 지르고 세 학생이 자신을 해치려 했다고 경찰에 허위신고를 한
일이 있었죠.

위원들 !

남변호사 김민규 학생이 이제까지 주장한 피해 사실들을 의심할 수밖에 없는 이유
입니다.

정호 아무리 형사법정이 아니라지만 팩트는 똑바로 말씀하셔야죠. 피해 학생이
불을 내고 허위신고를 한 게 아니라, 피해 학생의 상황을 알고 도와주려던
어른이 그렇게 한 겁니다. 오죽했으면 그런 방법을 써서라도 민규를 도우
려 했을까요.

남변호사 그거야,

정호 오죽하다, "정도가 매우 심하거나 대단하다."라는 뜻의 우리말이죠. 오죽했
는지를 압축해 보여드릴 수 있는 증거 영상 하나 보고 가시죠.

정호, 영상을 틀면, 당황하는 남변호사와 사색이 되는 가해 학부모들.
INS 》화장실에서 지훈, 종석, 시우가 민규를 가두고 동영상을 찍고 있다.
흔들리는 영상, '야 김오줌, 싸고 싶음 옷 벗어보라고.' 하는 지훈의 말 들려
오고.

정호 (바로 꺼버리며) 뭐 길게 보실 필요도 없겠죠.

남변호사 (벌떡 일어서며) 위원장님!! 위 동영상은 그 출처와 확보 과정이 불분명함
으로 증거 자료가 될 수 없습니다!!

정호   (미소로) 남변호사님. 여긴 형사법정이 아니라 해당 자료의 확보 과정이
       위법했는가 아닌가는 중요하지 않습니다.

S#41. 로 카페, 밤. (S#39에서 연결)

정호   마지막으로, 공범들이 있을 때 진실을 끄집어내는 가장 쉬운 방법은 역
       시...
유리   (미소) 이간질이지.

S#42. 교육지원청 회의실, 낮.

정호   지금 단순 장난이었고, 민규만 타깃으로 한 것이 아니었다고 거듭 주장하
       고 계신데... 학교 측이 조사한 내용에 따르면 박시우 학생이 주도한 화장
       실 통행료 건에 대해선-
시우모   (기겁) 그게 무슨 소리예요, 우리 애가 뭘 주도해요!!
정호   (괜히 자료 찾아보며) 다른 학생들 진술서엔 그렇게 적혀 있던데요, 아닌가
       요? '시우가 그렇게 하면 돈을 벌 수 있다고 해서 호기심에 거들었지만, 다
       른 아이들에게 미안했다.' 종석 학생과 지훈 학생의 진술서에 토시 하나 안
       틀리고 똑같이 적혀 있던데요?
시우모   (충격과 공포로 종석모와 지훈모를 보는데)
남변호사 변호사님, 지금 무슨 의도를 가지고 아이들 진술을 오도하시는지,
정호   남변호사님도, 지금 정확히는 홍지훈 학생 대리해서 와 계신 거죠?

       시우모, 숨이 넘어갈 듯 사색이 되더니,

시우모   (배신감에 지훈모와 종석모 보며) 기가 막혀서!! 우리 애는 친구 잘못 만
       나 여기까지 끌려와 있는 거지, 사실 우리 애도 피해자예요, 홍지훈이 무
       서워서 어쩔 수 없이 끌려 다닌 건데 어딜 덮어씌워!!!

종석모	시우 엄마, 진정해. 다 우리 갈라놓으려고 저러는 거 몰라?
시우모	뭘 진정해!!! 우리 애가 그만하자 그러니까 홍지훈이 저놈이 우리 애도 동영상으로 협박했다구요!!
지훈	(OL/마침내 폭발) 이 여자가 정말 미쳤나!!
시우모	둘이서 짜고 친다고 우리 아들 잘못이 될 것 같애? 손바닥으로 하늘을 가려!! 그동안 니 아들이 한 짓, 내가 다 모아놨어!!

그 모습 보며 계획대로 되었다는 듯 웃는 정호.

S#43. 교육지원청 일각, 낮.

민규, 홍례, 은강과 준, 뒤늦게 온 유리를 만나 함께 이야기 중인데,
주차장 어두운 구석에서 기다리고 있던 지훈,
그들을 향해 가는 정호를 발견하곤 그를 한쪽으로 잡아당긴다.

지훈	아저씨 누군가 했더니 겨우 김민규 변호사였네요?
정호	잘 지냈어?
지훈	그래봤자 겨우 강제전학인데 뭘 이렇게 애를 쓰셨어요?
정호	뭐, 최선을 다해보는 거지.
지훈	(정호의 태평함에 폭발하는, 바짝 다가서며 목소리는 죽인 채) 대체 뭔 영상인데!! 변호사가 이딴 협박이나 하고 다녀도 되는 거냐고!!
정호	(속삭이듯) 왜 쫄려?
지훈	(미치겠고) 어쩔 건데요, 어떡하면 지워줄 건데.
정호	그건 니가 열심히 생각해내서 나한테 어필해야지. 내가 반성과 사죄까지 어떻게 하는지 떠먹여줘야 돼? (가려다 말고 돌아와) 참, 오늘 밤에 딴짓하지 말고, 뉴스나 봐라.
지훈	(귀신 본 듯 사색이 되는)
정호	야, 설마 내가 그걸 뉴스에 틀겠냐.

지훈을 지옥 불에 남겨둔 채 가버리는 정호고.
지훈의 손톱은 하도 뜯어서인지 피가 철철 흐르고 있다.

S#44. 로 카페, 밤.

유리, 은강, 준, 민규, 아영, TV 앞에 모여 앉아 있고, 정호는 보이지 않는다.
곧이어 홍구청장 비리 관련 뉴스가 보도되기 시작한다.

앵커   홍성필 도원구청장이 아들의 학교폭력 사건을 무마하고자 피해 학생과
학부모 측을 협박해온 사실이 밝혀지며 논란이 일고 있습니다. 김성은 기
자.

기자1   지난주 도원구의 한 중학교, 피해 학생의 신고로 홍성필 도원구청장 아들
의 상습적인 학교폭력 혐의가 드러났는데요, 문제는 경찰이 이를 수사하
던 중 홍성필 구청장이 학교와 담임 선생님을 협박해 학폭 사건을 은폐하
려 했던 정황이 발견된 겁니다.

S#45. 로 카페 사무실, 밤. (회상)

유리를 찾아와 있는 민규의 담임.

담임   (눈물 흘리며) 그땐 지훈이랑 애들이 14살도 안 돼서 어차피 처벌도 못 받
는 나이였고, 교장 선생님도 쉬쉬하려 하고, 바위로 계란 치느니 덮자, 그
렇게 생각했던 거거든요...

유리   당시에 홍구청장이 선생님 협박하면서 말했던 내용, 혹시 녹음하셨어요?

끄덕이는 담임이고.

S#46. 지훈의 집, 밤.

뉴스에서 민규의 담임을 협박하는 홍구청장의 녹음본이 흐르고.
뉴스를 보다 벌떡 일어서는 지훈.
분노를 주체 못해 아아아악!!! 소리 지르다 벽에 머리를 마구 들이받는다.

S#47. 팔라시오 호텔 스위트룸, 밤.

뉴스를 보며 예능이라도 보는 듯 낄낄낄 웃는 편웅.
요란히 울리는 휴대폰, 도원구청장에게서 전화가 오고 있다.
받지 않고 휴대폰을 획 던져버리는 편웅, 어느새 표정 굳어 있다.

편웅   매번 이렇게 발리기만 해서야, 재미가 없네.

S#48. 구청장 사무실, 밤.

구청장, 안절부절못하며 편웅에게 전화 걸지만 받질 않고.
TV에선 그사이 다음 뉴스가 흘러나온다.

앵커   (E) 다음 뉴습니다. 소건그룹 계열사인 SG화학의 임 모 임원이 2010년부
터 약 10년에 걸쳐 200억대 회삿돈을 횡령해온 사실이 밝혀지며, 검찰이
수사에 착수했습니다.

S#49. 종석의 집(지훈의 집과 같은 동네), 밤.

종석의 집을 찾아온 지훈, 대문이 활짝 열려 있자 멋대로 들어오는데,
종석의 집, 압수수색 나온 정계장과 검찰 직원들로 쑥대밭이 되어 있다!

지훈, 놀라 보는데 종석, 소파에 멍하니 앉아 있을 뿐이고...

앵커　　(E) 해당 임원의 자택과 사무실에 대해 압수수색 영장을 발부받아...

정계장　(지휘 중인) 전자기기 하나도 빼놓지 말고 잘 챙겨요, 응?

S#50. 로 카페, 밤.

다른 뉴스로 넘어가자 TV를 꺼버리는 준이.

아영　　와 진짜 핵 사이다!!

준　　그니까요, 속이 다 시원하네요!

민규와 은강, 다른 이들처럼 마냥 속이 시원하지만은 않다.
유리 역시 생각이 많은 얼굴이고.

준　　근데 형님은 어디 계세요?

S#51. (인터뷰) 유리의 오피스텔, 낮.

유리　　정호는, 항상 최선의 방법을 찾는 검사인 동시에... 아주 무서운 검사였죠.
법이 처벌하지 못하는 부분까지도 고민하는 검사였거든요.

S#52. 종석의 집 앞길, 밤.

눈이 벌게져 종석의 집에서 나오는 지훈.
정계장과 대화를 나누고 있는 정호가 보인다.
그 순간 눈이 도는 지훈, 정호를 따라나서는데...

S#53. 골목, 밤.

인적이 드문 골목길, 정호, '네 선배 다음 주에...' 통화를 하며 걷고 있고,
뒤따라오고 있는 지훈의 눈에 길가에 버려진 묵직한 벽돌이 보인다.
벽돌을 들고 바짝 다가서는 지훈,
정호가 전화를 끊는 순간, 픽! 하는 소리와 함께 지훈의 거친 숨소리 들려
온다.

S#54. 홍례의 순대국밥집, 밤.

홍례가 유리와 준, 은강, 민규, 아영을 앉혀놓고 고기를 구워주는 중이고,
유리, 정호에게 전화를 거는데 받지 않자 불안하다.

유리   얜 뭐 하는데 아까부터 계속 전활 안 받아. (고민 끝에 일어서며) 저 잠깐
               카페 좀 들렀다 다시 올게요.
은강   (일어서며) 같이 가요. 늦었으니까.

S#55. 몽타주

#은하빌딩 앞
정호에게 계속 전화를 거는 채로, 차를 세우는 유리.

#로 카페
불 꺼진 카페지만 혹시 몰라 들어온 유리, 계단실까지 가서 불을 켜본다.

#정호의 옥탑

유리와 은강, 정호의 방문을 두드리는데, 답이 없고.
은강, 창문을 통해 안을 확인해보곤 고개를 젓는데,
몹시 초조해져 손톱을 씹는 유리.

S#56. 지훈의 집 지하실, 밤.

정호, 깨질 듯한 두통과 함께 눈을 뜨는데,
어둑한 공간을 돌아보면, 부촌 전원주택의 지하실쯤으로 보인다.
지훈과 시우, 종석이 정호를 의자에 묶어둔 채 저이들끼리 다투고 있다.

시우	아, 뭘 찾겠다고 이 지랄인 건데!!
지훈	(바들바들 떨며 정호의 휴대폰을 찾아내 잠금을 풀려 하는 중이고) 이 새끼가 우리 영상 다 가지고 있다고!!!
시우	(멈칫 보는) ...진짜?
지훈	그럼 시발 내가 이 짓을 왜 했겠냐고!!
종석	(불안한 듯 보며) 근데 여기 지금 누구 오면 어떡해?
지훈	우리 집 지금 난리 나서 오늘 여긴 아무도 안 와.
시우	...찾아서 지운다 쳐, 그런 담에 저 사람은 어쩔 건데?
지훈	죽여버려야지.
시우	뭔 개소리야!
지훈	지금 풀어주나 죽여버리나 거기서 거기야.
시우	(보다) 야 가자, 우리가 언제까지 이 새끼가 하는 미친 짓 다 뒤집어써야 되냐.
지훈	(싸늘히 보며) 뭐라 했냐 지금.

돌아가는 상황이 아무래도 정호가 아이들에게 납치되어 끌려온 듯하다.
천장을 올려다보는 정호. 이렇게 쪽팔릴 수가...
손과 발을 움직여보려 하지만, 야무지게도 묶여 있고.

정호   어이 급식이들… 갈 사람은 가고, 적당히 의견을 통일하는 게 어때. 나도 이제 팔이 슬슬 아픈데.

일동   (정호가 깼다는 사실에 화들짝 놀라 보는)

정호   특수상해에, 납치 감금까지… 스케일 이만큼 키웠음 됐지 않아?

어쩔 줄 몰라 하던 시우, 결국 도망쳐버리고 종석도 뒤따른다.
욕을 지껄이며 쫓아가던 지훈, 이내 자포자기해버리는데…

S#57. 유리의 차 / 경찰서, 밤.

유리, 운전 중인데, 세연에게서 전화가 와 받으면,
경찰서에서 출동 준비하는 세연과 화면 분할되며,

세연   김유리 너 어디야!

유리   어 세연아, 나 김정호가 갑자기 연락이 안 돼서 찾고 있-

세연   지금 문자로 불러주는 주소로 바로 와.

유리   ?

세연   김정호 이 새끼, 홍지훈이한테 끌려갔단다. 걔네 친구들이 신고해서 우리도 지금 출동 중이야.

그대로 얼어붙는 유리고, 은강 걱정스레 보는데,

세연   …김유리 듣고 있어?

끼이익 소리와 함께 빠르게 유턴하는 유리의 차.
은강, 놀라 보는데, 유리 그 어느 때보다도 집중한 얼굴이다.

유리   하남동이지, 홍지훈이네 집.

세연   어 맞아.

유리　　거기서 만나. 그럼.

　　　　미친 듯이 빠르게 도로를 질주하는 유리의 차.
　　　　유리 몹시 냉철한 얼굴이지만,
　　　　은강, 왠지 그런 유리가 더 무서워 천장의 손잡이를 잡는다.

S#58. 지훈의 집 지하실, 밤.

　　　　정호와 단둘이 남겨진 지훈이고,

정호　　어이, 쟤네들 나가서 긴 토론 끝에 신고할 가능성이 높아 보이는데, 그전
　　　　에 이걸 풀어주는 게 어떨까.
지훈　　내가 왜. (정호 휴대폰 들어 보이며) 이거 비밀번호나 불러.
정호　　(보면)
지훈　　(아버지의 골프 가방에서 골프채를 꺼내 다가오는) 부르라고!
정호　　홍지훈,
지훈　　(골프채로 정호의 옆 벽을 마구 갈기며) 불러 불러 부르라고!!!!
정호　　(차분히 지켜보다) ...오이삼사.

　　　　지훈, 정호의 폰 암호를 해제해 동영상 파일들을 뒤적이는데,
　　　　찾는 영상은 보이지 않는다.

정호　　내 협박 때문에 이런 극단적인 짓까지 벌인 것 같은데, (한숨과 함께) 미안
　　　　하지만, 그딴 영상은 없어.
지훈　　뭐?
정호　　없다고. 얼마나 괴로운지 느껴보라고 그냥 던진 건데, 니가 덥석 문 거야.

S#59. 홍산경찰서, 낮. (회상)

조사를 마친 은강과 민규가 먼저 나가고, 정호 뒤따라 나가려는데,

세연   (넌지시) 형사 처벌도 가능해 보여.
정호   (보면)
세연   핸드폰에 뭐가 많더라고. 아주 악질이야 이 새끼들, 지들끼리도 협박질에,
        난리더라.

S#60. 지훈의 집 지하실, 밤.

멍청히 정호를 보고 있는 지훈이고,

정호   영상 같은 건 없으니까.. 너도 이쯤에서 그만해.

얼빠져 보다 이내 히스테리컬하게 웃는 지훈에서.

S#61. 지훈의 집 앞, 밤.

지훈의 집 앞에 거칠게 와서 멈춰 서는 유리의 차.
이미 출동해 있는 순찰차 두어 대가 보이고.
유리, 은강, 급하게 내려 다가가면 초인종을 누르고 있는 경찰들이 보인다.
집에 아무도 없는 듯 응답이 없고.
유리, 초조해 지켜보는데, 곧이어 세연이 탄 차가 도착한다.

유리   여기 있는 게 확실한 거야?
세연   어, 그런 것 같애. 기다려봐, 문은 따면 되니까.

S#62. 지훈의 집 지하실, 밤.

지훈, 미친 사람처럼 서성이고 있고,
정호, 뒤에서 손을 묶은 매듭을 풀기 위해 열심히다.

지훈   그러니까, 영상이 없다고?

정호   그래.

지훈   (기가 막힌) 말도 안 돼, 지금 구라 치는 거지?

정호   ...아니. 정말 없어. 그니까 그만해. 너 이러다 정말 큰일 나.

지훈   어차피 망했는데 아저씨 하나 반 죽여놓고 간다고 뭐 달라지겠어? 미성년
        자라 아무리 쎄게 받아봤자, 스무 살 되기 전에 나올 걸요?

정호   ...

지훈   봐봐 아니라곤 말 못 하네. 아 뭘 해야 재밌지. 김민규를 부를까, 아저씨 여
        기 있다 그럼 올라나?

정호   안 오지. 걘 너처럼 멍청하지 않거든.

지훈   (골프채를 끌며 다가오는) 소리라도 질러봐요. 구하러 오라고.

정호   (고민하듯 보다) 강 쳐. 급식이들한테 납치당한 걸 들키느니 그냥 죽을란
        다.

지훈   (골프채 치켜들며 절규) 당신 때문에 내가 얼마나 괴로웠는지 알아!!!!!!

(E) 어디선가 쿵!! 하는 소리가 들려오고.

S#63. 지훈의 집 앞, 밤.

유리에겐 경찰들이 한가롭게 문을 따길 기다릴 시간 따위 없다.
출입문 옆에 커다란 차고 문이 보이자,
차에 올라타더니 그대로 차를 몰아 문에 갖다 박아버리는 유리!
경찰관들 경악으로 지켜보는데,
몇 번이고 후진을 했다 다시 돌진하는 유리다!

서너 번 반복하자 문이 찌그러지며 사람이 들어갈 정도의 공간이 생기고,
은강, 유리에게 차를 멈추라 손짓한 후 그 틈을 통해 안으로 들어간다.
유리 향해 손 벌리면, 유리 차에서 내려 달려가고.
멍쩌 있던 세연과 경찰들도 서둘러 뒤따른다.

S#64. 지훈의 집 지하실, 밤.

밖에서 소리 들려오지만,
지훈과 정호, 무시한 채 시선 서로에게만 고정되어 있다.

정호   (차갑게 보며) 미안하지만, 그딴 영상이 있든 없든 넌 괴로울 수밖에 없어.
니가 뭘 하든, 니가 빛나고 행복한 순간마다 이 일이 치부가 돼서 세상에
튀어나올 거거든. 넌 평생 불안에 떨며 살게 될 거야.
지훈   (머리를 감싸며) ...닥쳐 제발...
정호   그러니 빛나지도 말고 행복하지도 마. 그냥 조용히 숨만 쉬고 살아.

'닥치라고 좀!!!'
결국 분을 이기지 못하고 정호 향해 골프채를 치켜드는 지훈이고!
그 순간 풀리는 정호의 손!
cut to 》아악~~ 하는 정호의 비명과 함께,
쿵 하고 지하실 문이 열리고, 세연, 유리와 은강, 달려 들어오면,
정호가 앉아 있던 의자에 지훈이 손이 묶여 앉아 있고,
정호는 그 앞에 서서 팔을 붙잡고 엄살을 떨고 있다.
세연, 유리, 은강, 아연해 보면,

정호   (지훈에게 물린 팔뚝을 보이며) 아니 이 새끼가 사람을 물잖아!!

여전히 분노로 씩씩대며 정호를 보고 있는 지훈이고.
유리, 정호에게 다가와 물린 팔과 함께 더 다친 곳이 없나 확인하더니,

이내 피가 굳어 있는 머리의 상처에 시선이 고정된다. 빤히 보는...
세연, 지훈에게 수갑을 채우러 가는데,
정호가 '야야야야 김유리!!!' 하는 소리와 지훈의 비명 소리 들려오고!!
보면, 유리, 지훈에게 달려들어 어깨를 물어뜯고 있다!!

정호　(잡아 떨어뜨리며) 아니 왜 너까지 사람을 물어, 니가 좀비야 뱀파이어야!!
유리　(다시 달려들려 하며) 놔!! 저 새끼 그냥 보내면 안 돼!! 지도 당해봐야 얼마나 아픈지 안다고!!!!

세연과 경찰들이 수갑을 채우는 동안 소리 지르며 발악을 하는 지훈인데,
마찬가지로 정호에게 붙들린 채 발악하는 유리다.
'뭘 잘했다고 큰 소리야~!!!' '너 같은 새끼 콩밥도 아까워!!'
그러다 지훈이 유리에게 '넌 뭔데, 쫌 닥쳐!!' 하자,
카라테 킥을 날리며 '너 일루 와!!' 외치는 유리고.
허리를 끌어안으며 말리는 정호.

세연　야 김유리 좀 제발 진정시켜봐, 여기도 자기 차 다 뿌셔가지고 들어왔어!!
정호　(무슨 말이냐는 듯 놀라 보는데)

세연과 경찰, 은강, 거의 지훈의 사지를 들어 끌고 나가느라 정신이 없다.

S#65. 지훈의 집 앞, 밤.

반항하는 지훈을 억지로 끌고 나오는 경찰들,
끝까지 '너희들 두고 봐!!' 하고 악을 쓰는 지훈이다.

S#66. 지훈의 집 지하실, 밤.

끌어안은 채 말리던 자세 그대로 남아 있는 유리와 정호.
아직도 씩씩대고 있는 유리고,

정호 (가쁜 숨을 고르며) 김유리 제발... 우리도 진정 좀 하자.

그러자 갑자기 조용해지는가 싶더니 어깨를 떠는 유리.
정호, 놀라 유리를 돌려세우면, 유리 어느새 엉엉 울고 있다.
그러며 유리, 정호의 머리에 난 상처로 손을 뻗는데,
정호, 유리의 팔의 찢어진 상처를 발견한다.

정호 (차갑게 식는) 뭐야 너 여기 왜 이래.

INS 》은강을 따라 차고 문 아래를 지나다 뾰족한 곳에 팔을 긁히는 유리.

유리 (울며) 그냥 쫌 다쳤다, 왜.
정호 좀 다친 게 아니잖아 피 나는데!!
유리 왜 소릴 질러!! 너도 피나 그리고!!
정호 (화가 나 보는데)
유리 (울며) 얼마나 멍청하면... 중학생한테... 납치 당하냐고... 너, 내가 진짜 얼마나...

그러다 정호 걷어차는 유리. 그러곤 또 어깨를 세게 때리는데,
정호, 몇 번 맞아주다 때리는 유리의 손을 확 잡아 저에게로 끌어당긴다!
유리, 확 가까워진 정호에 조금 긴장하는데...

정호 때리지 마, 아파.
유리 ...나도 아파. 나도 너 때문에 아파 죽겠어.
정호 ...
유리 너 때문에 걱정돼 죽겠고, 너 때문에 심장 터져 죽겠어!!

천장을 보는 정호, 다시 유리를 볼 땐 눈빛 무섭게 바뀌어 있다.

빤히 보는 정호에 유리 긴장하는데... 갑자기 입술을 부딪쳐오는 정호!

당황한 유리, 저도 모르게 밀어내듯 정호의 어깨를 붙잡는데,

정호, 개의치 않고 그 손을 들어 제 목에 감아버리곤

오랜 갈증을 풀어내듯, 몰아쳐온다!

이에 유리도 홀린 듯 응하기 시작하는데...

그것도 잠시! 유리의 등이 벽에 닿는 순간 멈칫하는 정호,

잠깐, 이게 아니다... 이러면 안 된다!

이에 혼신의 힘을 다해 유리에게서 떨어지는 정호.

하지만 떨어져봤자 미치게 예쁜 유리가 혼란스러운 듯 저를 보고 있을 뿐이고...

이에 정호, 참지 못하고 다시 유리에게 달려드는 데서, **7화 엔딩.**

8화

사람들 사이에
섬이 있다

S#1. 지훈의 집 지하실, 밤.

엉엉 울며 정호의 상처를 보고 있는 유리.

유리   얼마나 멍청하면... 중학생한테... 납치 당하냐고... 너, 내가 진짜 얼마나...

그러다 정호 걷어차는 유리, 그러곤 어깨를 세게 때리는데,
정호, 몇 번 맞아주다 때리는 유리의 손을 확 잡아 저에게로 끌어당긴다!
유리, 확 가까워진 정호를 조금 긴장해 바라보는데

정호   때리지 마, 아파.
유리   ...나도 아파. 나 너 때문에 아파 죽겠어.
정호   ...
유리   너 때문에 걱정돼 죽겠고, 너 때문에 심장 터져 죽겠어!!

천장을 보는 정호, 다시 유리를 볼 땐 눈빛 무섭게 바뀌어 있다,
유리 긴장하는데, 갑자기 입술을 부딪쳐오는 정호!
당황한 유리, 저도 모르게 밀어내듯 정호의 어깨를 붙잡는데,
정호, 개의치 않고 그 손을 들어 제 목에 감아버리며
오랜 갈증을 풀어내듯, 뜨겁게, 몰아쳐온다!

이에 유리도 홀린 듯 열렬히 응하기 시작하는데...
그것도 잠시! 유리의 등이 벽에 닿는 순간 멈칫하는 정호,
잠깐, 이게 아니다... 이러면 안 된다!
이에 혼신의 힘을 다해 유리에게서 떨어지는 정호.
떨어져봤자 미치게 예쁜 유리가 혼란스러운 듯 저를 보고 있을 뿐이고...
이에 정호, 참지 못하고 다시 달려들 듯 유리에게 입을 맞추는데,
얼마 가지 못해 정호, 다시 유리를 밀어낸다.
유리, 혼란스러운 듯 정호를 보는데,

정호   잠깐만...
유리   왜 그래?
정호   이건 아닌 것 같아.
유리   (당황) 왜.. 왜.. 뭐가 문젠데.
정호   미안.

정호, 그 말만 남겨두고 황급히 뒤돌아 지하실을 나가버린다.
혼란 속에 남겨진 유리, 망연히 가는 정호를 보는데...

S#2.   (인터뷰) 로 카페, 낮.

카메라 보며 욕하는 유리.

유리   그 조카 *팔색 크레파스로 그려논 *장생 개나리 같은 새끼! 그러고 가더
        니, 글쎄,

S#3.   몽타주

#1. 경찰차와 구급차가 모여 있는 지훈의 집 앞

유리, 나와서 눈으로 정호를 찾는데, 온데간데없이 보이질 않고.
세연이 두리번거리는 유리 향해 다가오더니

세연	김정호 이 새끼 어디 갔어?
유리	...나도 모르겠는데,
은강	아까 그냥 가버리던데요.

#2. 유리의 오피스텔, 밤.
유리 거실을 서성이며
휴대폰을 스피커 모드로 해놓고 [미친 집주인]에게 전화를 걸고 있는데,
신호음만 갈 뿐, 전화를 받지 않는다! 분노로 이를 빠드득 가는 유리.

#3. 다음 날 낮, 정호의 방문을 두드리고 있는 유리,
'야 김정호!! 안에 있는 거 다 알거든, 문 열어라!'
하지만 문은 열릴 줄을 모르고, 급기야 문을 걷어차버리는 유리.

S#4.　(인터뷰) 정호의 방, 낮.

정호　그게... 제가 다 계획이 있었거든요. 문제를 전부 다 해결한 다음에 떳떳하게, 파스타도 먹고 남산타워에 가고, 남이섬도 간 다음에... 그런 다음에... 그러려고 했는데... (괴로운)

S#5.　은하빌딩 앞, 밤.

유리가 카페에서 나오자 호다닥 도망치는 정호,
신데렐라처럼 슬리퍼 한 짝이 벗겨지지만 버려두고 위층으로 가는데,
정호의 슬리퍼를 집어 들고 위쪽을 보는 유리의 표정, 싸늘하다.
정호, 벽 뒤로 기대어 서며 이게 대체 뭐 하는 짓인가 싶은데...

분노한 유리가 힘껏 정호의 슬리퍼를 집어던지는 데서, 타이틀 올라온다.
[제8화 사람들 사이에 섬이 있다]

S#6.　로 카페 사무실, 낮.

유리, 홍례, 민규 함께 사무실에 앉아 있는데,
유리, 홍례와 손때 묻은 두툼한 돈 봉투를 사이에 두고 실랑이 중이다.

유리　전 이거 못 받아요 어머니!!

홍례　아유, 변호사가 도와주면 수임론지 받는 게 당연하다고 하는데... 난 무식
　　　해서 얼마 넣어야 할지도 모르겠고,

민규　(민망하고)

유리　(손사래) 아녜요, 어머니!! 정식으로 의뢰받고 한 것도 아니고 저희가 그냥
　　　도와드리고 싶어서 한 건데-

홍례　(유리 손 꼭 잡아 봉투 포개 넣으며) 내가 고마워서 그래. 애 데리고 딴 데
　　　로 이사 갈 형편도 안 돼서 가슴이 찢어지는 것 같았는데... 고마워요, 정
　　　말 고마워요, 응?

유리　(울컥하지만) 어머니이. 그래도 이건 너무 많아요.

유리, 홍례에게 돈 봉투 돌려주려 하는데,
홍례, 또 뭐라기 전에 돈 봉투를 유리 손에 꼭 쥐어주곤,
'그럼 우린 가요!' 하며 민규를 끌고 도망치듯 카페를 나가버린다.
엉겁결에 따라 나가던 민규, 다시 돌아오더니 유리를 본다.
그러더니 유리의 손을 모아 이전에 유리가 그랬던 것처럼,
감사의 키스를 쪽.

민규　감사합니다 변호사님. 제가 꼭 두고두고 갚을게요.

유리　(울컥) 안 그래도 돼, 민규야.

민규　제가 그러고 싶어요. 가볼게요!

그러며 민규, 홍례가 간 곳으로 뛰어나간다.
창밖에서 밝게 웃으며 손을 흔들어 보이는 민규고,
유리, 그런 민규를 보다 제 손에 들린 홍례의 돈 봉투를 보는데...
그 어떤 돈보다 무겁고 값지게 느껴진다.

유리   (한숨) ...첫 월급이 나왔는데, 도망을 다니셔서 어쩌나.

쓰디쓴 얼굴로 [미친 집주인]에게 전화를 거는 유리.

S#7.   서울북부지방검찰청 – 검사실, 낮.

INS 》[서울북부지방검찰청] 외경.
검사실 밖에 나란히 앉아 대기 중인 정호와 은강.
정호, 타이까지 하고 그 어느 때보다 단정하게 옷을 입고 있다.
정호의 휴대폰에서 진동이 울려 보면 [변종 불나방]에게서 걸려온 전화다.
받지 않고 꺼버리는 정호, 부재중전화만 이미 20통이 넘는다.

은강   받지, 전화.
정호   남 일에 신경 *끄지.*
은강   신경을 계속 긁잖아. 대체 무슨 짓을 했길래 전화도 못 받는 거야?

그때, 실무관 오더니 '들어가세요' 하고.

S#8.   검사실, 낮.

검사1(남/30대) 앞에 앉아 있는 정호와 은강.
피곤한 기색이 역력한 젊은 검사, 경찰 쪽에서 보내온 조서를 훑어보며,

검사1	그러니까 허위신고를 하셨다가... 바로 다음 날 가서 자수를 하신 거고... 근데 방화 살인미수... 전과가 있으신 거고.
은강	...
검사1	(한숨) 이거 잘 아시겠지만 판사한테까지 가면, 누범이라 집행유예가 안 나와요. 다시 징역 사셔야 할 수도 있어요. 절 잘 설득하셔야 할 것 같은데?
정호	학폭 피해자였던 동생과 비슷한 상황에 처한 아이를 도와주려다 발생한 일입니다. 2년 전 모범수로 가석방된 이후 그 어떤 문제도 일으킨 적이 없고 현재 카페에서 성실히 일하며 바람직한 생활을 이어가고 있었습니다. 피의자의 사연을 고려해, 이번 사건은 부디 선처해주셨으면...
검사1	예, 전과 관련해선 저도 읽어봤는데... 저도 참, 가슴이 아프더라구요. 근데, 그래도 계속 불을 지르면 쓰나요?
정호	그죠. 그래도 계속 불을 지르면 안 되겠죠. (은강 쿡 찌르면)
은강	...죄송합니다. 앞으론 다신 이런 일 없을 겁니다.
검사1	정말 없을까? 다음에 또 뭐 학폭 피해자를 봤어, 억울한 사람을 봤어. 그때 또 이러지 않겠어요? 이러다 누구 하나 크게 다친다고.
은강	또 그런 상황이 온다면...... 주변 사람들과 함께 고민해 더 나은 방법을 찾겠습니다.
검사1	(조금 의외인 듯 은강을 보는데)
정호	(역시 의외인, 몰래 웃곤) 앞으론 이런 일 없도록 제가 옆에서 잘 지켜보겠습니다.
은강	(니가 뭔데 하는 눈빛)

정호, 은강의 뒤통수를 잡아 누르며, 검사1 향해 고개를 푹 숙여 보인다.

| 정호 | (진심을 담아) 제발 선처를 부탁드립니다. |

S#9. 검찰청 앞 거리, 낮.

검찰청에서 나오는 정호와 은강.

정호   기소유예 나올 거야, 너무 걱정하지 마.

은강   어떻게 되든 별로 상관은 없어.

정호   쎈 척은. (그러다) 그... 저번엔 고마웠다.

은강   설마 나도 고마웠다 뭐 이딴 말을 듣고 싶은 건 아니겠지?

정호   (경악) 소름 돋게 무슨! (그때 다시 울리는 정호의 전화, 받지 않고 무시하며) 나 약속 가기 전에 시간 좀 남는데, 팥빙수나 하나 때릴래? 잘하는 데 아는데.

은강   (한심한 듯 보며) 팥빙수 먹을 시간에 전화나 받지?

정호   (욱 하는) 넌 니 일이나 신경 써!!

은강   그럴려고.

정호와 은강, 누가 먼저랄 것 없이 서로 반대 방향으로 걸어가기 시작한다.

은강   (가며) 비겁한 새끼.

정호   (가며) 저 싸가지 없는 새끼.

S#10. 어느 생선구이집, 낮.

점심시간인지 몹시 붐비는 법원 근처 식당.
신희수 검사(여/40대), 혼자 알탕에 생선구이를 시켜놓고 식사 중인데,
그 앞으로 와 앉는 정호. 6인 테이블에 합석을 해야만 하는 상황이고...

정호   (주변 둘러보며 짜증) 긴밀하게 드릴 말씀이 있다고 했을 텐데요.

희수   난 검사 되고 난 뒤로 누가 긴밀하게 한다는 말은 안 들어. 들어서 좋을 게 없더라고 보통.

정호   ...

희수	백수로 지낸다며. 노니 좋냐?
정호	중앙지검으로 돌아오셨다면서요.
희수	(끄덕) ...검사장님은 여전하시더라.
정호	(아예 시선을 돌려버리는)
희수	넌 근성도 없이 고작 4학년(자막: 검사 7, 8년 차를 의미한다)도 안 마친 게 말야, 무슨 사춘기가 와가지고, 나 때는 말야, 10년 차 될 때까진 일하느라 아무 생각도 못 했어, 이게 나랑 맞나 안 맞나, 이게 잘하고 있는 건가 아닌가 이런 생각할 겨를도 없었다고,
정호	그래서 요즘은요. 그런 생각 좀 하세요? 이게 맞나, 잘하고 있는 건가.
희수	(빤히 보다) 나 돌려 말하는 거에 취미 없어. 직구로 꽂아.
정호	선배가 찾고 있던 거, 제가 먼저 찾은 것 같아서요. 검찰 내 도한그룹 커넥션을 밝힐 증거.
희수	...!
정호	(USB 건네며) 김승운 검사장이 2006년 도한 물류창고 화재 사건 당시 도한그룹의 사주를 받고 고의로 누락시킨 증거물들이에요.

희수, 아연한 얼굴로 등받이에 몸을 기대며 정호를 바라보면,
옆에서 합석한 이들이 생선구이를 먹다 흠칫하며 바라본다.

희수	시발, 뭔 생선구이집에서 느와르를 찍고 있어.
정호	그래서 제가 조용한 데서 보쟀잖아요.
희수	...너, 괜찮겠어?
정호	대신 터트리기 전에 며칠만, 시간을 주세요.

S#11. 우진의 진료실, 낮.

유리, 혹시 숨어 있을지 모를 정호를 찾아 우진의 진료실을 수색 중이고,
우진, 난감한 미소로 이를 지켜보고 있다.

유리	혹시 숨겨주고 계신 건 아닌가 해서. (휙 진료실 책상 아래를 보지만 없고)
우진	정호랑 무슨 일이라도 있으셨어요?
유리	아뇨.. 무슨 일이라기보단... 그나저나 중평도요? 무슨 섬이에요?
우진	네. 서해 쪽에 있는 작은 섬인데, 너무 외진 곳이라 어르신들이 진료를 보려면 배를 타고 나가야 하거든요. 그래서 제가 두 달에 한 번 정도 주말에 의료 봉사를 가고 있는데... 혹시 이번엔 로 카페 식구들도 함께 가면 어떨까 해서...
유리	(눈 휘둥그레 보다 이해한 듯) 아! 선생님 진료 보시는 동안, 저는 옆에서 법률 봉사하구, 그런 거 생각하시는 거죠?
우진	(빙그레) 저는 휴가 겸 오심 어떨까 생각한 건데, 법률 상담 봉사라니 그것도 좋네요.
유리	따라가려면 뭐라도 도움이 돼야죠. 전 좋아요, 갈래요! 주말 동안 다녀오는 거면 완전 가능하죠. 준이 씨랑 은강 씨한테는 제가 물어볼게요.
우진	(기쁘고) 정호한테도 물어볼까요?
유리	(단숨에 시무룩해지는) 제가 간다 그러면 안 간다 할 게 뻔한데요, 뭐.

우진 영문 몰라 보면, 그저 씁쓸히 웃어 보이는 유리다.

S#12. 정호의 본가, 낮.

정호가 집에 들어오면, 깊이 안아주는 **연주(여/60대/정호모)**.
평생을 귀하게 살아온 이 특유의 우아함이 느껴진다.

연주	(눈물이 핑 도는 걸 감추며) 아유 내 정신 좀 봐 가스 불을 켜놓고! (주방으로 달려가는)

cut to 》연주, 정호가 식사하는 걸 빤히 지켜보고 있다.

정호	엄마도 좀 드세요.

연주	나 원래 내가 한 건 맛없어서 잘 안 먹잖아.
정호	먹을 만한데요.
연주	이번엔 아들 말대로 레시피 따라서 좀 해봤지. 창작욕은 애써 누르고.
정호	(픽 웃는데 왠지 슬프다)
연주	우리 아들 살 빠졌네. 턱선이 살아나면서 더 멋있어졌어.
정호	(바라보다 어려운 이야길 하려는 듯 떨어지지 않는 입을 떼는) ...엄마.
연주	엄마는 괜찮아 아들. 이렇게 가끔 너 얼굴만 볼 수 있음 돼. 손자까진 안 바랄게.
정호	(웃는) 진지하게 좀 들어봐요.
연주	(보면)
정호	곧 뉴스 보다, 놀라실 일이 있을지도 모르겠어요.
연주	(표정 굳는)
정호	어쩌면 참고인 조사차 검찰에 불려 가실 수도 있구요.
연주	그게 무슨.. 무슨 말이니...
정호	(애써 덤덤하려) 아버지 일단 자리에서 내려오실 거고, 나머지는... 수사 후에 결정될 거예요. 엄마한텐 죄송하지만... 이렇게 되는 게 맞아요.

연주, 눈물 그렁그렁해 그저 놀란 얼굴로 정호를 볼 뿐이고,
정호, 그런 연주의 손을 잡으며 고개가 절로 숙여진다.

정호	죄송해요.. 죄송해요, 엄마...
연주	...무슨 일인지 모르겠지만 엄마는... 너희 아빠 믿어.
정호	...알아요. 그래서 더 죄송해요...

괴롭고 슬퍼하는 정호를 보며, 연주 참지 못하고 눈물을 뚝뚝 흘린다.

S#13. 은하빌딩 앞, 밤.

정호, 가라앉은 기분으로 돌아오는데,

자전거를 탄 준이가 옆에 멈춰 서고,

준   형님~ 어울리지 않게 수심이 가득한 얼굴이시네요?
정호   너한테 내 이미진 대체 뭐냐?
준   뭐랄까... 유유자적, 돛단배 한 척을 타고 바람 따라 유람 중인 한량이랄지?
정호   (쓰게 웃는데)
준   그렇게 웃으실 때마다 가슴이 저릿해지긴 하지만요.
정호   (가며) 눈치가 아주 없진 않네.
준   저 배준, 눈치가 없지만, 막 또 아주 없진 않습니다.
정호   그래.
준   형님, 근데 중평도는 뭐가 맛있어요? 해산물이 맛있으려나?
정호   (멈칫) 중평도?
준   네. (아차 싶은) 아, 형님은 안 가세요? 나 또 눈치 없었나?

이에 싸늘한 얼굴로 우진의 병원을 바라보는 정호.

S#14. 우진의 진료실, 밤.

진료 책상 뒤에 앉아 있던 우진, 피곤한 듯 안경을 벗으며
앞에서 열을 내고 선 정호를 본다.

우진   너도 당연히 초대하려고 했어. 니가 종일 안 보여서 말 못 한 거뿐이야.
정호   (가만히 바라보다) 형 설마 뭐, 김유릴 좋아하고 뭐 그런 건 아니지?
우진   내 감정을 너한테 설명해야 할 이유가 있나.
정호   없지만 그래도 말해봐.
우진   ...좋아해.
정호   !!
우진   동료로서 이웃으로서. 아직까진 그 정도의 자격으로.
정호   그 정도의 감정에서 멈춰줬음 하는데.

우진	유리 씨한테 진실을 밝히지도 못하면서 너한테 이럴 권리가 있다고 생각 해?
정호	그 권리 조만간 찾으려고.
우진	(의아한 듯 보면)
정호	...이제 때가 된 것 같아. 더 늦기 전에 말하려고.

천천히 끄덕이며 잘 생각했다는 듯이 정호를 보는 우진.

S#15. (인터뷰) 정호의 방, 낮.

정호	수사가 시작되고 언론에 알려지기 전에 먼저... 말해야겠죠. 이번에 그 섬에 가서 얘길 할 생각이에요... 용기를 낼 수 있을지, 모르겠지만.

S#16. 훼리선 갑판 위, 낮.

시원하게 바다 위를 가르는 훼리선,
유리와 준, 은강, 우진, 갑판에 나와 있고,
바다 보며 기분 좋은 준과 우진인데, 유리는 어쩐지 표정이 조금 슬프다.

S#17. 중평도 일각(꽃밭), 낮.

탁 트인 바다 앞 고즈넉한 섬마을,
꽃밭이 펼쳐진 아름다운 풍경 앞에 선 유리와 우진, 준, 은강.
준, 예쁘다며 감탄을 마지않는데,
유리, 그저 쓸쓸히 웃으며 볼 뿐이다.
유리의 표정을 보던 우진도 표정 조금 쓸쓸해지고,
멀리 뒤따라오던 은강도 멈춰 서서 경치를 보는데,

S#18. 로 카페, 낮. (은강의 회상)

손님들로 붐비는 카페, 정신없는 은강,
주문대 앞에 서 있는 송화와 이슬을 발견하곤,
저도 모르게 미소 짓는다.

송화   (수줍은 미소로) 안녕하셨어요? 오랜만에 변호사님께 인사 좀 드리려고...
은강   앉아 계시면, 차 내올게요.
송화   (놀라) 어머 아녜요, 계산하셔야죠!

무시하고 부리나케 부엌으로 들어가버리는 은강인데,
자리에 앉은 송화와 이슬을 지켜보며 차를 타는 은강,
평소와 달리 실수 연발이다.
한참을 공을 들여 유자차 위에 꽃으로 데커레이션를 하는 은강.

S#19. 중평도 일각(꽃밭), 낮.

꽃밭을 보며 송화를 떠올렸는지 쓸쓸히 미소 짓는 은강.
가만히 바라보다 곧 유리와 일행들을 따라간다.

S#20. 민박집, 낮.

숙소로 쓰일 시골집으로 들어서는 유리, 우진, 은강, 준,
나와 반기는 **마을 이장(남/70대)**과 **민박 주인(여/50대)**이고,

이장   아따, 박선생님 친구들이면 맹 한 가족이나 다름읎제~ 내 집이다 생각허

고 편허게 쉬다가요잉.

민박주인   으미 아가씨는 어서 이런 옷을 사 입는다요, 서울 사람들은 다 이라고 입
         능가?

유리   이모님도 입으심 잘 어울릴 것 같은데, 한번 입어보실래요?

         그러며 유리, 민박집 방문을 드르륵 여는데,
         시커먼 방 안에 누가 누워 있는 게 보이자

유리   이 방은 누가 먼저 쓰고 계신 것 같은데...

민박주인   으응, 어제 일행이 먼저 내려왔다든디?

         이 말에 유리 다시 방을 보면,
         어둠 속에 누워 있다 스르르 일어나 눈을 비비는 이는 다름 아닌 정호다.
         기가 막힌 얼굴이 되는 유리.

S#21. 민박집 인근 바닷가, 낮.

         바닷가 앞에 서 있는 유리와 정호.
         유리, 멀리 보며 도도함을 유지하려 하지만,
         바닷바람이 미친 듯이 불어와 머리가 계속 산발이 된다.

유리   여긴 왜 왔어, 그렇게 피해 다니더니.

정호   형 쫓아서 옛날에도 봉사차 오던 데야.

유리   대단한 봉사 정신이 날 피하고 싶은 맘을 이겼나 보네.

정호   (떨리는 한숨) ...며칠 전 일은, 내 실수였어. 인정할게.

유리   (어이없어) 실수였어 인정할게? 며칠간 나 피해 다니며 나온 결론이 겨우
         그거야? 근데 어떡하냐 난 실수 아니었는데!

정호   (답답한) ...내 말은,

유리   하다 버릴 거면 할 거 다 하고 가던지!!

정호	...!
유리	나한테 너는, 키스하다 말고 끊고 버리고 갈 수 있는 사람이 아니야. 나한테 너는, 그래놓고 아무 설명도 없이 며칠씩 기다리게 할 수 있는 사람이 아니라고!!
정호	!!
유리	(울컥) 나라면 니가 소중해서 마음 다칠까 봐 절대 그렇게 안 해.
정호	(가라앉는) ......내 얘긴 더 안 들을 생각이야?
유리	실수였어로 시작하는 오프닝이라면 들을 생각 없어. 자존심 버려가면서까지 그렇게 대놓고 좋다고 하는데, 사람을 무시를 해도 정도가 있지, 더러워서 증말,
정호	(어이없는) 뭐, 더러워?
유리	(버럭) 그래, 더러워서 못 하겠다!! (하곤 뒤돌아 가려는데)
정호	(생각해보니 화나는, 가는 유리 등에 대고) 넌 뭐가 그렇게 다 쉽냐!!
유리	(어이없어 돌아보면)
정호	17년을 봐놓고 갑자기 내가 좋아졌다고 말하는 것도 쉽고, 돌아서는 것도 쉽네.
유리	넌 뭐가 그렇게 맨날 어려운데!!
정호	...
유리	(밀치며) 말해봐 뭐가 그렇게 어렵냐고!!
정호	(유리가 또 한 번 밀치는 걸 확 붙잡는데)
유리	(뿌리치고 보더니) ...봐봐, 말 못 하지. 이 바보 멍청이 해삼멍게말미잘!!

획 뒤돌아 가버리는 유리고.
괴로운 듯 머리 헝클며 가는 유리를 보는 정호.

S#22. 마을회관 앞, 낮.

마을회관 앞, 의자에 앉은 할머니들이 길게 줄을 서 있다.
이장, 새로 어르신이 오면 의자를 또 어디서 구해 갖다 주는데,

그 줄의 끝에는 천막을 쳐놓고 할머니들의 혈압을 재며 의료 봉사 중인
우진이 있다.

유리는 그 옆에서 [무료 커피 & 법률 상담]이라 써 붙이고

준, 은강과 함께 할머니들에게 열심히 커피를 타 나눠주고 있다.

열심히 내려준 드립 커피에 할머니들이 밥숟가락으로 프림과 설탕을 두
숟가락씩 넣는 걸 보며 아찔한 은강.

우진의 진료를 보고 온 할머니1, 2, 3, 커피를 받아 들며,

할머니1   (맛보니 쓰고) 으미 쓴 거~ 아니 이것을 그냥 이라고 마시라고?

할머니2   쓴께 몸에 좋겄제, 공짜니 묻지 말고 처먹어야~

할머니3   근디 법률 상담은 또 뭐대?

우진   아 변호사님이시거든요, 법 관련해서 궁금한 거 있으시면 뭐든 여쭤보시
        면 돼요.

유리   (눈 반짝이며 끄덕끄덕)

할머니1   잉? 저짝 회관 안에 총각도 변호사라든디?

할머니2   (허허 웃는) 아따 촌동네 할매들이 뭐시 궁금할 것이 있다고 변호사가 둘
        씩이나 왔댜?

할머니1   왜애~ 난 궁금헌 것 많어야, 이따 안에 이쁜 총각헌티 쫌 물어봐야 쓰겄
        네.

유리   (빠직) 왜요, 저한테 물어보세요! 상담은 제가 더 잘해요 어머니~

할머니1   (킥킥) 고스톱은 그짝이 더 잘 치는 것 같든디?

S#23. 몽타주

#1. 마을회관 안, 어르신들에게 둘러싸여 있는 정호.
마을회관 안에서 할머니 할아버지 들과 고스톱을 치며 법률 상담 중이다.

정호   국립공원에서의 불법 임산물 채취는 자연공원법에 의거해서 3년 이하의
        징역 또는 3천만 원 이하의 벌금형을 받을 수 있는 제법 큰 범죄예요. 조

심하셔야 돼요.

#2. 마을회관 앞, 경쟁적으로 상담 중인 유리.

유리   농산물 서리는 절도죠, 도둑질! 관광객들이 그렇게 자꾸 담 넘어와서 과일 서리해가고 그러면, CCTV 설치해뒀다 신고하셔야 돼요.

할머니1   그러믄 땅에 떨어진 은행이랑 밤 줍고 그런 것도 다 도둑질이래?

유리   떨어진 은행, 밤, 도토리 같은 열매를 가져가는 것까지 절도라 보긴 어렵긴 한데..

#3. 마을회관 안, 정호.

정호   사유지 안에 있는 걸 줍겠다고 들어간 순간, 사유지 무단 침입이 되거든요. 그래서 그냥 뒷산에서 약초나 버섯 캘 때도 조심하셔야 돼요.

할머니4   으미 겁나게 박해브네~ 그럼 우린 뭘 먹고 산대?

할머니5   아따 마트를 하루 두 번쏙 가는 냥반이 뭔 소리대~ 먹을 건 마트서 사 먹음 되제!

#4. 마을회관 앞, 유리.

할아버지1   누가 그러는디, 인쟈는 뱀 잡으면 안 된다대?

유리   네 맞아요. 우리나라는 뱀은 전 종이 포획 금지라.

할아버지1   그라믄 인쟈 뱀술도 못 먹는 겨?

유리   뱀술도 안 되고, 말벌 술, 불개미 술 이런 것도 다 담아서 드시면 안 돼요. 이런 것도 다 벌금 물어요.

S#24. 마을회관, 낮.

할머니4, 정호 앞으로 꽃무늬 스카프를 한 **박월선(여/80대)** 할머니를 끌

고 와 앉히며,

할머니4　얼릉 물어봐 얼릉~
할아버지1　그려, 언제까지 당하고만 살려~
월선　(소극적인) 아이 됐어야...
할머니4　그라믄 나가 대신 말해줄게! 이 형님하고 옆집 살면서 둘이 아주 죽고 못
　　　　사는 할망구가 있었는디,

S#25. 마을회관 앞, 낮.

유리, 앞에 남다른 포스의 **나막례(여/70대)**가 홍해 가르듯 나타난다.
다른 할머니들이 혀를 차며 돌아앉는 모습이, 척 봐도 마을 왕따인 느낌.

할머니4　(E) 그것이 글쎄 갑자기 뭣에 빈정이 상해브렀는지,

S#26. 마을회관, 낮.

말을 이어가는 할머니4,

할머니4　성님네 집에 들어가는 입구 있잖여, 거기가 자기네 땅이니께 쓰지를 말라
　　　　는 것이여! 그래서 이 성님이 시방 나이 팔순에 고추밭을 뛰어가지고 담을
　　　　넘어가지고, 집에 들어 간당께! 이것이 말이나 돼야?
할머니5　막례 그년이 그라고 징허고 독한 년일 쭈는 꿈에도 몰랐제~
월선　아따, 그런 거 아닝께 카만이들 있어야!

가만히 월선을 보던 정호.

정호　문제가 되는 진출입로 부분 토지 소유권은 정확히 확인해보셨어요?

월선   도청서 지적돈가 뭣인가 보긴 혔는디... 그짝 땅이 맞는 것 같드라고...

S#27. 마을회관 앞, 낮.

유리 앞에 앉아 상담 중인 막례, 다른 할머니들 들으란 듯 쩌렁쩌렁!!

막례   도청서 확인해봄시롱 내 땅이 확실하다는디, 내 맘대로 해도 되는 것 아니
         여?
유리   아이고... 그래도 그렇게 막는 건 불법이에요, 어머니.
막례   (당황) 아니 그것이 왜 불법이대?
유리   그림 그려주신 것 보니, 다른 할머니네 땅이 맹지(자막: 사방이 막혀 있어
         도로로 이어지지 않은 땅)인 것 같은데... 사유도로법, 즉 사도법 제9조에
         의하면, 사도를 만든 사람은 사도에서 일반인의 통행을 제한하거나 금지
         할 수 없게 되어 있거든요.

S#28. 마을회관 안, 낮.

정호   특히 이렇게 우회로가 없는 관습, 현황도로는 막을 수 없죠.
월선   (화색이 되어 보는데)
정호   근데 사도법 제10조, 사도개설자는 그 사도를 이용하는 자로부터 사용료
         를 받을 수 있다.

다시 표정 어두워지는 월선이다.

S#29. 마을회관 앞, 낮.

막례와 이야기 중인 유리,

유리　　하지만 무리한 금액을 요구하면 허가가 안 날 거예요, 옆집에서 소송을 해
　　　　올 수도 있고. 웬만하면 양보하시고 원만하게 관계를 푸시는 게...

　　　　그때 월선과 정호가 마을회관 안에서 나오고,
　　　　유리와 정호, 막례와 월선, 눈빛이 마주친다.
　　　　막례, 월선을 보자 눈빛 독하게 변하더니

막례　　(들으란 듯 큰소리) 아따 소송 그까짓 거 하라고 혀! 그짝이 먼저 자기네
　　　　집 지나서 뒷산을 못 가불게 허니께 이 사단이 난 것인디 나가 뭣 헐라고
　　　　양보를 해!
할머니1　막례 너는 한동네 사는 사람덜끼리 워째 이라고 독하게 구냐잉!
막례　　(벌떡 일어나더니 눈물 그렁) 아따 다들 어째 맹 월선 언니 팬만 든다요?
　　　　지는 이 마을 사람도 아니래요?

　　　　그래놓곤 눈물을 훔치며 휙 가버리는 막례인데,

할머니1　(미안하기도 한) 아이고 방구 낀 것이 쑹 낸다드니, 염병하네!
할머니2　월선 언니허고 둘이 한 몸처럼 붙어 댕겨쌌드니... 갑자기 뭔 바람이 불어
　　　　서 저러는 건지 영 모르것다니께.

　　　　유리, 할머니들과 함께 가는 막례를 보는데, 마음 좋지 않다.
　　　　월선도 눈물 그렁해 가는 막례를 보고 있고,
　　　　그런 월선을 보는 정호, 뭔가 더 있구나 싶다.

S#30. 마을회관 앞 다른 일각, 밤.

　　　　밤이 되어, 우진과 유리, 은강, 준, 정호, 모두 정리를 마치고
　　　　숙소로 돌아갈 준비 중인데,

이장	(한숨) 그 문젠 낼 회관서 모여서 중재를 허기로 혔는디 쌈질만 허다 끝나는 거 아닌지 모르겄어. 근디 나 여사네 집은 왜? 어쩔라고?
유리	아까 울면서 가시는 모습 보는데, 맘이 안 좋아서요. 그냥 얘기나 더 들어볼까 하구요.
이장	으응, 뭐 여서 가까워. 약도 그려줄 텡께, 한번 가봐.
우진	그럼 시간이 늦었으니 저도 같이 가시죠.
정호	내가 갈게, 형.
우진	(보는데)
이장	(흥미진진 보며) 으미~ 다 같이 가믄 되지 왜 쌈들을 헌다야?
유리	(정호 거들떠도 안 보고 우진 향해) 저 혼자 갈게요, 선생님. 혼자 가야 할머니가 속에 있는 것도 털어놓으실 것 같고.

S#31. 거리, 밤.

결국 플래시를 든 유리를 뒤따라오고 있는 정호.
화난 얼굴로 걷던 유리, 걷다 말고 휙 돌아서선 정호를 쏘아보며

유리	쫓아오지 말라고!!
정호	누가 쫓아간다 그래, 나도 나대로 볼일 있어 가는 건데.

화난 듯 다시 걸음을 옮기는 유리.

S#32. 막례와 월선의 집 앞, 밤.

차 한 대가 다닐 만한 작은 길을 사이에 두고 있는 막례와 월선의 집.
막례가 울타리를 둘러 그 통행로를 막아놓은 모양새다.

S#33. 막례의 집, 밤.

INS 》정호는 툇마루에 홀로 앉아 있고,
유리만 거실에서 막례와 이야기를 나누는 중이다.

막례   나라고 이라고 치사허게 허고 싶지 않았제, 근디 성님이 어느 날부텀 사람
이 이상해져브렀다니께.

S#34. 월선의 집, 낮. (과거)

월선의 집 뒤로 연결된 뒷산이 하나 보이는데,
바구니를 끌어안은 막례가 월선네 마당에 들어서며, 성님~ 하고 부른다.

막례   (E) 지난봄에 내가 뒷산에서 봄쑥을 좀 캘라고 성님네 집엘 갔는디,

집 안 쪽을 휘 보지만, 인기척이 느껴지지 않고,
막례, 혼자서 월선네 집 뒤로 이어진 뒷산으로 향하는데,
그때 집으로 오던 월선이 그 모습을 보곤 기겁해 달려온다.

월선   아야 막례야!! 그짝은 안 되야!! 얼른 내려와야!!
막례   (E) 무릎도 안 좋은 양반이, 막 달려옴시롱 다짜고짜 쏭질을 내는 것이여.

S#35. 막례의 집 거실, 밤.

막례   이짝 길을 써서 뒷산에 가질 말랴. 갈 거면 밖으로 한 바퀴 핑 돌아가라
고! 아니, 니 집 내 집 구분 읎이 산 것이 30년이 넘는디 갑자기 그랗게, 나
도 이유가 있겄지 허구, 몇 번을 찾아가 봤어야. (눈물 핑) 근디 인쟈는 나

보고 집에도 오더를 말라고 허더라고.

유리　　어머!

막례　　(눈물 흘리며) 땅이 문제가 아니고, 난 속이 상하는 겨. 뭐 때문에 그러는 줄 말을 하면 내가 다 이해를 해줄 것인디,

유리　　(격한 공감) 그죠, 우리 사이에 말만 하면 얼마든지 이해해줄 수 있는데!

막례　　속 얘기는 꽁꽁 싸매 안고 말을 안 허니까, 나가 화가 나 안 나!

유리　　복장이 터지죠!! 사람 대놓고 피해 다니면서 정작 중요한 건 얘길 안 하고!

　　　　그간 정호가 저에게 했던 행동들이 스쳐간다.
　　　　FLASH BACK. 》**"너. 니가 귀찮다고. 귀찮게 하지 말라고 대놓고 피하고 계약서를 써줘도 모르겠냐?" 말하는 정호. (3화 S#53)**
　　　　FLASH BACK 》**"난 너 아니라고." (5화 S#4)**
　　　　FLASH BACK 》**"그러니까 네가 날 좀 기다려줘." 말하는 정호. (6화 S#34)**
　　　　FLASH BACK 》**"왜 지금 안 되는지 물어봐도 대답 안 해줄 거지?" 묻는 유리. (6화 S#34)**
　　　　FLASH BACK 》**유리를 피해 빌딩 뒤로 숨어버리는 정호. (8화 S#5)**

유리　　(서러움에 눈물) 사람 내내 헷갈리게 해놓고, 이제 좀 알 것 같다 싶음 숨어버리고!

막례　　(당황) 아니 왜 변호사 아가씨가 울고 그랴...

유리　　그냥요, 어머니 얘기 듣는데 막 화가 나잖아요.

막례　　(알만하다는 듯) 어떤 놈이여.

S#36. 막례의 집 마당, 밤.

　　　　막례의 집 앞에서 땅을 차며 유리를 기다리고 있는 정호.

S#37. 막례의 집 거실, 밤.

유리를 달래는 막례.

막례 염병, 그런 놈 때문엔 울지도 말어, 눈물도 아깝어~

유리 (고개 세차게 끄덕이며 눈물 닦고) 여하튼 월선 할머니가 갑자기 변하신
건 맞네요.

막례 응, (바짝 다가와 앉으며 속삭이듯) 내 느낌에는, 저 뒷산에 말이여, 뭐가
있어.

S#38. 막례의 집 마당, 밤.

멀리서(월선의 집 쪽) 왁! 하는 비명 소리 비슷한 게 들려온다.
놀라 그쪽을 보는 정호, 월선의 집엔 불이 꺼져 있고...

S#39. 막례의 집 거실, 밤.

유리 (긴장) 뭐가요?

막례 (유리에게 딱 붙어 있다 떨어지며) 그것은 나도 모르지.

유리 (김새는)

막례 근디 고쟁이를 열두 벌 입어도 보일 것은 다 보이는 벱이여, 뭣이 있기는
있어.

S#40. 막례와 월선의 집 앞, 밤.

안 나오셔도 된다는 실랑이 끝에 막례와 인사를 마치고 나온 유리고.
정호도 함께 돌아가려고 일어서는데,

월선의 집 쪽을 돌아보며 못내 찜찜한 기분이다.
정호가 유리를 뒤따르는 모양새로, 어색하게 길을 걸어 내려오는 두 사람.
그때 다시 월선의 집 쪽에서 으아악!! 하는 기괴한 비명 소리가 들려오고.
놀라 보는 유리와 정호!

막례   **(E) 내 느낌에는, 저 뒷산에 말이여, 뭐가 있어. (S#37)**

유리, 누가 말리기도 전에 막례가 임시로 쳐둔 울타리를 훌쩍 뛰어넘더니
월선의 집 쪽으로 향한다.

정호   야 김유리!!

S#41. 월선의 집 뒷산, 밤.

플래시를 든 유리, 산을 올라가는데, 정호, 걱정스레 따라오고,
아니나 다를까 너무 성급히 오르던 유리, 플래시를 놓치며 미끄러진다.
그런 유리를 붙잡는 정호!
두 사람 가까워지는 순간,
FLASH BACK 》지훈의 지하실에서 뜨겁게 키스하는 모습(S#1)
스쳐가고, 잠시 묘해지는 두 사람인데...
FLASH BACK 》키스하다 말고 유리를 밀어내는 정호(S#1)
그 모습이 떠오르자, 차가운 얼굴로 정호를 밀쳐버리는 유리다.
다시 산을 오르려는데, 또 비명 소리가 들려온다.
이번엔 꽤 가까이 있는 듯하다.
고통을 받고 있기라도 한 듯 절규에 가까운 소리가 길게 이어지고,
유리, 소리가 나는 방향으로 향하는데,

정호   김유리, 자꾸 어딜 가! 이거 사람 소리 아니야.
유리   그래도 이거 아파하는 소리잖아.

영준   (E) 고라니 소리여라.

어둠 속에서 **영준(남/50대/월선의 아들)**이 갑자기 모습을 드러내자
비명을 지르며 놀라는 유리와 정호.

영준   고라니 한 놈이 멧돼지 덫에 걸렸능가, 밤새 저 지랄이네. 근디, 그짝들은
이 밤에 남의 사유지서 뭐 합니까?
유리   아... 저 비명 소리 때문에 무슨 일이라도 있나 해서.
영준   이 섬서 사람이 비명 지를 일은 없어라우. 외지인들이 허락두 읎이 남의
땅에 들어와 재끼다 전기줄에 걸려븐 것만 아니면.

살벌한 영준의 엄포에 미심스런 얼굴이 되어 서로를 보는 유리와 정호.

S#42. 민박집, 밤.

민박집에 돌아와 있는 유리와 정호.

민박주인   으응, 거시기 박할머니네 막내아들이여.
정호   월선 할머니 아드님이요?
민박주인   서울서 살던 게 내려와가지고는 블루베릴 헌댔다가 애플 수박을 헌댔다
가, 올해는 샤인머스캣인가 뭣인가 헌다고, 아주 환장혀~

이에 유리와 정호 각자 생각에 잠긴 표정이 된다.

S#43. 마을회관 앞 마당, 낮.

다음 날 아침, 마을회관 앞에서 고추를 펼쳐놓고 있는 정호 향해
화난 듯 성큼성큼 걸어가는 유리.

유리	어딜 가도 로컬같이 하고 있는 건 재능이냐?
정호	나만 보면 빈정대고 싶은 마음은 알겠는데, 본론만 해.
유리	니가 월선 할머니 대리를 하겠다고?
정호	어. 이대로면 부당하게 통행료만 지불하게 될 테니까.
유리	할머니들끼리 서로 감정이 얽혀 생긴 해프닝이야! 괜히 변호사들이 끼고 그럼 괜히 법적인 분쟁이 된다고!
정호	원래 법적 분쟁이란 게 감정이 얽히고설켜서 생기는 거지 않나? 그러는 너는 왜 끼는 건데, 너는 변호사 아냐?
유리	그야 막례 할머니가 나한테 의뢰를 해왔으니까!
정호	그럼 월선 할머니한테도 변호사가 붙어야 공평하지.

S#44. 마을회관 안, 낮.

이장이 판사처럼 앉아 있고,
유리가 원고석인 막례 옆에, 정호가 피고석인 월선 옆에 앉아 있다.
그리고 다른 한쪽에선 마을 어르신들이 방청객처럼 앉아 구경 중인데,
마치 민사 재판이 벌어지는 듯하다.

유리	이장님, 여사님들이랑 저희끼리만 대화 나누기로 한 거 아니었나요?
이장	으응. 그란디 보겄다고 온 것을 워쪄겄어.
유리	...
이장	자아, 정리를 허자면 인쟈 나여사님 소유의 땅에 나 있는 길을 박여사님이 늘 써왔는디, 그것을 이번에 못 쓰것도록 허면서 문제가 된 것이지라잉.
유리	문제의 발단은, 박여사님께서 먼저 나여사님이 뒷산으로 향하는 길을 못 쓰시게 한 거니 그것부터 이야기를 나눠보죠.
정호	두 가지 문제는 다르지, 뒷산 가는 길이야 돌아가면 다른 등산로가 얼마든지 있는데, 나여사님이 관습 도로를 막아선 문제랑 어떻게 똑같이 취급을 해.

막례	아니 내 땅서는 못 다닌다믄서, 니 땅서는 다니것다는 심뽀가 무슨 개심뽀
	라요!
유리	(진정하라는 듯 토닥) 법적인 문제로 끌고 갈 것 없이, 나여사님은 박여사
	님이 그저 전처럼 뒷산 가는 길을 내주시기만 하면, 박여사님 집 앞 도로
	도 특별한 통행료 없이 제공하겠다는 입장입니다.
이장	그래야 공평허지. 박여사는 워뗘?
월선	......
막례	(결국 폭발) 나가 저럴 줄 알았당께! 입 꾹 다물고 있음 누가 그 맘을 알아
	준당가!
월선	(고개 떨구는데)
막례	성님, 나가 진짜 성님한테 질루 서운한 것이 뭔지 아요? 그노무 쑥떡!! 쑥
	떡이유!

S#45. 막례의 집 거실, 낮. (과거)

월선과 막례, 함께 TV를 보며 마늘을 까고 있는데,
월선, 쑥떡으로 보이는 초록 떡을 작게 종종 썰어 비닐봉투에 넣어서는
몰래몰래 하나씩 먹는다.

막례	아따 성님, 혼자서 뭣을 그리 맛나게 먹는대요, 나도 한나 줘봐요.
월선	(놀라 집어 넣으며 시치미) 뭣을?

S#46. 마을회관 안, 낮.

회관 안 마을 사람들 모두 헉!! 하며 월선을 본다.
모두 어떻게 그럴 수 있냐는 눈빛이고,

막례	아니, 대체 뭣이 을마나 맛있으면, (울컥) 30년 동안 콩 한 쪽도 나눠 먹던

나헌티까지 아깝어서 한입도 주지를 못 헌대요?

일동 수군대기 시작하고, 판이 완전히 유리 쪽으로 넘어온 모양새다.
정호, 당황하는데,

이장   자자, 다들 조용히 허시고.

할아버지1 참말로... 먹을 것 같고 그러는 것은 아닌디 말이여..

정호   그렇다고 이웃이 늘상 이용하던 길을 막아버리는 불법적인 조치로 응하
        는 게 맞습니까? 쌓인 게 있으면 대화로 풀어야죠.

유리   대화가 돼야 대화를 하죠! 떡은 왜 안 줬냐? 30년 한집처럼 산 사이에 마
        당엔 갑자기 왜 못 들어오게 하는 거냐. 나여사님은 수차례 물었어요. 근
        데 답을 안 해주시잖아요!

정호   사람이 사정이 있을 수도 있지. 꼭 모든 걸 다 말을 해야 하나?

유리   숨기고 감추는 것도 버릇이에요. 누군가한테 계속 거절당하고 또 거절당
        하는 사람 기분을 한 번이라도 생각해본 적이 있다면 그렇게 못 하지.

정호   ...

유리   오랜 시간 함께했으니 말만 하면 그 어떤 거라도 이해를 했을 텐데-

정호   고작 이런 것도 이해를 못 하면서 뭘 그렇게 자신해?

유리, 정호 서로를 팽팽히 보는데,
준, 은강, 우진의 옆에 앉아 있던 할머니1,

할머니1 (우진 향해 소곤) 시방 막례랑 월선이 얘기하고 있는 것 맞제?

우진   (억지 미소 지어 보이는데)

준   (눈치 없이) 전 할머니들 문제가 이렇게 답한 얘긴 줄은 몰랐네요, 형.

은강   (바보냐는 듯 보는)

유리와 정호를 보며 수군대는 마을 사람들인데,
정호, 유리만 똑바로 보며 말을 이어간다.

정호	말 못 할 사연이 있었겠지. 30년 지기한테도 말 못 할... 그런 미치겠고, 환장하겠고, 가슴 아프고, 답답한! 사연이 있었겠지. 조금만 이해해주고 기다려주면 안 되는 거였을까?
유리	기다리려고 했지! 근데 자꾸 도망가잖아! 뒷걸음질 치잖아! 밀어내잖아!
일동	(수군수군)
정호	...무서워서 그래.
유리	...?
정호	다 알게 되면, 날 미워할까 봐, 버리고 갈까 봐 그게 무서워서. 망설이고 뒷걸음질 치는 거라고. (저도 모르게 절절히) 그러니까 좀, 봐주라... 답답해도 조금만 기다려주라.

정호의 말을 들으며 울먹거리던 막례, 결국 울음이 터진다.
월선에게 다가가더니, 그 손을 잡고

막례	성님, 나가 잘못했소, 나가 참을성이 부족한가... 나가 기다릴랑께... 그것이 무신 말이든 나가 기다릴랑께...
월선	(울음 터지고)
막례	성님 말허고 싶을 때 그때 허쇼!
이장	그럼 나여사가 길 막았던 것은 도로 풀어준단 소리지라?
막례	(끄덕이면)
이장	그럼 눈물과 함께, 여사님들의 분쟁은 원만히 해결이 됐다고 볼 수 있겄네요잉?
유리/정호	...
이장	그란디 두 분 변호사님은 아즉 이야기가 안 끝난 것 같은디, 워쩌 여서 계속하실랑가?

민망해지는 유리와 정호.

S#47. (인터뷰) 중평도 일각, 밤.

뒤로 넓게 바다가 보이는 곳에서 인터뷰 중인 유리,

유리   사람들 사이에는 섬이 있죠, 비밀이라는 섬이. 정호만 알고, 정호가 감추
    는, 정호만 있는 그 섬에... 가보고 싶었는데... (가라앉은) 제가 깜빡하고 잊
    고 있었나 봐요. 그곳이 무섭고 가슴 아픈 일들을 숨겨놓은 곳이란 걸.

S#48. 팔라시오 호텔 스위트룸 거실, 밤.

편웅 앞에 황대표와 황앤구 변호사1, 2, 3 등이 회의하듯 앉아 있다.
괴로운 듯 머리를 짚고 있는 편웅이고.

황대표   이거 준비를 단단히 해야 될 것 같습니다.
편웅   ..검찰은 대체 뭘 손에 넣었길래 이렇게 깝치는 거야?
황대표   아무래도 2006년 물류창고 사건에 대해선 뭔가 제대로 증걸 잡은 것 같
    습니다.
편웅   (기가 막힌) 그걸 또 갖다 받친 게 우리 정호고, 맞지?
황대표   ...
편웅   집안 꼴 자알 돌아간다. (짜증) 그 옛날 일이 지금 와서 문제가 될 수가 있
    나?
황대표   그게 문제는... 지금까지 김승운 검사장이 맡았던 도한그룹 관련 모든 사건
    이 수사선상에 오르게 된다는 거고,
편웅   올라도 뭐, 김승운이 그건 별로 한 게 없어, 고고한 척하느라.
황대표   김승운의 처벌 여부는 차치하고서라도, 재수사가 시작되면 도한건설 쪽엔
    확실히 타격이 있을 겁니다.

그때 밖에서 이회장이 고성을 지르는 듯 소란이 있더니,
문이 열리고, 휠체어를 탄 이회장이 비서 등을 대동해 들어온다.
노발대발한 얼굴이고.

S#49. 팔라시오 호텔 스위트룸 서재, 밤.

이회장, 거동도 불편한 사람치곤 기운이 펄펄이다.

이회장 넌 뭘 하는 놈이 일이 이 지경이 되도록 냄새도 못 맡아? 어?!

편웅 저도 한 회사 대푠데, 웬 종일 김승운이 잘못되나 냄새만 맡고 다닐 순 없죠.

이회장 뭐야?

편웅 말도 안 듣는 사위놈 몰락하는 건 이렇게 아찔하신데, 간 떼어 간 아들놈은 걱정도 안 되시나 봐요.

이회장 (빤히 보다) 넌 거둬만 주면 개처럼 살겠달 땐 언제고, 왜 자꾸 사람이 될려고 해?

편웅 (웃는) 그 말을 할 때 제가 고작 열다섯이었어요. 제가 아버지 곁에서 보필한 세월이 있는데, 어떻게 원하는 게 아직까지 같겠습니까.

이회장 (버럭) 그놈의 아버지 소리 좀 집어치워! 그리고 보필? 그깟 회사 하나 줬더니, 손대는 것마다 엉망진창으로 만들어놓곤 무슨!!

편웅 (점차 싸늘해지는) 엉망으로 만들고 남긴 돈들이 전부 아버지 주머니로 들어갔어요, 그게 보필이 아님 뭡니까. 치매가 와서 잊으셨나?

한쪽에 놓인 책 따위를 집어 편웅에게 던지는데, 편웅, 획 피해버린다.
INS 》밖에서 대기 중인 황대표와 변호사들, 쾅 소리가 들려오자 움찔.

이회장 제아무리 형주 놈이 죽었대도, 니가 그 자리 꿰찰 일은 없어 꿈 깨. 한 번 개는 영원히 개야. 그저 주는 밥만 핥어. 기어오르지 말고.

편웅 …

이회장 검사장은 그 자리에 두면 나중에라도 쓸 일이 있어, 터지기 전에 잘 수습해.

<u>S#50. 팔라시오 호텔 스위트룸 거실, 밤.</u>

　　　　편웅, 다시 황대표와 변호사들과 테이블에 앉아 있는데...
　　　　멍하니 생각에 잠긴 얼굴에서도 어떤 서늘한 광기가 엿보인다.
　　　　황대표와 변호사들, 눈치 보느라 아무 말도 못 하고 있고.

편웅　　(애써 정신 차리곤) 자, 다시, 무슨 얘길 하고 있었더라.
황대표　예 어떻게 이 사태를 수습할지에 대해서...
편웅　　아. 막아야지. (그러다) 근데 내가 무슨 힘이 있어.
황대표　예?
편웅　　따지고 보면, 아버지가 김승운이한테 사주해서 이 사태가 벌어진 건데, 내
　　　　가 무슨 힘이 있어서 이걸 수습하겠냐고, 이걸 또 숨기자고 검찰을 또 압
　　　　박해?
한실장　(안 되겠다 싶어 말리듯) 대표님,
이회장　**(E) 제아무리 형주 놈이 죽었대도, 니가 그 자리 꿰찰 일은 없어 꿈 깨.**
　　　　(S#49)
편웅　　닭 쫓던 개꼴이 되느니, 김승운이는 이참에 미리 보내버리는 게 낫겠어.
일동　　(!!)
편웅　　조카가 이렇게 열심힌데, 삼촌인 내가 그 길을 방해하면 안 되지. (씨익 웃
　　　　으며) 그냥 터트려.

<u>S#51. 월선의 집, 밤.</u>

　　　　월선, 음식을 한 상 차려놓고,
　　　　유리와 정호를 불러다 밥을 해주고 있다.

월선　　나가 오늘 두 사람헌티 고마워가꼬,
유리　　(어색한데)

월선	(유리와 정호 예쁘게 보며) 둘이 아주 이쁠 때다, 좋을 때야.
유리	좋을 때가 뭐 따로 있나요, 어머니도 좋으실 때예요, 이쁘실 때구요!
월선	(치 웃곤) 새댁이 아주 이뻐. 둘이, 아그는 있고?

유리와 정호, 풉 하고 먹던 밥을 뿜는다.

월선	(당황) 참, 요즘은 그런 것 묻는 거 아니라고 하더라고. 미안혀~
유리	아뇨 어머니 그게 아니구요,
월선	애 없이 둘이만 살아도 좋제~ 그러다 또 놓고 싶음 놓고. 아이고, 가만 있어 봐, 게장을 깜빡혔네! (그러며 주방으로 향하는데)

유리와 정호 사이에 잠시 어색한 공기가 흐르고...
유리의 눈에, 월선이 앉았던 자리에 놓인 쑥떡이 든 비닐봉투가 보인다.
콩가루를 묻힌 게 여간 맛있어 보이는 게 아니다.

막례	**(E) 아니, 대체 뭣이 을마나 맛있으면, 30년 동안 콩 한 쪽도 나눠 먹던 나헌티까지 아깝어서 한입도 주지를 못 헌대요? (S#46)**

정호, 하지 말라는 듯 유리를 보는데,
유리, 월선이 돌아오기 전에 날름 큰 덩어리를 하나 입에 넣어버린다.

정호	(절레절레) 맛있냐.
유리	웅. 완전. 문제의 그 떡 아냐. 공동정범이 되자.
정호	공동정범. 그 말을 한 이상 넌 교사범이기까지 한 거야. 어디서 사람을 범죄에 끌어들일려고.
유리	(표정 짓는데)
정호	(진지해져선) 이따가, 밥 먹고 얘기 좀 하자.
유리	...무슨 얘기?
정호	...내가 비겁하게 꾸물댈수록, 니가 더 다친다는 걸 알았어. 이제 내가 용기 낼게.

유리   (눈을 내리깐 채) ...그럼 내일 하자.

정호   (빤히 보는) 왜 내일 해야 되는데? 이제 와 무서워?

유리   (보는) 내가 기다리는 동안 넌 내내 나한테 뭐라도 빚진 것처럼 무거웠을 거 아냐. 오늘은 내가 기다리지도 보채지도 않을 테니까... (작은 미소로) 오늘 하루만이라도, 그냥 다 내려놓고 나랑 놀자.

정호, 유리를 보는데...
월선이 게장을 가지고 돌아온다.
유리, 아무 일 없었다는 듯 식사를 이어가지만,
정호 그런 유리에게서 시선을 떼지 못하고.

S#52. 월선의 집 마당, 밤.

유리, 천천히 신발을 신고 있는데,
고민에 휩싸여 있던 정호, 이내 결심한 듯 유리를 보며

정호   (일어서는) 가자, 우리 얘기해.

유리   ... (수그린 채 바닥만 멍하니)

정호   피해봤자 소용없어. 이제 더는 너 기다리게 안 할 거야.

유리   ...정호야, 개미들이... 움직여.

정호   ...말 돌리지 마, 나 지금 진지해. 니가 다치지 않길 바란다는 이유로... 널 위한다는 이유로, 내가 비겁하게 널 피해 다니는 동안 니가 계속 마음 다친 걸 생각하면... 듣고 있어 김유리?

유리   (멍하니 하늘을 보고 있는) ...별들도 움직인다...

정호   (한숨) 별이 움직이는 게 아니라 우리가 움직이는 거야. 지구의 자전과 공전 때문에 움직여 보이는 것뿐- 김유리, 너 자꾸 딴소리 할래?

유리   (머리를 움직여보더니) 진짜네... 내가 움직이면 별들이 움직이네...

정호   (이상한 듯 보는데)

유리   (달리기 시작하며) 별빛이 내린다, 샤라라라랄랄라~

얼빠진 채 보는 정호의 얼굴 위로, 〈별빛이 내린다〉 노래가 깔리며
- 이하 SLOW -
유리가 낙엽 따위를 하늘에 던지고 꺄르르 웃으며 핑글핑글 도는 모습.
정호, 넋이 나간 채 내리는 낙엽을 맞고 있고,
미쳐서 마당을 달리기 시작하는 유리를 보곤 사색이 되는 월선!
유리, 급기야 바닥에 누워 낙엽을 위로 던지고 떨어지는 걸 보는데,
노래 뚝 끊기며, cut to 》
정호, 해롱해롱한 유리를 끌어안은 채 절규하고 있다!
당황한 얼굴의 이장과 막례가 월선 곁에 서 있고,

정호	상관 없으니까 병원!! 병원부터 데려가 달라구요!!!
이장	글쎄 질로 가까운 병원도 배를 타고 나가야 된다니께...
정호	그니까 배든 뭐든 타고 가겠다구요, 애가 다 죽어가잖아!!!
이장	그 정돈 아닌 것 같은디...
정호	(울먹) 유리야, 유리야 정신 차려 봐...
유리	(데헷 웃는) 김정호... 정호야...
정호	어, 유리야, 어,
유리	나아... 키스 못해? 그래서 도망간 거야?

하늘을 보는 정호고.
옆에서 동시에 '오메오메' 하는 막례와 이장.
그때 우진이 준, 은강과 함께 달려오는 것이 보이자
정호가 '형!!!' 하고 울부짖는다.

우진	왜 그래 무슨 일이야.
정호	(우진 앞에 유리 눕히며) 애가 이상해, 술도 안 먹었는데 헛소리를 하고...

우진, 유리의 눈꺼풀 올려보고, 맥박을 체크하는데 유리가 키득 웃는다.

유리	(몽롱히) 선생님... 제가 키스를 못하는 걸까요?
우진	...술은 안 먹었다고?
정호	어...
우진	일단 눈이 좀 충혈된 것 말곤 맥박도 정상이고... 뭐 잘못 먹은 건 없어?
정호	아니 그냥 저녁 먹다가... (그러다 뭔가 떠오르는) 떡!!!!! 그 떡!!!!!
월선	(화들짝!! 놀라더니 외면)
정호	(월선 향해 다가가며) 그 떡 뭐예요 할머니!
월선	(뒷걸음질 치는) 난 통 무슨 말을 허는지 모르겄네...
정호	그 떡 뭐냐구요!! 뭘로 만든 거냐구요!!
월선	(울상)
막례	떡? 성님이 몰래몰래 먹는 그 떡 말허는 것이여?

일동 월선을 보는데,

정호	말해요!!! 애가 사경을 오가는데!!
이장	아까도 말했지만 그 정돈 아닌 것 같은디...
막례	말해봐요 성님, 그거 그냥 쑥떡이 아니여?
월선	(울먹) 그것이...

S#53. 뒷산, 낮.

바구니를 가지고 뒷산을 올랐다 무엇을 봤는지 휘둥그레진 월선의 눈.

월선	(E) 지난봄에 뒷산에 올랐는디... 그것들이 그냥 한무대기를 이뤄서 자라 고 있드라고...

S#54. 월선의 집 마당, 밤.

막례	긍께 뭣이...
월선	마 말이여 마!!
일동	(히익 놀라는데)
준	(혼자 못 알아듣고 은강 향해) 마?
은강	대마.
준	(히익!! 누구보다 놀라는)
월선	꽃잎을 따와서 말렸다가 떡을 해 먹었더니, 온몸이 아프던 게 싹 가시고, 밤에 잠도 잘 오는 게...
정호	그거 불법이에요, 할머니.
월선	그것은 알제!
우진	중독되면 큰일 나는 건 물론이고, 뇌 기능에도 안 좋은 영향을 끼치는데...
월선	것도 아는디...
정호	근데요!
월선	근디 여기저기 쑤시던 디가 안 아프게... 가끔쏙만 해 먹다가... (눈물을 뚝뚝 흘리는) 그것을 우리 아들놈한테 들켜브러가꼬....
막례	(월선이 숨겨왔던 것이 이거라는 걸 대번에 알겠고)
월선	츰엔 잡초만 좀 뽑고, 비료만 쫌 주라고 했는디... 갈수록...

아이고, 동시에 머리를 잡는 정호와 우진, 이거 일이 커졌다.
막례, 무슨 생각인지 비장한 얼굴이 되더니 제 집으로 돌아가버리고...
어느새 일어섰는지 다시 꺄르르 웃으며 마당을 달리는 유리를 제외하곤
잠시 침묵이 흐르는데...
그때 트럭 하나가 다가와 서더니 월선의 아들, 영준이 내린다.
다가오며 정호와 우진 등을 보곤,

영준	아따, 여 오지 말라고 경고를 헌 것 같은디, 거참 말을 못 알아먹는 외지인 들이네.
이장	영준이 왔냐...
영준	이 시간에 어째 이장님까지 여 와 계신다요?

그때 유리가 꺄르륵 웃으며 월선의 뒷마당에서 달려 나오고,
그 뒤를 쫓는 준과 은강인데,

정호	(버럭) 뭐 해 안 잡고 넘어지잖아!!! (영준 보며) 트럭 치우세요, 내려가야
	되니까.

유리의 상태를 본 영준, 상황을 이해했는지 옆에 있던 삽을 집어 든다!

영준	어딜 갈라고?
정호	얘 병원 가야 되니까 비켜요,
영준	아이 저 상태론 병원을 못 가제!
월선	영준아 그만해야...
정호	대마를 재배·소지·소유·수수·운반·보관·사용·섭취!! 그걸로 모자라 매
	매에 알선까지 하신 것 같은데, 지금까지도 중죕니다. 조용히 비키시죠.
영준	설마 신고할 생각이여?!
정호	(이 악물고) 비키세요.
이장	신고라니! 일 크게 만들 것 있어? 원래에, 시골선 다 밭에서 자라고 그려~

그때 두두두 땅을 울리는 소리와 함께 막례가 트랙터를 몰고 나타난다.
가차 없이 영준의 트럭을 밀어버리더니 마당으로 밀고 들어오는데,
영준, 기겁해 그 앞을 막아서며

영준	아니 아줌니 시방 뭣 허는 것이여!!!
막례	영준이 너 이 새끼 비켜야! 나가 대마지 뭔지 울 성님 속 썩이는 건 뭣이든
	싹 다 밀어버릴랑께, 비켜!!
영준	아줌니 그게 얼마나 허는 것인 줄이나 알고 이러요!!
막례	시방 그것이 늬 엄니보다 중하냐!!

정호와 우진은 저희를 막아서며 설득하려는 이장과 계속 실랑이 중이고,
유리는 미친 사람처럼 준과 은강을 달고 계속 빙빙 돌고 있다.

막례와 영준도 핏대를 높여 싸우는데,
이 아수라장을 지켜보던 월선, '다들 그만혀!!' 하고 외치지만
아무도 듣질 못한다.
월선, 주변을 둘러보다 의자를 가져와 평상 위에 올리더니,
그 위에 올라서선, 있는 힘을 다해 소리친다!

월선   제발 그만혀~~~~~!!!! 이러다가는 다아 죽어!! 다 죽는다고!!!

모두 싸움을 멈추고 월선을 보는데,
유리, '별빛이 내린다~' 부르며 홀로 달리다 돌에 걸려 픽 자빠진다.

S#55. 경찰서 유치장, 밤.

INS 》섬마을 경찰서 외경
유치장에 갇혀 앉아 있는 월선이고.
영준은 아직 저쪽에서 경찰들과 실랑이를 벌이며 조사를 받는 중이다.
유치장 앞에서 맘이 몹시 좋지 않은 얼굴로 서 있는 정호인데...
막례, 유치장 안 바닥을 짚어보곤 왜 방바닥에 불이 안 들어오냐며
경찰들에게 항의를 하러 간다.

정호   ...아드님한테 들었어요. 왜 말씀 안 하셨어요, 아프셨다고.
월선   (막례 듣겠다는 듯) 쉬...
정호   병원에 가서 제대로 치료를 받으셨어야죠. 처방받으면 이깟 대마보다 훨씬
        나은 진통제도 얼마든지 있는데,
월선   이미 다 퍼졌다는디 뭔 치료를 받어.
정호   ...
월선   병원선 가긴 싫어야. 평생 산 내 동네, 내 땅, 내 친구 옆에서 가고 싶제. (웃
        으며) 염병, 근디 철창에 갇혀브렀네~
정호   ...할머닌 초범인데다, 참작 가능한 사유도 있으니 징역까지 사실 일은 없을

거예요.

월선 우리 아들놈은 쪼까 더 받겄제?

정호 네.

월선 (끄덕끄덕) 그래도 십 년 묵은 체증이 내려간 것맨키로 속이 팬해. 이제야 발 쭉 뻗고 자겄네.

정호 ...

월선 변호사 아가씨헌티는, 나가 많이 미안허다고 전해줘. 하필 큰놈을 먹여서 는...

정호 ...알겠습니다.

월선, 경찰들한테 전기장판이라도 가져와라 싸우고 있는 막례를 보며

월선 변호사 총각, 나가 비밀 하나 알려줄까?

정호 (월선의 눈높이에 맞춰 몸을 낮추면)

월선 (속삭이듯) 총각 눈에야 나가 허벌 늙어 보이겄지만, 여까지 증말 얼마나 빨리 왔는지 몰러. 난 거울 봄시롱 나가 쭈그렁 할머니가 된 것에 맨날 놀 란당께.

정호 (작게 웃는)

월선 우리 양반도, 고작 나이 마흔에 갔어. 우리헌틴 생각보다 시간이 많지가 않어야. 내 맴을 온전히 말할 수 있도록 세상이 그렇게 우릴 기다려주질 않어.

뭔가 쿵.. 한 얼굴로 월선을 보는 정호.

S#56. 시골길, 밤.

아무도 없는 시골길을 미친 듯이 내달리고 있는 정호.

월선 (E) 긍께 이쁜 사람 괜히 속 태우고 애태우면서, 시간 낭비하지 말어. 너무

너무 아까워.

휴대폰이 울리는데, 보면 [정계장]이다. 받지 않고 계속 달리는데,
이번엔 [신희수 선배(35기)]에게서 전화가 온다.
이를 보며 불길한 기분이 드는 정호인데,

S#57. 민박집 큰방, 밤.

잠들어 있던 유리, 화들짝 놀라며 깨어나는데
일어나 앉아보면, TV 뉴스를 보고 있는 우진과 준, 은강이 보이고,
우진, 준, 은강, 너나 할 것 없이 모여들어 유리의 안부를 묻는다.
끄응 머리를 붙잡는 유리.

우진   왜요, 머리가 아프세요?
유리   (머리 붙잡은 채) 아니요. 그냥...
우진   (걱정으로) 그냥?
유리   그냥... 별빛이 내린 기억이... (끄응)
일동   (웃음 참는)
유리   저 뭐예요? 취했었어요? 술을 언제 마셨지?
우진   (대답하기 곤란한데)
준   (킥킥 웃고) 사장님, 할머니네서 먹은 그 떡, 쑥떡이 아니었어요.
유리   그럼?
우진   (난처한 미소로) 그냥 잠시 여행을 다녀오셨다 생각하시면 어떨지...

멍한 얼굴로 우진을 보는 유리인데,
그들 뒤로 TV에서 뉴스는 계속 흐르고.

S#58. 이회장의 서재, 밤.

이회장이 기다리고 있는 서재로, 편웅이 숨을 헉헉대며 들어온다.

이회장 어떻게 됐어?

편웅 이게 제가 막아보려고 했는데... (괜히 달려온 듯 숨 헉헉)

이회장 (답답함에 버럭) 했는데 뭐!!

편웅 그냥 터트렸어요. (씨익 웃으며) 귀찮아서.

이회장 (충격으로 보는) 뭐, 뭐뭐, 뭐?

편웅, 태연히 시계를 확인하더니 다가가 리모컨으로 TV를 켜면
앵커가 '속봅니다.' 하며 사건을 보도하기 시작한다.

앵커 검찰 개혁을 밀어붙이던 서울중앙지검의 김승운 지검장이 처가인 도한그
룹의 비리를 무마해주고 있었다는 게 밝혀지며 큰 논란이 일고 있습니다.

이회장, 충격과 분노로 편웅을 보면, 편웅 웃음을 참지 못하는 데서,

S#59. 시골길, 밤.

희수와 전화 중인 정호.

희수 (F) 야 김정호 이씨! 너 왜 이렇게 전활 안 받아!! * 됐어. 어디서 냄새를
맡았는지 조동일보 이 새끼들이 다 터트려버렸다고! 너 괜찮냐, 지금 어디
야?

S#60. 민박집 큰방, 밤.

민박집 TV에서도 승운의 뉴스가 흘러나오고 있다.

얼어붙은 채 TV를 보고 있는 유리와 우진.

기자 　김승운 지검장의 아내는 도한그룹 이병옥 회장의 막내딸 이연주 씨로, 세
간엔 김승운 당시 평검사와 결혼하며 도한그룹과 인연을 끊은 것으로 알
려져 있었는데요, 하지만 오늘 새롭게 알려진 사실은...

S#61. 시골길, 밤.

정호, 전화를 끊지도 않고 포털 사이트로 들어가보면,
[김승운 중앙지검장, 재벌가 측근 비리, 검찰 신뢰 추락]
['법과 원칙을 바로 세우자'던 김승운 지검장의 이중 잣대]
[김승운 지검장, 수사 무마 청탁 등 각종 비리 의혹]
[김승운, 처가인 도한그룹의 권력 앞잡이였나]
온통 정호의 아버지와 관련된 뉴스로 사회란이 도배되어 있다.
놀란 것도 잠시... 정호 전화를 끊고 달리기 시작한다.

S#62. 검찰청 취조실, 밤.

전화가 끊어진 줄 모르고 정호를 부르는 희수.
옆엔 정계장이 서 있다.

희수 　야!! 야 김정호!! (끊어진 걸 확인하곤) 아놔 근데 이 새끼가 선밸 뭘루 알
고!
정계장 　(안타까운 한숨) 지금 검사님이 선배고 뭐고 보이겠습니까.

이에 희수 고개를 들어보면, 검은 창을 통해 취조실 안이 보이는데,
그 안엔 다름 아닌 김승운 검사장이 태산과 같은 존재감으로 앉아 있다.

희수　계획보다 더 빨라졌을 뿐이지, 틀어진 건 아니에요.

옆에 놓인 서류철을 들더니 취조실 문을 향해 가는 희수다.
한숨 쉬며 따라 들어가는 정계장.

S#63. 민박집 마당, 밤.

유리, 미친 듯이 짐을 싸 마당으로 나오면
신발도 못 신고 쫓아 나오는 우진.

우진　변호사님, 변호사님 잠시만요!!

유리, 얼마 못 가 공황발작이 오는지 주저앉아 과호흡을 한다.
우진이 다가와 도와주려 하지만 거칠게 뿌리치는 유리고.
그동안 있었던 순간들이 빠르게 스쳐간다.
FLASH BACK 》 "아버지 일은 유감이구나" 말하는 승운 (2화 S#48)
FLASH BACK 》 "너희 아버지는, 나름 최선을 다해주셨다고 생각해." 말
하는 유리 (2화 S#53)
FLASH BACK 》 "너한테 가기까지 해결해야 할 일이 좀 많아." 말하는 정
호 (6화 S#34)
FLASH BACK 》 "말 못 할 사연이 있었겠지. 미치겠고, 환장하겠고, 가슴
아프고, 답답한! 사연이 있었겠지." 말하는 정호. (S#46)
FLASH BACK 》 "그러니까, 네가 날 좀 기다려줘." 말하는 정호 (6화
S#34)
가슴을 붙잡고 우는 유리.

우진　(어찌할 줄을 모르겠고) 정호는 말하려고 했어요, 정말이에요, 믿어주세
요..

S#64. 시골길, 밤.

정호, 달리는데, 숨이 차 잠시 무릎을 짚으며 멈춰 선다.
하지만 곧 다시 달리기 시작하는 정호.

S#65. 바닷가, 밤.

정호, 달려오면,
저만치 가로등 아래 유리가 바닷바람을 맞고 서 있는 것이 보인다.
파도가 바위에 부딪쳐 요란스레 부서지고 있고,
천천히 다가오는 정호에 돌아서는 유리.
눈물에 젖은 얼굴로 정호를 하염없이 바라본다..

유리   우리 아버지 사건도 그럼 너네 아버지가 덮은 거야?

정호   ......

유리   (울며) 해결해야 한다는 일이 이거였고?

정호   ...해결하고, 그러고 난 다음에 이야기하려고 했는데... 내가 늦었어.

유리   그래 너 늦었어.

정호   그래서 이제부턴, 단 한순간도 낭비 안 하고 너한테만 달려가려고.

그러며 정호 한 걸음 다가서는데, 유리 물러선다.

유리   (울며 보는) 어떡해 김정호... 니 말대로 니가 미워지잖아.

정호   (다가서며) 미워해도 돼.

유리   ...

정호   도망가도 돼. 뒷걸음질 쳐도, 밀어내도 돼. 난 다 준비됐어. (사이) 그니까
       나.. 버리지만 마.

간절한 얼굴로 유리를 보는 정호에서, **8화 엔딩.**

유리에게

유리야 안녕.
네가 이 편지를 읽을 날이 올까.
아마 평생 그런 날은 오지 않겠지.

오늘 너에게 그만하자고 말하고 왔어.
돌아오는 길에 보니까 눈이 오고 있더라.

웃는 너를 보는 게 좋아서,
그냥 옆에 있는 것만으로 좋으니까 참아보려고 했는데...
사람 마음은 정말 간사한가 봐.
네 마음이 나와 같지 않다는 걸 알면서도
계속 계속 바라게 되더라. 너도 나를 바라봐주길.

근데 이게 얼마나 이기적이고 역겨운 바람인지
네가 알게 된다면, 넌 아마 나를 보지 않겠지?

너희 아버지를 돌아가시게 한 건설사가 우리 가족이 하는 곳인 걸 뻔히 알
면서, 네가 날 사랑하길 바란다면 그건 정말 너무한 거잖아 그렇지.
그리고 하필이면 그 사건의 담당 검사가
도한그룹의 사위인 우리 아버지라는 게 너무 공교롭잖아.
하지만 아버지가 비열한 짓을 하시진 않았으리라 믿어, 나는.

신념에 따라 최선을 다하셨으리라고, 그렇게 믿어 나는.
그렇게 믿지 않으면 너를 볼 수조차 없으니까.

유리야, 유리야, 유리야.
너랑 있는 게 좋아. 나를 바라보는 너의 큰 눈도,
어디로 튈지 모르는 너의 생각들도 다 좋아.
시험을 망쳐도 다시 책을 펼치는 너의 단단함과,
옳다고 믿는 일엔 끝까지 달려드는 너의 용기,
누군간 오지랖이라고 하겠지만,
모두에게 진심인 너의 다정함을 사실 제일 좋아해.
처음에 버스에서 너를 봤을 때부터,
전교 1등을 빼앗기고도 내 앞에 시험지를 들이밀 때부터,
난 그냥 네가 좋았어.

이 마음을 전하는 것조차 이기적인 것 같아서
물러서지도 못하고 다가가지도 못한 채로,
그렇게 네 주변을 서성여.
어쩌면 맘속 깊숙이선 알고 있어서인지도 몰라.
내가 조금만 더 기다리면, 조금만 더 다가가면
너도 자연스럽게 날 봐줄 거란 걸.

그래서 유리야, 나 물러서려고.
나 혼자 너를 갈망하면서 곁에서 애태우는 건 그건 얼마든지 견딜 수 있지만,
네가 날 마음에 품게 돼서, 나중에 진실을 전부 알게 된 후에 상처받는 건,
그건 견딜 수 없을 것 같아.

벌써 그리운 유리야,

서운하게 해서 미안해. 맘 다치게 해서 미안해.

좋은 친구 김정호로 남지 못해서 미안해.

자격도 없이 널 마음에 품어서 미안해.

너의 미래는 반드시 눈부실 거야.

나는 그냥 아주 가끔씩, 아주 멀리서만, 그런 너를 볼게.

혹시 만났을 때 내가 좀 못나게 굴더라도, 그래도 한 번씩만 웃어주라.

그 미소로 전부 견딜 테니까.

2009년 1월

너의 못난 친구 정호가